THE CHRONICLES OF NARNIA

納尼亞傳奇

The Magician's Nephew | The Lion, the Witch and the Wardrobe | The Horse and His Boy

《魔法師的外甥》、《獅子．女巫．魔衣櫥》、《能言馬與男孩》

C. S. 路易斯◉著 鄧嘉宛◉譯
Clive Staples Lewis

經典全譯版

合輯一

【推薦序】

他以筆和奇思，構築了文學的新大陸

——我讀《納尼亞傳奇》

安石榴（童話作家）

第一次讀這套書時我相當年輕，但很可惜，那時我不是孩子了，這是我很遺憾的地方，如果能有一個重來的人生，我盼望在十歲以前讀過它，好讓我在往後的生命裡拓印下納尼亞曾有的光輝與危機，它的創生與它的結束。

我很好奇，十歲以前的我會怎麼讀它。如同王爾德童話深深影響我（我十歲以前的故事書），納尼亞傳奇會對我產生什麼樣的影響？我會長成什麼樣的成人？會是那個從小就想長大，長大後想永遠停留在某個階段的蘇珊（她最後忘了納尼亞），還是那個爽快、孩子氣的露西？但我實在不敢也不願相信愛上納尼亞的孩子最終會長成蘇珊一樣的成人；除非，讀的時候就認為它是個傻氣的冒險故事而且沒有什麼寓意，但我想這樣的人應是非常少的。

他發現了另一個世界，並且寫下它們

我初讀它的時候，發現書頁裡充滿了意義，覺得自己快被壓垮了，所以我從沒把它當冒險故事看；也因此我真好奇，小時候的我會怎麼看它，如果王爾德童話用華麗的形式揭示給我生命的苦難與苦難的昇華，那麼納尼亞傳奇會揭示我什麼。可惜，這個問題永遠得不到答案了，因為我初讀它的時候已接受過基督教的洗禮，所以我自然的一讀就知道「阿斯蘭的九個名字」其中一個便是耶穌。即便如此，《獅子．女巫．魔衣櫥》裡阿斯蘭代替背叛的愛德蒙受死，接著死而復活，納尼亞那個世界發生了與我存在的世界曾經發生過的類似的事件，讀到此，心中仍激動不已，甚至更激動，因為這樣的事件再次發生，而且不是重述耶穌的受難，而是栩栩如生的以阿斯蘭之名、以獅子的形象而非人的形象、因不相同的情況，阿斯蘭自願赴死，以免了愛德蒙的債。

但我內心也知道耶穌只是阿斯蘭的其中一個名字，耶穌並不完全等同阿斯蘭，耶穌在我們的世界，阿斯蘭在納尼亞，納尼亞不是我們這個世界。這是很明白的事情。因此海外大君王不是上帝，愛德蒙不是出賣耶穌的猶太，能言鼠銳脾氣不是使徒彼得，甚至，黎明踏浪號的遠航不是水手辛巴達的航海冒險，也不是《奧德賽》的重述；《魔法師的外甥》裡善良的馬車夫的歌聲引起阿斯蘭的回應，導致納尼亞的創生，也與聖經〈創世紀〉記載這個世界的誕生大不相同，納尼亞結束的方式也與〈啟示錄〉描述的末日不同。

因此，C.S.路易斯並不是用象徵性的寫法把這個世界代換成納尼亞，不是這樣的，他其實是發現了另一個世界；如同他自己曾說過的，他先是看到情景，「先有形象才有文字」。或許我們可以說，路易斯瞥見了那個世界的某些情景，他努力的看清那些情景，寫下它們，就像發現新大陸的哥倫布。哥倫布繪製了新大陸的地圖，到過的地方精確，沒到過的地方模糊；然而路易斯是文學家，他以他的筆與奇異的思想，從瞥見的幾些場景裡仔細的推敲、構思出一個有始有終的、精確的世界。

重新閱讀童話，重新探索生命

這個精確的納尼亞，不禁讓我沉思：當個理智的現代人是多沒意思啊，是不是現代人類的理智與現實主義，把樹精、水精、獨角獸、飛馬、會說話的動物等等擠壓到別的世界去了。我們內心真的相信只有我們存在的這個世界嗎？我們有把握在另一個時空的地球還是圓的？那裡的星星不是「成分」而已，而是某種生靈？如同最終部《最後一戰》——那些陸續到過納尼亞的七個孩子（有幾個已經長大或是成了老人）死於火車車禍後立即去到了阿斯蘭的世界——我們內心真的相信只有現在活著的生命，死後沒有另一個生命？如果路易斯瞥見的是某種真實呢？而文學不僅僅只是舞文弄墨的文學呢？藉著作家的筆所描繪出來的世界與精神，有沒有可能比我們所處的這個世界更加真實（或是一樣真實），還是皆為某個真實世界的複製或者倒影？

對我來說，納尼亞傳奇轟頂而來的都是不得不讓人在有生之年需要深思的問題，這些問題關乎一個人該採取什麼樣的態度活過此生，最終面對無可迴避的死亡。也許對理智的成人來說，他會自覺年紀大到不好意思再讀童話故事了，可是我總覺得成人並非那麼純粹的成人，他的內在總有些部分還是個孩子，也會在某個年紀之後漸漸轉回孩子（這是幸福的），那麼他就會像路易斯所寫的：「總有一天，你會來到一個重新開始閱讀童話的年紀。那時，你可以將這本書從書架上拿下來，撣去灰塵……」然後任思緒在書頁間漫遊，禁錮我們頭腦的思維習慣便會開始逐一鬆脫，讓意識更流動，也能探索別的層面，我們可以變得深愛我們的世界而非緊抓不放，然後，我們或許能嘗到一丁點自由自在的滋味。

【推薦序】

這個世界還年輕

楊富閔（小說家）

閱讀C．S．路易斯的經典之作《納尼亞傳奇》，我的腦袋始終浮現「燈野地」的畫面。那一陰錯陽差來到納尼亞的鐵桿，植栽深根於納尼亞的沃土，最後竟長成了一座起引與照明的路燈柱。路燈柱在小說中具有接駁故事的符號意義，它是廣袤地圖上一個不容忽視的亮點，而你看「燈野」兩字多麼立體，視線像被拉得既深且遠，但它的暖光令人安心，同時也引領作為讀者的我，彷彿一同走入納尼亞的世界，或許森林深處、瀑布岩壁，就要與阿斯蘭不期而遇。

然而除了路燈柱，留在納尼亞世界的物件至少還有四件大衣，以及愛德蒙的手電筒等，我始終在想它們最後去了哪裡，是否也會擁有自己的獨特生命，長出了自己的故事。

這看似小說家的千里伏筆，卻也是閱讀納尼亞傳奇最有趣的地方。讀者始終得以同步參與故事的行進，我們宛如跟著說書人一同觀看世界在你眼前發生，看著露西走進了魔衣櫥，看著大浪沖出畫框，跟著尤斯塔斯驚慌失措，看著小說家為我們架設起了一座又一座目眩神迷的嶄新世界，並讓「世界」述說它自己的故事。讀者聆聽納尼亞的傳奇故事，與不同主人翁一同陷入兩難，一同領受驚喜，一同看見阿斯蘭。

我們從納尼亞世界獲得的，必然也會長出什麼

換言之，納尼亞系列得以分而讀之，彼此之間卻又交綰呼應，如此動態的結構設計，與小說家在空間與時間的匠心擘劃密不可分。文本處處盡是進入納尼亞故事的入口，小說家卻始終留下一個席次要給作為讀者的你我，如《最後一戰》寫著：「他們在納尼亞的所有冒險，都只是封面與書名頁而已。現在，他們終於開始了『偉大的故事』的第一章，而這一章是世上不曾有人讀過的。它將永遠持續下去，且一章比一章精彩。」《納尼亞傳奇》這部在全球創下無數傲人成績的曠世巨作，儼然形成了一套獨屬於納尼亞的閱讀模式，作為讀者的你我經由小說家的引路，也在納尼亞的世界且看且讀，那些純真與勇敢的冒險故事、關於背叛與信任的反覆辯證。我們從納尼亞世界獲得的，留在內心世界的，必然也會長出什麼吧。

比如化身而龍的尤斯塔斯，以龍爪所寫的字，卻屢屢被拍打上來的潮水沖毀，他的日記同樣令人印象深刻；又比如柯尼留斯博士告訴凱斯賓國王的話：「你必須非常勇敢。你必須獨自啟程，立刻就走。」每個讀者幾乎得以蒐羅整編而出一本納尼亞語錄。而那意外到訪人類世界的女王，脫口而出的那句「你們的世界比較年輕」，在我按著次序的閱讀過程，同樣不停來回盤旋在我的腦海。「世界」作為納尼亞傳奇的關鍵字，珠玉般散落在七本小說的字裡行間。而作為問世於二十世紀五〇年代的《納尼亞傳奇》，令人想到「世界」意義在當今此刻，是否業已存在更多解讀意涵了呢？這個世界還年輕，我相信，於是我聽見阿斯蘭的嘶吼，而燈野地持續放出光芒。

【推薦語】

《獅子·女巫·魔衣櫥》是我小時候的愛書之一，成年後才看全系列，依然讀得津津有味。

這套書傳達的是信念與勇氣的重要，更迷人的是，它教我領略閱讀之樂，讓我在閱讀中找到全新的世界。

盧慧心（小說家）

C·S·路易斯納尼亞系列小說讓我百讀不厭：青少年時期讀它療癒內在幽微的小孩，年輕時期讀它戰勝對未知的恐懼；不惑之年讀它確認愛與包容是一生為人處世的標準。《獅子·女巫·魔衣櫥》讓你我重溫年少的童真，打開通往神奇世界的門扉，你將尋訪到善良的原點、想像的魔法，優游其中。

宋怡慧（丹鳳高中圖書館主任）

魔法師的外甥

The Magician's Nephew

獻給克爾麥一家

目次

01 走錯了門

這是一個發生在很久很久以前的故事，那時，你的祖父還是個孩子。這是個很重要的故事，因為它讓我們看見，我們自己的世界與納尼亞王國之間的所有往來與互動，最初是怎麼開始的。

那個年代，夏洛克．福爾摩斯先生還住在貝克街，巴斯特伯家的孩子仍在路易斯漢路上尋寶[1]。那個年代，如果你是男孩，每天必須穿著有白色硬挺寬領的制服，而且學校通常比現在更令人討厭。不過，餐點比現在好吃；至於甜點，我不會告訴你它們有多便宜多好吃，因為那只會讓你白白流口水而已。那個年代，倫敦住著一個名叫波莉．普朗莫爾的女孩。

她家是連棟房屋的其中一戶，和鄰居連成一長排。一天早晨，她到後院玩，突然看見一個男孩從隔壁院子爬上牆頭，露出一張臉來。波莉非常驚訝，因為一直以來，隔壁那戶人家都沒有小孩，只有一對兄妹住在一起：老單身漢凱特利先生，還有老小姐凱特利小姐。因此，她抬著頭滿心好奇看著。那陌生男孩的臉很髒，就算他先把兩隻手玩得滿是泥巴，接著大哭一場，再用兩手去揩臉，也不會比現在更髒了。事實上，這差不多就是他剛才做的事。

「哈囉。」波莉說。

「哈囉，」那男孩說：「你叫什麼名字？」

「波莉，」波莉說：「你呢？」

「狄哥里。」男孩說。

「我說，這名字真好笑！」波莉說。

「還沒有波莉這名字一半好笑。」狄哥里說。

「你的比較好笑。」波莉說。

「才不呢，一點也不好笑。」狄哥里說。

1 英國作家和詩人埃迪絲・內斯比特（Edith Nesbit, 1858 -1924）在兒童文學創作領域的成就非凡，一八九〇年代，她寫了一系列兒童冒險故事，描述歐斯沃德・巴斯特伯（Oswald Bastable）和四個兄弟姊妹因家貧而用魔杖尋找寶藏的故事，包括：《尋寶的孩子們》（又譯為《尋寶奇謀》，*The Story of the Treasure Seekers*, 1899）、《淘氣鬼行善記》（*The Wouldbegoods*, 1901）、《新尋寶奇謀》（*New Treasure Seekers*, 1904），以及四本《歐斯沃德・巴斯特伯故事集》（*Oswald Bastable and Others*, 1905）等。

「不管怎樣，我**是**洗了臉的，」波莉說：「你就需要去洗洗臉，尤其是在……」她突然停下來閉上嘴。她本來想說「在你大哭一場以後」，但她想那恐怕不大禮貌。

「好吧，我是哭了，那又怎樣。」狄哥里提高了嗓門說，像個遭遇極大不幸的男孩，已經不在乎別人知道他哭過。「換成你也會哭的，」他繼續說，「如果你以前一直住在鄉下，擁有一匹小馬，花園盡頭還有一條小河，結果卻被帶來住在這樣一個野獸住的洞穴裡。」

「倫敦才不是洞穴哩。」波莉忿忿不平地說，但男孩太惱怒，根本沒注意到她，又自顧自地繼續說：「如果你爸爸去了印度，你不得不來投靠親戚，跟老姨媽和瘋子舅舅住在一起（誰會喜歡和瘋子住啊？），這樣他們才能照顧你媽媽，而你媽媽又生病了，快要……快要……死了。」接著他的臉皺成一團，只有強忍淚水才會這樣。

「我不知道是這樣。真對不起。」波莉謙讓地說。然後她不知道該說什麼好，也想讓狄哥里的心思轉到高興一點的話題，因此她問：

「凱特利先生真的瘋了嗎？」

「嗯，他若不是瘋了，」狄哥里說：「就是有其他祕密。他在頂樓有間書房，萊蒂姨媽叫我絕對不可以上去。嗯，這是令人開始起疑的地方。然後還有另外一件事。吃飯的時候，每次他想跟我說些什麼——他從來不跟**她**說話——她總是要他閉嘴。她會說：

『別煩那個孩子，安德魯。』或『我確定狄哥里不想聽**那個**。』或者乾脆說：『狄哥里，現在你要不要到院子裡去玩玩？』」

「他想說的是哪一類的事？」

「我不知道。他從沒機會說出來。可是還不只這些。有一天晚上——事實上是昨天晚上——我上床睡覺前從閣樓的樓梯底下經過（我不介意從閣樓底下經過），我確信自己聽見一聲喊叫。」

「也許他把發瘋的太太關在上面。」

「對啊，我也這樣想過。」

「或者說不定他在上面製造假錢幣。」

「或者他可能當過海盜，就像《金銀島》開頭寫的那個人，總是躲避過去同船的那群水手。」

「真是太刺激了！」波莉說：「我沒想到你們家那麼好玩。」

「你可能會覺得它很好玩，」狄哥里說：「但是如果你得在那屋裡睡覺，就不會喜歡它了。如果你清醒地躺在床上，聽著安德魯舅舅的腳步聲沿著走廊一步步慢慢朝你房間走過來，你會喜歡嗎？況且他那雙眼睛那麼可怕。」

波莉和狄哥里就是這麼認識的。暑假剛開始，今年他們都沒打算去海邊度假，所以幾乎天天見面。

他們會開始冒險，主要因為這是多年來最潮濕也最陰冷的一個夏天。天氣逼得他們只能在室內活動，你也可以稱它是：室內探險。你拿著一截蠟燭，在一棟大房子或一整排房子裡盡情探索，那真是太棒了。波莉很早以前就發現，如果打開她家閣樓上儲藏室的某一扇小門，會看到一個蓄水箱，在水箱後方，只要稍微小心爬上去，就能進入一個黑暗的空間。這幽黑的地方像個長長的隧道，一邊是磚牆，一邊是斜斜的屋頂。從屋頂石板瓦片之間的縫隙可以看見斑斑點點的天光。這條隧道裡沒有地板，你只能踩著屋椽前進，在椽木與椽木之間只有灰泥。如果你踩在灰泥上，就會直接穿過天花板，掉到下方的房間裡。波莉已經將蓄水箱後方的一小段隧道改造成一個走私者的寶窟。她把一些包裝箱、廚房破椅子的坐墊以及諸如此類的東西，拿來橫架在椽木之間，當作地板。她在這裡放了一個百寶箱，裡面裝了各種寶貝，還有一個她寫的故事，通常還有幾個蘋果。她經常窩在那裡靜靜地喝薑汁汽水：那些喝完的舊汽水瓶，讓那裡看起來更像個走私者的洞窟。

狄哥里很喜歡這個寶窟（波莉不讓他看自己寫的故事），但是他更喜歡探險。

「你想，」他說：「這條隧道究竟有多長？我是說，它是不是只通到你家牆邊？」

「不是，」波莉說：「牆的高度只到天花板而已，這條隧道一直往前延伸，我也不知道究竟有多長。」

「那麼，看來我們可以沿著隧道走完一整排房子了。」

「是啊，我們可以。」波莉說：「噢，我明白了！」

「明白什麼？」

「我們可以進入別人的屋子裡。」

「對，然後被人當作小偷抓起來！謝了，不幹。」

「別這麼自作聰明行不行。我想的是你們家隔壁的那棟房子。」

「那棟房子怎麼了？」

「那棟房子是空的呀。我爸說，從我們家搬來到現在，它一直都是空著的。」

「這麼說，我想我們應該去看看。」狄哥里說。光看他說話的樣子，你絕對想不到他心裡有多興奮。因為他說話的時候，當然同時也在想（就像你也會想），到底是什麼原因讓那棟房子空那麼久沒人住。波莉也一樣在想。他們倆都沒說出「鬧鬼」二字。他們都覺得，這事一旦說破，不去探看就顯得膽小。

「我們要不要現在就去看看？」狄哥里說。

「好啊。」波莉說。

「如果你不想去，最好別去。」狄哥里說。

「如果你敢去，我就敢去。」她說。

「我們怎麼知道已經到了隔壁，還是隔壁的隔壁？」

他們決定，先算一下兩根椽木之間的距離要走幾步，再出去從閣樓儲藏室這一頭走到那一頭，這樣他們就知道一個房間的長度相當於多少根椽木。然後，他們為波莉家兩個閣樓之間的通道保留四根椽木的距離，再加上跟儲藏室一樣大小的女僕房間的長度，就可以算出整棟房子的長度是多少根椽木了。他們只要走上兩倍的距離，就會到達狄哥里家的盡頭；在那之後，任何一扇門都能讓他們進入那棟空屋的閣樓裡。

「可是我一點也不希望它真的是空屋。」狄哥里說。

「那你希望是什麼？」

「我希望有人偷偷住在裡面，只在夜間出入，提著一個昏暗的燈籠。說不定我們會發現一幫走投無路的罪犯，然後得到一筆獎金。一棟房子不會無緣無故空這麼多年，除非有什麼祕密。」

「我爸認為一定是排水系統有問題。」波莉說。

「真扯！大人總是想一些無聊的解釋。」狄哥里說。這時他們是在光線明亮的閣樓裡說話，而不是窩在那個靠燭光照明的走私者洞窟裡，因此，那棟空房子似乎也不太像會鬧鬼了。

當他們測量完閣樓的長度，便拿出鉛筆計算總長度。一開始，兩人算出來的答案不一樣，但即使他們算出來的答案一樣，我也很懷疑他們算對了。他們都急著開始探險。

「我們絕對不能弄出任何聲音。」他們返回蓄水箱後方往上爬時，波莉說。因為這是重要時刻，兩人都各自拿著一根蠟燭（波莉在洞窟裡存放了很多蠟燭）。

隧道裡很黑，積滿灰塵，還透著陣陣涼風，他們一聲不吭地踩著一根根椽木往前走，只偶爾互相悄悄說「現在我們在**你家**閣樓對面」，或「現在一定走到**我們家**中間了」。途中他們都沒絆倒，蠟燭也沒熄滅，最後，他們看見右邊磚牆上有一扇小門。門的這一面沒有門栓也沒有門把，可見這扇門是讓人進去，不是讓人出來的；不過門上有個門扣（櫥櫃內側常見的那種），他們覺得自己一定能夠弄開。

「要進去嗎？」狄哥里說。

「你敢我就敢。」波莉把先前說過的話又重複了一遍。兩人都覺得這件事變得非常嚴肅了，但誰也不願意退縮。狄哥里費了一番力氣才扭動那個門扣，門應聲而開。突如其來的光線令他們直眨眼睛。接著，眼前所見令他們大吃一驚，他們看見的不是什麼廢棄的閣樓，而是一個擺放著家具的房間。儘管如此，房間看起來還是很空，而且一片死寂。波莉的好奇心占了上風，她吹熄蠟燭，像老鼠一樣悄無聲息地踏進那個陌生的房間。

當然，房間的形狀像個閣樓，但布置得像個起居室。每一面牆都放著書架，每一個書架上都擺滿了書。壁爐裡生著火（別忘了，那是一個非常潮濕寒冷的夏天），壁爐前擺著一把背對著他們的高背扶手椅。在那把椅子和波莉之間，是一張幾乎占滿房間中央的大桌子，桌上堆滿了各式各樣的東西：書籍、寫字本、墨水瓶、筆、封蠟，以及一架顯微鏡。可是波莉首先注意到的是一個鮮紅的木盤，盤裡放了好幾個戒指。戒指都是成雙成對的——一枚黃的配一枚綠的，間隔一點距離，又是一枚黃的配一枚綠的。它們跟普通戒指差不多大小，因為非常鮮豔明亮，誰都會一眼看見。它們是你所能想像最美麗耀眼的小東西。如果波莉是個小小孩的話，一定會抓一個塞進嘴裡。

房間裡太安靜了，靜得聽得見時鐘的滴答聲。不過，波莉這時也發現了，房間裡也不是絕對的寂靜。她聽到一種非常、非常微弱的嗡嗡聲。如果那個時代已經發明真空吸塵器，波莉一定會以為這聲音是遠處傳來的真空吸塵器的聲音，就在隔幾個房間之外，或幾層樓底下。不過那比吸塵器發出的聲音更悅耳，是更富含旋律的曲調，只是太微弱，很難聽清楚。

「沒問題，這裡沒人。」波莉轉頭對狄哥里說。她現在的聲音比耳語稍大一點。於是狄哥里踏進房間，不停眨著眼，整個人看起來髒得要命——事實上波莉也一樣髒。

「這不太妙。」狄哥里說：「這根本不是空房子。我們最好在有人進來之前趕緊離開。」

「你想，那是什麼？」波莉指著那些彩色戒指說。

「噢，**拜託**，」狄哥里說：「愈快……」

他再也沒機會把話說完，因為那時有一件事發生了。壁爐前的那張高背椅突然動了動，接著像舞臺劇裡有鬼魅從活動門突然出現一樣，椅子上冒出了模樣嚇人的安德魯舅舅。他們根本就不在那間空屋裡；他們是在狄哥里家，而且是在那間絕對不可以進去的書房！兩個孩子同時說著：「噢……噢……」並且明白自己犯了可怕的錯誤。他們覺得自己早該知道他們走得還不夠遠。

安德魯舅舅很高，也非常瘦，長長的臉上鬍子刮得很乾淨，鼻子很尖，一雙眼睛極其明亮，一頭灰白的頭髮亂蓬蓬的。

狄哥里嚇得一句話也說不出來，因為安德魯舅舅看起來比他過去所見的還可怕一千倍。波莉起先沒那麼害怕，但她很快就知道怕了。因為安德魯舅舅做的第一件事，是走過房間去把門關上，並轉動鑰匙鎖上門。接著他轉過身，用那雙明亮的眼睛盯著兩個孩子，咧嘴微笑，對他們露出滿嘴的牙。

「瞧！」他說：「這下我那個蠢妹妹對你們可就鞭長莫及了！」

太嚇人了，這完全不像大人會做的事。波莉的心都快跳上口中了，她和狄哥里開始朝他們進來的那個小門後退。安德魯舅舅的動作比他們快得多。他一下搶到他們背後，把小門也關上，並擋在門前。然後他搓搓雙手，把指關節弄得劈啪響。他的手指又白又長，十分好看。

「我很高興看見你們。」他說：「我剛好需要兩個孩子。」

「求求你，凱特利先生，」波莉說：「快要吃飯了，我得趕快回家。請你放我們出去，好嗎？」

「還不行，」安德魯舅舅說：「這個機會太好了，可不能錯過。我需要兩個孩子。你瞧，我的一個偉大實驗正進行到一半。我已經用一隻天竺鼠試驗過了，似乎滿成功的，但是天竺鼠沒辦法告訴你任何事，而且你也沒有辦法向牠說明怎麼回來。」

「聽我說，安德魯舅舅，」狄哥里說：「吃飯的時間真的到了，他們馬上就會找我們了。你一定要放我們出去。」

「一定？」安德魯舅舅說。

狄哥里和波莉互望一眼，什麼也不敢說，不過眼神裡的意思是：「這太嚇人了吧？」和「我們一定得順著他。」

「如果你現在讓我們回去吃飯，」波莉說：「我們可以飯後再回來。」

「啊，可是我怎麼知道你會回來呢？」安德魯舅舅說，臉上帶著狡猾的笑容。接著，他似乎改變了主意。

「好吧，好吧，」他說：「如果你們真的得走，我想你們是該走。我不能指望你們這樣兩個小傢伙會覺得跟我這樣的蠢老頭聊天很有趣。」他歎了一口氣，繼續說：「你們根本不知道，有時候我是多麼孤單。可是沒關係，你們回家去吃飯吧。不過，在你們走之前，我得送你們一樣小禮物。我不是每天都能看到有小女孩來到我這個老舊邋遢的書房來的；尤其是，請容我這樣說，一個像你這麼討人喜歡的小姑娘。」

波莉開始想，他說不定一點也不瘋啊。

「親愛的，你想不想要一枚戒指？」安德魯舅舅對波莉說。

「你是說，那些黃色和綠色的戒指嗎？」波莉說：「太棒了！」

「不是綠的，」安德魯舅舅說：「我恐怕不能送你綠色戒指，但是以我滿心的愛，我很樂意讓你選一個黃的。過來戴戴看吧。」

波莉現在差不多克服了自己的恐懼，也很確定這位老紳士並沒有瘋；況且那些明亮耀眼的戒指想必具有某種奇怪的吸引力。她朝木盤走了過去。

「啊！我敢說，」波莉說：「那種嗡嗡聲在這裡聽起來大多了，簡直就像是這些戒指發出來的。」

「親愛的，你的想像力真有趣。」安德魯舅舅哈哈一笑說。那笑聲聽起來很自然，但是狄哥里卻看見他臉上出現一種渴切的、近乎貪婪的神情。

「波莉！別上當！」狄哥里喊道：「別碰它們。」

太遲了。就在他大喊的時候，波莉伸出去的手碰到了其中一個戒指。剎那間，沒有閃光，沒有聲音，也沒有任何警訊，波莉不見了。房間裡只剩下狄哥里和他舅舅。

02 狄哥里和他舅舅

事情實在太突然、太可怕了，狄哥里就算在噩夢中都沒碰過這樣的事，不由得發出一聲尖叫。安德魯舅舅立刻伸手摀住他的嘴。「別叫！」他在狄哥里耳朵邊低聲說：「你要是再出聲，你媽媽會聽見的。你知道這會讓她受到多大的驚嚇。」

狄哥里在事後說，對一個小伙子用**這麼**可怕卑鄙的手段，簡直令他想吐。不過，他當然沒有再發出尖叫。

「這樣好多了。」安德魯舅舅說：「你大概是控制不住才大叫的。第一次看見一個人消失，**的確是**讓人震驚的事。話說那天晚上天竺鼠變不見時，我也大吃一驚。」

「就是你大叫一聲那天晚上？」狄哥里說。

「噢，**你聽見了**，是吧？你該不會是在偷偷監視我吧？」

「沒有，我沒有。」狄哥里憤怒地說：「波莉到底出了什麼事？」

「親愛的孩子，恭喜我吧。」安德魯舅舅搓著雙手說：「我的實驗成功了。那個小姑娘走了——消失了——離開這個世界了。」

「你對她做了什麼事？」

「我把她送到……嗯……另一個地方去了。」

「你這話**是**什麼意思？」狄哥里問。

安德魯舅舅坐下來說：「好，我會把所有的事都告訴你。你聽說過李菲老太太嗎？」

「她不是姨婆之類的親戚嗎？」狄哥里說。

「不算是，」安德魯舅舅說：「她是我的教母。那邊，牆上掛著的就是她。」

狄哥里抬眼望去，看見一張褪色的照片：上面是個戴著無邊軟帽的老婦人的面孔。他現在想起來了，在鄉下家中的舊抽屜裡看過一張同樣面孔的照片。他問過母親照片上的人是誰，母親似乎不太想談這件事。狄哥里想，那絕不是一張優雅高尚的臉，不過從這些早年的照片，當然也很難準確判斷。

「安德魯舅舅，她是不是……有什麼不太對勁的地方？」他問。

「這個嘛，」安德魯舅舅咯咯笑了一聲，「要看你說的**不對勁**是什麼意思。一般人的心胸都太狹窄了。她晚年的確變得非常古怪，做了一些非常不明智的事，所以他們才會把她關起來。」

「你是說，關在精神病院？」

「噢，不，不，不，」安德魯舅舅用震驚的語氣說：「不是那種地方。只是把她關進監獄。」

「我的天，」狄哥里說：「她做了什麼事？」

「啊，可憐的女人，」安德魯舅舅說：「她太不明智了。她做了很多不同的事。我們不需要談那些事。她一直對我非常好。」

「可是，你瞧，這一切跟波莉有什麼關係？我希望你……」

「孩子，別急嘛，」安德魯舅舅說：「他們在李菲老太太去世前把她放出來了，在她最後臥病在床時，她允許少數幾個人去探望她，我是其中之一。她已經不喜歡和平庸無知的人來往了，你懂吧。我也是這樣。不過我們同樣對某一類的事感興趣。在她去世前幾天，她要我去她家，打開一張老寫字檯的暗格抽屜，把我在抽屜裡看到的小盒子拿去給她。當時我一拿起盒子，手指上那種刺痛的感覺就讓我知道，我手裡握著某種偉大的祕密。她把盒子交給我，並要我保證，等她一死，我就要立刻用某種儀式燒掉它，而且不能打開來。我沒遵守承諾。」

「噢，那你真是太壞了。」狄哥里說。

「太壞？」安德魯舅舅一臉迷惑地說：「噢，我懂了。你的意思是，小男孩應該信守承諾。很對，我確信這麼做最正確也最恰當，我很高興你被教得這麼好。可是你一定要明白，無論這些對男孩、僕人、女人甚至一般普通人而言是多麼好的規矩，當然都不能期待將它們應用在知識淵博的學者、偉大的思想家及聖人身上。不行的，狄哥里。像我這樣擁有隱密智慧的人，不受世俗規則的約束，正如我們斷絕世俗的享樂。孩子，我們這樣的人，有著崇高又孤獨的命運。」

說到這裡，他歎了口氣，臉上神情看起來十分嚴肅、高貴又神祕，以至於狄哥里在那一剎那真的認為他說的話確實有道理。不過，狄哥里接著想起，在波莉消失前的那一瞬間安德魯舅舅臉上乍現的醜惡，頓時看穿了舅舅這番冠冕堂皇的說詞。「這些話的意思，」他告訴自己：「是他認為他可以為所欲為，想要什麼就要什麼。」

「當然，」安德魯舅舅說：「有很長一段時間我都不敢打開盒子，因為我知道裡面可能裝著很危險的東西。我的教母是個**極其**非凡的女人。事實上，在這個國家，她是最後幾個擁有仙子血統的凡人之一。（她說，跟她同時代的還有兩個人也有相同血統，一個是女公爵，另一個是女傭。）事實上，狄哥里呀，你現在是在跟（很可能是）最後一個擁有真正的神仙教母的人說話。瞧！等你老了以後，這可是一件值得你回憶的事。」

「我敢打賭，她是個壞仙女。」狄哥里想。接著，他大聲追問了一句：「可是波莉怎麼樣了？」

「你怎麼老嘮叨這事！」安德魯舅舅說：「好像多重要似的！我的首要工作當然是研究那個盒子。它是一件古物。我甚至知道它不是希臘、古埃及、巴比倫、西臺[2]或中國的東西，它比所有這些國家都更古老。啊，當我終於發現真相的那一天，真是個值得紀念的偉大日子。那盒子是亞特蘭提斯的，來自已經消失的亞特蘭提斯島[3]。也就是說，它比人們在歐洲挖出的所有石器時代器物還早了好幾個世紀，而且也不像石器時代的東西那樣粗糙簡陋。因為早在時間之初，亞特蘭提斯就已經是個偉大的城市，有許多宮殿、神廟和博學之士。」

他停頓了一會兒，好像期待狄哥里說點什麼。可是狄哥里愈來愈不喜歡他舅舅，因此什麼也沒說。

「還有，」安德魯舅舅繼續說：「我用其他方式（這些不適合讓小孩知道太多）學到了許多魔法知識。意思就是，盒子裡可能裝了哪一類的東西，我有了相當清楚的概念。我藉由各種測試縮小了可能的範圍。我還不得不認識一些……呃，一些像惡魔的怪人，做了一些非常令人厭惡的實驗。就是這些事弄得我頭髮都白了。一個人想成為魔法師是

2 西臺人（Hittite）屬於古印歐民族，約在西元前二千年進入今土耳其的安納托利亞地區，擅長用鐵。西元前一五〇〇年左右，他們建立西臺帝國，並在西元前一三四〇年成為當時中東地區的主要統治力量，後於西元前一一九三年崩亡。

3 亞特蘭提斯（Atlantis）是傳說中擁有高度文明的國家或大陸，因地震而突然消失，據說位於直布羅陀海峽西側。關於亞特蘭提斯的描述，主要來自古希臘哲學家柏拉圖的《對話錄》。

必須付出代價的，最後我的健康也垮了。不過我恢復了許多，而且最後我真的**明白**了。」

雖然完全不可能有人偷聽他們的談話，他還是傾身向前，用近乎耳語的聲音說：

「那個亞特蘭提斯的盒子裡，裝著某種東西，那是在我們的世界剛剛誕生時從另一個世界帶過來的。」

「什麼東西？」狄哥里問，現在他已經不由自主產生了興趣。

「只是一堆塵土。」安德魯舅舅說：「很細很乾的塵土，沒什麼值得看的。你可以說，辛苦了一輩子卻沒什麼可以拿出來誇耀的。啊，不過，當我看著那些塵土（我非常小心不去觸碰它們），心想，那每一粒沙都曾經屬於另一個世界──我不是指另一個星球，你明白吧；其他星球是我們這個世界的一部分，如果走得夠遠就能到達──可是真正的『另一個世界』──另一個『自然界』，另一個宇宙──就算走遍這個宇宙，永無止境地走下去，你也到不了那個地方。嗯，那是一個只有靠魔法才能到達的地方！」說到這裡，安德魯舅舅又搓起手來，直到他的指關節像鞭炮似的劈啪作響。

「那時我明白了，」他繼續說：「只要你能把那些塵土弄對樣子，那些塵土就能把你帶回它來的地方。可是難就難在把它的樣子弄對。我早期的實驗全都失敗了。我用天竺鼠來做實驗，牠們有的不知為何就死了，有的像小炸彈一樣爆炸了……」

「這麼做太殘忍了。」狄哥里說。他自己曾養過一隻天竺鼠。

「你可真會離題啊！」安德魯舅舅說：「天竺鼠就是用來做實驗的，牠們還是我自己花錢買的。讓我想想……我說到哪裡了？啊，對，最後我終於成功製造出一些戒指，就是那些黃顏色的戒指。可是這下又出現了新的難題。那時我已經很確定，黃色戒指能把觸摸它的任何生物送到『另一個世界』，但如果我不能把它們弄回來，讓它們告訴我在那邊發現了什麼，那又有什麼用？」

「那**它們**又該怎麼辦？」狄哥里說：「如果它們回不來，那有多慘啊！」

「你老是從錯誤的觀點來看每件事。」安德魯舅舅一臉不耐煩的說：「難道你不明白這是一項偉大的實驗？這個把任何生物送到『另一個世界』去的主要目的，是我想知道那個世界是什麼樣子。」

「噢，那你為什麼不自己去？」

他的舅舅聽到這個簡單的問題，不但震驚萬分，還氣得暴跳如雷，狄哥里從未見過有人出現像他這樣的反應。「我？我？」他大聲叫嚷：「這孩子一定是瘋了！一個到了我這把年紀的人，以我這麼差的健康狀況，竟然要我冒險承受突然被拋到另一個世界的震驚和各種危險？我這輩子從來沒聽過這麼荒謬的事！你明白你在說什麼嗎？想想『另一個世界』是什麼意思——你可能會碰到任何東西，任何東西。」

「但是你已經把波莉送過去了。」狄哥里說，這時他氣得雙頰通紅。「我只能說，」

他接著又說：「即使你是我舅舅，我也要說——你這麼做就像個懦夫，把一個女孩送去一個你自己都不敢去的地方。」

「閉嘴，先生！」安德魯舅舅氣得一拍桌子說：「你這個髒兮兮的毛頭小鬼沒有資格教訓我。你根本不懂。我是個偉大的學者、魔法師和高手，正在**進行**我的實驗。我當然需要**用到**實驗品。天啊，你接下來是不是要告訴我，在我用天竺鼠做實驗之前，還得徵求**牠們**的同意！沒有犧牲就得不到大智慧，但是要我自己去的想法實在荒唐，就像要求大將軍像普通士兵一樣去衝鋒作戰。萬一我被殺了，我這一生的努力怎麼辦？」

「噢，別瞎扯了。」狄哥里說：「你打算把波莉帶回來嗎？」

「在你粗魯無禮打斷我之前，我正準備告訴你，」安德魯舅舅說：「最後我確實找到了回來的方法。綠戒指能帶你回來。」

「可是波莉沒有綠戒指。」

「是沒有。」安德魯舅舅說，臉上帶著殘酷的微笑。

「那她就回不來了。」狄哥里喊道：「你這麼做等於是謀殺了她。」

「她可以回來，」安德魯舅舅說：「如果有人戴上黃戒指，並帶著兩枚綠戒指去找她，那個人就可以和她各戴一枚綠戒指回來。」

這時，狄哥里當然明白自己落進什麼圈套裡了：他瞪著安德魯舅舅，嘴巴張得大大的，吐不出一句話來。他的臉色變得非常蒼白。

「我希望，」安德魯舅舅這時換上一種高亢威嚴的聲音，彷彿是個非常完美稱職的舅舅，剛賞了某人一筆可觀的錢，還提供了好的建議，「狄哥里，我**希望**你別露出膽怯的樣子。一想到我們家有人缺乏足夠的榮譽感和騎士精神，去援助一位……呃……落難的小姐，我就感到非常遺憾。」

「噢，閉嘴！」狄哥里說：「你要是還有一點榮譽感，就應該自己去。可是我知道你沒有。好吧，我明白我必須去，但你**真是**個禽獸。我猜你謀畫了這整件事，她才會一無所知地去了那邊，然後我不得不去找她。」

「當然。」安德魯舅舅帶著惡意的微笑說。

「很好。我會去。不過，有件事我一定要先說。在今天之前，我從來不相信魔法。現在我知道它是真的了。嗯，如果它是真的，那麼，那些古老的仙子精靈故事恐怕或多或少是真的，而你就是那些故事裡所講的，某個邪惡又殘忍的魔法師。我還沒讀過這樣的人在哪個故事裡最後不遭到報應的。我打賭你也會遭到報應。那叫罪有應得。」

狄哥里說了那麼多的話，這是第一次真正命中要害。安德魯舅舅嚇了一跳，臉上流露出極其恐懼的神情，儘管他連禽獸都不如，這時你也幾乎要可憐他了。不過，眨眼之間他就恢復了平靜，並且硬擠出一聲乾笑說：「很好，很好，你這種在女人堆裡長大的孩子，有這種想法很自然。老太太們講的故事，對吧？我想你不需要擔心**我的**安危，狄哥里。為你那位小朋友擔心會不會更好一些？她已經走了好一會兒了。如果『那邊』有任何危險的話——嗯，你只要晚到片刻，都會後悔莫及。」

「你可**真是**關心啊，」狄哥里憤恨地說：「可是我已經受夠了你的鬼話。到底我該怎麼做？」

「小伙子，你真的必須學學怎麼控制自己的脾氣。」安德魯舅舅冷冷地說：「否則你長大後就會像你的萊蒂姨媽一樣。現在，跟我過來。」

他起身，戴上一副手套，走到那個裝著戒指的木盤前。

「它們只有在真正接觸到你的皮膚時才會起作用。」他說：「我只要戴上手套，就可以把它們拿起來——像這樣——完全沒事。如果你把戒指放在口袋裡帶在身邊，也完全沒事：當然，你得當心，別把手伸進口袋裡，以免不小心碰到它。只要一碰到黃戒指，你就會從這個世界消失。等你到了『另一個世界』之後，我認為——當然這還沒測試過，但我**認為**——只要一碰綠戒指，你就會從那個世界消失，然後——我認為——重新回到這個世界。現在，我把這兩個綠戒指放進你的右邊口袋裡。務必要記住綠戒指是在哪個口袋裡。綠色（green）的第一個字母是G，右邊（right）的第一個字母是R。G、R正是綠色的頭兩個字母，這下你懂了吧。一枚給你，一枚給那個小女孩。現在，你自己去拿一枚黃戒指。我要是你，就會把它戴在手指上。這樣比較不會弄丟它。」

狄哥里正要拿起黃戒指，突然又停下來。

「聽著，」他說：「那我媽怎麼辦？要是她問起我在哪裡呢？」

「你愈早去，就能愈早回來。」安德魯舅舅愉快地說。

「但是你並不知道我能不能回來。」

安德魯舅舅聳聳肩，走到門邊開了門鎖，把門打開說：

「噢，那好，你請便吧。下樓去吃你的飯。你要是願意，就讓那個小女孩在『另一個世界』裡被野獸吃掉，或淹死，或餓死，或永遠迷失在那裡。反正對我來說沒有差別。也許你最好在喝下午茶之前，順道去拜訪一下普朗莫爾太太，向她解釋，因為你不敢戴上一枚戒指，所以她再也見不到她女兒了。」

「老天在上，」狄哥里說：「我真希望自己又高又壯，可以給你的腦袋狠狠一拳！」

說完，他扣好外套，深吸了一口氣，拿起那個戒指。當時他想——即使是日後他也這麼想——除了這麼做，實在沒有更好的辦法了。

03 通向其他世界的樹林

安德魯舅舅和他的書房瞬間消失了。然後，有那麼片刻，一切都變得模糊不清。接著狄哥里意識到的第一件事是，有一道柔和的綠光從上面照下來籠罩著他，在他下方是一片黑暗。他似乎不是站著、不是坐著，也不是躺在任何東西上。四周空蕩蕩的。「我想我是在水裡吧，」狄哥里說：「要不就是在水**底下**。」這念頭讓他嚇一跳，但他幾乎立刻感覺到自己正往上沖。隨後他的頭突然就破水而出，接觸到了空氣。他七手八腳爬上岸，爬到水塘邊的平坦草地上。

他一站起來，就注意到自己不像剛從水底爬出來的人，沒有渾身濕透滴水，也沒有拚命大口喘氣。他的衣服完全是乾的。他站在一個直徑不到十英尺寬的小水塘邊，就在一個樹林裡。那裡的樹密集生長，枝葉繁茂，所以看不到天空。四下的光線全是透過樹葉落下來的綠光，十分明亮溫暖，頭頂上方想必烈日當空。這是你能想像得到的最安靜的樹林，沒有鳥，沒有昆蟲，沒有動物，也沒有風。你幾乎可以感覺到樹木在生長。他剛剛爬出來的水塘不是林子裡唯一的水塘。這裡還有另外幾十個水塘，放眼望去，每隔幾碼就有一個。你幾乎能感覺到樹木的根正在吸水。這片樹林生氣蓬勃。日後狄哥里嘗試描述這座樹林時，總是這麼說：「那是個**豐富美好**的地方，像李子蛋糕[4]一樣豐美。」

最奇怪的是，狄哥里放眼打量四周之前，就差不多已經忘光了自己是怎麼來到這裡的。無論如何，他確實沒想起波莉，沒想起安德魯舅舅，甚至沒想起他母親。他絲毫沒感到害怕，也沒感到興奮或好奇。如果有人問他：「你是從哪裡來的？」他說不定會這樣回答：「我一直都在這裡啊。」這就是那個地方給人的感覺——一個人會覺得自己好像一直待在那裡，雖然不曾發生過任何事，也從來不覺得無聊。正如他在很久以後所說的：「那是一個不會有事情發生的地方。只有樹木在不停生長，沒別的。」

狄哥里盯著樹林看了好久才注意到，幾碼之外的一棵樹下躺著一個女孩。她的眼睛幾乎是閉著的，只剩下一條縫，彷彿正在半睡半醒之間。因此他看著她好長一段時間，一語不發。終於，她睜開了眼睛，也是看著他好長一段時間，同樣一語不發。然後，她開口了，一種作夢似的心滿意足的聲音。

---

4 李子蛋糕，英文是plumcake，plum一字的古英語是指十萬英鎊，或擁有十萬英鎊的人；在現代英語裡，plum也指令人垂涎的肥缺（待遇好的職位）。

「我想我以前見過你。」她說。
「我也這麼想。」狄哥里說：「你到這裡很久了嗎？」
「噢，一直在這裡呀。」那女孩說：「至少待了……我不知道有多久時間。」
「我也是。」狄哥里說。
「你沒有很久。」她說：「我剛才看見你從那個水塘裡爬出來。」
「對喔，我想是這樣吧。」狄哥里帶著困惑的神色說：「我不記得了。」
接著，他們又沉默了很長一段時間。
「聽著，」那女孩這時開口說：「我猜我們以前真的見過吧？我有個念頭——我腦子裡有個畫面——像我們這樣，一個男孩一個女孩——住在一個完全不一樣的地方——做各種各樣的事。也許那只是一個夢。」
「我想我也作過同樣的夢，」狄哥里說：「是一個男孩和一個女孩，兩人是隔壁鄰居——還有他們在椽木間爬行。我記得那個女孩的臉很髒。」
「你搞混了吧？在我的夢裡，是那個男孩的臉很髒。」
「我不記得那個男孩的臉。」狄哥里說，接著又加了一句：「你瞧！那是什麼？」
「哇！那是一隻天竺鼠。」女孩說。那是一隻肥嘟嘟的天竺鼠，正在草地上嗅來嗅去。那隻天竺鼠的腰間綁了一條帶子，帶子上繫著一枚閃亮的黃戒指。

「快看，快看！」狄哥里說：「那個戒指！看！你手指上也有一個。我也有一個。」

那女孩這時坐了起來，終於被挑起了興趣。他們非常專注地看著對方，努力回想。然後，他們同時開口，她喊道：「凱特利先生。」而他喊道：「安德魯舅舅。」他們想起自己是誰了，也開始記起整件事情。經過幾分鐘的熱烈討論後，他們終於把事情搞清楚了。狄哥里還說明了安德魯舅舅的行徑有多麼卑劣。

「我們現在該怎麼辦？」波莉說：「抓住那隻天竺鼠，然後回家嗎？」

「不用急。」狄哥里說，打了個大呵欠。

「我覺得很急，」波莉說：「這地方太安靜了。這裡太……太像夢了，你都快睡著了。如果我們抵擋不住睡意躺下來的話，就會永遠一直睡下去了。」

「這裡很不錯啊。」狄哥里說。

「是啊，是很不錯，」波莉說：「但是我們得回去啊。」她站起來，開始小心翼翼朝天竺鼠走過去。可是接著她又改變了主意。

「我們還是把天竺鼠留在這裡好了。」她說：「牠在這裡快樂無比，如果我們把牠帶回去，你舅舅只會對牠做可怕的事。」

「我打賭他一定會。」狄哥里回答：「看看他是怎麼對待**我們**的。對了，我們該怎麼**做**才能回家？」

「我想，應該是回到水塘裡。」

他們走到水塘邊，並肩站著，低頭看著平靜的塘水。水中滿滿倒映著濃密的枝葉，因此看起來深不可測。

「我們都沒帶泳衣。」波莉說。

「別傻了，我們不需要。」狄哥里說：「我們就穿著這身衣服下去。你不記得了嗎？我們上來的時候，衣服根本沒濕。」

「你會游泳嗎？」

「會一點。你會嗎？」

「呃……不太會。」

「我想我們不需要游泳。」狄哥里說：「我們是要跳**進去**，不是嗎？」

跳進水塘這個主意他們倆都不喜歡，但誰也沒說出來。他們手拉著手，一起喊：「一……二……三……跳！」接著就跳了下去。水花四濺，發出好大聲響，當然，他們都閉上了眼睛。可是當他們再次睜開眼睛，發現自己還是手拉著手站在翠綠的樹林裡，水塘的水勉強淹到腳踝。這水塘顯然只有一、兩英寸深而已。他們踩著水走回乾燥的地面。

「到底出了什麼差錯？」波莉用驚恐的聲音說；不過沒有你預期的那麼驚恐，因為在這片樹林裡很難真的感到害怕。這地方太寧靜祥和了。

「噢！我明白了。」狄哥里說：「我們還戴著我們的黃戒指，這樣當然沒用。你知道，黃戒指是離開我們的世界出來旅行用的，綠戒指才能帶你回家。我們必須換戒指。你有口袋嗎？好極了。把你的黃戒指放進左邊口袋裡。我有兩個綠戒指。一個給你。」

他們戴上綠戒指，然後走回水塘邊。不過，在他們打算要跳之前，狄哥里突然發出很長的聲音：「噢……噢……噢！」

「怎麼啦？」波莉問。

「我剛想到一個很棒的主意。」狄哥里說：「所有其他的水塘會是什麼樣子？」

「你這話什麼意思？」

「哎呀，如果跳進**這個**水塘可以返回我們的世界，那跳進其他水塘，我們不就可以到其他世界去了嗎？假如每個水塘底下都有一個世界的話。」

「可是，我以為我們現在已經在你安德魯舅舅所說的『另一個世界』或『另一個地方』或不管他怎麼稱呼的那個地方了啊。你剛才不是說……」

「噢，討厭的安德魯舅舅。」狄哥里打斷她的話：「我才不相信他知道這裡的什麼事。他根本就沒膽子自己過來這裡看看。他只會大言不慚地談論一**個**『另一個世界』，可是如果有幾十個『另一個世界』呢？」

「你是說，這片樹林只是其中一個世界？」

「不，我一點也不認為這片樹林是一個世界。我認為它是個中途站。」

波莉一臉茫然。「你還不明白嗎？」狄哥里說：「好，不懂就聽我說吧。想想我們家屋頂下的那條暗道。它不屬於那些房子的哪個房間。從某種程度來說，它還真不算是任何人家的一部分。可是，只要你進入暗道，就可以沿著它進入那排房屋的任何一戶人家。這片林子不也一樣嗎？——這裡不屬於任何一個世界，但是你一旦來到這個地方，就可以進入所有其他的世界。」

「好吧，就算你可以……」波莉才一開口，狄哥里就又繼續往下說，像是根本沒聽見她說話。

「當然，這就解釋了一切。」他說：「這是為什麼這裡如此安靜又令人昏昏欲睡。這裡從來不會發生任何事。就像在家裡一樣。大家在屋子裡說話、做事和吃飯。沒有人會在牆壁後、天花板上、地板下或我們那條暗道這樣的中間地帶做任何事。可是只要一走出我們那條暗道，你就會發現自己在**任何**一棟房子裡。我想，我們可以離開這裡，到任何地方去！我們不需要跳進我們來的那個水塘。至少先不要。」

「通向其他世界的樹林，」波莉作夢似地說：「聽起來挺美好的。」

「來吧，」狄哥里說：「我們要先試哪一個水塘？」

「聽著，」波莉說：「在確定我們**能**從這個舊水塘回去之前，我不會去嘗試任何的新水塘。我們甚至不確定這綠戒指管不管用。」

「是啊，」狄哥里說：「一回去就被安德魯舅舅逮住，讓他拿走我們的戒指，我們什麼也沒玩到。謝了，我不幹。」

「我們難道不能跳進我們的水塘，只走一段，」波莉說：「只是看看綠戒指管不管用。如果它管用，我們可以在真的回到凱特利先生的書房前趕緊換成黃戒指，再次回到這裡來。」

「我們可以只走一**段**嗎？」

「嗯，來的時候花了一點時間。我想，回去也會花一點時間的。」

狄哥里對這個提議很不以為然，但最後還是不得不同意，因為波莉除非確定自己能回到原來的地方，否則絕不去新世界探險。她在面對某些危險（例如黃蜂）時，跟他一樣勇敢，但是對於人們前所未聞的事物就不大感興趣了。狄哥里則是那種想要知道一切的人，他長大以後成為著名的柯克教授，出現在其他故事裡。

經過好一番爭論，他們終於同意，先戴上綠戒指（狄哥里說：「綠色代表安全，這樣就不會記錯哪一個是哪種用途。」）再手牽手一起跳。不過，他們說好，只要好像快回到安德魯舅舅的書房或他們自己的世界時，波莉就要大喊「換」，然後他們會趕緊脫下綠戒指換上黃戒指。狄哥里想當那個喊「換」的人，但是波莉不同意。

他們戴上綠戒指，手牽手，再次大喊：「一……二……三……跳！」這次生效了。我很難向你描述那種感覺是什麼樣子，因為一切發生得太快了。一開始是有明亮的光在漆黑的天空中游移；狄哥里一直認為那是星星，他甚至發誓自己看見木星就近在眼前——近得還可以看見它的衛星。不過緊接著他們四周出現一排排的屋頂和煙囪頂管，他們還看見聖保羅大教堂，知道自己眼前所見正是倫敦，而且可以透過牆壁看見屋內的情景。接著他們看到了安德魯舅舅，他的身影原本非常模糊，但愈來愈清晰，愈來愈具體，彷彿鏡頭對著他並逐漸調準了焦距。就在他變得像真人一樣之前，波莉大喊「換」，他們立刻換了戒指，我們的世界像夢一般漸漸消失，上方的綠光變得愈來愈強，直到他們的頭冒出水塘，然後兩人七手八腳地爬到岸上。他們周圍仍是那片樹林，像原來一般青翠、明亮、靜止。整個過程花了不到一分鐘時間。

「你看！」狄哥里說：「沒問題了吧。現在該去探險了。任何一個水塘都可以。來吧，我們選那個好了。」

「站住！」波莉說：「我們不先在**這個**水塘做個記號嗎？」

他們看著對方，忽然明白剛才狄哥里準備做的事多麼可怕，兩個人的臉都嚇白了。林子裡的水塘多得數不清，而且看起來都一樣，連樹木也都一樣，因此，他們一旦離開這個通往我們世界的水塘，沒有留下任何記號，想再次找到這個水塘的機會恐怕只有百分之一了。

狄哥里顫抖著手打開他的袖珍折刀，在水塘邊切下長長一塊草皮。底下的泥土（氣味清香）是濃重的紅褐色，在一片綠草地中十分顯眼。「幸好我們當中還有一**個人**有點腦子。」波莉說。

「好了，別在這件事上吹牛了。」狄哥里說：「跟我來吧，我想看看其他水塘裡是什麼樣子。」波莉回了他一句尖刻的話，他又反擊了一句更難聽的。爭吵持續了好幾分鐘，但如果都寫下來就太乏味了。讓我們省略這段爭吵，直接來到他們戴上黃戒指，站在一個不知名的水塘邊，心臟怦怦狂跳，臉上略帶懼色，手牽著手再次說：「一……二……三……跳！」

噗通！水花四濺，戒指又失靈了。這個水塘顯然也只是個小水坑。他們沒有抵達一個新世界，相反的，只是在那天早上（假定是早上吧，在這個通往其他世界的樹林裡，時間似乎永遠是一樣的，沒有變化）第二次弄濕了腳，並把腿上濺得都是水。

「討厭！煩死了！」狄哥里大叫：「這下又是哪裡出了錯？我們已經好好戴著黃戒指了啊。他說黃戒指是離開去旅行用的。」

真相是安德魯舅舅對這個通往其他世界的樹林一無所知，也把戒指的功能想錯了。黃戒指不是「離開」的戒指，綠戒指也不是「回來」的戒指；至少不是他想的那樣。兩種戒指的製作材料都來自這片樹林。黃戒指內的物質具有把你帶到這片樹林的力量；那種物質想回歸它的所在地，也就是這片中間地帶。至於綠戒指內的物質，是一種想離開它的所在地的物質，因此綠戒指會帶你離開樹林，進入一個世界。你瞧，安德魯舅舅並不真正明白自己在做什麼，大部分魔法師都是這樣的。當然，狄哥里也還不那麼清楚明白真相，他是後來才了解的。不過，經過一番討論後，他們決定戴上綠戒指來試這個新水塘，看看會發生什麼事。

「你敢我就敢。」波莉說，但她這麼說，是因為她內心十分確定，這兩種戒指在這個新水塘裡都不會起作用，因此除了再濺自己一身水外，沒有什麼更糟的事需要害怕。我不確定狄哥里是不是也這麼想。無論如何，當他們戴好自己的綠戒指，走回水塘邊，再次把手牽好時，他們確實比上次更興高采烈一些，也沒之前那麼嚴肅。

「一……二……三……跳！」狄哥里說。他們縱身跳了下去。

04 金鐘與鐘錘

這次魔法真的生效了。他們快速不斷往下墜，先穿過一片黑暗，然後穿過一大團形狀模糊、旋轉的物體，那可能是任何東西。眼前愈來愈亮，接著，他們突然感覺自己站在某種堅實的東西上。過了一會兒，每樣東西都逐漸聚焦，他們終於能觀看四周的情景。

「好怪異的地方！」狄哥里說。

「我不喜歡這地方。」波莉說，同時像打了個寒顫。

他們首先注意到的是這裡的光線。它不像陽光，也不像電燈、油燈、蠟燭的亮光，也不像其他他們曾見過的任何一種光。那是一種晦暗、帶紅的光，完全不令人感覺愉快。它很穩定，毫不閃爍。他們所站的地面鋪設平整，四周聳立著各種建築物。他們像在一個庭院裡，上方沒有屋頂。天空出奇的暗——一種幾近烏黑的深藍。當你見了這樣的天空，你會覺得這裡根本就不該有光。

「這裡的天氣真有趣。」狄哥里說：「我懷疑我們是不是剛好趕上了一場暴風雨，或碰到日蝕。」

「我不喜歡這天色。」波莉說。

不知何故，他們都壓低了聲音說話。還有，在跳入水塘之後，他們沒有理由再繼續牽著手，但他們都沒把手鬆開。

庭院四周聳立著一圈很高的牆。牆上有許多巨大的窗戶，窗上沒有玻璃，望進去一片黑漆漆的，什麼也沒有。在往下一點則有好些巨型柱子支撐的拱門，看起來就像咧著駭黑大嘴的鐵路隧道洞口。這裡其實挺冷的。

這些建築物所用的石頭似乎都是紅的，但也可能只是因為那奇怪的光才顯得紅。建築物顯然十分古老了，庭院內許多鋪地的石板已經裂痕斑斑，沒有一塊能好好拼湊在一起，尖銳的邊角都已磨平了。其中一扇拱門的門口有碎石堆了半個門高。這兩個孩子不停轉動身子，察看庭院的每個面向。這麼做的一個原因是他們害怕在自己背過身時，有什麼人或什麼東西從窗戶裡窺視他們。

「你覺得這裡有人住嗎？」狄哥里終於開口問，依舊是悄聲說話。

「沒有。」波莉說：「這裡全是廢墟。我們來了之後，還沒聽到半點聲音。」

「讓我們靜下來別動，再聽一聽。」狄哥里建議說。

他們站住不動，仔細聆聽，但都只聽到自己心臟咚咚跳的聲音。這地方至少和通向其他世界的那片樹林一樣安靜，不過是一種不同的安靜。那片靜默的樹林既豐富又溫馨（你幾乎可以聽見樹木在生長），並且充滿生命力，但這裡是死亡、冰冷、空寂無聲。你無法想像這裡有任何東西在生長。

「我們回家吧。」波莉說。

「可是我們什麼都還沒看啊。」狄哥里說：「我們既然已經來了，就該逛一下嘛。」

「我很確定這裡沒有什麼有趣的東西。」

「你找到一枚能讓你進入其他世界的魔法戒指，卻在來到這裡之後害怕到處逛逛，那有這戒指還有什麼意義。」

「你說誰害怕？」波莉說著，甩開了狄哥里的手。

「我只是想，你好像不怎麼熱衷探索這個地方。」

「任何地方，你敢去我就敢去。」

「我們想離開的時候就可以離開，」狄哥里說：「我們先把綠戒指脫下來放在右邊口袋裡。這樣我們只要記住黃戒指是在左邊口袋裡就行了。你可以把手放在口袋旁邊，想靠多近都行，但別把手伸進口袋裡，要不然一碰到黃戒指就會立刻消失。」

他們放好綠戒指，靜靜朝一個通往建築物內部的大拱門走去。當他們站在門檻前朝裡望時，看見裡面不像他們原先想的那麼暗。這拱門通向一個巨大、陰暗的廳堂，裡面空蕩蕩的，但大廳另一頭有一排石柱，柱與柱之間有拱門，從這些拱門透出更多那種疲憊無力的光。他們小心翼翼穿過廳堂，生怕因為地面有洞或周圍埋伏著什麼而絆倒。這段路似乎很長。當他們終於抵達大廳另一側，穿過了拱門，他們發現自己置身另一個更大的庭院裡。

「那裡看起來非常不安全。」波莉指著一個地方說。那裡的牆向外凸，看起來像隨時會往庭院裡坍塌。其中有個地方，兩道拱門之間的柱子也不見了，原本由柱子頂端支撐的石塊，就這麼毫無支撐地懸在半空中。這地方顯然已經荒廢了好幾百年，說不定是好幾千年了。

「如果它能撐到現在，我猜它還能再撐得久一點。」狄哥里說：「不過我們必須非常安靜。你知道，有時一點點聲音也能讓東西垮下來——就像阿爾卑斯山的雪崩一樣。」

他們繼續前進，走出那個庭院，進入另一個出入口，踏上寬闊的階梯，穿過一個接一個廣闊巨大的房間，直到這地方的廣闊弄得他們頭暈眼花。他們每隔一會兒就想，自己快要走到建築物外面了，可以看看這座龐大宮殿周圍的鄉野是什麼景象，但每次他們都只是走進另一個庭院。這些殿堂還有人居住時一定十分宏偉華麗。在一處庭院裡有一座噴泉。一尊大展雙翼的巨大石獸張嘴矗立在庭院中，你仍可看見它嘴裡有一截管子，從前水就是從那裡噴湧而出的。石獸下方是個用來儲水的寬闊石盆，但盆子已乾透了。其他地方有些攀藤植物的枯藤枝纏繞在石柱上，拽倒了一些石柱，但這些藤蔓已經枯死很久了。這裡也沒有螞蟻、蜘蛛或其他你以為在廢墟中會見到的生物，地上石板裂縫裡裸露的乾燥泥土上既無青草，也無青苔。

這裡的一切是如此沉悶陰鬱，毫無變化，連狄哥里都想，他們最好還是戴上黃戒指，回到那片生機盎然、溫暖青翠的「中途站」樹林算了。這時，他們來到兩扇巨大的、可能是黃金打造的金屬門前。其中一扇門微微開了一條縫，他們自然走上前去，往裡張望，兩人都因而嚇得倒退一步，深深吸了一口氣：這裡終於有些值得一看的東西了。

有那麼片刻，他們以為屋子裡都是人——好幾百人，全都坐著，文風不動。正如你所猜想的，波莉和狄哥里也文風不動地站在原地好久，只是望著裡面。不過，這時他們斷定自己看見的不是真人。屋裡沒有絲毫動靜，在那些人當中連一絲呼吸聲都聽不見。它們就像你見過的最栩栩如生的蠟像。

這次，波莉率先走了進去。這個房間裡有某樣令她比狄哥里更感興趣的東西，那就是所有人都穿著高貴又華麗的衣服。如果你對服裝有點興趣，就會忍不住想走近一點看看。走過那麼多滿布灰塵且空蕩蕩的房間之後，那些服飾的繽紛色彩雖然不至於使房間看起來更令人愉快，但至少讓它顯得豐富壯麗許多。這房間的窗戶也比較多，因此比其他地方更明亮。

我不知道該如何形容那些衣服。所有的人都穿著長袍，頭戴皇冠。他們的長袍有深紅色、銀灰色、深紫色和翠綠色，長袍上繡滿各種花樣圖案、各類奇花異獸。他們頭頂的皇冠、脖子戴的項鍊，以及長袍上所有能縫上飾品的地方，都鑲著、嵌著、縫著閃爍璀璨、大得驚人的寶石。

「這些衣服為什麼過了這麼久還沒有破爛？」波莉問。

「魔法。」狄哥里低聲說：「你沒感覺到嗎？我敢打賭，這整個房間都因為魔法而凝結了。我們一走進來我就感覺到了。」

「這些衣服隨便一件都值好幾百英鎊。」波莉說。

不過狄哥里對那些面孔更感興趣，而這些面孔確實也都很值得一看。他們坐在房間側邊的石椅上，房間中央的地板是空的。你可以一路往前走，一個接一個觀看那些面孔。

「我想，他們是**正派**的人。」狄哥里說。

波莉點點頭。他們看見的所有的面孔都很正派。這些男人和女人看起來既仁慈又有智慧，似乎全都源自某個俊美的種族。不過，當兩個孩子朝屋裡再走幾步之後，他們看到的面孔就有點不一樣了。這是一些神情非常嚴肅的面孔。你會覺得，如果在生活裡遇到有這種面孔的人，自己一定會小心謹慎，留意言行舉止。當他們又往前走一點，大約來到房間中央時，發現周圍都是自己不喜歡的面孔。這些面孔顯得非常強悍、高傲和快樂，但看起來很殘酷。他們再往前走，兩旁的面孔就更殘酷了。繼續走，那些面孔依然殘酷，卻不再有快樂的神情。他們甚至可說神情絕望，彷彿他們所屬的族人曾做過一些可怕的事，也因這些可怕的事而受苦。最後一個人像最有意思——那是一個衣飾比所有人都更華麗的女人，個子非常高（但這屋裡的每個人都比我們世界裡的人高），臉上那凶狠又高傲的神情能令你屏住呼吸。不過她也非常美麗。多年之後，當狄哥里變老後，他說他這輩子再也沒見過像她那樣美麗的女人，但為了公平起見，也必須加上波莉的評語。波莉總是說，自己沒在她身上看出什麼特別美的地方。

如我所說的，這女人是最後一個人像，但在她後面還有許多空椅子，好像這間屋子原本打算用來收藏更多的蠟像。

「我真希望我們能夠知道這一切背後的故事。」狄哥里說：「我們回去看看房間中央那個像桌子一樣的東西吧。」

房間中央的那個東西其實不能說是桌子。那是一個大約四英尺高的正方形柱子，上面立著一個金色小拱門，拱門上懸掛著一個小金鐘，旁邊放著一把敲鐘的小金錘。

「我猜……我猜……我猜……」狄哥里說。

「這裡好像寫著字。」波莉說著彎下腰去看石柱的一側。

「老天爺，是有字，」狄哥里說：「但是我們當然看不懂吧。」

「是嗎？我看未必。」波莉說。

他們認真盯著上面的字，正如你所想的，刻在石頭上的字確實很奇怪，不過這時卻發生了很神奇的事：就在他們盯著字看的時候，那些怪字的形狀雖然始終沒變，他們卻覺得自己能讀懂那些字了。如果狄哥里還記得自己幾分鐘前說的，這是個充滿魔法的房間，他大概會猜到，魔法已經開始起作用了。可是他這時好奇心太強，沒心思想到其他的事。他愈來愈渴望知道石柱上寫了什麼。不久他們兩人都明白了。文字的意思大概是這樣——至少大意如此，如果你在現場看的話，原詩讀來更佳：

做出選擇，愛冒險的陌生人；
敲響金鐘，等待危險降臨，
或永遠揣想，直想到發狂，
若敲鐘會帶來什麼情況？

「絕對不行！」波莉說：「我們不想招來任何危險。」

「噢，可是你看不出來嗎，不碰也不行啊！」狄哥里說：「現在我們擺脫不掉了。

我們會一直想如果敲了鐘會發生什麼事。我可不想回家之後，因為一直想著這件事而被逼瘋。絕對不行！」

「別傻了，」波莉說：「才不會有人會去想這些！管他後來有沒有發生什麼事，有什麼關係？」

「我認為所有大老遠跑到這裡來的人一定都會一直想下去，直到發瘋為止。這就是魔法，你明白吧。我已經感覺到它在我身上起作用了。」

「噢，我沒感覺。」波莉忿忿地說：「我也不相信你真的感覺到了。你只是裝的。」

「你只**知道**這些，」狄哥里說：「因為你是女孩子。你們女孩子從來不想知道什麼事，成天只會三姑六婆嚼舌根，還有說誰誰誰要訂婚。」

「你說這話的樣子跟你舅舅一模一樣。」波莉說。

「為什麼你老愛離題啊？」狄哥里說：「我們談的事情是……」

「完全就像個大男人！」波莉用成年人的語氣說，但很快又用自己的語氣補充說：「別說我是大女人，要不然你就是個討人厭的模仿者。」

「我作夢都不會想到把你這樣的小丫頭叫做女人。」狄哥里高傲地說。

「噢，我是小丫頭？真的嗎？」波莉這下真的生氣了：「那好，你不會再有個小孩跟著你惹你厭煩了。我這就走。我受夠了這個鬼地方。我也受夠了你——你這個令人討厭、自命不凡、頑固的豬頭！」

「別再說了！」狄哥里的口氣非常惡劣，但那其實不是他的本意，只是那時他看見了波莉把手伸向口袋，準備拿她的黃戒指。我不能為狄哥里接下來的行為找藉口開脫，只能說，他在事後感到非常後悔（還有許多其他的人也有這樣的經驗）。就在波莉的手探進口袋前，他抓住她的手腕，側過身子，背對著她，擋在她身前，又用另一隻手的手肘擋開她的另一隻手，接著俯身向前，抓起小金錘，朝金鐘輕輕地、漂亮地敲了一下。然後，他才放開她。他們分開後都狠狠瞪著對方，大口喘氣。波莉幾乎要哭了，但不是因為害怕，更不是因為狄哥里把她的手抓得很痛，而是因為她快氣炸了。不過，在兩秒鐘之內就發生了某件事，讓他們完全忘了吵架。

金鐘被敲，馬上發出一響，正如你所想的，鐘聲甜美悅耳，也不是很大聲。不過，這鐘聲沒有逐漸減弱消失，相反的，它持續著，而且愈來愈大聲。不到一分鐘，鐘響的音量已是一開始的兩倍。不久，它變得非常大聲，如果兩個孩子想說話（不過他們這時沒想到要說話——他們只是呆站在那裡，張大著嘴），也聽不見彼此的聲音。很快的，鐘聲更大了，即使他們向對方吼叫，對方也聽不見。鐘聲還在繼續變大，始終是一個音，一個持續不斷、甜美悅耳的音，只不過甜美中蘊含了某種恐怖，直到整個巨大房間裡的空氣都為它顫動起來，因而他們可以感覺到自己腳下的鋪石地板都在顫抖。接著，鐘聲終於開始與其他聲音混在一起，一種模糊的、災難發生時的噪動聲，起初聽起來像遠方火車的怒吼，接著像樹木倒下的轟隆聲。他們聽見某種像是重物墜地的聲音。最後，隨著一聲突如其來的如雷巨響，一陣劇烈的搖晃讓他們差點失足跌倒，房間盡頭有大約四分之一的屋頂整個塌了下來，巨大的石塊墜落在他們四周，連牆壁都在搖晃。鐘聲停了。一團團的灰塵散去。一切又恢復了平靜。

屋頂垮塌，到底是因為魔法的緣故，還是因為金鐘那令人無法忍受的巨響使那些損壞崩裂的牆壁承受不住，永遠不會有人知道了。

「好了！我希望這下你滿意了。」波莉氣喘吁吁地說。

「嗯，反正都結束了。」狄哥里說。

他們倆都以為事情到此為止；然而，這是他們這輩子所犯最大的錯誤。

05 毀滅咒

兩個孩子隔著放置著懸掛金鐘的石柱臺彼此對望，鐘還在輕微晃動，但已不再發出聲音。突然，他們聽見，房間盡頭仍完好無損的那個角落傳來一陣輕響。他們像閃電迅速轉過身來，想看看那是什麼。那些穿長袍的人物中，最遠的那一個，那個狄哥里認為非常漂亮的女人，正緩緩從座椅上站起身。她站起來之後，他們才知道，她比他們所想的還要高。還有，從她的王冠、長袍，以及她灼亮的雙眼和嘴唇的弧線，你馬上就能看出她是一個偉大的女王。她環顧四周，看見了損壞的情景，也看見了兩個孩子。不過，你無法從她臉上猜出她在想什麼，或她是否感到驚訝。她邁開大步，飛快走了過來。

「是誰喚醒了我？是誰打破了魔咒？」她問。

「我想，應該是我吧。」狄哥里說。

「你！」女王說著，伸出手搭在狄哥里肩膀上——一隻白皙、美麗的手，但狄哥里感覺那手強壯有力，像鐵鉗一樣。「你？但你只是個孩子，一個普通孩子。任何人都能一眼看出你身上沒有一滴皇室或貴族的血統。像你這樣的人，怎麼敢踏進這棟屋子？」

「我們是從另一個世界來的，用了魔法。」波莉說，她認為女王該注意她了，就像注意狄哥里一樣。

「這是真的嗎？」女王說，依舊看著狄哥里，連瞥都不瞥波莉一眼。

「是的，是真的。」狄哥里說。

女王用另一隻手托住他下巴，迫使他仰起臉來，讓她能看得更清楚。狄哥里試圖瞪回去，但很快就垂下雙眼。她有一種令他懾服的力量。在她好好研究了他一分多鐘後，她的手離開他的下巴，說：

「你不是魔法師。你身上沒有『那種印記』。你一定只是魔法師的僕人。是另一個人的魔法讓你來到這裡的。」

「是我舅舅安德魯。」狄哥里說。

這時候，從某個很近的地方先傳來一陣隆隆聲，接著是咯咯吱吱的碎裂聲，然後是岩石崩塌的轟然巨響，整個地面搖晃起來。聲音來自外面而不是屋裡。

「大難臨頭了。」女王說：「整座宮殿正在崩塌。如果我們不在幾分鐘內奔逃出去，就會被活埋在這廢墟之下。」她冷靜說話的模樣，彷彿只是在說現在幾點了。「來吧。」

她加上一句，同時對兩個孩子伸出手。波莉不喜歡這個女王，還有點不太開心，若不是情非得已，她才不會讓女王牽她的手。不過，女王說話雖然十分鎮定，她的動作卻和思維一樣敏捷。波莉還來不及反應，一隻比她大得多也強壯有力得多的手已經抓住了她的左手，她什麼辦法也沒有。

「這是個可怕的女人。」波莉想：「她力氣好大，隨便一扭就能扭斷我的胳臂。現在她抓著我左手，我就摸不到黃戒指。如果我想把右手伸進左邊口袋，她大概會在我拿到戒指之前就問我在幹什麼。不管發生什麼事，我們都不能讓她知道戒指的事。我希望狄哥里有點腦子，閉緊他的大嘴巴。真希望我能私下提醒他一聲。」

女王帶他們出了「塑像廳」，進入一條長廊，接著穿過一座由廳堂、樓梯和庭院組成的龐大迷宮。他們接連聽見這座龐大宮殿一處接一處崩塌的聲音，有時甚至就近在咫尺。有一次，他們才剛穿過一座巨大的拱門，門就轟隆一聲垮了下來。女王絲毫沒有露出懼色，依舊健步如飛——兩個孩子必須小跑才跟得上她。狄哥里想：「她真是太勇敢了，而且很強壯。這才是我心目中的女王！我希望她能把這地方的故事告訴我們。」

他們一路往前走的時候，她確實告訴了他們一些事。

她會說：「這是通往地牢的門。」或「那條路通往主行刑房。」或「這是舊宴會廳，我祖父曾召令七百名貴族來此參加宴會，並在他們還沒喝夠之前就把他們全殺了。因為他們想造反。」

最後，他們終於踏進一個比他們先前所見都更大、更高的廳堂，從它的規模和遠處盡頭那雄偉的大門來看，狄哥里推斷，他們這時終於來到宮殿的主入口了。這次他猜的沒錯。那兩扇門漆黑烏沉，也許是黑檀木，也許是我們世界裡沒有的黑色金屬，門上拴的幾根巨大門閂大多高得搆不著，而且全都重得抬不動。他懷疑他們怎麼出得去。

女王放開他的手，舉起一隻手臂。她挺起身，站得筆直，然後說了幾句他們聽不懂的話（但聲音聽起來很可怕），然後做了一個動作，就像是朝大門扔了什麼東西過去。那兩扇又高、又重的大門像絲織品般顫動了一下，接著就粉碎坍塌了，只在門檻上留下一堆塵土。

「吁！」狄哥里輕吹了一聲口哨。

「你的魔法師主人，你舅舅，法力像我一樣強大嗎？」女王問，並再次抓住狄哥里的手：「反正我不久會知道的。現在，記住剛才你看見的。擋住我去路的人或事物，都會遭到這樣的下場。」

從洞開的門口湧進更多的光，他們來到這個國度後，第一次見到這麼多光。當女王領著他們穿過門洞，他們發現自己來到了戶外，但並不驚訝。撲面而來的風十分寒冷，還夾帶著腐舊味。此時他們站在一個高臺上，俯瞰著下方一片壯闊的風景。

下方遠處的地平線上懸掛著一輪巨大的紅太陽，遠比我們這個世界的太陽大得多。狄哥里立刻感覺到，這太陽也比我們世界裡的太陽老得多：這是一個即將走到生命盡頭的太陽，已經厭倦了往下看見的這個世界。在太陽的左上方，高懸著一顆大而明亮的孤星。這是黑暗夜空中唯一可見的兩個物體，一對淒涼的夥伴。地面上，從四面八方望去，極目所見是一座綿延無邊的巨大城市，但是看不見任何生物。所有的神廟、高塔、宮殿、金字塔和橋樑，都在那輪衰頹紅日的照射下，投出長長的、看起來很悲傷的影子。這城市曾有一條大河穿過，但河水早已消失，如今只留下一條寬闊、積滿灰色塵土的溝渠。

「好好看看這幅日後再也不會見到的景象。」女王說：「這就是查恩，偉大之城，萬王之王的城，它是這個世界的奇蹟，說不定是所有的世界裡的奇蹟。小子，你舅舅統治的城市有這個這麼偉大嗎？」

「沒有。」狄哥里說。他正想解釋他舅舅沒有統治任何城市，但女王又繼續說：

「現在它一片沉寂，但是我曾經站在這裡，那時空氣中充滿了查恩的各種喧鬧聲：噠噠的腳步聲、嘎嘎的車輪聲、揮動皮鞭的劈啪聲和奴隸的呻吟、馬車的轟隆聲，以及神廟中獻祭的咚咚鼓聲。當城裡每條街道都傳來戰鬥的怒吼，查恩的大河被鮮血染得通紅時，我也站在這裡（但那時結局已經臨近了）。」她頓了頓，又說：「有個女人在頃刻之間毀滅了所有一切。」

「誰？」狄哥里用微弱的聲音說，但他已經猜到答案了。

「我。」女王說：「是我，最後一任女王賈迪絲，但我也是這個世界的女王。」

兩個孩子默默站著，在寒風中瑟瑟顫抖。

「這全是我姊姊的錯。」女王說：「是她逼我這麼做的。願眾神的詛咒永遠落在她身上！我本來準備好隨時可以談和的——是的，而且只要她肯把王位讓給我，我就願意饒她一命。可是她不願意。她的驕傲毀了這整個世界。即使在開戰後，雙方仍鄭重承諾不會使用魔法，但是當她不守信用，我還能怎麼辦？笨蛋！她又不是不知道我的魔法比她強！她甚至知道我掌握了『毀滅咒』[5]的祕密。她以為——她一直很懦弱——我會不用它嗎？」

「那是什麼？」狄哥里問。

「那是祕密中的祕密。」賈迪絲女王說：「很久以前，我們種族中最偉大的君王就知道，如果透過專屬的儀式說出某個字，那麼除了念咒者本身，其他一切生靈都會遭到毀滅。可是古代君王太軟弱，心腸太軟，他們約束自己，又要所有繼承人發下重誓，永遠不去探索那個字的學問。然而，我在一個祕密的地方付出了沉重的代價，學會了它。我一直沒有使用它，直到她逼我這麼做。我運用各種方法去戰勝她，我讓我的將士們血

5「毀滅咒」是意譯，原文是Deplorable Word，直譯是：「一個糟透了的、可悲可歎並該受譴責的字。」

流成河……」

「禽獸！」波莉喃喃低語。

「最後一場大戰，」女王說：「就在這查恩城裡激戰了三日。整整三天，我一直站在這個位置，看著下方的戰況。我沒有使用我的魔法，直到我最後一批將士全部陣亡，而那個該死的女人，我姊姊，一馬當先領著她的叛軍，衝上了從城中通往這座高臺寬闊臺階的半路上。我就在這裡等著，直到我們的距離夠近，能夠看見彼此的面孔。她眨著那雙恐怖、邪惡的眼睛，盯著我說：『勝利。』『是的，』我說：『勝利，但不屬於你。』然後，我說出了『毀滅咒』。頃刻之間，我成為太陽下唯一的活物。」

「可是，人民呢？」狄哥里倒抽了一口涼氣。

「什麼人，孩子？」

「所有的普通百姓，」波莉說：「那些從來沒有傷害過你的人，還有婦女、孩子和動物。」

「你不明白嗎？」女王（仍然只對著狄哥里）說：「我是女王啊。他們全是**我的**子民。他們除了服從我的意志，還有什麼存在的意義？」

「那他們真是太不幸了。」他說。

「我忘了你只是一個普通男孩。你如何能懂治國的『王道』？你必須明白，孩子，那些對你或對任何其他普通百姓來說是錯誤的事，對於像我這樣偉大的女王而言，沒有什麼不對。我們肩負著這個世界的重擔。我們必須不受任何規則的束縛。我們的命運既崇高又孤獨。」

狄哥里突然想起安德魯舅舅也說過同樣的話，但這些話從賈迪絲女王口裡說出來，顯得莊嚴偉大得多。也許是因為安德魯舅舅身高不足七尺，也沒有令人目眩的美貌。

「然後你又做了什麼？」狄哥里說。

「我事先已經對安置祖先塑像的大廳施展了很強的魔咒，咒語的力量讓我可以像塑像一樣在他們當中沉睡，可以不食人間煙火，縱使經過千年也無妨，直到有人前來敲鐘把我喚醒。」

「是『毀滅咒』讓太陽變成那樣的嗎？」狄哥里問。

「變成哪樣？」賈迪絲說。

「變得又大、又紅、又冷。」

「它一直都是那樣。」賈迪絲說：「至少幾十萬年來都是如此。你們世界裡的太陽不一樣嗎？」

「是的，它更小也更黃一點，而且發出更多的熱度。」

女王發出很長一聲「啊……啊……啊！」狄哥里在她臉上看見他之前在安德魯舅舅

臉上看見的那種表情，同樣飢渴，同樣貪婪。「所以，」她說：「你們的世界比較年輕。」

她停頓了片刻，再次望著這座荒蕪的城市──如果她對自己所造的孽感到遺憾，她也沒有顯露出來──然後說：「好了，我們走吧。所有的時代都結束了，這裡好冷。」

「走去哪裡？」兩個孩子同時問道。

賈迪絲驚訝地重複道：「去哪裡？當然是去你們的世界啊。」

波莉和狄哥里面面相覷，嚇呆了。波莉從一開始就討厭這個女王；即使是狄哥里，在他聽完這個故事後，也感覺自己已經看夠她了。她絕對不是你會想帶回家的那種人。而且，就算他們想帶她回去，他們也不知道該怎麼做。他們只想自己逃走，但是波莉摸不到她的戒指，狄哥里當然不會拋下她。他滿臉漲得通紅，說話也結巴起來。

「噢……噢……我們的世界。我不……不知道你想去那裡。」

「你們被送到這裡來，不就是來接我的嗎？」賈迪絲問。

「我很確定你絕對不會喜歡我們的世界。」狄哥里說：「那不是一個適合她的地方，你說對吧，波莉？那裡很無聊，根本不值得一看，真的。」

「等我統治它之後，它很快就會值得一看了。」女王回答。

「噢，但是你不能統治它。」狄哥里說：「事情不是這樣的。你知道，他們不會讓你統治的。」

女王輕蔑一笑，說：「許多偉大的君王都自以為有力量對抗查恩王朝。可是他們全都失敗了，而且連他們的名字都被人遺忘了。傻孩子！憑著我的美貌和魔法，你認為我不能在一年之內讓你們的整個世界臣服在我腳下嗎？快準備施展你的咒語，馬上帶我過去那邊。」

「這真是太可怕了。」狄哥里對波莉說。

「也許你是在為你舅舅擔心，」賈迪絲說：「但只要他適當地尊重我，他就可以保住他的性命和王位。我不是去和**他**作對的。既然他能找到方法把你們送來這裡，想必是個偉大的魔法師。他是你們整個世界的國王，還是只統治部分地區？」

「他不是任何地方的國王。」狄哥里說。

「你說謊。」女王說：「魔法永遠是皇室才有的天賦，不是嗎？誰聽過平民出身的魔法師？我能一眼識破你說的是不是真話。你舅舅是個偉大的國王，是你們那個世界裡偉大的巫師。他藉由法術，在某個魔鏡或魔池中看見了我面孔的倒影，因為愛上了我的美貌，於是施展一種強大的魔法——那魔法的力道足以撼動你們世界的根基——送你們穿過世界與世界之間的鴻溝，來向我示好，並帶我去見他。回答我：是不是這麼回事？」

「嗯，**不完全是**。」狄哥里說。

「不完全是？」波莉喊道：「什麼呀，根本從頭到尾都是胡說八道。」

「臭丫頭！」女王大吼一聲，憤怒地轉向波莉，一把揪住讓人感覺最痛的頭頂部位的頭髮。不過，她也因此鬆開了兩個孩子的手。

「趁現在！」狄哥里喊道。

「快！」波莉喊道。

他們立刻把左手插進口袋。他們甚至不必戴上戒指，就在摸到戒指的那一剎那，整個陰沉的世界立刻從他們眼前消失了。他們迅速往上衝，頭頂上一道溫暖的綠光離他們愈來愈近。

06 安德魯舅舅的麻煩開始了

「放開我！放開我！」波莉尖叫。

「我沒碰你啊！」狄哥里說。

接著，他倆的腦袋從水塘裡冒了出來，通向其他世界的樹林裡的快活寧靜再次包圍了他們。在逃離那全是陳腐與廢墟的地方之後，這裡似乎顯得更豐美、更溫暖，也更安詳寧靜。我想，要是給他們機會，他們恐怕會再次遺忘自己是誰、來自何方，他們可能會躺在草地上，半睡半醒，聆聽樹木的生長，享受這一切。可是這次有什麼讓他們盡可能保持了清醒——就在他們一出水塘，踏上草地，就發現這裡不是只有他們兩個人。那個女王，或是女巫（隨便你想怎麼叫她）抓著波莉的頭髮也跟著他們來了。難怪波莉一直大喊「放開我」。

這同時也證明了這些戒指的另一個功能，不過安德魯舅舅沒有告訴狄哥里，因為他自己也不知道。想靠這些戒指從一個世界跳到另一個世界，並不需要自己戴著戒指或觸摸戒指，只要碰觸到摸著戒指的人就行了。這樣看來，那些戒指就像一個磁鐵；所有人都知道，如果你用磁鐵吸一個大頭針，接觸到第一個大頭針的其他大頭針，全都會被吸起來。

這時，賈迪絲女王來到了樹林中，她看起來不一樣了。她比之前蒼白許多，以至於原有的美貌幾乎蕩然無存。她弓著腰，似乎呼吸困難，彷彿這裡的空氣令她感到窒息。現在兩個孩子一點也不怕她了。

「放手！放開我的頭髮，」波莉說：「你抓我的頭髮做什麼？」

「聽著，放開她的頭髮。馬上放手。」狄哥里說。

他們都轉過身奮力對抗她。他們比她更強壯有力，不到幾秒就迫使她鬆了手。她踉蹌後退，氣喘吁吁，眼中浮現了一絲恐懼。

「快點，狄哥里！」波莉說：「換上戒指，跳入回家的水塘。」

「救救我！救救我！可憐可憐我！」女巫用微弱的聲音喊著，腳步蹣跚地跟著他們：「帶我走吧。你們千萬不能把我丟在這個可怕的地方。這地方會要了我的命。」

「這就是『王道』。」波莉恨恨地說：「就像你殺死你自己世界裡所有的人民一樣。狄哥里，快點。」他們已經戴上了綠戒指，但是狄哥里說：

「哎呀真討厭！我們該怎麼辦？」他忍不住有點可憐起了女王。

「拜託，別這麼傻，」波莉說：「她八成是在假裝。快走吧。」接著，兩個孩子跳入了回家的池塘。波莉心想：「幸好我們之前做了記號。」但就在他們跳入水塘之際，狄哥里感到又大又冰冷的拇指和食指揪住了他的耳朵。隨著他們沉入水塘，我們這個世界的模糊輪廓開始出現時，揪著狄哥里耳朵的食指與拇指的力道也變強了。那女巫顯然正在恢復力氣。狄哥里又打又踢，但完全沒用。不久他們就回到了安德魯舅舅的書房。在書房裡，安德魯舅舅瞪大眼睛，望著狄哥里從另一個世界帶回來的神奇生物。

他簡直目瞪口呆，狄哥里和波莉也嚇呆了。顯然女巫已不再虛弱；這時，在周圍普通事物的襯托下，如果任何我們世界裡的人看到她，她都會讓人幾乎停止呼吸。在查恩城她已經夠驚人了，來到倫敦，她簡直令人嚇壞了。一個原因是他們直到現在才意識到她有多麼高大。狄哥里看著她，心想：「這簡直不是人類。」他可能想的沒錯，因為有人說查恩皇室有巨人的血統。不過，與她的美貌、暴戾和野性比起來，她的身高根本不算什麼。她的活力比你在倫敦街上遇到的人強十倍。安德魯舅舅一邊鞠躬，一邊猛搓雙手，坦白說，他嚇壞了。站在女巫身邊，他看起來就像一隻小蝦米。然而，正如後來波莉說的，她和他的臉有種相似之處，他們的神情裡都有著某種東西，那是你在所有邪惡魔法師臉上都能看到的，也就是賈迪絲說她在狄哥里臉上沒能找到的「印記」。看見他們兩人站在一起有個好處，那就是你再也不會害怕安德魯舅舅，就像你遇過響尾蛇之後再也不怕蚯蚓，或遇過發瘋的公牛之後再也不怕乳牛。

「**我**呸！」狄哥里內心暗暗想著：「**他**算什麼魔法師！他哪配。**她**才是正牌貨。」

安德魯舅舅繼續一邊搓著雙手，一邊鞠躬。他試著說些非常文雅的話，可是嘴巴卻乾得連一個字也吐不出來。他所謂的戒指「實驗」，結果比他預期的更成功——因為，雖然他涉獵魔法多年，始終（竭盡所能地）把危險的事推給其他人，像今天這樣的事，從來沒在他身上發生過。

這時候，賈迪絲開口了，聲音不大，但嗓音裡有某種東西讓整個房間為之顫慄。

「把我召喚到這個世界來的魔法師在哪裡？」

「呃……呃……夫人，」安德魯舅舅倒抽一口氣說：「我萬分榮幸……極其開心……最出乎意料的喜悅……真希望我有機會事先好好做些準備，我……我……」

「魔法師在哪？蠢蛋。」賈迪絲說。

「我……我就是，女士。我希望你能原諒，呃……原諒這兩個調皮的孩子對你的所有冒犯。我向您保證，我絕對無意……」

「你？」女王的聲音變得更可怕。接著，她一步跨過房間，一把抓住安德魯舅舅灰白的頭髮，把他的腦袋往後一拽，使他不得不仰臉和她面對面。然後，她像之前在查恩的宮殿裡研究狄哥里的臉一樣，仔細研究了安德魯舅舅的臉。他緊張萬分，不停眨眼，不停地舔嘴唇。終於她猛然放了手，他踉蹌後退，跌撞在牆邊。

「我明白了，」她輕蔑地說：「你——勉強算是個魔法師吧。狗奴才，站起來。別趴在那裡，你不是在和你的同類說話。你是怎麼懂得魔法的？我發誓，**你**身上沒有一滴皇室的血統。」

「好吧，呃……嚴格來說也許沒有。」安德魯舅舅結結巴巴地說：「夫人，我不算地道的皇室。不過，凱特利家族是非常古老的家族，是多爾塞特郡的古老家族，夫人。」

「肅靜。」女巫說：「我知道你是什麼貨色。你就是個喜歡賣弄的小魔法師，只會照本宣科。你無論血統還是胸懷，都沒有真正的魔力可言。在我的世界裡，你這類人在一千多年前就絕跡了，但在這裡，我會允許你當我的奴僕。」

「這是我最大的榮幸……非常樂於為您效勞……真……真高興，我向您保證。」

「肅靜。你太囉唆了。聽著，這是你的第一項任務。我看見我們是在一個巨大的城市裡，立刻給我備好一輛雙輪戰車，或一張飛毯，或一隻訓練有素的龍，或任何你們這裡的王公貴族平日使用的交通工具，然後帶我去能找到符合我身分的服飾、珠寶首飾和奴隸的地方。明天我要開始征服這個世界。」

「我……我……我這就去叫一輛出租馬車。」安德魯舅舅倒抽一口氣說。

「站住，」女巫在他走到門口的時候說：「不要幻想背叛我。我的雙眼能夠看穿牆壁，洞悉人心。你無論到哪裡都逃不過我的雙眼。你若有一絲叛意，我將對你下毒咒，從此之後，無論你坐在什麼東西上都像坐在燒紅的烙鐵上，無論躺在什麼地方，腳底都有看不見的寒冰。退下吧。」

老頭像夾著尾巴的喪家之犬一樣走出去了。

這時，兩個孩子害怕賈迪絲會為了在樹林裡發生的事找他們算帳。可是沒想到她當時或日後都沒再提起。我認為（狄哥里也這麼認為），她的大腦就是記不得那個安靜的地方，無論你帶她去多少次，把她留在那裡多久，她還是不會有印象。現在她和孩子們單獨相處一室，卻對他們視若無睹。這就是她的一貫作風。就像在查恩時，她根本不理會波莉（直到最後才注意她），因為當時她想利用的是狄哥里。現在她有了安德魯舅舅，就不理會狄哥里了。我想大部分的女巫都是這樣。她們極其實際，只對自己能夠利用的人事物有興趣。因此，房間內突然安靜了一、兩分鐘。不過，從賈迪絲用腳拍打地板的方式，你知道她愈來愈不耐煩了。

沒多久，她彷彿自言自語地說：「那個老蠢蛋在幹什麼？我應該帶一根鞭子來的。」她昂首闊步走出房間去找安德魯舅舅了，連看都沒看兩個孩子一眼。

「呼！」波莉長舒了一口氣，說：「現在我得回家了。時間已經太晚了。我一定要挨罵了。」

「好吧，可是你要盡快回來。」狄哥里說：「讓她來到這裡真是太可怕了。我們得想個法子。」

「現在該由你舅舅去想辦法，」波莉說：「所有這些魔法帶來的混亂，都是他捅出來的。」

「就算是這樣，你還是會回來的，對吧？別的不說，你總不能把我一個人丟在這個爛攤子裡吧。」

「我必須從隧道回家。」波莉冷冷地說：「那是最快的路。還有，如果你希望我回來，難道不該向我道歉嗎？」

「道歉？」狄哥里大叫：「好吧，你們女孩就是這麼麻煩！我做錯了什麼？」

「噢，你當然沒做什麼，」波莉諷刺道：「你只是在那個滿是蠟像的房間裡，像個膽小的惡霸一樣差點扭斷我的手腕；你只是像個超級大白痴，非要用錘子敲那個金鐘不可；你只是在樹林裡拖拖拉拉，讓她在我們跳入回家的水塘時抓住你。就這樣而已。」

「噢，」狄哥里非常吃驚，說：「好吧，我說『對不起』。在那個蠟像房間裡所發生的事，我真的很抱歉。看，我已經道歉了。現在，請你發發善心，回來吧。如果你不回來，我會跌入可怕的深淵。」

「我倒不覺得你會有什麼麻煩。要坐燒紅的燙椅子和睡冰床的人是凱特利先生，不是嗎？」

「我不是指這件事，」狄哥里說：「我擔心的是我母親。要是那怪物闖進她的房間，她會把我母親活活嚇死的。」

「噢，我明白了，」波莉的語氣有點改變了：「好吧，那我們講和吧。如果可以的話我會回來的，但我現在必須走了。」她一邊說，一邊鑽進小門，進入隧道裡。這個位於椽木之間的黑暗空間，在幾個小時前看起來是那麼令人興奮刺激，這時看起來卻如此地平淡家常。

現在我們得回頭看看安德魯舅舅。他跌跌撞撞地從閣樓的樓梯走下去時，那顆可憐的老心臟也撲撲跳個不停，他也不停用手帕輕按額頭，擦去冷汗。當他走下一層樓，回到自己臥室，立刻把自己反鎖在房間裡。他做的第一件事是伸手到衣櫥中摸索，拿出他向來藏在裡面不讓萊蒂姨媽發現的一瓶酒和酒杯，幫自己倒滿一大杯大人喝的烈酒，一口氣喝光，然後深深吸了一口氣。

「說真的，」他自言自語道：「我真是嚇壞了。真煩！這把年紀還遇上這種事！」

他再倒了一杯，又一口氣喝光；然後他開始換衣服。你從來沒見過那樣的衣服，不過我清楚記得它們的模樣。他戴上很高、閃閃發亮的硬挺衣領，它讓你不得不一直保持抬高下巴。他又穿上一件有圖案的白背心，再調整胸前金錶鏈的位置。他套上最好的一件大禮服，通常他只在參加婚禮和葬禮時才捨得穿。他取出最好的大禮帽，撣去灰塵。他的梳粧檯上有一瓶花（萊蒂姨媽放的），他摘了一朵花別在扣眼裡。他從左手邊的小抽屜裡取出一條手帕（特別好看的那種，現在都買不到了），在手帕上滴了幾滴古龍水。他拿起繫著粗黑絲帶的單眼鏡，卡進眼窩；然後，欣賞著鏡中的自己。

如你所知，孩子有孩子的傻氣，大人有大人的傻氣。此時此刻，安德魯舅舅開始呈現出來的就是大人才會有的傻氣。現在他和女巫不在一個房間裡，他很快就忘了她嚇壞了自己，並開始癡心妄想，垂涎她的美貌。他不停對自己說：「多美的女人，先生，多美的女人。多完美的尤物啊。」不知為何，他還忘了這個「完美尤物」是兩個孩子找到的；他感覺是自己靠魔法把她從未知的世界召喚來的。

「安德魯，你這老小子，」他一邊照鏡子，一邊對自己說：「以你這把年紀來看，你保養得可真好啊。你看起來帥極了，先生。」

你瞧，這個愚蠢的老男人竟然開始幻想女巫會愛上他。剛才下肚的那兩杯酒，還有他身上最好的行頭，大概都起了作用。無論如何，他就像孔雀一樣好炫耀愛虛榮，這也是他為什麼會成為魔法師。

他打開房門，走下樓梯，使喚女傭去召一輛二輪馬車（那時候每戶人家都有很多傭人），然後望著客廳。果然，如他所料，他看見了萊蒂姨媽。她正忙著縫補床墊。床墊放在窗邊的地板上，她正跪在上面。

「啊，親愛的利蒂希婭，」安德魯舅舅說：「我……啊，必須出去一趟。可以借我五英鎊左右嗎？我的乖小妞兒。」（他總是叫女孩「妞兒」。）

「不，親愛的安德魯，」萊蒂姨媽堅定平靜地說，連頭都沒抬一下：「我已經告訴你無數次，我**不會**借給你錢的。」

「我親愛的小妞兒，別當個討厭鬼，」安德魯舅舅說：「這件事太重要。如果你不借錢給我，會讓我很難堪的。」

「安德魯，」萊蒂姨媽抬頭直視著他，說：「我真好奇，**你**竟然還有臉向**我**要錢。」

在這些話背後，有一個大人之間既冗長又無聊的故事。你只需要知道，安德魯舅舅假藉「替萊蒂姨媽管理財產」為名義，什麼工作都不去做，還因為買白蘭地和雪茄欠了一堆債（萊蒂姨媽一而再再而三替他付清帳單），害萊蒂姨媽比三十年前窮多了。

「我親愛的小妞，」安德魯舅舅說：「你不明白。今天我有一些預料之外的開銷。我必須招待客人。借一點嘛，別那麼掃興。」

「噢，請問，**你**要招待誰，安德魯？」萊蒂姨媽問。

「有……有個至高無上的客人來了。」

「至高無上個鬼！」萊蒂姨媽說：「過去一個小時裡，門鈴響都沒響過。」

就在這時候，門突然被猛力推開。萊蒂姨媽轉過身，驚訝地看見門口站著一個極其高大、衣著華麗、雙臂裸露、雙眼爍亮的女人。來者正是女巫。

07 大門前發生的事

「奴才，現在告訴我，還要等多久我的馬車才會來？」女巫吼聲如雷。安德魯舅舅畏畏縮縮地避開她。現在女巫真的出現在他眼前了，所有他照鏡子時冒出的蠢念頭，全都從他腦海消失了。反倒是萊蒂姨媽立刻站起身，走到房中央。

「安德魯，我能問問這位年輕人是誰嗎？」萊蒂姨媽冷冰冰地說。

「她是尊貴的外國人，非、非常重要的人。」他結結巴巴地回答。

「胡扯！」萊蒂姨媽說，隨後轉向女巫：「立刻滾出我家，你這無恥的賤婦，再不走我就叫警察了。」她以為女巫是從馬戲團裡跑出來的，而且她特別不喜歡看到女人裸露雙臂。

「這女人是誰？」賈迪絲問道：「給我跪下，奴才，不然我讓你粉身碎骨。」

「這位小姐，**如果**可以，請別在我的屋子裡撒野。」萊蒂姨媽說道。

那一瞬間，女王在安德魯舅舅眼中身高暴增，似乎比之前高了許多。她兩眼冒火，猛然一揮手臂，那姿勢、動作和口中以可怕聲音唸出的句子，都像之前在查恩把宮殿大門化為灰燼時一樣。然而什麼都沒發生，倒是萊蒂姨媽誤以為那些可怕的話只是含混不清的普通英文，於是說：

「我就知道。這個女人喝醉了！醉鬼！她甚至連話都說不清楚。」

當女巫突然明白自己能把人化為灰燼的能力——在她自己世界裡如假包換——在我們的世界裡竟然毫無作用時，那感覺一定可怕極了。可是她連一秒鐘都沒慌張，也沒浪費任何一秒時間流露出失望，而是猛撲上前，抓住萊蒂姨媽的脖子和膝蓋，像舉起一個洋娃娃般，毫不費力地將萊蒂姨媽高舉過頭，將她扔到房間另一頭。萊蒂姨媽還在半空中飛時，女傭（正經歷著一個刺激萬分的早晨）把頭探進來說：「先生，馬車到了。」

「奴才，帶路。」女巫對安德魯舅舅說。他開始喃喃自語「令人遺憾的暴力——確實必須抗議」等等，但賈迪絲才瞥他一眼，他就閉上了嘴巴。她催他走出客廳，離開房子；狄哥里從樓梯上跑下來時，大門剛在他們背後關上。

「天啊！」他說：「她上倫敦街頭去了，而且還和安德魯舅舅一起。現在我無法想像接下來會發生什麼事。」

「噢，狄哥里少爺，」女傭（今天對她來說簡直太棒了）說：「我想凱特利小姐傷著自己了。」於是他倆趕緊跑進客廳，看看究竟發生了什麼事。

如果萊蒂姨媽直接摔在地板上，甚或是跌落在地毯上，我想她渾身上下的骨頭都會摔斷的，萬幸的是她跌落在墊子上。萊蒂姨媽是個頑強的老太太，那個年代的姨媽大多如此。她吸了一點嗅鹽[6]，靜靜坐了幾分鐘，然後說，除了身上瘀青了幾塊，她沒什麼大礙。她很快就重新掌控了局面。

「莎拉，」她對女傭（莎拉遭遇了前所未有的一天）說：「立刻去警察局，告訴他們有個危險的瘋子逃脫了。柯克夫人的午餐我自己來做。」柯克夫人當然就是狄哥里的母親。

他們伺候好母親進餐後，狄哥里和萊蒂姨媽自己也吃了午飯。隨後，狄哥里開始苦苦思索。

現在的問題是如何盡快把女巫送回她自己的世界，或至少把她趕出我們的世界。無論發生什麼事，都不能讓她在這棟房子裡橫衝直撞。不能讓母親看見她。還有，如果可能的話，也不能讓她在倫敦街頭橫行霸道。當她試圖「摧毀」萊蒂姨媽時，狄哥里並不在客廳裡，不過，他見識過女巫「摧毀」查恩的宮殿大門，因此知道她擁有可怕的力量，但不知道她在進入我們的世界後就失去法力了。他還知道她有意征服我們的世界。在他看來，此刻她說不定正在施咒摧毀白金漢宮或議會廳，而且幾乎可以確定有不少員警這時已化為灰燼。他對這一切似乎無能為力。「可是那些戒指的作用像磁鐵，」狄哥里想：「要是我能觸碰到她，並趕緊戴上我的黃戒指，我們應該會一起回到那片通向其他世界的樹林。不知道她會不會再次變得虛弱無力？是那片林子對她發揮什麼作用，還是她只是因為被拉離自己的世界而大受驚嚇？不過我想我只能冒險一試了。可是我要怎麼才能找到這個野獸？我猜，除非告訴萊蒂姨媽我要去哪裡，否則她不會讓我出門。我身上頂多只有兩便士。如果我得找遍整個倫敦，必須有錢買公車或電車的車票才行。再說，我連去哪裡找都毫無頭緒。不知道安德魯舅舅是不是還和她在一起。」

事到如今，看來他唯一能做的就是在家裡等，希望安德魯舅舅和女巫會回來。如果他們真的回來了，他必須趕在女巫進屋前衝出去，抓住她，並戴上他的黃色戒指。這代表他必須像貓盯著老鼠洞那樣緊盯著大門。他一刻也不敢離開他的崗位。於是他走到飯廳，像人們說的那樣把臉「緊貼在窗上」。這是一扇弓形窗，可以看見大門前的臺階和外面整條街道，因此，沒有人能在你毫未察覺的情況下進屋。「不知道波莉現在在做什麼？」狄哥里心裡想。

6 嗅鹽，又稱揮發鹽，是一種以碳酸銨為主的化合物，有恢復或刺激作用，能使人清醒或降低頭痛程度。

前半小時的漫長等待時間裡，他都想波莉在做什麼。不過你不需要好奇，我馬上就告訴你。她回家太晚，錯過了晚餐，鞋襪還都濕透了。當父母問她跑去哪裡，又做了些什麼時，她回答說她和狄哥里．柯克一起出去了。他們進一步追問時，她說她的鞋襪是在森林裡的水塘裡弄濕的。再問是哪片森林，她說她也不清楚。他們又問是不是在公園裡，她相當誠實的回答，她猜想那可能是某種類型的公園。波莉的母親從這些回答裡得出的結論是波莉沒說一聲就擅自外出，去了她不熟悉的倫敦某個地方，進了一個陌生的公園，跳進水坑玩樂。結果他們告訴她，她實在太過頑皮，以後如果再發生類似的事，她就再也不准和「那個柯克家的男孩」一起玩。之後他們給她一些殘羹剩飯，然後要求她上床。她在床上整整躺了兩個小時。當時，這樣的處罰十分常見。

所以，當狄哥里盯著飯廳的窗外時，波莉正躺在床上，兩人都在想時間怎麼過得這麼慢。我想，要是我，我寧願是波莉。她只需要等那兩個小時結束，但狄哥里每隔幾分鐘就會聽到馬車、麵包店貨車或肉鋪的夥計從轉角經過，心想：「她回來了。」然後發現並不是。在這一場又一場的錯誤虛驚之外，中間的空檔似乎有好幾個鐘頭那麼漫長，時鐘滴答作響，同時有一隻大蒼蠅——飛得太高打不到——抵著窗戶嗡嗡直響。這就是那種每到午後就變得非常安靜、沉悶，而且總是有股羊肉膻味的房子。

在他漫長的守望等候過程中，發生了一件小事。這件事我必須提一下，因為日後有某件重要的事是因它而起的。有位女士帶著葡萄來探望狄哥里的母親，因為飯廳的門開著，狄哥里無意間聽到了萊蒂姨媽和那位女士在走廊的談話。

「多好的葡萄啊！」這是萊蒂姨媽的聲音：「我相信要是有什麼東西能對她有益，肯定就是這些葡萄了。可是可憐親愛的小梅貝兒！我恐怕如今只有青春之國的果實才能幫得了她了。**這個**世界上的東西都沒有什麼用了。」接著，她倆都壓低了嗓門，又說了許多狄哥里完全聽不見的話。

如果是幾天前聽到「青春之國」這個詞，他可能覺得萊蒂姨媽只是隨口說說，沒有什麼特別的意思，大人經常這樣，當然也不會引起他的興趣。這時他也差點這麼想。不過就在突然之間，他腦中靈光一閃，如今他已經知道（就連萊蒂姨媽都不知道）真的有其他世界存在，他還去過其中一個。這樣想來，也許某個地方真有一片「青春之國」。在那裡可能什麼都有。也許某個其他的世界裡，真有能治癒母親的果實。還有，噢，噢——這麼說吧，覺得有希望得到某種夢寐以求的東西，那種感覺你是明白的；你簡直想要抗拒那種希望了，因為它太過美好，不像是真的，而你從前已經失望過太多次了。那就是狄哥里當時的感覺。可是要扼殺這希望也是徒勞的。它很有、很有可能是真的。最近已經發生了這麼多怪事，而且他有魔法戒指。通過樹林裡每個不同的水塘，你一定可以前往不同的世界。他可以找遍所有的水塘。然後，**母親會再次好起來**。所有的事都會好起來。他完全忘了要盯住女巫的事。他的手已經準備伸進裝著黃戒指的口袋了，這時，他聽到了飛奔的馬蹄聲。

「咦！那是什麼聲音？」狄哥里想：「消防車？誰家著火了嗎？天啊，往這裡來了。難道是她！」

我不需要告訴你「**她**」是指誰了吧。

首先出現的是那輛雙輪馬車。車夫的坐位空無一人。馬車以全速轉過街角時，一邊車輪懸空，在車頂上站著——而不是坐著——查恩城的恐怖統治者，至高無上的女王賈迪絲，她以絕佳的平衡感隨著馬車搖晃。她齜牙咧嘴，兩眼如火炬般發光，長髮像彗星的尾巴在背後飛揚。她毫不留情地鞭打馬匹。馬的鼻孔僨張，漲得通紅，兩側嘴角吐著白沫。牠瘋狂地衝向前門，與路燈柱擦身而過，接著人立而起，停了下來。馬車撞上了路燈柱，四分五裂散落在地。女巫及時縱身一躍，華麗地、分毫不差地落在馬背上。她跨坐在馬背上，俯身向前，低聲在馬耳邊說了幾句話。她的話想必不是為了安撫馬兒，而是讓牠更瘋狂。牠馬上又人立而起，嘶鳴聲如同淒厲的尖叫；牠馬蹄亂踢、牙齒外露、雙眼圓睜，並狂亂地甩動鬃毛。只有出色的騎手才能坐在牠背上不被甩下來。

狄哥里還沒來得及喘口氣，事情就接二連三發生了。第二輛雙輪馬車緊接著衝了過來，車上跳下一個穿著大衣的胖子，還有一名員警。然後來了第三輛馬車，上面是另外兩名員警。在這輛馬車之後，尾隨而至的是二十來個騎著自行車的人（大多是僮僕），全都一邊按響自行車鈴，一邊大聲喝采叫囂。跟在最後的是一群步行的人，全都跑得一身大汗，但顯然個個興味盎然。整條街上所有的窗戶都打開了，每個大門前都出現一個女傭或男管家。他們都是來看熱鬧的。

與此同時，一位老紳士顫顫巍巍地從第一輛馬車的殘骸中掙扎著想爬出來。好幾個人衝過去幫他，但每個人使勁拉他的方向都不一樣，也許他靠自己的話，還能比較快一點起身。狄哥里猜想那老紳士一定是安德魯舅舅，但看不見他的臉，因為它被塌下的高禮帽蓋住了。

狄哥里趕緊衝出去混入人群。

「就是這個女人，就是這個女人。」那個胖子指著賈迪絲大喊：「警官，履行你的職責。她從我的店裡偷了成百上千英鎊的東西。你看她脖子上戴的珍珠項鍊，那就是我的。更過分的是，她還把我的一隻眼睛打得瘀青了。」

「長官，真的是她幹的，」人群中有人說：「而且，我一直盼望能看到一個這麼迷人的黑眼圈，她幹的真漂亮。天啊，她可真強壯！」

「大爺，你應該在眼睛敷一塊上等的生牛排，那才好得快。」一個肉鋪夥計說。

「好了，」官階最高的員警問：「這到底是怎麼回事？」

「我告訴你，她……」胖男人剛開口，就聽見有人喊道：

「別讓馬車裡的老傢伙跑了！是他指使她幹的。」

那老紳士的確是安德魯舅舅，他好不容易才站起來，正揉著身上的瘀青。「好吧，」員警轉向他問道：「這到底是怎麼回事？」

「呼……噗……噓……」帽子裡傳來安德魯舅舅的聲音。

「別來這套，」員警嚴厲地說：「這不是開玩笑的時候，把帽子給我摘下來。」

這事說起來比做起來容易。安德魯舅舅扯了半天都沒扯下來，另外兩個員警於是合力抓住帽簷，才硬把帽子扯了下來。

「謝謝你們，謝謝你們。」安德魯舅舅虛弱地說：「謝謝你們。我的天，我嚇得渾身打顫，如果有人能給我一小杯白蘭地……」

「現在請你專心聽我問話，」那個員警拿出一本非常大的筆記本和一支特別小的鉛筆，說：「你會為那個年輕女人做的事負責嗎？」

「小心！」幾個人同時喊道，那名員警及時向後跳了一步。那匹馬正朝著他一腳踢過來，如果踢中了，大概會要了他的命。接著，女巫掉轉馬頭，面對人群，馬的後腿踏上了人行道。她手上握著一把亮晃晃的長刀，正忙著割斷馬的套索，好讓馬脫離那堆馬車的殘骸。

在這段時間裡，狄哥里一直找一個能碰觸到女巫的位置，但並不容易，因為在他那一側站了太多路人。如果想繞到另一側，由於凱特利家有個地下室，他就必須從馬的後方和圍著房子地下室的那圈柵欄之間穿過去。如果你對馬有所瞭解，尤其是當你看到那匹馬此刻的狀態，你就明白這是多麼棘手的事。狄哥里很瞭解馬匹，但他咬緊牙關，準備看到適當時機就衝過去。

一個戴著圓頂硬禮帽的紅臉男人，這時用肩膀擠出一條路，來到人群最前排。

「嗨！員警，」他說：「她現在騎的是俺的馬，被摔成廢柴的也是俺的馬車。」

「一個一個來，拜託，一個一個來。」員警說。

「但這件事可沒時間等，」馬車夫說：「俺比你更瞭解那匹馬。牠可不是普通的馬，牠爹以前可是騎兵隊一個軍官的戰馬，真的。如果那個年輕女人再刺激牠，可能會出人命的。現在，還是讓俺來吧。」

那員警正愁沒藉口能躲開那匹馬，愈遠愈好。馬車夫向前邁了一步，看著賈迪絲，不客氣地說：

「現在，小姐，讓俺抓住牠的頭，你好趕緊下來。你是女士，不想招惹這些麻煩上身，對吧？你應該趕緊回家，好好喝杯茶，安靜躺下來休息；然後你會覺得好多了的。」

與此同時，他一邊把手伸向馬頭，一邊說：「乖，草莓，老夥計，現在安靜下來。」

於是，女巫第一次開口了。

「狗奴才！」她冷酷、清晰的聲音十分響亮，蓋過了所有其他的嘈雜聲：「狗奴才，放開朕的皇家戰馬。朕乃賈迪絲女王。」

08 燈柱前的戰鬥

「喃！你是女王？我們會弄清楚的。」有個聲音說。然後另一個聲音說：「來呀，為科尼哈奇[7]的女王陛下三呼萬歲。」有不少人出聲附和。女巫臉上泛起一片紅暈，她微微點頭答禮。可是歡呼聲消失，轉而變成一片哄笑，她這才明白他們只是在取笑她。她臉色一變，將刀換到左手，接著毫無預警地做了一件事，嚇壞在場所有人。她伸出右臂，輕而易舉地扭下路燈柱上的一根橫桿，彷彿這是世上最稀鬆平常的事。她在我們的世界裡失去了一些法力，但沒有失去她的力氣；她折斷鐵棒，就像折斷麥芽糖棍似的。她將這新武器拋上半空，再伸手接住，接著揮舞著它，催馬向前。

「現在機會來了。」狄哥里想。他從馬匹和欄杆之間衝過去，開始往前奔。只要那

7 科尼哈奇（Colney Hatch）位於英國大倫敦市的巴內特倫敦自治市（London Borough of Barnet），它也是科尼哈奇精神病院（現改名為弗萊恩醫院（Friern Hospital））的簡稱。

畜生肯暫停片刻不動，他就能抓住女巫的後腳跟。就在他往前衝時，他聽見一聲令人毛骨悚然的碎裂聲，以及重擊倒地聲。女巫揮動鐵棒，往下敲在警長的頭盔上，他像保齡球瓶般應聲倒地。

「快，狄哥里。**必須**阻止這件事。」他背後響起一個聲音。是波莉，她一獲准下床就衝了出來。

「你**真是**可信賴的人。」狄哥里說：「快抓緊我。現在必須由你來控制戒指。記住，是黃色的。我一喊你就戴上。」

第二聲碎裂聲傳來，另一名員警倒在地上。圍觀群眾發出一陣怒吼：「把她拉下來。去拿幾塊鋪路石來。叫軍隊來。」但其中大多數人都儘量能躲多遠就多遠。不過那位馬車夫顯然是在場的人當中最勇敢、心地最仁慈的一位，他一直緊跟著那匹馬，不停左右閃躲那根鐵棒，卻仍然試著想抓住草莓的頭。

群眾再次發出噓聲和吼叫。一塊石頭「咻」地飛過狄哥里頭頂。接著，女巫的聲音響起，清晰如洪鐘，而且聽起來似乎挺快樂的。

「一群廢物！等我征服了你們的世界，你們會為此付出慘重的代價。你們的城市將被夷為平地。我會把它變成像查恩、費林達、索爾羅伊斯、布拉曼丁一樣。」

狄哥里終於抓住了她的腳踝。她往後一踢，腳跟正中狄哥里的嘴。他痛得鬆開了手。

他的嘴唇破了，滿嘴是血。從他身旁傳來安德魯舅舅哆嗦的尖叫聲：「夫人……我親愛的女士……看在老天爺的分上……您冷靜一點。」狄哥里再次抓住她的腳跟，又再次被她甩掉。又有更多人被鐵棒打倒在地。狄哥里第三次撲上去攫住她的腳跟，抓得死緊，並對波莉大喊：「快！」然後，謝天謝地，那些憤怒驚懼的臉孔消失了，那些憤怒驚懼的聲音沉寂了。只剩下安德魯舅舅的聲音，在黑暗中，就在狄哥里旁邊，呼天搶地哀嚎：「噢，噢，這是我精神錯亂了嗎？這是世界末日嗎？我受不了啦，太不公平了。我從來沒想要當魔法師。這完全是一場誤會。都是我教母的錯；我必須抗議反對這件事。我的身體這麼差。多麼古老的多爾塞特郡的家族啊。」

「真討厭！」狄哥里想：「我們根本不想帶**他**來的。我的天啊，這下可好了。你在嗎，波莉？」

「在，我在。別推我好不好。」

「我沒推你啊。」狄哥里說，但他還沒來得及再說什麼，他們的頭就冒出了水面，沐浴在那片樹林裡溫暖、翠綠的陽光中。他們一出水塘，波莉就喊道：

「噢，你看！我們把那匹老馬也帶過來了。**還有**凱特利先生。**還有**馬車夫。真是亂七八糟！」

女巫一看見自己又回到這片樹林，臉色頓時變得慘白，她彎腰趴下，直到臉都貼到馬鬃上。你看得出來，她感到非常痛苦。安德魯舅舅不停顫抖，但那匹名喚「草莓」的馬卻甩甩頭，歡快地嘶鳴一聲，似乎感覺舒服多了。自從狄哥里見到牠以來，牠頭一次安靜下來，牠的雙耳原本向後倒，緊貼在腦袋上，這時也恢復正常豎立著，眼中的怒火也消失了。

「這就對了，老小子。」馬車夫說，拍了拍草莓的脖子：「這樣好多了。放輕鬆。」

草莓做了這世上最自然的事。因為很渴（這也難怪），牠緩緩走向最近的水塘，踏進水塘裡去飲水。狄哥里仍抓著女巫的腳跟，波莉還握著狄哥里的手。馬車夫的一隻手仍放在草莓身上，還在顫抖不停的安德魯舅舅則緊抓著馬車夫的另一隻手。

「快，」波莉說，對狄哥里使了個眼色：「綠的！」

就這樣，馬沒喝到水。相反的，他們一群人發現自己又陷入了黑暗中。草莓嘶叫；安德魯舅舅嗚咽。狄哥里說：「我們可真走運。」

短暫停頓了一會兒之後，波莉說：「我們應該快到了吧？」

「我們好像已經到了某個地方，」狄哥里說：「至少我踩到了什麼結實的東西。」

「嗯，我也是，我現在感覺到了。」波莉說：「可是，為什麼這麼黑呢？我是說，你想我們是不是走錯了水塘啊？」

「也許這**就是**查恩。」狄哥里說：「只不過我們是在半夜到的。」

「這裡不是查恩。」女巫的聲音響起：「這是一個空無的世界。空無一物。」

它確實是罕見的空無。連一顆星也沒有。四周一片漆黑，他們完全看不見彼此，你的眼睛是睜開還是閉著，毫無差別。他們腳下是一片冰冷、平坦的東西，可能是土地，但絕不是青草或樹林。空氣寒冷乾燥，一絲風也沒有。

「我的末日降臨了。」女巫以一種冷靜得嚇人的聲音說。

「噢，別這麼說。」安德魯舅舅口齒不清地說：「我親愛的女士，請你別說這樣的話。事情不會那麼糟的。啊……馬車夫……我的好心人，你不會碰巧帶著一瓶酒吧？我需要喝點酒才行。」

「好了，好了。」黑暗中響起馬車夫的聲音，他有一副好嗓子，堅毅、沉穩：「聽俺說，大家保持冷靜。沒有人摔斷骨頭吧？很好。從那麼大老遠的地方一路摔下來，竟然沒有摔傷，還真出人意料，這可真是值得謝天謝地的事兒。現在，如果我們是掉進了某個地洞裡——八成是剛開挖的新地鐵站——很快就會有人來把我們救出去的，懂吧！要是我們已經死了——俺不否認，是有這種可能——那麼，你們最好記住，在海上發生海難比這更慘，而且人總是要死的。如果一個人這輩子沒做過虧心事，那就沒什麼好怕的。要是你們問俺，俺認為打發時間的最佳方式是唱首聖詩。」

他說唱就唱，立刻唱起了一首感恩豐收的聖詩，歌詞反覆唱的都是穀物「平安收割入倉」。在一個感覺像開天闢地以來沒長過任何東西的地方唱這樣的歌，似乎不大合適，但這是他記得最清楚的一首歌。他的歌聲美妙，兩個孩子也加入一起唱，聽起來非常歡快。安德魯舅舅和女巫沒有加入他們。

聖詩快唱完時，狄哥里感覺有人拉他的手肘，從那股混雜了白蘭地、雪茄和高級服飾的氣味，他斷定這一定是安德魯舅舅。安德魯舅舅謹慎地將他拉到一旁。等他們離開其他人一小段距離後，老頭把嘴湊到狄哥里耳朵旁說悄悄話，弄得狄哥里的耳朵好癢：

「聽著，孩子。快戴上戒指。我們走吧。」

可是女巫的耳朵可靈了。「笨蛋！」黑暗中響起她的聲音，而且她躍下了馬背：「你忘了我能聽到別人的心思嗎？放開那個男孩。你要是企圖背叛，我會用這世界有史以來不曾聽過的手段報復你。」

「還有，」狄哥里補充說：「如果你以為我是一隻卑鄙的豬，會把波莉、馬車夫和馬留在這種鬼地方，自己逃走，你就大錯特錯了。」

「你是個非常不聽話又粗魯無禮的小鬼。」安德魯舅舅說。

「噓！」馬車夫說。他們全靜下來聆聽。

黑暗中終於有了動靜。有個聲音開始唱歌。歌聲非常遙遠，狄哥里發現自己很難分辨歌聲是從哪個方向傳來的。有時候，歌聲似乎來自四面八方。有時候，他幾乎以為歌聲出自腳下的大地。那歌的低音如此深沉，就像是大地本身的聲音。沒有歌詞。幾乎不成曲調。然而，它是狄哥里這輩子聽過最美的聲音，無與倫比。它美得幾乎讓他無法承受。那匹馬似乎也喜歡這歌聲；牠發出的那種嘶鳴，是一匹馬拉了大半輩子馬車後，發現自己又回到幼年嬉戲的田野，看見某個牠認識並愛過的人正穿過田野，為牠帶來一塊方糖時才會發出的。

「老天！」馬車夫說：「這歌聲太美妙了吧？」

接著，兩件奇妙的事同時發生了。首先是突然有許多其他的聲音加入了歌聲；聲音多到你無法計數。它們與原來的歌聲協調一致，但音階更高：冰涼、令人激動、清脆如銀鈴的聲音。第二件奇妙的事是頭頂那片漆黑在一瞬間變成群星閃爍。它們不是像夏天傍晚那樣一顆顆慢慢出現，而是前一刻還是一片漆黑空無一物，下一刻卻有成千上萬的光點閃爍跳躍──孤星、星群和行星都比我們世界裡的更大更亮。天空無雲。新星和新的歌聲同一時刻出現。如果你像狄哥里一樣親眼目睹、親耳聽聞，你會非常確定那是天上群星在歌唱，而讓群星出現、讓群星歌唱的，就是那「第一個聲音」，很低沉渾厚的那個歌聲。

「太燦爛榮耀了！」馬車夫說：「俺要是早知道有這樣的事，這輩子一定會做個更好的人。」

地上的「那個聲音」此時變得更洪亮，更像凱歌。然而，天上的聲音伴隨著它大聲合唱一陣子之後，開始逐漸轉弱。這時，又有另一件事發生了。

遠遠的，在接近地平線的地方，天空開始由黑轉灰。一陣非常清新的風開始徐徐吹來。遠方那處天空開始緩慢、穩定地逐漸泛白。你可以看見，群山聳立的輪廓映著天空逐漸顯現。在這期間，「那個聲音」始終歌唱不停。

天色很快就亮得他們可以看見彼此的臉。馬車夫和兩個孩子都張著嘴，雙眼閃閃發亮；他們陶醉在這聲音中，看起來像被歌聲喚起了某種回憶。安德魯舅舅也張著嘴，但不是因為喜悅。他看起來比較像下巴從臉上掉下來似的。他弓著背，兩個膝蓋拚命打顫。他不喜歡這個聲音。如果可以鑽進老鼠洞裡去躲避這個聲音，他會這麼做的。不過，從某種程度來說，女巫看起來好像比他們任何人都瞭解這音樂。她閉著嘴，雙唇緊抿，雙拳緊握。打從歌聲一響起，她就感覺到這整個世界充滿魔法，不同於她的魔法，而且比她的強大。她痛恨它。如果打碎這整個世界，或打碎全部所有的世界能使這歌聲停下來，她將不惜一試。馬兒站著不動，雙耳前豎，不停抽動著。牠不時打個響鼻，跺跺地面，看起來已經不像一匹疲憊的拉車老馬；現在你真的可以相信，牠的父親曾經上過戰場。

東方的天際由白轉為粉紅，再由粉紅轉為金黃。「那歌聲」愈來愈響亮，直到整個空氣都為之震動。當歌聲增強唱到最宏偉、最燦爛榮耀的一刻時，太陽升起了。

狄哥里從未見過這樣的太陽。查恩城廢墟上空的太陽看起來比我們的老，這個看起來比我們的年輕。你可以想像它是歡笑著升起的。隨著它的光芒灑滿大地，這群過客這才第一次看清自己在什麼樣的地方。這是一個山谷，一條寬闊湍急的河流穿過其中，向東朝著太陽奔去。山谷南邊群山聳立，北邊是低矮的丘陵。不過這個山谷只有泥土、岩石和水，見不到一棵樹、一株灌木，或一根小草。泥土是彩色的，顏色鮮豔，散發著熱氣，並且鮮活生動。它們讓你感到興奮；但是當你看到那位歌者，你立刻就把所有一切都拋到了腦後。

那是一頭獅子。體型巨大，毛髮濃密蓬鬆又亮麗，牠挺立著，面對太陽，張大著嘴在唱歌，距離他們大概有三百多碼遠。

「這是個可怕的世界。」女巫說：「我們必須立刻逃走。準備施展魔法吧。」

「我很同意你的看法，夫人。」安德魯舅舅說：「這是個最不討人喜歡的地方。完全蠻荒。如果我再年輕一點，並且有把槍……」

「槍！」馬車夫說：「你不會認為你能用槍射殺**他**，對吧？」

「誰**會**這麼做啊？」波莉說。

「準備施展魔法，老笨蛋。」賈迪絲說。

「當然，當然，夫人。」安德魯舅舅狡猾地說：「我需要兩個孩子都拉著我。狄哥里，立刻戴上你們回家的戒指。」他想拋下女巫逃走。

「噢，原來是**戒指**，對嗎？」賈迪絲喊道。說時遲那時快，要不是狄哥里有所防範，她已經將手伸進狄哥里的口袋了。只見狄哥里先抓住波莉大喊：

「當心點！你們兩個要是再靠近半步，我們倆就立刻消失，讓你們永遠留在這裡。是的，我口袋裡有一枚戒指，可以帶波莉和我回家。瞧！我的手已經準備好了。所以你們站遠一點。（他看著馬車夫）我對你和那匹馬兒很抱歉，但是我沒有辦法。至於你們兩個（他看著安德魯舅舅和女王），你們兩個都是魔法師，所以你們應該可以享受在一起的快樂生活。」

「你們大夥兒別出聲行不，」馬車夫說：「俺還想聽音樂呢。」

這時，歌聲已經變了。

09 納尼亞的創立

那隻獅子唱著新的歌，在空曠的大地上來回走動。這歌比之前召喚繁星和太陽的歌聲輕柔，也更輕快；那是一首溫柔、如漣漪般輕輕蕩漾的樂曲。隨著獅子邊走邊唱，山谷裡長出了翠綠的青草。青草從獅子腳下向四周擴散開，像水塘一樣。它如波浪般迅速湧上了山坡。不過幾分鐘時間，它已經爬上遠方山嶺的山麓，使這年輕世界的每一刻都更加柔和。這時，已經可以聽見微風拂過草地的沙沙聲。很快的，青草旁又有了其他的東西。高一點的山坡上長出了深色的石楠。山谷中也冒出一片片高高低低、怒髮衝冠似的青綠色。狄哥里起先不知道那是什麼，直到離他很近的地方也開始冒出一個。它小小的、尖尖的，長了幾十條小枝條，小枝條上覆蓋著青綠，以大約每兩秒鐘長一寸的速度快速生長著。這時他周圍已經有好幾十個這種東西了。當它們長得和他一樣高時，他才恍然大悟那是什麼。他驚叫一聲：「樹！」

正如波莉後來說的，那時最討厭的是你無法安靜地觀看這整個過程。狄哥里剛脫口喊：「樹！」就不得不往旁邊跳開，因為安德魯舅舅又偷偷挨近他身邊，想把手伸進他的口袋裡。就算安德魯舅舅得手了，也毫無益處。因為他依舊以為綠戒指是「回家」的戒指，所以他瞄準的目標是右邊口袋。不過，狄哥里當然不想失去任何一枚戒指。

「站住！」女巫大喊：「往後退。不夠，再退幾步。要是有誰膽敢走近這兩個孩子十步的範圍內，我就砸暈他的腦袋。」她舉起手中那根從路燈柱上扭下來的鐵棒，擺出投擲的準備。誰也不懷疑，她會扔得非常準。

「原來如此！」女巫說：「你想跟這男孩偷偷溜回你自己的世界，把我扔在這裡。」

安德魯舅舅的憤怒終於戰勝了他的恐懼。「是的，夫人，我想，」他說：「我確實想。我完全有這樣的權利。我遭受了最屈辱、最惡劣的對待。我在我能力範圍之內竭盡所能禮遇你，而我獲得了什麼回報？你搶劫——我必須重複這個字眼——**搶劫**了一個受人敬重的珠寶商。你堅持要我招待你去吃一頓極度昂貴（排場有多浮誇就別說了）的午餐，我因此被迫典當了我的懷錶和錶鏈來付清帳單（讓我告訴你，夫人，我們家族中，除了那個在義勇兵團的表哥愛德華，還沒有人有光顧當鋪的習慣）。在吃那頓難以消化的午餐時——我現在回想起來仍感覺糟透了——你的言行舉止引人側目，令在場的每一個人反感。我感覺自己是在大庭廣眾下出醜。我再也沒有臉踏進那家餐廳了。你還攻擊了員警。你還偷了……」

「噢，別說了，大爺，別說了。」馬車夫說：「看一看和聽一聽眼前正在發生的事吧；別說話。」

眼前確實有太多可看可聽的事物了。狄哥里剛才注意到的那棵樹，這已經是一棵完全長成的山毛櫸，樹枝在他頭上輕柔地搖曳。他們站在一片清涼、青翠的草地，上面散布著雛菊和毛茛。一段距離外，沿著河岸長出了一排柳樹，另一邊則錯落生長著一叢叢繁花盛開的紅醋栗、紫丁香、野玫瑰和杜鵑花，層層圍繞著他們。那匹馬正大口嚼著鮮嫩美味的青草。

這整段時間裡，獅子前後來回莊嚴地巡行，歌聲持續不歇。令人心驚的是，牠每繞一圈，就離他們更近一些。波莉發現那首歌變得愈來愈有意思，因為她覺得自己開始看出音樂和所發生的事物之間的關連。當大約一百碼外的山脊上冒出一排暗綠的冷杉時，她感覺它們和獅子在前一秒鐘唱的一串低沉、延長的曲調有關。當牠突然唱出一連串輕鬆的快板時，她毫不驚訝地看見報春花突然從四面八方出現了。就這樣，懷著一種無法形容的激動，她十分確定萬物都是從（如她所言）「那隻獅子的腦袋裡冒出來的」。當你聆聽牠的歌聲，你聽到牠在創造各種東西，當你環顧四周，你看到它們具體出現。這實在太令人興奮了，她根本沒時間害怕。可是，對於獅子每轉一圈就更接近他們，狄哥里和馬車夫卻無法不感到緊張。至於安德魯舅舅，他嚇得牙關打顫，雙膝不住顫抖，連想跑都跑不了。

忽然，女巫大膽邁步朝獅子走去。獅子一直唱著歌，邁著緩慢沉重的步伐向前而來，現在離他們只有十二碼遠了。她抬起手臂，對準牠的腦袋扔出鐵棒。

這麼近的距離，任何人都不會打不中，更何況出手的是賈迪絲。鐵棒正中獅子的眉心，隨即滑下來，「砰」地落在草地上。獅子繼續往前走，步伐不疾不徐，與先前無異；你說不上來牠到底知不知道自己被打了一下。牠柔軟的肉掌雖然悄無聲息，你卻能感覺到大地在牠的腳下震動。

女巫尖叫，飛奔而逃，不一會兒就消失在樹林裡。安德魯舅舅也轉身想逃，卻被一條樹根絆倒，一頭栽進一條匯入大河的小溪裡。兩個孩子完全無法動彈。他們甚至無法確定自己是不是要逃。獅子根本不理會他們，牠張著血盆大口，卻是在唱歌，而不是怒吼。牠與兩個孩子擦身而過，近得他們可以摸到牠的鬃毛。他們害怕極了，怕牠轉頭看他們，又異常地希望牠會轉頭看他們。然而，牠對待他們的態度，從頭到尾就像既沒看見也沒嗅到他們的存在。牠從他們身邊經過，往前走了幾步之後又折回來，再次與他們擦身而過，繼續朝東邁進。

安德魯舅舅從水裡爬起來，一邊咳嗽，一邊氣急敗壞地開口。

「狄哥里，」他說：「現在我們擺脫那個女人了，那頭畜生獅子也走了。把你的手伸過來給我，立刻戴上戒指。」

「別過來。」狄哥里說，同時後退遠離他：「離他遠點，波莉。到我這邊來。現在我警告你，安德魯舅舅，你要是再靠近一步，我們就立刻消失。」

「你快給我乖乖照著辦，小子，」安德魯舅舅說：「你是個極不聽話又沒規矩的孩子。」

「絕對不行，」狄哥里說：「我們要留下來看看會發生什麼事。我以為你想知道其他世界的情況呢。現在你難道不喜歡待在這裡了？」

「喜歡！」安德魯舅舅叫嚷道：「看看我現在的慘狀。還有，這可是我最好的外套和背心啊。」他這時看起來真的很狼狽。當然，你先前穿得愈體面漂亮，在從摔成一堆破爛的馬車裡爬出來又跌進一條泥濘的小溪之後，看起來就愈淒慘。「我的意思是，」他補充道：「這是個最有趣的地方，如果我是個年輕小伙子，現在——也許我該先弄一些精壯的小伙子過來這裡，找一個專門獵捕大型動物的獵人，可以在這鄉野大有一番作為。這裡氣候宜人，我從來沒呼吸過這麼清新的空氣。我相信這對我大有好處，如果……如果環境更有利的話。我們要是有把槍就好了。」

「去他媽的鬼槍。」馬車夫說：「俺想俺要過去看看能不能給草莓刷一下鬃毛。在俺看來，那匹馬可比某些人類更明理。」他走回草莓身邊，開始發出馬夫喚馬的嘶嘶聲。

「你還在想你能用槍殺死**那頭**獅子？」狄哥里問：「牠對那根鐵棒一點也不在乎。」

「儘管她做了那麼多錯的事，」安德魯舅舅說：「小子，那妞兒可真有膽量。那可是一件膽氣十足的事。」他搓著雙手，把指關節拗得爆響，彷彿再次忘了每次那個女巫在場時，他被嚇得多厲害。

「那麼做真壞。」波莉說：「獅子做過什麼傷害她的事嗎？」

「哇嗚！那是什麼？」狄哥里說。他一個箭步上前去察看只有幾碼外的某種東西。「我說，波莉，」他回頭喊：「快過來看看。」

安德魯舅舅也跟著她過去；不是因為他想看，而是因為他想緊挨著兩個孩子，這樣也許有機會偷他們的戒指。不過，當他看見狄哥里在看什麼東西時，連他也開始感興趣了。那是個完美的路燈柱的小模型，大約三英尺高，但就在他們的注視中不斷按比例長高變粗；事實上，它的長勢就像剛才那些樹木一樣。

「它也是活的——我是說，它還亮著。」狄哥里說。它確實亮著；只不過，在燦爛的陽光下，除非你用身影遮住它，否則很難看見燈罩中那微弱的燈焰。

「神奇，太神奇了。」安德魯舅舅喃喃說：「我連作夢都沒夢過有這樣的魔法。我們所在的這個世界，每一種東西——甚至是路燈柱——都可以活過來並且生長。我真想不通，路燈柱是從什麼樣的種子長出來的。」

「你沒看出來嗎？」狄哥里說：「這是剛才那根鐵棒掉落的地方——是她從家門口的路燈柱上扯下來的那截鐵棒。它陷進地裡，現在冒出來，長成了一根小燈柱。」（不過現在已經不小了；就在狄哥里說這些話的時候，它已經長得跟他一樣高了。）

「沒錯！真驚人，太驚人了。」安德魯舅舅說，比先前搓手搓得更嚴重了：「呵，呵！他們老是嘲笑我的魔法。我那個愚蠢的妹妹還認為我是瘋子。我好奇他們現在會說什麼？我發現了一個萬物都能迸出生命並且生長茁壯的世界。哥倫布，對，他們老是提到哥倫布，但是美洲能跟這裡比嗎？這地方的商業潛力無可限量啊。只要帶一點破銅爛鐵過來，埋進地裡，它們就能長出嶄新的火車發動機、戰艦，任何你想要的東西。它們不花一毛錢成本，我可以拿回英格蘭高價出售。我會成為百萬富翁。然後是這裡的氣候！我已經感覺自己年輕了許多歲。我可以在這裡開一家健康度假中心。在這裡建一座好的療養院，一年能賺上兩萬英鎊。當然，我得讓少數幾個人知道這個祕密。首要之事就是射殺那頭畜生。」

「你就像那個女巫，」波莉說：「滿腦子都是殺戮。」

「至於說到我自己，」安德魯舅舅沉浸在快樂的夢裡，繼續說道：「如果我在這裡安頓下來，天知道我能活多長壽。對一個活到六十歲的人來說，這是不得不考慮的大事。

如果住在這裡一天也不會變老，我一點都不驚訝！太驚人了！這是個青春之國啊！」

「噢！」狄哥里喊道：「青春之國！你認為這裡真的是青春之國？」當然，他想起了萊蒂姨媽對送葡萄來的女士說的話，那個甜蜜的盼望又湧上了心頭。「安德魯舅舅，」他說：「你想，這裡會不會有什麼東西能治好我媽媽的病？」

「你在胡說什麼？」安德魯舅舅說：「這裡又不是藥店。不過，正如我說的……」

「你根本一點也不關心她。」狄哥里恨恨地說：「我以為你會關心她；畢竟她是你妹妹，是我媽媽。好吧，算了。我很樂意親自去問問那頭獅子，看牠能不能幫我。」說完他便轉身，腳步輕快地走了。波莉猶豫了一下，然後跟了上去。

「喂！站住！回來！這小子瘋了。」安德魯舅舅說。他跟在兩個孩子後面，小心地保持距離；他既不想離綠戒指太遠，又不想離獅子太近。

不一會兒，狄哥里就來到樹林的邊緣，他停下腳步。獅子還在唱歌，但這時歌聲又變了。它聽起來更像我們所說的曲調，但也變得更狂野。它讓你想要奔跑、跳躍和攀爬，令你想要大聲呼嘯。它讓你想要飛快衝向他人，擁抱他們或痛揍他們。它令狄哥里滿臉發燙，面紅耳赤。它也對安德魯舅舅起了作用，因為狄哥里聽見他說：「她真是個生氣勃勃的小妞兒，老小子。可惜她的脾氣太壞，但她仍是個漂亮的女人，漂亮得不得了。」不過，這歌在兩個人類身上所起的作用，遠遠不及它對這個世界所起的作用。

你能想像一片綿延的草地像鍋裡的水一樣咕嘟咕嘟冒泡的情景麼？這正是眼前發生的情景的最佳寫照。四面八方不斷有土丘隆起。它們大小不一，有些不及鼴鼠丘大，有些大如獨輪手推車，還有兩座大如農舍。那些土丘不斷鼓脹震動，直到爆裂開來，大量的沙泥從中湧出，接著每個土丘裡爬出一隻動物。鼴鼠爬出來的樣子，就像你在英格蘭看見鼴鼠爬出來的樣子。狗爬出來時，頭才一鑽出洞口就開始吠叫，牠們掙扎著爬出土丘，就像鑽過籬笆的小洞似的。雄鹿的出現看起來最奇怪，當然是鹿角先出現，等過了好久之後才露出整個身體，所以狄哥里起初還以為牠們是樹。青蛙全都在河邊冒出來，一邊呱呱大叫，一邊直接噗通噗通跳下水。黑豹、花豹之類的貓科動物一出來就立刻坐下，將後腿上的鬆散泥屑舔乾淨，然後起身在樹幹上磨牠們的前爪。一群群密密麻麻的鳥兒從樹林中飛出來。蝴蝶翩翩飛舞。蜜蜂在花叢裡忙著採蜜，好像一秒鐘也不肯浪費。不過，最壯觀的時刻是大象破土而出，那兩座最大的土丘崩裂時，就像發生一場小地震，隨即冒出了大象傾斜的背脊、巨大又聰明的腦袋，然後是四條肥碩的象腿。這時你幾乎已經聽不見獅子的歌聲了；四周充滿烏鴉的嘎嘎叫、鴿子的咕咕聲、雞啼、驢叫、馬嘶、狗吠、狼嚎、牛哞、羊咩，以及大象如喇叭似高亢的象鳴。

不過，雖然狄哥里已經聽不到獅子的聲音，但還是可以看見牠。牠是如此龐大，如此耀眼，狄哥里完全無法將目光從牠身上移開。其他動物也沒顯露出怕牠的模樣。事實上，就在那時，狄哥里聽見背後傳來一陣馬蹄聲；不一會兒，那匹拉車的老馬從他身邊小跑而過，加入獸群當中。（這裡的空氣顯然很適合這匹老馬，就像適合安德魯舅舅一樣。此時牠昂頭挺胸，四蹄輕快，早已不是倫敦城裡那匹可憐的老奴隸了。）這時，獅子第一次安靜下來。他在這群動物中來回走動，不時走到兩隻動物前（每次都是兩隻），用自己的鼻子去觸碰牠們的鼻子。他會在所有海狸中觸碰兩隻海狸，在所有花豹中觸碰兩隻花豹，在整個鹿群中觸碰一隻雄鹿和一隻母鹿，沒去碰其他隻。有些種類的動物他完全略過不碰。然而，那些他觸碰過一對對動物，立刻離開自己的群體跟隨著他。最後，他站住不動，所有他觸碰過的動物在他周圍站成很大一圈，將他圍在中央。其餘沒有被他碰觸過的動物開始四散離去；牠們的吵鬧聲逐漸遠去消失。這些被揀選留下的動物這時徹底保持安靜，全都目不轉睛地看著獅子。貓科動物偶爾會甩一下尾巴，除此之外，所有的動物全都靜止不動。這是那天第一次萬籟俱寂，四下只聽見滔滔的流水聲。狄哥里的心狂跳不已；他知道有非常莊嚴的事要發生了。他沒有忘記自己的母親，但他非常清楚，即便是為了母親，他也不能插嘴打斷如此莊嚴的大事。

那隻獅子注視著那些動物，眼睛眨也不眨，彷彿要用他凌厲如炬的目光讓牠們全都燃燒起來。漸漸的，動物們也起了變化。那些小型動物——兔子、鼴鼠等——變大了許多，體型龐大的動物——如最顯眼的大象——則變小了一些。許多動物屈起後腿，端坐下來，絕大部分則側著頭，彷彿努力試著去理解什麼。獅子張開大嘴，卻沒有發出聲音；他呼出一股悠長、溫暖的氣息，彷彿一陣風吹動一排樹木般吹動了這群動物。在遙遠的高空中，隱藏在蔚藍穹蒼面紗之下的群星又開始歌唱，一首精純、冰冷、困難的樂曲。接著，一道閃光如火焰般一閃而逝（但沒燒著任何動物），那若不是出自天空，就是來自那隻獅子。兩個孩子感到全身熱血沸騰，接著，一個他們至今聽過最深沉、最野性的聲音開始說話：

「納尼亞，納尼亞，納尼亞，甦醒吧。愛。思想。言語。有行走的樹。有能言的獸。有神聖的水。」

10 第一個玩笑與其他的事

那當然是獅子的聲音。兩個孩子早就覺得他一定會說話，但是當他真的這麼做了，他們感到一種既有趣又恐怖的震撼。

從樹林中走出一群無拘無束的人，那是林中諸神和女神；隨後出來的有人羊[8]、薩堤爾[9]，以及矮人。從河中上來的，則是河神和他的水中精靈女兒。所有這些神靈及所有的飛禽走獸，都以他們或低沉、或高亢、或渾厚、或清澈的聲音齊聲回答：

「致敬，阿斯蘭[10]。我們聽見並遵從。我們蘇醒。我們愛。我們思想。我們言語。我們明白事理。」

「但是，我們明白的還不多。」一個鼻音很重、不斷噴出鼻息的聲音說。這聲音讓兩個孩子跳了起來，因為說話的正是那匹拉車的老馬。

「棒棒的老草莓，」波莉說：「我真高興他被挑選當上『能言獸』。」馬車夫這時已經站在兩個孩子身旁，說：「俺太震驚了。俺早就說過，這老馬兒可有靈性了。」

「眾生萬物，我賜給你們生命，」阿斯蘭用中氣十足、無比快樂的聲音說：「我將這片納尼亞王國永遠賜給你們。我賜給你們樹林、果實、河流。我賜給你們群星，並將我自己也給了你們。那些我並未揀選、無法言語的野獸，也都屬於你們。要仁慈地對待牠們，珍愛牠們，但是不要回到牠們的習性中，免得失去你們『能言獸』的身分。因為你們是從牠們當中揀選出來的，因此你們能夠返回牠們當中去。千萬別走回頭路。」

「是，阿斯蘭，我們不會的，我們不會的。」大家答道，但一隻得意洋洋的寒鴉又大聲補充說：「絕對不行！」在他開口時，所有人都已回答完畢安靜下來了，因此，他的聲音在一片死寂中顯得格外響亮；你大概猜得出來，在群體中做出這樣的事會有多難為情。寒鴉窘得無地自容，乾脆把頭藏到翅膀下，彷彿睡覺去了。其他所有動物開始發出各種古怪的聲音，那是他們的笑聲，當然，都是我們的世界裡從來沒人聽過的。他們起初還努力憋住笑，但是阿斯蘭說：

---

8 人羊（Faun），羅馬神話中的半人半羊生物，擁有人的上半身、山羊的腿和尾巴，喜歡森林、音樂，是農牧之神法努斯（Faunus）的追隨者。

9 薩提爾（Satyr）：希臘神話中的半人半獸生物，擁有人類的身體，以及羊耳、短小羊角等部分山羊特徵。他們聒噪又好色，是酒神戴奧尼索斯的追隨者。

10 在突厥語族中，獅子的發音就是「阿斯蘭」（Aslan）。在突厥語族及伊斯蘭世界，阿斯蘭是許多人會使用的男子名。

「諸位生靈，笑吧，別怕。如今你們已經不再喑啞和愚昧，你們不必再老是一臉嚴肅了。因為笑話和正義一樣，總是伴隨著言語而生。」

於是，他們全都放聲大笑起來。如此一片歡樂，連寒鴉都再次鼓起勇氣，棲息在那匹拉車老馬的頭頂雙耳中間，拍拍翅膀說：「阿斯蘭，阿斯蘭，我是不是說了第一個笑話呀？以後大家是不是會永遠傳頌我如何說了第一個笑話？」

「不，小朋友，」阿斯蘭說：「你不是**說了**第一個笑話；你是**成了**第一個笑話。」大家聽了之後哄笑得更厲害了，但寒鴉不在意，也跟大家笑得一樣大聲，直到那匹馬甩了甩頭，寒鴉失去平衡掉了下來，幸好想起自己有翅膀可用（牠對翅膀還很陌生），才沒跌在地上。

「現在，」阿斯蘭說：「納尼亞創立完成。接下來我們必須思考如何保持它的安全。我要召集你們當中幾位來跟我一起開會。你，矮人首領；你，河神；你，橡樹和貓頭鷹；還有兩位大烏鴉和公象；過來，跟我走。我們必須一起議事。因為這世界雖然創立還不到五小時，邪惡已經入侵了。」

阿斯蘭點到名的生物都走上前，他轉身領著他們朝東方走去。其他動物開始議論紛紛，說的大都是：「他說是**啥**入侵了這個世界？……『蠍蛾』——什麼是『蠍蛾』？……不，他說的不是『蠍蛾』，他說的是『蟹蛾』……呃，那到底是啥？」

「聽我說，」狄哥里告訴波莉：「我必須去找他——去找阿斯蘭，我是說那隻獅子。我必須跟他談談。」

「你覺得我們可以嗎？」波莉說：「我不敢。」

「我必須去。」狄哥里說：「這和我的母親有關。如果有誰能給我某個東西治好她，那一定就是他了。」

「俺跟你一起去。」馬車夫說：「俺喜歡**他的**模樣。俺也不認為其他野獸會攻擊我們。俺還想跟老草莓說句話。」

於是他們三人大膽地——或說儘量壯起膽子——朝那群聚在一起的動物走去。那些動物都在忙著彼此聊天和交朋友，直到三名人類走得很近時才注意到他們；他們也沒聽見安德魯舅舅的聲音，他站在很遠的地方，那雙穿著有扣皮靴的雙腿顫抖個不停，他喊道（但不是用他最大的聲音）：

「狄哥里！回來！你馬上給我回來。我不准你再往前走一步。」

當他們終於走到聚集的動物當中時，動物們全都閉上了嘴，瞪著他們。

最後，公海狸終於開口說：「咦？看在阿斯蘭的分上，這三個是什麼東西？」

「不好意思。」狄哥里開口，聲音有點急促，然而一隻兔子插嘴說：「我相信他們是一種大萵苣。」

「不，我們不是，我們絕對不是萵苣。」波莉急忙說：「我們一點也不好吃。」

「哈！」鼴鼠說：「他們會說話。有誰聽過萵苣會說話的？」

「說不定他們是第二個笑話。」寒鴉說。

一隻正在洗臉的黑豹停下來片刻，說：「嗯哼，如果他們是第二個笑話，那比起第一個可差得遠了。至少**我**看不出他們哪裡好笑。」他打了個呵欠，然後又繼續洗臉去了。

「噢，請行行好，」狄哥里說：「我的事情很急。我要見見獅子。」

這段期間，馬車夫一直努力博取草莓的注意。這時草莓終於注意他了。「哎呀，草莓，老夥計，」馬車夫說：「你認得俺啊。你不會站在那裡說你不認識俺吧。」

「馬兒，那東西在說什麼？」好幾個聲音問。

「嗯哼，」草莓緩緩說道：「我也不大明白，我想，對所有的事，我們大多數朋友都還不大明白，但我有一種想法，我以前見過這種生物。我有一種感覺，幾分鐘之前，在阿斯蘭把我們全部喚醒之前，我是活在其他地方——或我是另一種生物。一切都非常模糊。像一場夢，但在那個夢裡有像這三個生物一樣的東西。」

「什麼？」馬車夫說：「不認識俺了？每天晚上在你精疲力盡的時候，是誰給你端上熱呼呼的麥麩？你的鬃毛，是誰給你刷得漂漂亮亮的？你站在寒風中的時候，是誰從來沒忘記給你蓋塊布？俺真沒想到，草莓，你竟然會說你不認識俺了。」

「記憶確實慢慢回來了。」那匹馬若有所思地說：「沒錯，現在讓我想想，好好想想。對，你向來把一個可怕的黑傢伙綁在我後面，然後鞭打我逼我往前跑，無論我跑多遠，這個黑傢伙永遠跟在我背後喀啦喀啦響。」

「我們得掙錢過日子啊，懂嗎？」馬車夫說：「咱倆過的日子是一樣的。要是俺不逼你工作，不鞭打你，你就沒有馬廄可睡，沒有乾草、麥麩，甚至燕麥可吃。當俺買得起燕麥的時候，你可是吃過燕麥的，這事兒可錯不了。」

「燕麥？」那匹馬豎起了耳朵，說：「對，我記得那東西。沒錯，我想起更多的事情來了。你總是坐在我後面，我總是在前面跑，拉著你和那個黑傢伙跑。我就知道，所有的活兒都是我在幹。」

「夏天，俺承認是這樣沒錯，」馬車夫說：「你幹活兒辛苦，俺卻有個涼快的位子坐著。可是冬天呢？老夥計，當你跑得全身暖和，俺卻坐在那兒兩腳凍得像冰塊，鼻子被寒風吹得都快掉下來了，手也凍僵到幾乎握不住韁繩啊。」

「那是個艱苦、殘酷的地方。」草莓說：「那裡沒有青草，全是堅硬的石頭。」

「太對了，老夥計，說得太對了。」馬車夫說：「那是個艱苦的世界。俺常說，那些鋪石頭的路面實在不適合馬走。可那就是倫敦啊，俺跟你一樣不喜歡它。你是匹鄉下馬兒，俺是個鄉下人。俺在老家還曾經在唱詩班唱聖詩呢。可是俺在老家找不到活兒幹，沒法生活啊。」

「噢，拜託，求求你們。」狄哥里說：「我們可以走了嗎？那隻獅子已經愈走愈遠了。我真的有非常重要的事急著跟他說。」

「俺說，草莓啊，」馬車夫說：「這位小少爺有些心裡的話要對那隻獅子說；你們叫他阿斯蘭對吧。我想你願意讓他騎在你背上（他會很感激你的），馱著他跑去找獅子吧。我和這小姑娘會跟在你們後面。」

「騎？」草莓說：「噢，現在我想起來了。那意思是坐在我背上。我記得很久以前，有個像你們一樣長著兩條腿的小東西，也曾經這麼幹過。他還給過我一種硬硬的白色小方塊。它們嚐起來……噢，太美妙了，比青草還要甜。」

「啊，那是方糖。」馬車夫說。

「拜託，草莓，」狄哥里說：「請……請讓我騎上去，帶我去找阿斯蘭。」

「嗯哼，我不介意。」那匹馬說：「我以前也馱過的。你上來吧。」

「好心的老草莓，」馬車夫說：「呃，小伙子，俺來托你上去。」狄哥里很快就騎到草莓的背上，而且感到相當舒服，他以前騎自己的小馬時就不用馬鞍的。

「好，出發吧，草莓。」他說。

「我想，你身上不會碰巧有那種白方塊吧？」那匹馬說。

「沒有，我恐怕沒帶來。」狄哥里說。

「好吧，那也沒辦法了。」草莓說，接著邁步離開。

就在那時候，一條一直在嗅聞、拚命瞪大眼睛看的大鬥牛犬說：

「瞧，那邊是不是還有一個這種奇怪的生物？就在河邊那些樹底下。」

於是所有的動物都往那邊看，並且看到了安德魯舅舅，他一動也不動地站在杜鵑花叢中，希望不會被人發現。

「來啊！」好幾個聲音說：「讓我們過去看看究竟是什麼。」於是，草莓馱著狄哥里輕快地朝一個方向跑去（波莉和馬車夫跟在後面走），大多數動物則朝安德魯舅舅衝過去，一邊跑，一邊發出陣陣吼叫、狂吠、咕嚕聲，以及各種興高采烈的有趣聲音。

現在，我們必須把時間往後倒一點，從安德魯舅舅的視角來解讀一下這整個場景。他得到的印象和馬車夫及兩個孩子完全不同。因為你的所見所聞，很大一部分取決於你的立場，同時也取決於你是個什麼樣的人。

自從動物一出現，安德魯舅舅便縮頭縮腦一步步退進灌木叢中。他當然緊盯著牠們不放，但他並不真的有興趣看牠們在幹什麼，他只是在注意牠們會不會朝他撲過來。他就像女巫一樣，極其務實。他根本沒注意到阿斯蘭從每一種動物中揀選出一對代表。他只看見，或者他以為自己看見的，是一大群危險的野獸漫無目的地四處亂走。他一直很納悶，為什麼那些動物不從那隻巨獅身邊逃走。

當那個偉大的時刻來臨，野獸口吐人言時，他毫無領會；這當中的原因十分有趣。早在整個還是一片黑暗，獅子開始唱歌的時候，他就意識到那聲音是一首歌，而且那時他就非常討厭那首歌。它讓他想起並感覺到他不願去想也不願去感覺的事。隨後，當太陽升起，他看見唱歌的是一隻獅子（他對自己說：「**只不過是**一隻獅子」）時，他便拚命讓自己相信，那獅子不是在唱歌，也從來沒唱過歌——牠只是在吼叫，就像我們世界裡動物園中的任何獅子一樣。「牠當然不可能真的在唱歌，」他想：「剛才一定是我的幻想。我讓自己嚇得神經都失常了。誰聽說過獅子會唱歌的？」獅子唱得愈久，唱得愈優美，安德魯舅舅就愈費勁讓自己相信他聽到的只是吼叫聲而已。麻煩的是，當你努力想把自己變得比原來更愚蠢的時候，通常你都會非常成功。安德魯舅舅就是這樣。很快的，在阿斯蘭的歌曲中他只聽見了吼叫聲。不久，就算他想聽，也變成什麼都聽不出來了。最後，當那隻獅子開口說「納尼亞，蘇醒吧」的時候，他聽到的不是任何話語，而是一聲咆哮。當百獸開口回答時，他只聽見吠叫、咆哮、低吼和嚎叫。當他們放聲而笑時——嗯，你可以想像，那是安德魯舅舅目前為止所見過最糟的事。他這輩子從來沒聽過一群飢餓、憤怒的畜生發出如此恐怖、嗜血的喧鬧。接著，他在驚怒至極之間，看見其他三個人居然毫無顧忌地現身，走到那群動物面前。

「一群笨蛋！」他喃喃自語道：「這下那些畜生會把戒指連孩子都一起吃掉，我會永遠也回不了家了。狄哥里真是個自私的小子！另外兩個也一樣壞。他們想去送命是他們自己的事，可是**我**怎麼辦？他們好像沒想到這一點。沒有人想到**我**。」

最後，當一整群動物朝他衝過來的時候，他轉身飛奔逃命。現在誰都看得出來，這個年輕世界的空氣確實對這位老先生大有益處。他在倫敦時早就老得跑不動了，可是這時他奔跑的速度之快，足以讓他拿到英國任何私立預校[11]的百米賽跑冠軍。他的燕尾服後岔在他身後飛揚，形成一道美麗的風景。可是，這當然沒什麼用。許多在他後面追趕的動物都是天生快腿；這是他們有生以來第一次奔跑，他們全都渴望好好運用一下自己新生的肌肉。「追他！快追上他！」他們大喊著：「說不定他就是那個『蠍蛾』！在那裡！衝啊！攔住他！包圍他！加油！太好了！」

不一會兒，有些動物已經跑到他前面了。他們排成一排攔住他的去路，其他動物則從他後面包圍過來。無論他往哪個方向看都是可怕的景象。大麋鹿高聳的鹿角和大象巨大的臉龐從高處俯視著他；笨重又嚴肅認真的熊和野豬在他背後嗚嗚低吼；神情冷酷的花豹和（他認為）滿臉嘲笑神情的黑豹都搖著尾巴瞪著他。最令他震驚的，是眾多張開

11 私立預校（Prep school）指英國的私立小學。對許多英國父母來說，讓孩子就讀私立預校，目的是為了能讓孩子進入英國最頂尖的中學。

的血盆大口。那些動物張開嘴巴真的只是為了喘氣，他卻以為他們張開嘴是想吃掉他。

安德魯舅舅站在原地渾身顫抖，左搖右晃。即使在最有利的情況下，他都不喜歡動物，因為牠們通常令他害怕。還有，多年來他對動物所進行的殘酷實驗，當然令他變得更痛恨也更懼怕牠們。

「好吧，先生，」鬥牛犬用一種公事公辦的態度說：「你到底是動物、植物，還是礦物？」他就是這麼說的，但是安德魯舅舅聽見的卻是：「嗚……汪……汪汪汪！」

11 狄哥里和舅舅雙雙陷入困境

你可能會覺得那些動物很蠢，竟然沒在第一時間就看出安德魯舅舅與那兩個小孩、馬車夫是同一個物種。不過你要記得，動物對衣服這種東西一無所知。他們認為，波莉的連衣裙、狄哥里穿的諾福克套裝[12]和馬車夫的圓頂帽都是他們身體的一部分，就像他們自己身上的皮毛和羽毛一樣。如果不是因為他們和那三個人說過話，而且草莓似乎也認為他們三人是同類，他們肯定不會知道這三個人全是同一個物種。再說，安德魯舅舅比兩個小孩高很多，也比馬車夫瘦很多。他除了馬甲是白的（這時也沒那麼白了）外，從頭到腳一身黑，一頭亂蓬蓬的灰髮（這時看起來十分狂野），和動物們之前所見的三個人類毫無相似之處。因此，他們感到困惑是很自然的。最糟糕的是安德魯舅舅似乎根本不會說話。

12 諾福克套裝（Norfolk suit）：英國一種西服套裝，其設計重點在於方便男士從事打球、打獵等戶外活動時穿著。

他其實試過了。當鬥牛犬和他說話（或者在他看來，那是先對他吠叫，再對他大吼）時，他伸出抖個不停的手喘著氣說：「乖狗狗，我，可憐的老傢伙。」但野獸們聽不懂他的話，就像他聽不懂野獸的話一樣。他們聽到的不是任何字句，只是模糊的嘶嘶聲。不過，他們沒聽懂或許反而更好，因為我從沒認識哪隻狗——更別提是生活在納尼亞的能言狗——喜歡被稱作「乖狗狗」；那就像你不會喜歡被叫做「我的小寶寶」一樣。

接著，安德魯舅舅暈倒在地，昏死過去。

「看吧！」疣豬說：「它就是一棵樹，我一直都這麼認為的。」（記住，他們從來沒見過人暈厥或摔倒。）

鬥牛犬把安德魯舅舅全身上下聞了一遍，抬起頭來說：「這是隻動物。肯定是動物，而且可能和之前那幾個是同類。」

「我看不出來。」一頭熊說：「動物不可能像這樣翻倒吧。我們都是動物，我們不會這樣倒下去。我們都是站著的，像這樣。」他用後腿直立站起，向後退了一步，卻被低處的一根樹枝絆倒，摔了個四腳朝天。

「第三個笑話，第三個笑話，第三個笑話！」寒鴉激動萬分地喊了起來。

「我還是覺得這是某種樹。」疣豬說。

「如果是樹，」另一頭熊說：「那上面說不定有蜂窩！」

「我肯定這不是一棵樹，」貛說：「我覺得他在倒下之前想要說些什麼。」

「那只是風吹動了樹枝的聲音吧。」疣豬說。

寒鴉對著貛說：「你該不會是想說，這是一隻**會說話**的動物吧！它可沒說出一個詞來。」

「還有，你知道嗎，」大象（當然，是母象；正如你記得的，她丈夫被阿斯蘭召走了）說：「你知道的，它可能是某種動物。在這頭白白的這團腫塊也許是個臉？上面這些洞說不定是眼睛和嘴巴？當然，沒有鼻子。不過——嗯哼——我們的思維不能太狹隘。我們當中，真正長著能叫『鼻子』的也只是少數。」她帶著尚能讓人容忍的傲嬌，斜著眼欣賞自己長長的鼻子。

鬥牛犬立刻反駁：「我強烈反對這種說法。」

貘卻表示贊同：「我覺得大象說得很對。」

驢子歡快地說：「我告訴你們吧，也許它是一種不會說話卻自以為會說話的動物。」

「能不能讓它站起來？」大象體貼地說。她用鼻子輕柔地捲起安德魯舅舅軟塌的身體，讓他立起來：不幸的是，她弄反了，成了頭下腳上，於是安德魯舅舅口袋裡的兩枚半鎊金幣、三枚半克朗銀幣和一枚六便士都掉到地上。不過，這樣根本撐不住，安德魯舅舅只是再次倒下。

「看吧！」好幾個聲音一起說：「它根本就不是動物。它不是活物。」
「我告訴你們，它是一隻動物。」鬥牛犬說：「不信你們自己聞聞看。」
「氣味不能說明一切。」大象說。
「為什麼？」鬥牛犬問：「一個傢伙要是連自己的鼻子都不信，他還能相信什麼？」
「嗯哼，也許可以相信他的腦袋。」大象溫和地回答。
鬥牛犬立刻說道：「我強烈反對這種說法。」
「好吧，我們總得對它做點什麼吧。」大象說：「因為，它可能是『蠍蛾』，我們一定要把它帶去給阿斯蘭看看。大家覺得怎麼樣？這到底是動物還是某一種樹？」
「樹！樹！」十幾個聲音回答。
「好吧，」大象說：「那麼，如果這是一棵樹，它肯定會想被種在土裡。我們必須挖個洞。」
兩隻鼴鼠很快地就完成了這項任務。動物們對於該把安德魯舅舅的哪一頭放進洞裡產生了爭論，差一點就把他頭朝下栽進土裡。有幾隻動物覺得兩條腿是樹枝，所以灰色的、亂蓬蓬的那一頭（指他的腦袋）肯定是樹根。不過，其他動物認為他分叉的那頭沾了比較多的泥巴，岔開的範圍也比較大，樹根應該這樣才對。所以，最後他們把安德魯舅舅依照正確的方向種進土裡。當他們把土坑填滿拍平時，土埋到了他的膝蓋。

「它看起來簡直快要枯死了。」驢子說。

「當然，它需要澆些水。」大象說。

「我想，我**得**說（不是要冒犯在場的任何一位），也許能完成**這項**任務的，只能靠我這樣的鼻子……」

「我強烈反對這種說法。」鬥牛犬說。不過大象安靜地走到河邊，吸了一長鼻子的水，然後回來照料安德魯舅舅。這聰慧的動物持續這麼做了幾次，往他身上噴灑了幾加侖的水，水沿著他的燕尾服下襬流淌，彷彿他穿著衣服洗了個澡似的。最後，他被水澆醒了，從昏迷中完全清醒過來。這多麼嚇人啊！不過，我們必須在此撇下他，讓他好好反省一下自己的惡行（如果他還能依理性做點什麼的話），回過頭說更重要的事。

草莓載著狄哥里一路小跑，直到其他動物的聲響漸漸遠去消失。此時，他們距離阿斯蘭和他揀選擔任議員的動物群很近了。狄哥里知道，自己不能貿然打擾如此莊嚴的集會，但他根本不需要這麼做。阿斯蘭一聲令下，公象、烏鴉和其他動物全都退到一旁。狄哥里滑下馬背，發現自己已經與阿斯蘭面對面。阿斯蘭比他想的更龐大、更美麗、更金黃耀眼，也更嚇人。他根本不敢直視那雙巨大的眼睛。

「拜託您……獅子先生——阿斯蘭——先生，」狄哥里說：「您，您能不能……我可不可以……請您賜我一些這裡的魔法果子，好讓我母親的身體好起來？」

他極其希望獅子會說「好」，又非常恐懼他會說「不」。然而，讓他吃驚的是獅子什麼也沒說。

「就是這個男孩。」阿斯蘭沒看狄哥里，反而對著他的議員們說：「就是這個男孩幹的。」

「噢，天哪。」狄哥里想：「我又做了什麼？」

「亞當之子，」獅子說：「在我新生的納尼亞王國裡來了一個女巫。告訴這些善良的野獸，她是怎麼來到這裡的。」

狄哥里腦中閃現出十多種解釋，但他有種感覺，最好還是實話實說。

「阿斯蘭，是我把她帶來的。」他低聲回答道。

「目的何在？」

「我想要把她帶離我的世界，送她回自己的世界。我原本以為我是把她帶回她原來的地方。」

「她是怎麼去到你的世界的，亞當之子？」

「是靠……靠魔法。」

獅子什麼也沒說，狄哥里知道自己說的太少。

「阿斯蘭，是因為我舅舅，」狄哥里說：「他用魔法戒指把我們送離了我們自己的世界，因為他先把波莉送去，所以我不得不去，然後，我們在一個叫查恩的地方遇見了女巫，她抓住了我們，當我們……」

「你們**遇見**了女巫？」阿斯蘭嗓音低沉，帶著一絲咆哮的意味。

「她醒來了，」狄哥里苦惱地說，臉色剎時變白了：「我的意思是，我把她叫醒了。因為我想知道，如果我敲了金鐘會發生什麼事。波莉不想這麼做。這不是她的錯。我……我和她打了起來。我知道我不該那麼做。我想，我那時有點因為金鐘下面的文字而著魔了。」

「你有嗎？」阿斯蘭問，聲音依舊低沉。

「不，」狄哥里說：「我現在知道我沒有。我只是假裝有。」

一陣長長的靜默。狄哥里在這段時間裡滿腦子想的都是：「我搞砸了一切。現在沒有機會為媽媽找到任何東西了。」

當獅子再次開口，他不是對狄哥里說話。

「朋友們，你們懂了吧，」他說：「我賜給你們的這個嶄新、乾淨的世界才創立七小時，在這之前卻已經有一股邪惡的力量來到此地；是亞當之子喚醒並把它帶到這裡來的。」所有的野獸，甚至包括草莓，全都把目光投向狄哥里，他感到無地自容，真希望有個地洞讓自己鑽進去。「但是你們不要沮喪，」阿斯蘭仍然對著群獸說：「惡生惡，但為時尚早，我會負責，確保最壞的結果由我承擔。與此同時，讓我們建立秩序，在未來數百年裡讓這地成為快樂世界的一片樂土。既然亞當的後裔造成了傷害，亞當的後裔就該幫助我們修復它。你們兩個，靠過來一點。」

最後一句是對著剛到的波莉和馬車夫說的。波莉目瞪口呆地盯著阿斯蘭，緊緊握著馬車夫的手。馬車夫看了一眼獅子，隨即脫下他的圓頂帽——過去沒人見過他不戴帽子的樣子。帽子脫掉後，他變得更年輕好看，比較不像倫敦的馬車夫，更像鄉下人。

「年輕人，」阿斯蘭對馬車夫說：「我認識你很久了，你認識我嗎？」

「呃，不，先生，」馬車夫說：「至少不是一般意義上的認識。不過，俺不知怎地覺得，如果俺可以自由表達的話，俺覺得，咱們之前見過。」

「很好，」獅子說：「你比你所想像的要懂得多，而你將會更瞭解我。這片土地你還喜歡嗎？」

「這裡的景色很賞心悅目，先生。」馬車夫說。

「你想一直生活在這裡嗎？」

「嗯，是這樣的，先生，俺已經結婚了，」馬車夫說：「如果俺老婆也在這兒，俺覺得俺倆肯定都再也不願意回倫敦了。俺們本來就是地道的鄉下人。」

阿斯蘭仰起他鬃毛蓬鬆的頭顱，張開嘴，發出了一聲悠長的單音，聲音不大，卻充滿了力量。波莉一聽到這聲音，心就怦怦直跳。她確定這是一種召喚，無論中間隔著多少個世界，多少個世代，任何聽到召喚的人都會想要服從它，並且（更想不到的是）也都能夠服從它。因此，雖然她充滿了疑惑，但是當有一位容貌誠摯、和善的年輕婦女突然不知從哪裡冒出來，並且站在她身邊時，波莉並沒有感到震驚或驚嚇。波莉立刻就知道，這是馬車夫的妻子，她不是被什麼令人生厭的魔法戒指拽來的，而是迅速、簡單又甜蜜地來到，猶如鳥兒歸巢。這年輕女子顯然正忙著清洗，因為她還穿著圍裙，兩隻袖子都挽到手肘上方，兩手都是肥皂泡。如果她有足夠時間換上最體面的服飾（她最好的帽子上別著幾顆假櫻桃），她恐怕看起來會很可怕，現在這樣看起來反而相當好看。

當然，她以為自己在作夢。這是為什麼她沒有立刻衝到丈夫身旁，詢問他們倆到底遇到了什麼怪事。可是，當她看著獅子時，就不太確定自己是在作夢了，不過不知怎地，她看起來並不是非常害怕。接著，她微微行了一個屈膝禮，那時還有些鄉下女孩知道怎麼行這種禮。之後，她便走過去握住馬車夫的手，站在那裡，有點害羞地打量四周。

「我的孩子，」阿斯蘭的雙眼盯著他們夫妻，說：「你們將成為納尼亞的第一任國王和王后。」

馬車夫吃驚地張大了嘴，他的妻子雙頰羞得通紅。

「你們要統治這些生物，為他們命名，並以公義對待他們，還有，當敵人出現時，你要保護他們不受敵人侵害。敵人勢必興起，因為這個世界裡有一個邪惡的女巫。」

馬車夫用力吞了兩、三次口水，清了清嗓子。

「對不起，先生，」他說：「俺非常謝謝你（俺相信俺老婆也這麼想），但俺肯定幹不了這活兒。你瞧，俺沒念過多少的書。」

「那麼，」阿斯蘭說：「你能用鏟子和犁，在土地上種出食物來嗎？」

「能，先生。這個活兒俺能幹，俺從小就是在農地裡長大的。」

「你能仁慈、公平地統治這些生物嗎？記住，他們不是你們原生世界裡的啞獸，不是奴隸，他們是『能言獸』，是自由的臣民。」

「俺知道，先生，」馬車夫回答：「俺會盡力公平對待所有的動物。」

「你會教導你的後代子孫也這麼做嗎？」

「先生，這就靠俺努力去做了。俺會盡最大的努力的，對吧，內莉？」

「還有，你不會偏愛自己的某個孩子，或偏愛某種生物，也不會讓他們當中的一些去控制或利用另一些吧？」

「俺向來無法容忍這種事，先生，這是實話。要是俺逮著他們做這種事，俺一定會要他們好看的。」馬車夫說。（在整個對話過程中，他的聲音愈來愈慢，也愈洪亮。更像他年少時生活在鄉村裡的嗓音，不再像倫敦人尖銳、急促的口音。）

「那如果敵人前來侵略這片土地（因為敵人勢必興起），爆發了戰爭，你會第一個衝上前線，最後一個撤退嗎？」

「好吧，先生，」馬車夫緩慢地回答：「人沒經過磨練之前，誰也說不準。俺敢說，俺最後可能是個軟柿子。俺這輩子只用拳頭打過架。俺會試著——就是說，俺希望俺會試著——做俺該做的事。」

「那麼，」阿斯蘭說：「你這已盡到一位國王當盡的一切職責了。我們現在就舉行你的加冕禮。你和你的後代子孫都將受到保佑，他們有人會成為納尼亞的國王，其他的則會成為南方山脈再過去的阿欽蘭王國的國王。而你（他這時轉向波莉），小姑娘，歡迎你。你已原諒那男孩在受詛咒的查恩荒涼宮殿『塑像廳』裡對你的暴行了嗎？」

「是的，阿斯蘭，我們已經和好了。」波莉說。

「那就好，」阿斯蘭說：「現在就看那個男孩自己了。」

12 草莓的冒險

狄哥里緊閉雙唇，益發感到不自在。他希望無論發生什麼事，自己都不會哭出來，或做出任何丟臉的事。

「亞當之子，」阿斯蘭說：「你準備好去彌補你在我美好的納尼亞王國誕生之日為它帶來的禍害了嗎？」

「呃……我不知道我能做什麼，」狄哥里說：「你知道，那個女王已經逃走了，而且……」

「我問的是，你準備好了嗎？」獅子說。

「是的。」狄哥里回答。有那麼一秒鐘，他腦中甚至閃出一個瘋狂的念頭，想要說：「如果你答應救我母親，我就盡力幫你。」不過他及時醒悟，這獅子完全不是那種你能試圖討價還價的人。可是，當他回答「是」的時候，他想到自己的母親，想到曾經懷抱的巨大希望，如今全都破滅了，他喉嚨一哽，雙眼充滿淚水，脫口說道：

「可是，拜託，拜託……您能不能……可不可以請您給我什麼能治好我母親的東西？」在此之前，他一直垂著頭看著獅子的大腳和大爪子；這時，在絕望之中，他抬起頭直視獅子的臉龐，看見了他一生中最震驚難忘的一幕。獅子低下那黃褐色的臉龐，湊近他的臉，（最令人驚訝的是）獅子的眼中閃爍著碩大的淚珠。跟狄哥里的淚珠比起來，那是如此巨大、明光的淚水，在那一瞬間，狄哥里感覺到，獅子似乎比他自己更為他母親感到難過。

「孩子啊，孩子啊，」阿斯蘭說：「我明白。哀莫大焉。在這片土地上，目前只有你我了解哀傷。讓我們互相幫助吧。可是，我必須為納尼亞的千秋萬世著想。你帶到這世界來的女巫，遲早會再來到納尼亞。不過，眼下還不清楚。我有心在納尼亞栽一棵樹，讓她多年不敢靠近，使納尼亞免受其害。如此，可讓這地在烏雲蔽日之前享有多年陽光燦爛的日子。要栽這棵樹，你必須為我拿到那棵樹的種子。」

「是，先生，」狄哥里說。他不知道實際上該怎麼做，但此刻覺得自己能夠做到。獅子深吸了一口氣，把頭彎得更低，給他一個獅子之吻。狄哥里頓時感覺有一股全新的力量和勇氣進入了自己體內。

「親愛的孩子，」阿斯蘭說：「我會告訴你該做些什麼。你轉身望向西方，告訴我，你看見了些什麼？」

「阿斯蘭，我看見一座巨大無比的高山，」狄哥里說：「我看見有一條河沖下懸崖，形成瀑布。在懸崖後方，是布滿森林的翠綠高丘陵。在那之後是更加高聳的山脈，看起來幾乎是墨黑色的。然後，在更遙遠的地方，是層層交疊的龐大的雪山——就像阿爾卑斯山脈的照片。在那些雪山後方，除了天空，什麼也沒有。」

「你看得很清楚，」獅子說：「聽著，納尼亞的邊界到瀑布落下的地方為止，一旦你到達懸崖頂端，你就離開了納尼亞，進入了『西部荒野』。你必須穿越過那些大山，直到你找到一個周圍環繞著冰山的翠綠山谷。那谷中有個藍色的湖泊，湖泊盡頭有一座陡峭的翠綠山丘。在山丘頂上有個花園，花園中央有一棵樹。從那棵樹上摘下一顆蘋果，帶回來交給我。」

「好的，先生。」狄哥里再次回答。他對於怎麼攀上那懸崖，怎麼從群山中找到自己該走的路毫無概念，但他不想這麼說出口，因為那聽起來會像在找藉口。不過，他還是說：「阿斯蘭，我希望你不是特別急。我應該無法快去快回。」

「亞當的幼子，你會得到幫助的。」阿斯蘭說。然後他轉向一直安靜站在他們身旁的那匹馬，他不停甩著尾巴驅趕蒼蠅，歪著頭聆聽著，彷彿這段對話略微晦澀難懂。

「我親愛的，」阿斯蘭對那匹馬說：「你想成為一匹擁有翅膀的馬嗎？」

你真該看看那匹馬甩動馬鬃、鼻孔大張、用一隻後蹄輕敲大地的模樣。他顯然非常樂意擁有一雙翅膀，卻只說：

「如您所願，阿斯蘭——如果您真想這麼做的話——我不知道為什麼會選中我……我並不是一匹非常聰明的馬。」

「長出翅膀。成為所有飛馬之祖吧。」阿斯蘭以震撼大地的嗓音吼道：「你的名字叫『豐翼』[13]」。

馬匹驚嚇後退，就像他過去拉馬車過苦日子時的反應。接著，他大聲嘶鳴，脖子向後縮緊，彷彿因為有蒼蠅在叮咬他的肩膀而想搔癢似的。隨後，就像群獸從大地上冒出來那樣，豐翼的肩膀上也出現一對翅膀，並且開始伸展、生長，比老鷹的翅膀更大，也比天鵝的翅膀大，甚至比教堂窗玻璃上天使的翅膀更大。那羽毛閃爍著栗色與銅色的光澤。他奮力振翅一揮，躍上了半空中。

他在阿斯蘭和狄哥里頭頂上方二十英尺的空中噴著響鼻、長聲嘶鳴、歡快騰躍。接著，在空中繞著他們盤旋一圈後，他落回地面，四蹄同時著地，動作看起來有點彆扭和訝異，不過非常稱心滿意。

「感覺好嗎，豐翼？」阿斯蘭說。

13 原文是Fledge，意思是羽毛長成、羽翼豐滿。

「太好了，阿斯蘭。」豐翼說。

「你願意載著這個亞當的幼子去我所說的山谷嗎？」

「什麼？現在？立刻？」草莓——或者我們現在該叫他豐翼——說：「太好了！過來吧，小朋友。我以前馱過像你這樣的小東西。在很久很久以前。那裡有成片青翠的田野；還有糖。」

「你們兩個夏娃之女在說什麼悄悄話？」阿斯蘭突然轉過身對著波莉和馬車夫的妻子說。她們倆其實已經成為朋友了。

「先生，如果你允許的話，」海倫王后（這是馬車夫妻子內莉現在的稱謂）說：「如果不麻煩的話，我想，這個小姑娘也很想一起去。」

「豐翼，你說呢？」獅子問。

「噢，我不介意載兩個人，只要他倆都是小孩，」豐翼說：「但我希望大象不要也想跟著來。」

大象才沒有這個打算，於是納尼亞的新國王幫兩個小孩上馬：就是他猛一下把狄哥里托上馬背，然後溫柔地把波莉舉起，優雅地放上馬背，彷彿她是陶瓷娃娃，不小心就會摔碎。「好吧，草莓，噢不，俺該說豐翼。這一趟可不容易對付啊。」

「別飛得太高，」阿斯蘭說：「別試圖越過那些高大的冰山的山頂。留意山谷和那片綠色地帶，飛過它們，一定會有一條路可以穿過去的。現在，帶著我的祝福啟程吧。」

「噢，豐翼！」狄哥里傾身向前，拍了拍馬兒毛色光潤的脖頸，說：「這太好玩了。抱緊我，波莉。」

下一刻，大地已被他們遠遠拋在腳下，並且旋轉著。因為豐翼啟程踏上漫長的西方征途之前，先盤旋了一兩圈，像隻大鴿子似的。

波莉低頭往下看，幾乎已經看不見國王和王后，就連阿斯蘭自己也變成了綠草地中一個亮眼的黃點。不久，大風迎面襲來，豐翼找到了振翅的節奏，以穩定的速度飛翔。

納尼亞的全景在他們下方鋪展開來，草地、岩石、石楠花和各式各樣的樹木，色彩繽紛斑斕，蜿蜒穿過其間的河流就像一條銀色緞帶。在他們右邊，向北望去，他們已經能看見那些低矮山丘的山頂後方的景物；那是一大片沼澤地，地勢斜斜向上緩升，直到遙遠的地平線為止。他們左側的群山高聳多了，但高山之間不時會出現峽谷，透過陡峭松樹林間的縫隙，你能瞥見後方那片看起來幽藍而遙遠的南方大地。

「那應該就是阿欽蘭吧，」波莉說。

「是的，但是你看前面！」狄哥里說。

眼前有一座巨大的懸崖擋住了他們，陽光在巨大的瀑布上閃爍躍舞，閃爍的光芒令他們頭暈目眩。瀑布飛湍下落而成的河咆哮奔騰，水花四濺，從它發源的西邊高地流進納尼亞的疆域。他們飛得那麼高，因此瀑布雷鳴般的怒吼聽起來只剩微弱的聲響，不過，他們的高度還不足以飛過懸崖的頂端。

「我們必須用之字形迂迴上升，」豐翼說：「抓緊了。」

他開始往返飛行，每一次轉折都升高一些。空氣變得更冷冽，他們聽見下方遠處傳來老鷹的鳴叫。

「我說，快回頭看，看後面。」波莉說。

從身處的高度，他們能看見整個納尼亞山谷向東伸展，就在快與地平線相接之處，有閃爍著光芒的大海。這時他們飛得夠高，已經能夠看見西北沼澤荒野後方渺小嶙峋的山峰，以及在遙遠南方看起來像沙地的平原。

「我真希望有人能告訴我們那些是什麼地方。」狄哥里說。

「我認為它們現在還不是什麼地方。」波莉說：「我的意思是，那裡荒無人煙，沒發生過任何事。這個世界今天才誕生。」

「不，但總有人**會**去的。」狄哥里說：「然後，它們就會有歷史了，你知道的。」

「呃，幸好現在它們還沒有，」波莉說：「這樣就沒有人被迫學習歷史。戰爭啦，日期啦，還有所有那些亂七八糟的事。」

這時，他們飛過了懸崖最高處，幾分鐘後，納尼亞山谷已被拋在身後，消失在他們的視野中。他們繼續沿著河流的方向前進，飛過一片布滿陡峭丘陵和蓊鬱森林的蠻荒之地。最雄偉的大山在前方若隱若現，但此時太陽正對著他們的眼睛，他們看不清前方的景物。太陽一點一點西沉，直到整個西方天際彷彿變成一個盛滿流金的巨大熔爐，最後，它終於沉入一座峻峭的山峰後方。在滿天金暉映襯下，那座山峰的形狀既清晰又扁平，就像是用硬紙板剪出來似的。

「這裡可沒多暖和。」波莉說。

「而且我的翅膀也開始痠痛了。」豐翼說：「阿斯蘭說的那個帶著湖的山谷，連個影子也沒有。我們先降落，找個像樣的地方過夜，怎麼樣？我們今晚肯定到不了那個地方的。」

「好，現在也該是吃晚飯的時候了。」狄哥里說。

於是豐翼愈飛愈低。隨著他們下降到丘陵之間，離地面愈來愈近，空氣也變得愈來愈暖和。這麼多小時的飛行裡，他們耳中除了豐翼揮動翅膀的聲音，其他什麼也聽不到，這時重新聽見人間大地尋常無奇的聲響，實在太美好了——河水流過岩石河床的淙淙聲，清風拂過樹林的沙沙響。一股陽光烘烤過大地的溫暖氣息，伴隨著青草和鮮花的香氣朝他們襲來。最後，豐翼終於降落在地面。狄哥里翻下馬背，幫波莉下馬。能夠伸展一下僵硬的雙腿，兩人都很開心。

他們降落的山谷位於群山中央；高聳在他們上方的都是布滿積雪的山峰，夕陽的餘暉將其中一座染成了玫瑰般的紅色。

「我**餓**了，」狄哥里說。

「來，填飽肚子吧。」豐翼說著，低頭咬了一大口青草。然後，他一邊嚼一邊抬起頭來，嘴巴兩側還冒出一些青草，就像長了鬍鬚一樣。他說：「來吃啊，你們兩個。別害羞。這裡足夠我們仨吃的。」

「但我們不吃草啊。」狄哥里說。

「唔，唔，」豐翼嘴裡塞滿了青草，說：「好吧……唔……那我就不知道你們該怎麼辦了。這些草還真好吃。」

波莉和狄哥里沮喪地看著彼此。

「唉，我**真的**以為有人會為我們準備晚飯的。」狄哥里說。

「我相信你要是向阿斯蘭請求，他一定會準備。」豐翼回答。

「不請求他就不知道嗎？」波莉說。

「我相信他知道。」馬兒說（嘴裡還是滿滿的青草）：「但我有一種感覺，他喜歡被人懇求。」

「那我們究竟該怎麼辦？」狄哥里說。

「我確定我是沒法子了，」豐翼說：「除非你們試著吃一點草。說不定你們會比自己想的更喜歡哦。」

「噢，別傻了。」波莉跺著腳說：「人類當然沒辦法吃草啊，就像你沒法子吃羊排一樣。」

「看在老天的分上，別提羊排之類的東西，」狄哥里說：「這只會讓人更餓。」

狄哥里說，波莉最好戴上戒指回家找點吃的，他自己不能這麼做，因為他答應阿斯蘭直接去完成這項任務，而且如果他再回到家裡，很可能會發生什麼事讓他無法回到這裡。不過波莉說她不會丟下他，狄哥里說她真的很夠義氣。

「對了，」波莉說：「我外套裡那包太妃糖還剩一些。這總比什麼都沒有好。」

「好太多了，」狄哥里說：「但把手伸進口袋時要小心，別碰到你的戒指。」

這可是件不容易的事，需要一點技巧，不過他們最後還是成功了。當他們終於把那個小紙袋拿出來，它皺成一坨，又濕又軟又黏手，這時的麻煩不是把糖從紙袋裡拿出來，而是把糖上的紙袋扯下來，有些大人（你知道他們對於這種事有多麼吹毛求疵）可能會寧可不吃晚飯，也不去碰這些太妃糖。袋子裡一共有九顆糖。狄哥里想到一個好點子，每個人吃四顆，然後把第九顆種到土裡去，因為他說：「如果路燈柱上的鐵棒能長成一棵小路燈樹，為什麼太妃糖就不能長成一棵太妃糖樹？」於是他們在草地上挖了一個小洞，把那顆太妃糖埋進土裡。然後他們開始吃其他的糖，而且吃得很慢，吃得愈久愈好。這頓飯太寒酸了，他們甚至忍不住把包糖的紙也吃得一乾二淨。

豐翼吃完他自己的那頓豐美大餐後，趴下來休息。兩個孩子過來坐在他的兩側，緊貼著他溫暖的身體。當他展開翅膀覆蓋著他們，他們確實感覺非常暖和舒適。隨著新世界明亮的新星一顆顆出現，他們開始天南地北地聊了起來：包括狄哥里原本希望能得到什麼東西來救他的母親，結果反而被派來執行這個任務。他們還彼此重述用來辨識那個地方的標記——藍色的湖泊，還有山頂有個花園的小山丘。隨著睡意襲來，對話開始變得有一搭沒一搭的，突然間，波莉驚坐起來，清醒地說：「噓！」

每個人都認真聽著。

「可能只是風吹過樹林的聲音。」過了一會狄哥里說。

「我不確定，」豐翼說：「不管怎樣……等一下！又來了。我用阿斯蘭的名字起誓，**是**有什麼東西不太對。」

那匹馬急忙起身，發出很大聲響，引起一陣混亂；孩子們早就站起身來了。豐翼來回小跑，到處嗅聞，發出低聲的嘶鳴。孩子們躡手躡腳地四處走動，探看每棵樹和灌木叢的後方。他們一直覺得自己看到了什麼，有一回波莉甚至堅信自己看到了一個高大的黑影快速地掠向西方。可是他們什麼都沒找到，最後，豐翼再次趴下，孩子們再次依偎

（如果這詞恰當的話）在他的翅膀之下。他們立刻就睡著了。豐翼有很長一段時間一直保持清醒，在黑暗中不斷豎耳傾聽，有時皮毛也會顫動一下，就像有蒼蠅停在他身上似的。不過，最後他也睡著了。

13 不期而遇

「醒一醒，狄哥里，快起來，豐翼，」波莉的聲音響起：「太妃糖已經長成樹啦。這真是最美好的清晨。」

拂曉的曙光流洩，穿過樹林，覆滿露珠的草地一片灰白，蜘蛛網閃爍著銀光。就在他們身邊不遠處長出了一棵小樹，樹身大小和蘋果樹相仿，樹幹顏色很深，樹葉顏色微白且薄，看起來有點像名叫銀扇草的藥草。樹枝上掛滿褐色的小果實，看上去像棗子。

「太棒了！」狄哥里說：「不過我要先去洗個澡。」他飛快穿過一、兩叢開滿花的灌木，來到河邊。那是一條由淺而急的水流匯聚而成的山澗，河床上滿布的紅、黃和藍色小石子在陽光下璀璨耀眼。你可曾在這樣的河裡洗過澡？那簡直就像在大海游泳一樣棒，從某種程度來說甚至更棒。當然，他只能濕著身子就把衣服重新穿上，但這一切很值得。當他回來，波莉也下河去洗了澡；至少她是這麼說的，但我們知道她不大會游泳，所以最好別追問太多。豐翼也去了河邊，但他只是站在河中央，低下頭喝了好久的水，隨後甩甩鬃毛，嘶叫了幾聲。

波莉和狄哥里開始研究太妃糖樹。樹上的果子非常美味，不完全像太妃糖——更軟更多汁——吃起來像帶著太妃糖味的水果。豐翼也享用了一頓豐盛的早餐；他嚐了一顆太妃果，很喜歡，但說一大清早還是想吃草。隨後，兩個孩子費了些力才爬上馬背，展開第二段旅程。

這天比前一天更棒，部分原因是他們個個都感覺煥然一新，其次是因為初升的太陽在他們身後，當光線在你背後時，一切景色看起來自然都顯得更美。這段飛行太美妙了。四面八方聳立在他們上方的都是雪山。遠在下方的山谷一片翠綠，所有從冰川上奔騰而下、匯入主河流的山溪，都無比湛藍奪目，那感覺就像在一堆巨大的珠寶上翱翔。他們都希望這段旅程能持續得更長一點，但很快他們就都嗅聞著空氣，互相問：「這是什麼？」、「你聞到什麼了嗎？」，還有「這味道是從哪來的？」因為此時有一股凡間沒有的氣味從前方某處朝他們襲來，那氣味既濃郁又溫暖，彷彿是從世界上所有最香甜的水果和花朵所散發出來的。

「那是從那個有湖的山谷裡傳來的。」豐翼說。

「確實是。」狄哥里說。「看！在遠方湖泊的盡頭有一座綠色的山丘。還有，看看那湖水有多藍。」

「那一定就是『那個地方』。」他們三人異口同聲說。

豐翼繞大圈盤旋，緩緩下降。覆滿冰雪的山峰顯得愈來愈高。空氣一直不斷變得更溫暖，也更香甜，甜得幾乎讓人不自覺想流淚。豐翼伸展雙翅，翅膀靜止不動地滑翔，弓起馬蹄預備落地。陡峭的綠丘迅速朝他們逼近。不久他就降落在山坡上，動作有一點點笨拙。兩個小孩翻滾下馬，摔在溫暖又密實的草地上，毫髮無傷，隨後起身微微喘了幾口氣。

他們大約是在山丘四分之三的高度上，立刻動身往山頂爬。（我想，豐翼要是沒有利用翅膀保持平衡，並且不時拍動幾下，肯定爬不到山頂。）山頂圍著一圈由綠草形成的高牆。牆內樹木叢生，樹枝伸出牆外，當微風拂過時，它們的樹葉不只是綠色的，還有藍色和銀色的。當這群過客抵達山頂，他們繞著綠牆走了幾乎一圈才找到大門：高聳的金色大門緊閉，朝向東方。

我想，在此之前，豐翼和波莉都是打算和狄哥里一起進去的，但他們這時不這麼想了。你從未見過一個地方如此明確表明這是「私人重地」。你一眼就能看出這個地方屬於某個人。只有傻瓜才會在沒有奉派特殊任務的情況下妄圖進入。狄哥里立刻明白，其他夥伴不會也不能跟他一起進去。他獨自走向大門。

當他走近大門，看見金門上寫著銀色的字，內容大致是：

從金門入，或者止步，
為他人摘我果實，否則勿入；
那些偷竊我果實或翻牆擅闖者，
當獲得心中渴望，也獲得絕望。

「**為他人摘我果實**。」狄哥里自言自語說：「好吧，這正是我要做的。我猜，這意思是我自己一定不能吃。我不明白最後那句教訓人的話是什麼意思。**從金門入**。拜託，要是能從大門進去，誰會想翻牆啊。不過，這大門要怎麼打開呢？」他把手放在門上，大門立刻朝內打開，門上的鉸鏈連一點聲響都沒發出來。

此時他能看見門內的情況了，它看起來益發隱祕。他非常莊重地走進去，環顧四周。園內悄然無聲，連立在花園中央附近的噴水池也只發出幾不可聞的細微聲響。那股香甜的氣息包圍著他：這是個幸福快樂又肅穆的地方。

他立刻就認出他要找的那棵樹，一來是因為它就長在花園正中央，二來是因為樹上結滿了銀色的大蘋果，果實發出的燦爛閃爍銀光，照射在陽光照不到的陰暗角落裡。他徑直走向果樹，摘了一顆蘋果，放在他諾福克外套的胸前口袋裡。不過在放進去前，他忍不住看了一會兒，並聞了幾下。

他不看不聞還好，一股強烈的飢渴之感淹沒了他，使他饞得很想嚐一口果子。他迅速將它塞進口袋裡，但樹上還有那麼多蘋果，嚐一顆會有什麼錯嗎？他想，畢竟大門上的告示未必就是命令；那也可能只是一個勸告——而誰又會在意勸告啊？再說，就算那是一個命令，難道他吃一顆蘋果就算違反命令嗎？他已經遵守「為他人」摘果實的這個指示了啊。

就在他思前想後掙扎時，恰好抬起頭來，透過樹枝看到了樹頂，那裡，就在他頭頂的樹枝上，棲息著一隻漂亮極了的鳥。我說「棲息」，是因為牠看起來像睡著了，但也許沒完全睡著。牠有一隻眼睛還微微睜開一道小小的縫。牠比鷹大，胸前的羽毛是金黃色的，頭冠是猩紅色的，尾巴卻是紫色的。

日後，當狄哥里對別人講述這個故事時總會說：「這就說明，在這些魔法地域裡，無論多謹慎都不為過。你永遠不知道有什麼在監視著你。」不過，我覺得狄哥里無論如何也不會為自己摘一個蘋果的。我想，在那個年代，「不偷竊」這個觀念深深鑿刻在男孩的腦海中，比現在更加牢固。話說回來，我們也無法百分之百確定。

狄哥里剛轉身準備走向大門，突然停下腳步，回頭看了四周最後一眼。這一看把他嚇了一大跳，原來這裡不是只有他一個人。那個女巫就站在離他幾步遠的地方。她正把剛吃完的蘋果果核隨手一扔。蘋果汁的顏色比你想像的深，在她嘴邊留下了一圈可怕的漬痕。狄哥里立刻猜到她一定是翻牆進來的。他開始明白，門上最後一句「當獲得心中渴望，也獲得絕望」可能含有某種道理，因為女巫看起來比之前更強壯也更驕傲，甚至從某種程度來看是更加得意萬分，但是她的臉就像鹽一樣，一片死白。

所有這些念頭在狄哥里腦中一閃而過；接著他便拔腳狂奔，使盡全力奔向大門；女巫緊追在後。他一出大門，門就自動關上了。這讓他領先了幾步，但好景不常，等他跑到同伴身邊，大喊「趕緊上馬，波莉。快起來，豐翼」時，女巫已經翻過或躍過高牆，再次緊追在他身後。

「你給我站住，」狄哥里轉過身，面對著她大喊道：「不然我們就立刻消失。不准再靠近半步。」

「傻孩子，」女巫說：「你為何逃避我？我對你毫無惡意。如果你現在不停下來聽我說，你會錯過一些能讓你一生幸福的知識。」

「哦，謝謝，我不想聽。」狄哥里說。但他還是聽了。

「我知道你是來執行什麼任務的，」女巫繼續說：「因為昨晚躲在你們身邊樹林裡的就是我，我聽到了你們討論的事。你已經從那邊的園子裡摘了一個果實，現在就在你的口袋裡。你連嚐也沒嚐就要把它帶回去給那隻獅子，讓**他**吃，讓**他**使用。你這個笨蛋！你知道那是什麼果實嗎？我告訴你。它是青春之果，生命之果。因為我已經吃了，所以我知道；我已經感覺到自己有了強烈的變化，我知道我永遠不會衰老，永遠不會死亡。吃吧，孩子，吃吧，這樣一來，你我就能永生不死，就能成為這整個世界的國王和王后；如果我們決定回到你的世界，也能成為那裡的統治者。」

「不用了，謝謝，」狄哥里說：「等我認識的每一個人都死了以後，我不知道我是不是還在乎長生不老。我情願正常活到老，然後死亡，前往天堂。」

「那你母親怎麼辦？你不是說愛她愛得不得了嗎？」

「這和她有什麼關係？」狄哥里問。

「你還不懂嗎？傻瓜！只要吃一口那個蘋果，她的病就會好。蘋果就在你口袋裡，這裡只有我們幾個，獅子遠在天邊。用你的魔法回到你的世界，一分鐘之後你就會在母親床邊，把果子給她。五分鐘之後，你就能看到她的臉龐恢復血色。她會告訴你疼痛都消失了。很快的，她會告訴你她感覺有力氣多了。然後她會沉睡——想想看，不被疼痛和藥物折磨，連續好幾個小時甜美自然的沉睡。第二天，大家都會說，她的康復真是太美妙了。不久，她就會徹底好起來。一切都會好起來的。你們家會重新過著幸福的日子。你就會像其他男孩一樣了。」

「噢！」狄哥里伸手按著頭，猛吸了一口氣，彷彿受傷似的。因為現在他知道自己正面對著一項最艱難的抉擇。

「獅子為你做過什麼？讓你願意當他的奴隸？」女巫說：「一旦你回到自己的世界，他還能把你怎麼樣？如果你母親知道你**原本有機會**消除她的痛苦，拯救她的生命，並讓你父親免於心碎，而你卻**不願這麼做**——你寧願在與你毫不相干的陌生世界裡，為一隻野獸跑腿辦事，你說她會怎麼想？」

「我……我不認為他是一隻野獸，」狄哥里用一種乾澀的聲音說：「他是……我不知道……」

「那他就更壞了，」女巫說：「看看他已經對你造成了什麼影響；看看他讓你變得多麼無情無義。這就是他對每個聽命於他的人所做的事。殘酷無情的孩子！你寧願讓你母親死去，也不願……」

「噢，住口。」痛苦的狄哥里用同樣乾澀的聲音說：「你以為我不明白嗎？但是，我……我承諾過。」

「啊，但你承諾的時候並不知情，而且這裡沒有人能阻止你。」

「我母親自己，」狄哥里費力從嘴裡說出這些話：「會不高興的……她把『遵守承諾』和『不偷竊』這一類的事看得很重要。如果她人在這裡，**她會**在第一時間阻止我那麼做。」

「可是你永遠不必讓她知道啊，」女巫以無比甜美的聲音說，你根本想不到，面貌如此兇惡的人竟能用這麼甜美的聲音說話：「你不用告訴她你是怎麼得到這個蘋果的。你父親也永遠不需要知道。你世界裡的人沒有一個需要知道這整件事的來龍去脈。你知道，你甚至不需要帶這個小女孩一起回去。」

女巫就在這裡犯了致命錯誤。狄哥里當然知道，波莉可以像他一樣，輕易靠她自己的戒指回去，但女巫顯然不知道這件事。要他拋棄波莉的卑鄙建議，瞬間讓女巫剛才對狄哥里所說的一切都顯得既空洞又虛假。狄哥里雖然整個人還沉浸在悲痛之中，他的頭腦卻在剎那間清醒了，他（以一種不同的、響亮得多的聲音）回答說：

「聽著，**你**從哪裡知道這一切的？**你**為什麼突然間那麼關心起**我**母親來了？這和你有什麼關係？你在打什麼鬼主意？」

「好樣的，狄哥里，」波莉在他耳邊低聲說：「快！**現在**就走。」之前的爭論她一直沒敢多話，是因為——你知道的——生命垂危的不是**她**母親。

「那就快上馬。」狄哥里邊說邊把波莉托上馬背，接著自己也盡快爬上去。馬兒立刻伸開雙翅。

「走吧，一群傻瓜。」女巫喊道：「男孩，當你年老體弱，奄奄一息躺在床上的時候，想想我吧，想想你當年如何拋棄了永保青春的機會！你再也沒有這樣的機會了。」

他們已經飛上高空，只聽見女巫在下面嚷嚷，卻聽不清她說什麼了。女巫也沒有浪費時間目送他們離去；他們看見她動身朝北走下山了。

那天早晨他們動身得早，在花園裡發生的事也沒耽擱太多時間，因此豐翼和波莉都說，他們可以順利在天黑前回到納尼亞。狄哥里在回程的路上一言不發，其他人也不好意思找他說話。他非常悲傷，甚至不知道自己是否做出了正確的選擇；但是每當他想起阿斯蘭眼中閃爍的淚水，他的內心便堅定不疑。

豐翼穩定地揮動著翅膀，順著河流的引領，不知疲倦地向東飛行了一整天，穿過高山，越過密林覆蓋的丘陵，接著飛過大瀑布，降低高度，飛向陡峭懸崖的陰影籠罩的納尼亞的森林。最後，當他們背後的天空被夕陽染得愈來愈紅時，他看見河邊有一片空地，上面聚集了很多動物。不久，他便看見阿斯蘭自己就在動物之中。豐翼往下滑翔，伸出四蹄，收起翅膀，降落在地面。他停穩後，孩子們也下了馬。狄哥里看見所有的動物、矮人、薩堤爾、仙女和其他各種生物全都朝左右兩側退開，為他讓出一條路。他來到阿斯蘭面前，把蘋果遞給他，說：

「先生，我把你要的蘋果帶回來了。」

14 栽下那棵樹

「做得好！」阿斯蘭以一種足以撼動大地的聲音說。於是，狄哥里知道，納尼亞的全體居民都聽到了這句話，而關於這句話的故事，將在這個新世界裡代代相傳下去，流傳數百年，也許流傳到永遠。不過他不會因而落入驕傲自滿的危險，因為這時他與阿斯蘭面對面，完全不會想那些事。這一次，他發現自己能直視這隻獅子的雙眼了。他完全忘記了自己的煩惱，只感到心滿意足。

「亞當之子，做得好。」獅子又說了一遍：「你為這個果子挨過餓、受過渴，流過淚。只有你的手能栽下這棵樹的種子，它將會長成納尼亞的保護之樹。把這蘋果扔向河岸，那裡的土質鬆軟。」

狄哥里依照阿斯蘭的話做了。所有人變得非常安靜，因此你能聽見果子輕輕「砰」的一聲落進泥地裡。

「扔得好。」阿斯蘭說：「現在，讓我們為納尼亞的法蘭克國王與海倫王后舉行加冕典禮。」

這時，兩個孩子才注意到這對夫妻。他們已經穿上奇異又美麗的衣服，華麗的斗篷從肩膀一路拖到地上，有四個矮人牽起國王的斗篷下襬，四名河中的水仙子托著王后的斗篷下襬。他們頭上沒戴任何東西，但海倫把頭髮放下來了，看起來顯得更加美麗。儘管如此，使他們與先前判若兩人的並不是他們的頭髮或衣著，而是他們臉上有了一種全然不同的神情，國王尤其明顯。他在當倫敦馬車夫時學來的尖刻、狡猾和愛爭吵的所有習性，似乎全被滌淨了，而他一直保有的勇敢與仁慈，也變得更顯而易見。也許是這個年輕世界的空氣造成的影響，也許是與阿斯蘭談話造成的影響，或者兩者皆有。

「我敢說，」豐翼對波莉低聲說：「我的老主人身上發生的變化幾乎跟我一樣大！哇，他現在是個真正的主人了。」

「對，但你別在我耳邊這樣吹氣說話，」波莉說：「弄得我耳朵好癢。」

「現在，」阿斯蘭說：「請你們當中幾位打開那團你們用樹纏成的籠子，讓我們看看裡面有什麼。」

狄哥里這才看見有四棵緊挨著生長的樹，它們的樹枝縱橫交錯全纏在一起，形成一個像籠子一樣的東西。兩頭大象使用長鼻子，加上幾個矮人使用小斧頭，很快就把那個樹籠子拆開了，裡面有三樣東西：一棵像黃金打造的小樹、一棵像白銀打造的小樹，還有一個看起來很悲慘、穿著一身泥濘衣服的人，佝僂著背，坐在兩棵樹之間。

「天啊！」狄哥里低聲說：「安德魯舅舅！」

要解釋這一切，我們必須把時間往回倒一點。你還記得吧，群獸試圖把他種到地裡，還幫他澆水。當他被水澆醒，發現自己從頭到腳濕透，大腿以下被埋在土裡（泥土很快就變成了爛泥），身邊還圍著一大群他這輩子作夢都沒想到過的野生動物，也難怪他開始扯開喉嚨尖叫哭喊。從一方面來說，這是好事，起碼在場所有人（包括疣豬）都相信他是活的。因此，他們又重新把他挖出來（這時他的長褲確實慘不忍睹了）。雙腳一獲自由，他就立刻想拔腿飛奔，但大象的長鼻子迅速將他攔腰一捲，馬上阻止了他的行動。這時眾人都認為，在阿斯蘭有時間過來看他並吩咐如何處置他之前，必須把他安全看管在某個地方。於是他們製作了一個籠子把他困在裡面。然後他們把自己認為能吃的東西都拿來餵他。

驢子收集了一大堆薊草[14]扔進樹籠裡，但安德魯舅舅似乎對它們不感興趣。松鼠們像發射炮彈似的朝他扔堅果，但他只是雙手抱頭設法躲避。幾隻鳥兒勤奮地飛來飛去，忙著扔蟲子給他。那隻大熊尤其仁慈。他花了一下午的時間找到一個野蜂窩，這隻可敬的動物不是將蜂窩留下自己享用（他其實非常想吃），而是把它帶回來給安德魯舅舅。

最後，這卻成為所有餵食行動中最失敗的嘗試。大熊將一整團黏呼呼的蜂窩從樹籠頂上扔進去，很不幸的，蜂窩砸在安德魯舅舅臉上（裡面還有蜜蜂沒死）。若是大熊自己被蜂窩砸到臉，肯定毫不在意，因此他不明白為什麼安德魯舅舅會踉蹌後退，腳底一滑，一屁股坐在地上。更倒楣的是，安德魯舅舅正好坐在那堆薊草上。「不管怎麼說，」疣豬說：「有不少蜂蜜流進了那個生物的嘴巴裡，那對它一定有好處。」他們真的愈來愈喜歡這隻奇怪的寵物了，並希望阿斯蘭會允許他們將他留下來飼養。這時，最聰明的一些動物已經確定，他嘴裡發出的喧鬧聲至少有些部分是有意義的。他們給他取名「白蘭地」，因為那是他最常發出的聲音。

然而，最後他們還是把他留在樹籠裡過夜。那天阿斯蘭一整天忙著指導新國王和王后，又處理了其他重要的事，無暇照料「可憐的老白蘭地」。安德魯舅舅吃了動物們扔給他的堅果、梨、蘋果和香蕉，算是有了一頓還算豐富的晚餐；不過如果說他度過了愉快的一夜，那可不是真心話。

「將那生物帶過來。」阿斯蘭說。其中一頭大象用鼻子捲起安德魯舅舅，放到阿斯蘭腳前。他嚇得無法動彈。

14 薊草（thistle）：一種有刺的植物，亦譯為蒺藜。

「求求你，阿斯蘭，」波莉說：「你可不可以說點什麼，讓……讓他不要那麼害怕？然後，你可不可以再說點什麼，讓他以後再也不會想回到這裡？」

「你認為他**想**回來？」阿斯蘭說。

「嗯，阿斯蘭，」波莉說：「他說不定會派別人來。看見那根從路燈柱扯下來的鐵棒長成一棵路燈柱樹，他興奮極了，他想……」

「孩子，他的想法太蠢了。」阿斯蘭說：「這個世界在這幾天充滿了生命力，是因為我喚醒生命的歌聲還在空中迴盪，還在地裡迴響。這種情況不會長久持續下去。不過，我無法把這些話告訴這個老罪人，也無法安慰他。他已經讓他自己無法聽懂我的話了，如果我對他說話，他只會聽見我在咆哮和怒吼。噢，亞當的子孫啊，在自我防衛、抵擋一切可能對你們有益的事情上，你們可謂聰明絕頂！不過，我會給他一樣他唯一能接受的禮物。」

阿斯蘭憂傷地低下碩大的頭，對魔法師驚恐萬分的臉吹了一口氣。「睡吧，」他說：「跟你所有自找的痛苦折磨分離幾個小時，安睡吧。」安德魯舅舅立刻翻身睡倒，雙眼緊閉，呼吸平穩均勻。

「把他抬到旁邊讓他躺好。」阿斯蘭說：「現在，矮人！展現你們金屬工匠的本領，讓我看看你們為國王和王后打造兩頂王冠。」

一大群矮人——人數比你作夢能想到的還多——朝那棵金樹奔去。眨眼之間，他們拔光了所有樹葉，連一些樹枝都扯了下來。這時這兩個孩子才看出來，那棵樹不只是看起來像黃金，而是真正的、柔軟的黃金。當然，它是由那些半英鎊金幣長成的，銀樹則是從那些半克郎銀幣長成的，它們都是安德魯舅舅被倒栽蔥時從他口袋裡掉出來的。接著彷彿是憑空出現一般，他們面前有了一堆當燃料的乾柴、一個小鐵砧、幾把鐵錘、火鉗和風箱。下一刻，（那些矮人多麼熱愛他們的工作！）火焰熊熊，風箱怒吼，黃金熔化，鐵錘叮叮噹噹敲打起來。那天稍早，阿斯蘭派了兩隻鼴鼠去掘地（那是他們最喜歡做的事），這時他們把一大堆珍貴的寶石倒在矮人腳前。在這群小工匠靈巧的手指下，兩頂王冠逐漸成形——不是現代歐洲那種醜陋、笨重的王冠，而是兩頂輕巧、精緻、美麗的環狀王冠，你真的可以一直戴著，而且戴上後更加好看。國王的王冠上鑲著許多紅寶石，王后的則嵌著許多綠翡翠。

等王冠在河水中冷卻後，阿斯蘭讓法蘭克和海倫跪在他面前。他將王冠戴在他們頭上，然後說：「起來吧，納尼亞的國王與王后，你們的子子孫孫將在納尼亞、諸海島與阿欽蘭繼續做王。要做公正、仁慈和勇敢的君王。你們已經蒙受祝福了。」

於是，在場的每個人和每隻動物都一起歡呼、吠叫、嘶鳴，或像吹喇叭般長鳴，或拍打翅膀。國王和王后站在那裡，看起來非常莊嚴，又帶一點羞澀，但這羞澀使他們顯得更加高貴。就在狄哥里還在歡呼時，他聽見身旁阿斯蘭那低沉渾厚的聲音說：

「看哪！」

眾人和動物全都轉過頭來，接著全都驚喜地吸了一口長氣。他們看見在不遠的地方有一棵剛才確定還不存在的樹，這時已經長得比他們都高了。它一定是在他們忙著加冕典禮時，以升旗時旗幟升上旗竿的飛快速度悄悄生長起來的。它向四面八方伸展開來的枝椏投落在地面的似乎不是陰影，而是光亮，銀閃閃的蘋果從每片葉子下露出，猶如一樹繁星。不過，讓他們深吸一口氣的，與其說是眼前景象，不如說是那樹散發出來的香氣。有那麼片刻，他們全都思維停滯，渾然忘我。

「亞當之子，」阿斯蘭說：「你栽得很好。而你們，納尼亞的國民，要把保護這棵樹當作你們的第一要務，因為它是你們的『守護者』。我告訴過你們的那個女巫已經遠逃遁到這世界的北方去了；她會生活在那裡，在黑魔法中日益強大，但是只要這棵樹繼續生長繁茂，她就永遠不會進入納尼亞。她不敢走進這棵樹的方圓百里之內，因為這棵樹所散發的氣味，對你們是喜樂、生命、健康，對她卻是死亡、恐怖和絕望。」

大家都莊嚴地凝視著那棵樹，阿斯蘭突然轉過頭來（他轉頭時甩動的鬃毛散發出萬道金光），一雙大眼睛定在兩個孩子身上，說：「孩子們，怎麼了？」因為他看到他們咬耳朵說悄悄話，並用手肘互相頂來頂去。

「噢……阿斯蘭，先生，」狄哥里漲紅了臉說：「我忘了告訴你，那個女巫已經吃了一個這種蘋果，跟這棵樹長出來的一樣的果子。」他並沒有把自己的想法全說出來，但波莉立刻幫他把話全說了。（狄哥里向來比她更怕被人視為笨蛋。）

波莉說：「所以，阿斯蘭，我們想，這其中一定有什麼誤解，她不可能真的在意那些蘋果的氣味。」

「夏娃的女兒，你為什麼這樣認為呢？」獅子問道。

「嗯，她吃了一個呀。」

「孩子，」他回答說：「正是因為這樣，現在所有其他果子對她而言都很可怕。那些在不當的時機、以不當的方式摘取和食用果子的人，都會有這樣的後果。這果子是好的，但他們不當摘食之後就會永遠厭惡它。」

「噢，我明白了。」波莉說：「我猜，因為她以不對的方式摘食果子，果子就對她不起作用。我是說，它就不會讓她青春永駐之類的？」

「唉，」阿斯蘭搖了搖頭，說：「它會起作用的。事物總會按著它們的本質發生作用。她如願以償了；她像女神一樣擁有了永不匱乏的力量和永生不死的歲月。可是，對心地邪惡的人而言，無盡的歲月只等於無盡的痛苦，而她已經開始明白這一點了。人都會如願以償的；卻不總是喜歡自己所得到的。」

「我……我自己差點吃了一個，阿斯蘭，」狄哥里說：「那我會不會……」

「你也會的，孩子，」阿斯蘭說：「果子永遠會起作用——它必須起作用——但是它對任何按照自己私意摘取的人卻不會帶來快樂的結果。如果任何納尼亞的居民，在未經許可之下偷摘一個蘋果，把它種在這裡來保護納尼亞，它確實會保護納尼亞，但它會把納尼亞變成一個像查恩一樣強大又殘酷的帝國，而不是我所要的仁愛樂土。孩子，女巫還引誘你去做另一件事，對嗎？」

「對，阿斯蘭。她要我摘一個蘋果帶回去給我母親。」

「那麼，你明白它確實會使她痊癒，但卻不會使你和她感到喜樂。總有一天，當你和她回顧往事時，會說當初還不如病死得好。」

狄哥里說不出話來，泉湧的淚水使他哽住了，他放棄了所有救他母親一命的希望；但與此同時，他又知道這隻獅子對未來會發生的事一清二楚，而且那時可能會發生一些比與摯愛之人死別更可怕的事。不過，這時阿斯蘭又開口了，聲音低得幾近耳語：

「孩子，那是你用偷摘的蘋果才**會**發生的事。現在不會發生那樣的事了。我給你的果子將會帶來喜樂。它在你們的世界中不會帶來永生，但會帶來痊癒。去吧。從那棵樹上摘一個蘋果給她。」

一時之間，狄哥里完全會意不過來。整個世界彷彿在剎那之間翻轉顛倒了。接著，他像夢遊的人一樣朝那棵樹走去，國王和王后都為他歡呼，所有的動物也都為他歡呼。他摘下蘋果，放進口袋裡，然後再回到阿斯蘭面前。

「求求你，」他說：「現在我們可以回家了嗎？」他忘了說「謝謝」，但他滿心感激，阿斯蘭完全明白。

15 這故事的結束，與其他所有故事的開始

「當我跟你們在一起的時候，你們不需要戒指。」阿斯蘭說。兩個孩子眨了眨眼，看看四周，他們再次回到了那個通往其他世界的樹林；安德魯舅舅躺在草地上，仍在沉睡；阿斯蘭站在他們旁邊。

「來吧，」阿斯蘭說：「你們該回去了，但有兩件事要你們注意；一件是警告，一件是命令。看這裡，孩子們。」

他們望過去，看見草地上有個小窟窿，底部長滿青草，溫暖乾燥。

「上次你們在這裡的時候，」阿斯蘭說：「那個窟窿是個水塘，你們跳進去之後，去到了那個垂死太陽照耀下的查恩城廢墟。現在，水塘消失了。那個世界結束了，彷彿從來沒有存在過一般。讓亞當和夏娃的後裔對此引以為戒。」

「是，阿斯蘭。」兩個孩子說，但波莉又問了一句：「但我們沒有像那個世界那麼

糟糕，對吧，阿斯蘭？」

「還沒有，夏娃之女。」他說：「目前還沒有。可是你們正變得愈來愈像它。說不定，你們種族中某個邪惡之人會發現和『毀滅咒』一樣邪惡的祕密，並用它來摧毀所有的生靈。很快，非常快，在你們變成老頭老太太之前，你們世界中的一些大國將會由暴君統治，他們會像賈迪絲女王一樣，不關心快樂、公正、慈悲。讓你們的世界留意這樣的事。這是警告。現在說的是命令。你們要盡快把你們這位舅舅所有的魔法戒指拿到手，埋藏起來，不讓任何人有機會使用它們。」

獅子說這些話的時候，兩個孩子都抬頭望著他的臉。突然間（他們始終不知道這究竟是怎麼發生的），那張臉一下變成了一片金波蕩漾的大海，他們漂浮其中，有一股甜美和力量在他們四周湧動，淹沒他們，進入他們，讓他們感覺到自己過去從來不曾有過的真實的快樂、智慧、善良，甚至生機蓬勃、意識清醒。這一刻的記憶始終伴隨著他們，以至於他們今後一生中每當感到悲傷、害怕或憤怒的時候，整個金色的美善記憶就會湧現，那種它仍在那裡，就近在咫尺，就在某個拐角或某扇門後面的感覺便會回來，使他們的內心深處確信，一切都會沒事的。下一分鐘，他們三個人（安德魯舅舅這時已經醒來）已經跌跌撞撞回到了嘈雜、炎熱以及有各種刺鼻氣味的倫敦。

他們站在凱特利家大門外的人行道上，除了女巫、那匹馬和馬車夫不見了之外，一切都跟他們離開時完全一樣。路燈柱還在那裡，只是少了一側的橫槓；雙輪馬車的殘骸還在；圍觀的群眾還在。大家還在議論紛紛，有人跪在受傷的員警旁，說著這類的話：「他醒過來了。」或「你現在感覺怎麼樣，老兄？」或「救護車馬上就到了。」

「天啊！」狄哥里想：「我相信那一整場冒險根本不到這裡一分鐘的時間。」

大部分的人還在四處張望找尋賈迪絲和那匹馬。沒有人注意到兩個孩子，既沒人注意到他們離去，也沒人注意到他們回來。至於安德魯舅舅，由於他那身慘不忍睹的衣服和滿臉黏稠的蜂蜜，根本沒有人認出他來。值得慶幸的是，房子的大門開著，女傭正站在門口專心看熱鬧（那女孩過了多精彩的一天！），因此兩個孩子趕在有人開口質問他們之前，毫不費事地將安德魯舅舅拉進了屋裡。

他搶在他們之前奔上樓梯，起先他們很怕他想一馬當先衝向閣樓，把其他的魔法戒指藏起來。不過他們多慮了。他心心念念的是衣櫥裡的那瓶酒。他立刻閃身進了臥室，鎖上了門。當他再出來時（沒過多長時間），他已經換上睡袍，直接走向浴室。

「波兒，你去拿其他的戒指好嗎？」狄哥里說：「我想去看我媽。」

「好，待會見。」波莉說著，啪嗒啪嗒奔上閣樓的樓梯。

於是，狄哥里先用一分鐘平靜自己的呼吸，然後才輕手輕腳走進母親的房間。她就躺在那裡，如同他過去無數次所見到的那樣，半躺靠在立起來的枕頭上，那張蒼白瘦弱的臉會讓你一見到就想流淚。狄哥里從口袋中掏出那顆生命之果。

正如女巫賈迪絲在我們的世界中看起來跟在她自己的世界中有所不同，這顆來自山頂花園的蘋果，這時看起來也不同了。這個臥室裡當然有各種色彩鮮明的東西；床上的彩色床單床罩、牆上的壁紙、從窗戶照進來的陽光，還有母親身上那件美麗的淺藍色睡袍。不過，狄哥里一從口袋掏出蘋果，房間裡所有的東西似乎在剎那間全都失色了。每一樣東西，甚至包括陽光，看起來都褪了色、變黯淡了。明亮鮮豔的蘋果在天花板上投下奇異的光輝。其他東西都不值一看了，你無法把目光從蘋果上移開。還有，這青春之果的香味，彷彿在這房間裡開了一扇通往天堂的窗戶。

「噢，親愛的，多美啊。」狄哥里的母親說。

「請你把它吃了，好不好？」狄哥里說。

「我不知道醫生會怎麼說。」她回答：「不過，真的……我感覺自己大概能吃。」

他削了蘋果皮，將蘋果切片，再一片一片餵她吃。她吃完還來不及展顏一笑，已經將頭往後一靠，在枕頭睡著了：不靠任何令人討厭的藥物，真正的、自然的、祥和的沉睡，狄哥里知道，這是他母親在這世界上最渴望的東西。這時他很確定，她的臉色有點不一樣了。他彎下腰，輕輕親了她一下，拿起蘋果核，帶著一顆怦怦狂跳的心離開了房間。那天的其他時間裡，無論何時，他看著周圍的事物，但它們看起來都那麼平凡無奇，毫無魔法，他幾乎不敢抱持希望。可是，當他想起阿斯蘭的臉，他便充滿希望。

那天傍晚，他將那個蘋果核埋在後院裡。

第二天早晨，當醫生照例前來出診，狄哥里趴在樓梯欄杆上專注聆聽。他聽見醫生和萊蒂姨媽走出房間時說：

「凱特利小姐，這是我行醫生涯中最奇特的一個病例。這簡直……這簡直就是個奇蹟。我目前還不打算對那孩子說什麼；我們可不想讓他空歡喜一場。不過，就我個人來看……」接下來他的聲音就低得聽不見了。

那天下午，他來到院子，用他們約定好的口哨暗號召喚波莉。（昨天兩人分開後她一直無法抽身回來。）

「情況還好吧？」波莉從牆頭上出現說：「我是說，你母親怎麼樣了？」

「我想——我**認為**事情會好起來的。」狄哥里說：「不過，要是你不介意，我現在真的不想談這件事。那些戒指怎麼樣了？」

「我全拿到了。」波莉說：「你瞧，我戴了手套，所以沒事。讓我們把它們埋了吧。」

「好，我們走吧。我昨天埋了蘋果核之後，在那個地方做了記號。」

於是，波莉翻過牆來，兩人一起去了埋果核的地方，結果發現，狄哥里根本不用做記號。那裡已經有東西長出來了。它並不像你在納尼亞所見的新生樹木那般，在你眼前飛快生長，但是它已經長出地面了。他們找來一把泥鏟，繞著樹挖了一圈，把所有的魔法戒指連同自己保有的全都埋了進去。

大約一星期之後，狄哥里的母親逐漸好轉，這可說是毋庸置疑的事了。大約兩星期之後，她已經可以到院子裡坐坐了。一個月之後，整棟房子已經變了一個樣。所有狄哥里母親喜歡的事，萊蒂姨媽都會去做；窗戶敞開，霉臭的窗簾拉開，房間變得明亮起來，到處插滿鮮花，有更好吃的食物可吃，老舊的鋼琴調好音，狄哥里的母親又開始唱歌，她還和狄哥里與波莉玩遊戲，以至於萊蒂姨媽會說：「我要宣布，梅貝兒，你是三個人裡的孩子王啊。」

當事情不順利的時候，你會發現它們經常在一段時間裡愈來愈糟，但是當事情開始順利之後，它們經常會愈來愈順利。這樣愉快的生活過了大約六星期之後，他們收到一封父親從印度寄來的信，裡面有令人驚奇的消息。叔公柯克老爺去世了，這顯然意味著父親現在變得富有了。他打算退休返家，從此永遠告別印度。鄉下那棟狄哥里聽了一輩子卻從未見過的大宅院，現在將成為他們的家；那是一棟有一套套盔甲、馬廄、狗舍、河流、公園、溫室、葡萄園和樹林的大宅子，屋後是連綿的山嶺。因此，狄哥里和你一樣非常確定，他們將從此過著永遠幸福快樂的生活。不過，你大概還想知道一、兩件事。

波莉和狄哥里成了一輩子的好朋友，她差不多每個假期都會去他們那棟鄉間的美麗大宅小住；她也在那裡學會了騎馬、游泳、擠牛奶、烤麵包和爬山。

在納尼亞，百獸過了好幾百年極其太平歡樂的歲月，沒有女巫或其他敵人侵擾。法蘭克國王和海倫王后，還有他們的孩子們，都幸福快樂地生活在納尼亞，他們的次子成為阿欽蘭的國王。男孩們娶水之仙子為妻，女孩們嫁給林木之神和河神。女巫（無意間）種下的那根路燈柱，在納尼亞的森林中日夜照明，因此，它生長的那個地方後來被稱為「燈野地」。許多年後，當另一個孩子從我們的世界進入納尼亞，在那個下雪的夜裡，她發現這燈還亮著。從某個程度上來說，那個冒險故事，跟我剛才告訴你們的故事有些關連。

事情是這樣的。狄哥里種在後院裡的那棵蘋果樹存活下來，長成了一棵美麗的樹。它遠離了阿斯蘭的聲音，遠離了納尼亞的年輕空氣，是在我們世界的土壤裡生長的，因此它所結的蘋果，不能像治好狄哥里母親的果子那樣使垂死的女人恢復健康，但它所結的果仍比全英國任何地方的蘋果更漂亮，儘管不具魔力，對你的身體仍極為有益。不過，在這棵樹的內裡，在其汁液當中，這棵樹（姑且這麼說吧）從來不曾忘記在納尼亞的另一棵樹，它曾經屬於那棵樹。有時，它會在無風時神祕地搖晃：我猜，當出現這種情況時，納尼亞一定正在颳大風；英國的這棵樹顫動，是因為那個時刻納尼亞的那棵樹正遭受強烈的西南風吹襲。不管怎麼說，日後證明，這棵樹的木頭具有魔力。因為當狄哥里步入中年（那時他已經是個著名的學者、教授及偉大的旅行家），凱特利的那棟老房子歸他所有時，一場強烈的風暴席捲了整個英國南部地區，那棵蘋果樹也被狂風吹倒。狄哥里不忍心將樹劈成木柴燒掉，於是他用一部分木材做了一個衣櫥，把衣櫥放在他鄉間的大宅子裡。雖然他自己沒有發現那個衣櫥的魔法性質，但另一個人發現了。那就是納尼亞王國與我們的世界所有往來的開始，你可以在其他的書裡讀到。

當狄哥里和他家人搬到鄉間的大宅子去住時，他們把安德魯舅舅也一起帶去了；因為狄哥里的父親說：「我們得防止這個老傢伙再去使壞，而且老是讓可憐的萊蒂照顧他也不公平。」安德魯舅舅在有生之年再也沒嘗試任何魔法。他已經學到了教訓。他在晚年變成一個比從前更和藹可親也比較不自私的老人。不過，他總是喜歡獨自在撞球室裡會客，告訴他們，他曾和一位外國皇室的神祕女士駕車巡遊倫敦的故事。「她的脾氣真是壞極了，」他會說：「但是，她長得真漂亮，先生，一個漂亮極了的女人。」

獅子·女巫·
魔衣櫥
The Lion, the Witch
and the Wardrobe

給露西·巴菲爾德

我親愛的露西：

這個故事是為你寫的，可是，下筆開始寫的時候，我沒意識到小女孩成長得比書快。結果，你已經長大了，過了閱讀童話故事的年齡了，等到這本書印刷完成並裝訂成冊時，你又更大了一些。不過，總有一天，你會來到一個重新開始閱讀童話的年紀。那時，你可以將這本書從書架上拿下來，撣去灰塵，然後告訴我你的閱讀感想。那時候說不定我已經老得聽不見了，或老得聽不懂你說的話了，但是，我依舊永遠是深愛你的教父。

C. S. 路易斯

目次

01 露西進了魔衣櫥

從前，有四個名字叫做彼得、蘇珊、愛德蒙和露西的孩子。這故事說的是戰爭期間，由於倫敦遭到空襲，他們被送到其他地方去避難而發生的事。他們被送到偏僻的鄉村和一位老教授同住，老教授的家距離最近的火車站足足有十英里遠，離郵局也得走上兩英里。老教授是個單身漢，他和女管家馬葵蒂太太、三名女僕（艾薇、瑪格麗特和貝蒂，但她們和這故事沒太大關係）住在一棟非常大的房子裡。老教授年紀很大了，一頭蓬亂的白髮老是耷拉下來蓋住臉，孩子們幾乎立刻就喜歡上了他。不過，他們到達的那天晚上，老教授站在大門口迎接他們的時候，他那怪異的模樣讓露西（她的年紀最小）有點害怕，而愛德蒙（他是第二小的）看了卻很想笑，只好不停假裝擤鼻涕來掩飾。

第一天晚上，他們和老教授道過晚安上樓以後，兩個男孩來到女孩的房間，四個人把情況熱烈討論了一番。

「這下我們可真的走運啦。」彼得說：「大家都有好日子過了。那個老頭會讓我們愛做什麼就做什麼，不會管我們的。」

「我覺得他是個很可愛的老先生啊。」蘇珊說。

愛德蒙說：「噢，別胡扯了！」他已經累了，卻假裝還很有精神，這總是讓他變得脾氣暴躁：「別用那種口氣說話行不行。」

「哪種口氣？」蘇珊說：「還有，這時間你該上床睡覺了。」

「別用媽媽的口氣教訓我，」愛德蒙說：「你憑什麼叫我上床睡覺？你才該上床睡覺。」

「我們都該上床睡覺了吧？」露西說：「如果被人聽見我們還在這裡聊天，一定會挨罵的。」

「不會的。」彼得說：「我告訴你，這屋子是不管我們做什麼都不會有人管的地方。反正，他們不會聽見我們說話的。從這裡到樓下餐廳，起碼要走十分鐘，中間還隔著一大堆樓梯和走道。」

「那是什麼聲音？」露西突然說。她從來沒住過這麼大的房子，一想到那些長長的走廊和一排排通往許多空房間的門，心裡就有點發毛。

「只是一隻鳥啦，傻瓜。」愛德蒙說。

「是一隻貓頭鷹。」彼得說：「這地方太適合鳥類居住了。現在我要去睡覺啦。我說，明天我們一起去探險吧。這種地方，你可能什麼東西都能找到。我們來的時候，你們看到那些山了嗎？還有樹林？那裡說不定有老鷹、有雄鹿，還可能有鷹隼。」

「還有獾！」露西說。

「狐狸！」愛德蒙說。

「野兔！」蘇珊說。

可是，到了第二天早上，外面卻下著傾盆大雨，雨勢非常大，你往窗外看都看不見那些山和樹林，連花園裡的小溪都看不見。

「當然會下雨！」愛德蒙說。他們才跟老教授一起吃過早飯，上樓回到他特別為他們準備的房間——那是個狹長低矮、兩面牆上各有兩個窗戶的房間。

「別發牢騷了，愛德。」蘇珊說：「再過一小時，十之八九會放晴。現在我們這樣也挺好的啊。有收音機可聽，還有一大堆書可看。」

「我沒興趣。」彼得說：「我要去這棟屋子裡探探險。」

大家都覺得這主意好，於是，這趟冒險之旅就這麼展開了。這是一棟你似乎永遠走不到盡頭的房子，到處都是各種讓人料想不到的地方。他們首先試著打開的那幾扇門，果然都是預料中的無人空臥室。不過，不久他們就來到一個非常狹長的房間，裡面擺滿畫，他們還發現了一副盔甲。之後是一個整間全是以綠色調裝飾的房間，有個角落擺著一架豎琴。接著他們下了三級樓梯，又往上走了五級樓梯，來到一個像是樓上小客廳一樣的地方，有一扇可以通往陽臺的門，然後是一間接著一間的房間，裡面擺滿了成排的書——絕大部分是非常古老的書，有些書比教堂裡的《聖經》還大。不一會兒，他們穿過所有藏書室，來到一個空房間，裡面只擺著一個大衣櫥，就是那種櫥門上鑲著鏡子的大衣櫥。除了窗臺上有一隻死掉的青蠅，房間裡再沒其他東西了。

「這裡什麼也沒有！」彼得說，於是所有人繼續往前走——只有露西沒動。她留下沒走，因為她認為那衣櫥值得打開來看一下，儘管她覺得衣櫥的門可能鎖著。出乎她的意料，衣櫥的門竟然一拉就開了，而且還從裡面掉出兩顆樟腦丸來。

她朝衣櫥裡看，裡面掛著幾件大衣——大部分是長長的毛皮大衣。露西向來喜歡毛皮的氣味和觸感，她立刻跨進衣櫥，置身在一堆大衣當中，把臉貼在那些柔軟的毛皮上磨蹭。衣櫥的門當然開著，因為她知道把自己關在衣櫥裡是很蠢的事。不一會兒，她又往前走，發現第一排大衣後面還掛了第二排大衣。衣櫥裡相當黑，她朝前伸直兩條手臂，以免一頭撞上衣櫥後方的背板。她往前跨一步——接著又走了二、三步，以為指尖會碰到木頭。可是她始終什麼也沒摸到。

「這一定是個巨大無比的衣櫥！」露西心想，一邊繼續往前走，把柔軟的大衣往兩旁推開，為自己騰出一點空間。接著，她注意到自己腳下踩到了某種嘎吱作響的東西。「還有這麼多樟腦丸？」她一邊想，一邊彎下身子，伸手去摸。不料，她摸到的不是衣櫥底部堅硬、平滑的木頭，而是某種柔軟、冰冷、像粉末一樣的東西。「這真是太奇怪了。」她說，又往前走了一、兩步。

隨後，她發現擦過臉頰和雙手的不再是柔軟的毛皮，而是某種又硬又粗甚至有點刺刺的東西。「咦，這感覺就像樹枝嘛！」露西驚叫道。接著她看見自己前方有一道光；不是從她身後幾英寸遠、透過衣櫥傳來的光，而是來自遠方的一道光。某種冰涼又柔軟的東西落在她身上。過了片刻，她才發現自己竟是站在夜晚的森林中，腳下踏著皚皚白雪，片片雪花正從空中飄落下來。

露西有點害怕，但同時也覺得非常好奇和興奮。她回頭望去，依然能從幽暗的樹幹間看見敞開的衣櫥門，甚至能瞥見她剛才走出來的那個空房間（她當然沒把門關上，因為她知道把自己關在衣櫥裡是很蠢的事）。那邊似乎還是白天。露西想：「要是情況不對，我隨時都能回去。」她開始往前走，嘎吱、嘎吱地踏過雪地，穿過樹林朝另一道光走去。大約十分鐘之後，她到達那裡，發現那是一根路燈柱。就在她看著路燈柱，疑惑為什麼樹林中會有這麼個東西，一邊考慮接下來該做什麼的時候，她聽見一陣啪嗒、啪嗒的腳步聲朝她走過來。不一會兒，一個模樣很奇怪的人從樹林中走出來，走進路燈柱的亮光下。

他只比露西高一點，手裡撐著一把傘，傘上覆滿白雪。他的上半身像人，但是下半身雙腿的形狀卻像山羊（腿上長著烏黑發亮的毛），雙腳也是羊蹄。他還有一條尾巴，但是露西一開始沒注意到，因為那條尾巴巧妙地捲在撐傘的手臂上，走路時才不會在雪地裡拖行。他的脖子上圍了一條紅色的羊毛圍巾，他的皮膚也是紅紅的。他有一張奇怪但看起來很順眼的小臉，臉上有一撮短短尖尖的鬍子，還有一頭鬈髮，額頭兩邊的鬈髮中各冒出一隻角。就像我說的，他一隻手撐著傘，另一隻手抱著幾個牛皮紙包。那些紙包加上周圍的雪景，看起來就像他剛完成耶誕節的大採購。他是個人羊。他看見露西，大吃一驚，手中的包裹全掉在地上。

「我的天啊！」人羊驚叫道。

02 露西的發現

「晚安！」露西說，但人羊忙著撿包裹，一時沒有答話。等他撿完，他對露西微微鞠了一個躬。

「晚安，晚安。」人羊說：「對不起，我不是想好奇打聽——不過，我要是想得沒錯，你不會就是『夏娃之女』吧？」

「我叫露西。」她說，沒太明白他的意思。

「可你就是——請見諒——你就是他們說的『女孩』嗎？」人羊說。

「我當然是個女孩啊。」露西說。

「這麼說，你是人類？」

「我當然是人類。」露西說，仍然有點困惑。

「當然，當然，」人羊說：「我可真笨！但我從沒見過亞當之子或夏娃之女。我真高興。那就是說……」他忽然停了下來，好像話到嘴邊卻及時想起不該說。「高興，真高興，」他繼續說：「請容我自我介紹。我叫圖姆納斯。」

「很高興能認識你，圖姆納斯先生。」露西說。

「噢，夏娃之女露西，我是否能請問……」圖姆納斯先生說：「你是怎麼來到納尼亞的？」

「納尼亞？什麼是納尼亞？」露西說。

「這裡是納尼亞王國，」人羊說：「就是現在我們所在的地方。從路燈柱開始，一直到東海邊的凱爾帕拉維爾城堡，全都屬於納尼亞的國土。那麼你……你是從西方野林來的嗎？」

「我……我是穿過空房間的衣櫥走過來的。」露西說。

「啊！」圖姆納斯先生說話的聲音帶著憂傷：「要是小時候有好好學地理，肯定會知道所有奇怪的國家。現在後悔也來不及了。」

「可是它們根本就不是國家呀，」露西說，幾乎笑了出來：「它就在後面那邊——反正——我也不確定。那邊還是夏天。」

「此時的納尼亞是冬天，」圖姆納斯先生說：「而且一直以來都是。如果我們繼續站在這雪地裡說話，可都要感冒了。來自遙遠的『空方間』王國，由永恆夏日籠罩的明亮『伊儲』之城的夏娃之女啊，你願意到我家來喝杯茶嗎？」

「非常謝謝你，圖姆納斯先生。」露西說：「可是我在想，我是不是應該回去了。」

「轉個彎就到了，」人羊說：「我那兒有燒得旺旺的爐火，有烤麵包，有沙丁魚，還有蛋糕。」

「噢，你真是太好了。」露西說：「但是我不能待太久。」

「來，夏娃之女，挽著我的手臂吧，」圖姆納斯先生說：「這樣我的傘就能遮住我們。對，就是這樣。好，我們走嘍。」

就這樣，露西發現自己跟這奇怪的生物手挽著手走進了樹林，就像他們已經認識了一輩子似的。

沒走多遠，他們就來到一個路面崎嶇不平、石頭遍布的地方，那裡還有一座座起伏的小山丘。在一個小山谷的谷底，圖姆納斯先生突然往旁邊一拐，似乎就朝著一塊異常巨大的石頭直直走去，但直到最後露西發現，他帶她走進的是一個山洞入口。他們一進洞裡，一堆柴火就照得她直眨眼睛。圖姆納斯先生彎下腰，用一把精巧的小火鉗從爐火中夾出一根燃燒的木柴，點亮了燈。「好了，我們不會耽擱太久的。」他說著，立刻把壺放上去燒開水。

露西覺得這是她去過最好的地方。這山洞小巧、乾爽、清潔，壁上的岩石略帶紅色，地上鋪著一條地毯，擺著兩把小椅子（圖姆納斯先生說：「一把我坐，一把給朋友坐。」），一張桌子，一個餐具櫃，在爐火上方還有個壁爐臺，壁爐臺上掛著一幅灰鬍子老人羊的畫像。山洞的一個角落有扇門，露西覺得那應該是通往圖姆納斯先生的臥室；另外一面牆上有個擺滿了書的書架。圖姆納斯先生準備茶點的時候，露西走過去看看架上的書。其中包括：《森林之神西勒努斯的生平與書信集》、《水仙子及其特性》、《人類、修士和獵場看守人》、《民間傳說研究》和《人類是個神話？》等等。

「準備好嘍，夏娃之女！」人羊說。

這真是一頓很棒的茶點。他們先各吃了一個煮得很嫩的褐色蛋，然後是加上沙丁魚的烤麵包，抹了奶油的烤麵包，塗了蜂蜜的烤麵包，最後是一塊撒滿糖的蛋糕。等到露西再也吃不下了，人羊開始和她聊天。他講了很多關於森林生活的美妙故事。他講了午夜的舞蹈，住在泉中的水仙子和住在林中的森林精靈如何出來與人羊一起跳舞；他講了追捕乳白色雄鹿的長長狩獵隊伍，只要能捕到牠，牠就能實現你的願望；他講了和野蠻的紅矮人在森林地底深處的礦坑和洞穴裡享樂、尋寶；然後他提到夏天樹林中一片青綠，老西勒努斯會騎著他的胖驢子來拜訪他們，有時候連酒神巴克斯也會來，那時溪中流淌的都是美酒而不是溪水，整座森林會接連數個星期沉浸在歡樂中。「不像現在，一直都是冬天。」他憂鬱地補充。為了讓自己振奮起來，他從餐具櫃上的盒裡拿出一支像稻草做的、很奇特的小笛子，開始吹奏起來。他演奏的曲調讓露西既想哭又想笑，想起身跳舞卻又昏昏欲睡。想必是過了好幾個小時以後，她才從恍惚中驚醒，說：

「啊，圖姆納斯先生——很抱歉打斷你的演奏，我真的很喜歡這曲子，但是我真的必須回家了。我原本只想待幾分鐘的。」

「**現在**已經沒用了，你明白吧。」人羊說著放下笛子，非常悲傷地對她搖搖頭。

「沒用了？」露西說。她跳了起來，感到很害怕。「你是什麼意思？我必須馬上回家。他們會以為我出了什麼事。」但過了一會兒她又問：「圖姆納斯先生！到底是怎麼回事？」因為人羊棕色的眼睛裡滿是淚水，接著眼淚開始滑下他的面頰，很快就順著鼻尖滾落；最後，人羊雙手掩面，開始嚎啕大哭。

「圖姆納斯先生！圖姆納斯先生！」露西十分苦惱地說：「別哭啊，別哭啊！到底怎麼回事？你不舒服嗎？親愛的圖姆納斯先生，快告訴我到底出了什麼事啊。」但是人羊繼續哭泣，好像心都要碎了似的。即使露西走過去張開雙臂抱住他，把手帕借給他，他也沒停止哭泣。他只是接過手帕，繼續不停擦眼淚；手帕濕得不能再用時，他就用雙手擰乾繼續用。不一會兒，露西就站在一灘濕地上。

「圖姆納斯先生！」露西對著他的耳朵大喊，用力搖晃他：「不要哭了，馬上停下來！你都這麼大的人羊了還哭，你應該感到羞愧。你到底在哭什麼？」

「嗚……嗚……嗚！」圖姆納斯先生啜泣說：「我哭，是因為我真是一個壞人羊。」

「我一點也不覺得你是壞人羊，」露西說：「我認為你是個非常好的人羊。你是我見過最好的人羊。」

「嗚……嗚……你要是知道真相的話，就不會這麼說了。」圖姆納斯一邊抽泣一邊說：「不，我是個壞人羊。我猜，從開天闢地以來，就沒有比我更壞的人羊了。」

「那你到底做了什麼？」露西問。

「我的老父親，」人羊說：「壁爐臺上那幅畫上就是他。他絕不會做出這種事的。」

「什麼事呀？」露西說。

「就是我剛才做的事。」人羊說：「為白女巫效力。那就是真正的我。我是被白女巫收買的手下。」

「白女巫？她是誰？」

「唉，就是她完全控制了整個納尼亞。是她讓這裡一直是冬天。總是冬天，卻永遠沒有耶誕節；你想想那有多慘！」

「太慘了！」露西說：「但是她收買**你**做什麼呢？」

「這就是最壞的地方。」圖姆納斯先生深深呻吟了一聲，說：「我為她誘拐小孩。這就是我。看著我，夏娃之女。你能相信我是這樣的人羊嗎？我在樹林裡遇到一個可憐又無辜的小孩，一個從來沒傷害過我的小孩，就假裝跟她交朋友，請她來我的洞裡，只是為了哄她睡著，然後把她交給白女巫。」

「不相信，」露西說：「我確定你不會做那種事。」

「但是我做了。」人羊說。

「哎呀，」露西非常緩慢地說（因為她想說出自己真實的想法，又不想對他太嚴厲）：「唉，那真是滿壞的。可是你為這件事這麼難過，我相信你再也不會這樣做了。」

「夏娃之女，你還不明白嗎？」人羊說：「這不是我**過去**做的事。是現在，我正在做這件事。」

「你這話是什麼意思？」露西大叫，臉色瞬間變白了。

「你就是那個孩子。」圖姆納斯說：「白女巫命令我，如果在森林中見到亞當之子或夏娃之女，就得抓住他們，交給她，而你是我遇見的第一位夏娃之女。我假裝跟你交朋友，邀請你喝茶，我從頭到尾都在盤算，等你睡著之後，去向**她**報告。」

「噢，但是你不會這麼做的，圖姆納斯先生。」露西說：「你不會去報告的，對吧？對，你真的不可以這麼做。」

「但是如果我不這麼做，」他說著，又開始哭起來：「她一定會發現的。她會砍掉我的尾巴，鋸掉我的羊角，拔掉我的鬍子；她會揮舞魔杖，把我漂亮的分趾蹄變成像可憐的馬兒一樣的單趾蹄。如果她特別、特別生氣的話，她會把我變成石頭，我就會成為她可怕的屋子裡唯一的人羊石像，直到凱爾帕拉維爾的四個王座都坐上人為止。天知道那要等到什麼時候，說不定永遠不會發生。」

「真對不起，圖姆納斯先生，」露西說：「但是請你讓我回家吧。」

「我當然會讓你回家。」人羊說：「當然，我必須這麼做。我終於明白了。遇見你之前，我不知道人類是什麼樣子。現在我既然認識了你，我當然不能把你交給女巫。不過我們必須馬上離開。我送你回路燈柱那裡。我想你能找到回『空方間』和『伊儲』的路吧？」

「我確定能找到。」露西說。

「我們走的時候必須盡量安靜。」圖姆納斯先生說：「整座森林裡到處都是**她的**奸細。甚至有些樹都投靠了她。」

他們起身，連茶具都沒收，就留在桌上。圖姆納斯先生再次撐開傘，讓露西挽著他的手臂，兩人一同走進雪地。回程一點都不像來的時候；他們用最快的速度悄悄前進，一句話也沒說，圖姆納斯先生專挑最暗的地方走。當他們終於到達路燈柱旁時，露西鬆了一口氣。

「夏娃之女，你知道從這裡回去的路吧？」圖姆納斯說。

露西透過樹林專注往前看，隱約能看到遠處有一小片光，像是日光。「知道，」她說：「我可以看見衣櫥的門。」

「那你趕快回家吧，」人羊說：「還有，你……你能原諒我差點要做的壞事嗎？」

「哎，我當然願意，」露西衷心地與他握了握手，說：「我真心希望你不會因為我的事而捲入可怕的麻煩。」

「再見了，夏娃之女。」他說：「我可以留下這塊手帕嗎？」

「當然啦！」露西說道，然後朝遠處那片日光拔腳狂奔。不一會兒，她就感覺擦過身邊的不再是刮人的粗樹枝，而是大衣，腳下踩的也不再是嘎吱作響的雪，而是木板。突然間，她發現自己已經跳出了衣櫥，回到她展開整個歷險之前的那個空房間。她緊緊關上衣櫥的門，環顧四周，拚命大口喘氣。這邊的天還在下雨，她能聽見其他人在走廊裡講話的聲音。

「我在這裡！」她喊道：「我在這裡。我平安無事回來了。」

03 愛德蒙和魔衣櫥

露西跑出空房間，在走廊裡找到其他三人。

「我沒事，」她再次重複說：「我回來了。」

「你到底在說什麼，露西？」蘇珊問。

「咦，」露西驚訝地說：「難道你們不奇怪我到哪裡去了嗎？」

「所以你剛才躲起來了，是嗎？」彼得說：「可憐的露露，自己躲起來了卻沒人注意到！如果你想要大家開始找你，你就得躲久一點啊。」

「但是我已經離開好幾個小時了啊。」露西說。

其他人面面相覷。

「古怪！」愛德蒙點著頭說：「真是太古怪了。」

「你這話是什麼意思，露露？」彼得問。

「我是說，」露西回答道：「我走進衣櫥的時候，才剛吃完早飯沒多久，而我離開了好幾個小時，吃了下午茶，還發生了各種怪事。」

「別鬧了，露西，」蘇珊說：「我們才剛從那個空房間裡出來，你也只在裡面待了一會兒。」

「她一點也沒胡鬧，」彼得說：「她只是在編故事玩，對不對，露露？編故事玩沒什麼不對。」

「不是的，彼得，我不是在編故事。」露西說：「那是……那是個魔法衣櫥。它裡面有個森林，下著雪，還有人羊、女巫，那裡叫做納尼亞；來看看吧。」

其他人不知道該怎麼好，不過看到露西這麼興奮，全都跟著她回到空房間去。露西急忙走在所有人前面，一把推開衣櫥的門，大聲喊道：「好啦！你們自己進去看看吧！」

「哎，你這個傻瓜，」蘇珊把頭伸進衣櫥，將皮毛大衣往兩邊撥開，說：「這就是個普通的衣櫥；看！這就是它背面的木板了。」

於是所有人都往裡看，將大衣撥到兩旁；他們全都看見——露西也看見了——一個完全普通的衣櫥。沒有森林，也沒有雪，只有裝有掛鉤的衣櫥背板。彼得走進去，用指關節敲了幾下，確定它是實心的。

「好棒的惡作劇，露露，」他走出來說：「我得承認，你真把我們騙倒了。我們差點相信你了。」

「可是這真的不是惡作劇，」露西說：「千真萬確。剛才完全不是這個樣子的。我是說真的。我發誓。」

「好了，露露，」彼得說：「這樣就有點過分了。玩笑你已經開過了。是不是該停下來了？」

露西漲紅了臉，想說什麼，卻又不知該怎麼說，接著突然哭了起來。

接下來幾天她過得非常糟。如果她能不顧事實，勉強自己說整件事是她因為好玩而編出來的故事，那麼隨時就能輕易與其他人和好。可是露西是個非常誠實的女孩，而且她知道自己確實沒有錯，所以沒有辦法強迫自己那麼說。其他人認為她在說謊，而且還是個愚蠢的謊言，這讓她非常難過。兩個大孩子不是故意讓她難過，但愛德蒙可能是壞心眼，而且這次確實刻意使壞。他嘲笑和戲弄露西，不停問她有沒有在這整棟房子的其他櫥櫃裡發現新的國家。更糟的是，這幾天原本應該會很愉快的。天氣晴朗，他們從早到晚待在戶外，游泳，釣魚，爬樹，躺在石楠叢中發懶。可是露西無法好好享受這一切。日子就這麼過著，直到另一個下雨天來到。

那天，天氣直到下午都沒有放晴的樣子，他們決定玩捉迷藏。蘇珊「當鬼」，另外三人一散開各自躲藏，露西就跑進放衣櫥的那個空房間。她並不打算躲進衣櫥裡，因為她知道那只會讓其他人又開始談論那件不愉快的事。不過她確實想再看一眼衣櫥的裡面；因為，這時連她自己都開始懷疑，納尼亞和人羊會不會是一場夢。這棟房子那麼大、那麼複雜，充滿可以躲藏的地方，她認為自己有時間先看一眼衣櫥，再躲到其他地方。可是她才來到衣櫥前，就聽到外面走廊上有腳步聲，這下她別無選擇，只能跳進衣櫥，抓著把手將門掩上。她沒有把門關緊，因為她知道，無論這是不是個魔衣櫥，把自己關在衣櫥裡都是很蠢的。

原來，她聽見的腳步聲是愛德蒙的；他走進房間時，正好瞥見露西消失在衣櫥裡。他馬上決定自己也跟進去——不是因為他認為這衣櫥有多適合躲藏，而是想繼續拿她的幻想王國來嘲笑她。他打開了門。衣櫥裡和平常一樣掛著大衣，散發著樟腦丸的氣味，黑漆漆靜悄悄的，沒有露西的影子。「她以為我是蘇珊要來抓她，」愛德蒙自言自語道：「所以她靜靜躲在最裡面。」他跳了進去，並且關上了門，忘了這麼做有多愚蠢。然後他開始在黑暗中摸索，尋找露西。他以為只要幾秒鐘就能找到她，卻沒找到，這讓他大吃一驚。他決定再把門打開，透點光進來，但他連門也找不到了。他一點也不喜歡這種情況；他開始四下胡亂摸索，甚至大聲喊起來：「露西！露露！你在哪裡？我知道你在這裡面！」

沒有回應，愛德蒙發現自己的聲音聽起來很奇怪——不像在櫥櫃裡，倒像在空曠的野地。他還注意到自己冷得不得了；接著他看見一道光亮。「謝天謝地，」愛德蒙說：「門一定是自己晃開了。」他完全忘了露西，逕自朝他以為是衣櫥門的那道光走去。不料，他發現自己沒有走回空房間，而是走出一片濃密又黑暗的杉樹林，來到一片林間空地。

他腳下是鬆脆的積雪，樹枝上也堆著厚厚的雪。頭頂的天空是灰藍色的，就像晴朗的冬日早晨能見到的那種天色。在他正前方，穿過樹幹間的空隙，他看見一輪明亮的紅日正冉冉升起。萬籟俱寂，彷彿他是這個國度中唯一的生靈。林間連一隻知更鳥或松鼠都沒有，放眼望去，四面八方全是綿延無盡的樹林。他不禁打了個寒顫。

這時他想起自己是來找露西的，也想起之前他因為她的「幻想國」而如何惡劣對待她，現在，結果證明她說的全是真的。他想，露西一定就在附近，於是大喊：「露西！露西！我是愛德蒙……我也來了。」

沒有回應。

「她在為我之前說的話生氣呢。」愛德蒙想。雖然他不願意承認自己錯了，但是他也不大願意獨自待在這陌生、寒冷又寂靜的地方；於是他再次大喊：

「喂，露露！對不起，我之前不相信你。現在我知道了，你一直都是對的。出來吧。我們和好吧。」

仍然沒有回應。

「真是小姐脾氣，」愛德蒙自言自語道：「躲起來生悶氣，還不接受道歉。」他再次環顧四周，確定自己不太喜歡這個地方，就在他決心要回家時，聽見樹林遙遠的另一頭傳來了鈴鐺的叮噹聲。他專心聽著，那聲音愈來愈近，最後，一架由兩隻馴鹿拉著的雪橇闖入眼簾。

馴鹿的大小和昔德蘭矮種馬差不多，毛色極白，甚至比雪還白；牠們分叉的角上鍍了金，在朝陽的照耀下燦爛如同燃燒著火焰。牠們身上的軛具用腥紅色的皮革製成，掛滿鈴鐺。坐在雪橇上駕馭馴鹿的是個胖胖的矮人，如果站起來，大約有三英尺高。他身上穿著北極熊毛皮製的大衣，頭上戴著一頂紅兜帽，兜帽的帽尖上垂著長長的金穗子；他濃密的大鬍子垂到了膝蓋，正好可當成一條大毛毯來用。在他身後，雪橇中央有個高得多的座位，上面坐著一個與眾不同的人——一位身材高大的貴婦，比愛德蒙見過的所有女人都高。她也穿著裹到頸子的雪白皮裘，右手握著一根又長又直的金色權杖，頭上戴著一頂金色的王冠。她的臉很白——不只是蒼白，而是像白雪、白紙或白糖霜那樣白，只有嘴唇是鮮紅的。這張臉怎麼看都很美，但是驕傲、冷酷又嚴厲。

雪橇朝愛德蒙急馳而來時，兩側白雪四濺，鈴鐺叮鈴作響，矮人揮動鞭子噼啪作響，這景象十分好看。

「停！」女士說，矮人猛拉韁繩，差點扯得馴鹿一屁股坐在地上。隨後牠們慢慢恢復過來，站在原地一邊咬著口銜，一邊喘氣。在冰冷的空氣中，牠們從鼻孔裡噴出的熱氣像一股股的白煙。

「說，你，究竟是什麼？」貴婦緊盯著愛德蒙說。

「我是……我是……我名叫愛德蒙。」愛德蒙相當笨拙地說。他不喜歡她盯著自己的樣子。

貴婦皺起眉頭，「你就用這種態度對女王講話嗎？」她問道，看起來更嚴厲了。

「請您原諒，陛下，我不知道您是女王。」愛德蒙說。

「你竟不認識納尼亞的女王？」她吼道：「哈！從現在開始，你會好好認識我們。不過，我再問一遍——你是什麼？」

「對不起，陛下，」愛德蒙說：「我不明白你的意思。我還是學生——至少原本是學生。現在學校放假。」

04 土耳其軟糖

「但是你**到底是**什麼？」女王又說了一次：「你是一個剪掉鬍子、長得特別高的矮人嗎？」

「不是，陛下，」愛德蒙說：「我從來沒長過鬍子，我是個男孩。」

「一個男孩！」她說：「你的意思是，你是個『亞當之子』？」

愛德蒙呆站著，什麼也沒說。這次他徹底糊塗了，完全不明白她的話是什麼意思。

「無論你是什麼東西，我都看得出來，你是個白痴。」女王說：「回答我的問題，我快要沒耐性了。我問最後一次，你是人類嗎？」

「是的，陛下。」愛德蒙說。

「那麼，你是怎麼進入我的領土的？」

「對不起，陛下，我是穿過一個衣櫥進來的。」

「衣櫥？你這話是什麼意思？」

「我……我打開一扇門，然後就發現自己來到了這裡，陛下。」愛德蒙說。

「哈！」女王接下來像是在自言自語，而不是對他說話：「一扇門。一扇從人類世界通到這裡的門！我聽過這類的事。這可能會毀了一切。不過，他只有一個人，而且他看來很好對付。」她一邊說，一邊從座位站起來，死盯著愛德蒙的臉，目露凶光，同時舉起她的魔杖。愛德蒙很確定她將對自己做出很可怕的事，但卻無法動彈。接著，就在他覺得自己必死無疑的時候，她突然改變了主意。

「我可憐的孩子，」她以一種全然不同的聲調說：「看你都冷成什麼樣子了！快到雪橇上來，跟我坐在一起，我可以用斗篷裹住你，然後我們好好談談。」

愛德蒙一點也不喜歡這種安排，但是不敢違抗；他上了雪橇，在她腳邊坐下，她拉起自己的毛皮斗篷一角裹住他，將他裹得嚴嚴實實的。

「要不要喝點熱的東西？」女王說：「你喜歡熱飲嗎？」

「喜歡，謝謝陛下。」愛德蒙說，他冷得牙齒打顫。

女王從懷裡掏出一個很小的瓶子，看起來像銅做的。然後，她伸長手臂，將瓶裡的東西往雪橇旁的雪地上倒了一滴。那滴東西還在半空中時，愛德蒙看見它像鑽石一樣閃亮，但當它一碰到雪，只聽嘶的一聲，雪地上登時出現一個鑲嵌著寶石的杯子，裡面裝滿熱氣騰騰的飲料。那個矮人立刻捧起杯子，鞠躬行禮，面帶微笑地遞給愛德蒙；那笑容顯得不懷好意。愛德蒙啜著熱飲，感覺好多了。他從未嚐過這種飲料，非常甜，泡沫很多，奶味很濃，讓他整個人從頭一路暖到了腳趾。

過了一會兒，女王說：「只喝飲料沒有點心，挺單調的。亞當之子，你最喜歡吃什麼呢？」

「謝謝陛下，我最喜歡土耳其軟糖。」愛德蒙說。

女王又舉起瓶子朝雪地上倒了一滴，雪地上立刻出現一個綁著綠緞帶的圓盒子，打開盒蓋，裡面裝著好幾磅的頂級土耳其軟糖。每一塊軟糖從裡到外都香甜柔軟，愛德蒙從沒吃過比這更美味的東西。這時，他感覺全身暖和，非常舒服。

當他吃糖時，女王一直不停問他問題。一開始，愛德蒙還努力提醒自己，滿嘴東西時說話是不禮貌的，但沒多久他就全忘了，只想盡可能把多一點土耳其軟糖塞進嘴裡，而且愈吃就愈想吃，根本沒去想女王為什麼如此好奇，問這麼多問題。她從他嘴裡問出他有一個哥哥和兩個姊妹，他妹妹已經來過納尼亞，還遇見一個人羊，而除了他們兄弟姊妹四人，沒有人知道納尼亞王國。她似乎對他們手足共有四人這一點特別感興趣，不停來來回回問這件事。「你確定你們正好是四個人？」她問：「不多不少，剛好是兩個亞當之子，兩個夏娃之女？」滿嘴土耳其軟糖的愛德蒙不停地回答：「是的，我剛剛告訴過你了。」並且完全忘了要稱呼她「陛下」，不過她這時似乎並不介意。

終於，愛德蒙把所有的土耳其軟糖都吃完了，但他依舊死命盯著那個空盒子，希望她能問自己是不是還想再要一些。女王可能很清楚他在想什麼；儘管愛德蒙不知道，但她卻曉得這是帶有魔法的土耳其軟糖，任何人只要吃上一口，就會愈吃愈想吃，如果可以的話，他們甚至會一直吃到把自己撐死為止。不過她沒有再給他糖，而是對他說：「亞當之子，我很想見見你哥哥和你兩個姊妹。你帶他們來見我好嗎？」

「我試試看。」愛德蒙說，依舊死盯著那個空盒子。

「因為，如果你再來——當然是帶著他們一起來——我就能給你更多的土耳其軟糖。我現在沒辦法給你，因為魔法只能變一次，但在我自己家的話，情況就不一樣了。」

「那我們為什麼不現在就去你家？」愛德蒙說。他剛踏上雪橇時，還害怕女王會帶他去某個不知名的地方，讓他找不到路回家；但這時他已經完全忘記害怕了。

「我家是個很漂亮的地方，」女王說：「我相信你會喜歡。那裡有好幾個房間都堆滿了土耳其軟糖，而且，我沒有小孩。我要找個好男孩，把他當作王子撫養長大，等我去世之後，他就是納尼亞的國王。在他當上王子的時候，他會戴著金色王冠，整天吃土耳其軟糖；而你是我遇見最聰明也最帥氣的小伙子。我想，等哪天你帶著另外三個人來看我的時候，我會很樂意立你做王子的。」

「為什麼不是現在？」愛德蒙說。他這時不但滿臉漲得通紅，嘴巴和雙手還黏糊糊的。無論女王怎麼誇讚，他看起來既不聰明也不帥氣。

「噢，如果現在帶你回去，」她說：「我就見不到你的兄弟姊妹啦。我很想認識你迷人的手足親人。你即將成為王子——將來還要成為國王；這點你已經明白了。可是你必須有大臣和貴族。我會封你哥哥為公爵，封你的姊妹做女公爵。」

「**他們**沒什麼了不起的地方，」愛德蒙說：「再說，反正我隨便什麼時候都能帶他們來啊。」

「啊，但是你一旦到了我家，」女王說：「你可能就會把他們全都忘了。你會一心顧著吃喝玩樂，再也不會想去接他們過來了。不，你必須現在回你自己的國家去，改天再來找我，**帶著他們一起來**。沒帶他們一起來可不行，你明白吧。」

「但是，」愛德蒙辯說：「我連回去的路都不知道。」

「那好辦。」女王回答：「你看到那個路燈柱了嗎？」她舉起魔杖指了指，愛德蒙轉過頭，看見了露西遇到人羊的那根路燈柱。「過了那裡，往前直走的路就通往人類的世界。現在，往另一邊看……」她指向相反的方向說：「告訴我，從樹林上方望去，有沒有看見兩座聳立的小山丘？」

「我想我看見了。」愛德蒙說。

「嗯，我家就在那兩座山丘之間。所以，下次你只要找到路燈柱，再找到那兩座山丘，然後穿過樹林一直走，就可以到我家了。但是記住——你必須帶著其他人一起來。如果你是自己一個人來，我會很生氣的。」

「我會盡力。」愛德蒙說。

「還有，順便說一句，」女王說：「你不用跟他們提到我。把這件事當作你我之間的小祕密才好玩，對吧？給他們一個驚喜。把他們帶到那兩座小山丘去——一個像你這麼聰明的男孩，很容易就能想到一些藉口把他們帶過來的——當你到了我家，你只要說『我們來看看是誰住在這裡』這類的話就行了。我相信這是最好的辦法。如果你妹妹見過一個人羊，她可能已經聽過一些關於我的奇怪故事——很糟糕的故事，那可能會讓她害怕來見我。你知道，人羊老愛造謠胡說，現在……」

「拜託，求求你，」愛德蒙突然開口說：「求你再給我一塊土耳其軟糖，讓我在回去的路上吃，好不好？」

「不行，不行，」女王大笑說：「你必須等到下次才有。」她一邊說，一邊朝矮人示意往前走。當雪橇急馳而去，就快離開視線範圍時，女王朝愛德蒙揮揮手，大聲喊道：「下次！下次！別忘了。早點過來。」

當愛德蒙仍站在原地盯著遠去的雪橇發愣時，突然聽見有人喊他的名字。他轉過身，看見露西從樹林的另一邊朝他走來。

「噢，愛德蒙！」她叫道：「所以你也進來了！很奇妙，對吧，現在……」

「好吧，」愛德蒙說：「現在我知道你說得沒錯，那真的是一個魔衣櫥。你要是高興的話，我跟你道歉。不過，你剛才到底跑到哪裡去了？我到處在找你。」

「我要是知道你也會進來，一定會等你的。」露西說，她太快樂太興奮，完全沒注意到愛德蒙說話時那惡狠狠的口氣，以及他漲紅的臉上神情有多麼奇怪。「我剛才去和親愛的人羊圖姆納斯先生吃了一頓午飯，他完全平安無事，白女巫沒有因為他放我走而懲罰他，所以他認為她沒發現這件事，也許就沒事了，我們不用再擔心了。」

「白女巫？」愛德蒙說：「她是誰？」

「她是個非常可怕的人。」露西說：「她自稱納尼亞女王，但她根本就沒有資格當女王，所有的人羊、森林精靈、水精靈、矮人和動物——至少所有善良的一方——全都痛恨她。她能把人變成石頭，還會做各式各樣恐怖的事。她施展了一種魔法，使得納尼亞永遠是冬天——永遠都是冬天，但從來沒有耶誕節。她戴著王冠，手拿魔杖，坐著馴鹿拉的雪橇，四處巡視。」

愛德蒙本來就因為吃太多糖而感覺不舒服，當他聽到剛才跟自己交朋友的那位貴婦是個危險的女巫時，就更不舒服了。不過，他想再一次吃到土耳其軟糖的念頭仍然勝過了一切。

「所有這些白女巫的事是誰告訴你的？」他問。

「人羊圖姆納斯先生。」露西說。

「人羊說的話哪都能信啊。」愛德蒙說，盡量讓自己聽起來就像很了解人羊，起碼比露西懂得多。

「這是誰說的？」露西問。

「大家都知道啊，」愛德蒙說：「隨便你去問誰都行。我們回家吧。站在雪地裡受凍一點也不好玩。」

「好，我們回去吧。」露西說：「噢，愛德蒙，我真高興你也進來了。現在我們兩個都來過這裡，其他人就會相信納尼亞真的存在了。那會多好玩啊！」

不過愛德蒙心裡暗暗想著，這對自己可不會像對露西那麼好玩。他必須當著其他人的面承認露西之前說的都是真的，而且他很確定，其他人都會站在人羊和動物那一邊；可是他已經偏向站在女巫這邊了。他不知道到時候他會怎麼說，或者他該怎麼守住自己的祕密。

這時他們已經走了好長一段路了。然後他們突然感覺環繞四周的不是樹枝，而是大衣，接著他們就站在衣櫥門外的空房間裡了。

「哎呀，」露西說：「愛德蒙，你的臉色好難看。你沒不舒服吧？」

「我沒事。」愛德蒙說，但那不是實話。他感覺好想吐。

「那走吧，」露西說：「我們去找他們。我們有好多事必須告訴他們！這下子我們就能全都一起去，會有多少奇妙的冒險啊。」

05 回到門的這一邊

因為捉迷藏的遊戲仍在進行，愛德蒙和露西花了好些時間才找到其他人。當他們終於全都聚在一起（在那個放著一副盔甲的狹長房間裡），露西衝口而出說：

「彼得！蘇珊！那都是真的。愛德蒙也看到了。真的有一個王國，你只要穿過衣櫥就可以到達。愛德蒙和我都去過了。我們在那邊的樹林裡碰見彼此了。說啊，愛德蒙，把所有的事都告訴他們。」

「這到底是怎麼回事，愛德？」彼得說。

現在，我們來到這故事中最令人不愉快的部分了。直到目前為止，愛德蒙還在噁心想吐、生悶氣，為「露西是對的」這件事大感惱火，一直還沒決定該怎麼辦。彼得突然問他這個問題，他當下決定做一件自己能想到最卑鄙也最惡劣的事。他決定讓露西丟臉下不了臺。

「快告訴我們，愛德。」蘇珊說。

愛德蒙露出一種優越的神情，彷彿他比露西大得多似的（事實上他們只差一歲），然後露出微帶輕蔑的竊笑，才說：「噢，對，露西和我一直在玩遊戲——假裝她說的衣櫥裡有個王國的故事全都是真的。當然，這只是好玩啦。那裡面其實什麼也沒有。」

可憐的露西，她狠狠瞪了愛德蒙一眼，衝出了房間。

不斷變得愈來愈惡劣的愛德蒙以為自己大獲全勝，立刻接著說：「她又來了。她到底有什麼毛病？小孩子耍脾氣最糟糕不過，他們總是……」

「聽著，」彼得轉而怒斥他，說：「閉嘴！自從露露說了那個衣櫥的各種鬼話之後，你就對她非常惡劣，現在你又跟她跑到衣櫥裡去玩，再把她氣跑。我認為你這麼做純粹是出於惡意。」

愛德蒙嚇了一大跳，說：「但那本來就是胡說八道啊。」

「那當然是胡說八道。」彼得說：「問題就在這裡。我們離開家的時候，露露完全正常，但是從我們到了這裡以後，她就變了，如果不是腦袋出了問題，就是變成一個最可怕的騙子。可是不管變成哪一種，你今天嘲笑嘮叨她，明天慫恿鼓勵她，這麼做對事情能有什麼好處？」

「我想……我想……」愛德蒙說，但他實在想不出來要說什麼。

「你根本什麼也沒想過，」彼得說：「你就是惡意欺負人。你向來喜歡欺負比你弱小的孩子；我們之前在學校裡就看過你這麼做過。」

「夠了，」蘇珊說：「你們倆這樣吵，對事情也沒有幫助。我們一起去找露西吧。」

他們果然費了好多時間才找到露西，也都看出她哭過了。無論他們對她說什麼，都無法改變什麼。她堅持自己說的是真的，並且說：

「我不在乎你們怎麼想，也不在乎你們怎麼講我。你們可以去告訴教授，或寫信告訴媽媽，隨便你們要做什麼都行。我知道我在那邊碰到一個人羊，而且……我真希望自己能待在那邊再也不要回來，你們都是壞蛋，壞蛋！」

那天晚上的氣氛很糟糕。露西心裡很難受，愛德蒙開始覺得自己的計畫並不如預期中有效。兩個大的孩子確實開始認為露西是不是瘋了。他們等露西睡了很久之後，還站在走廊上低聲討論這件事。

結果他們在第二天早上決定去找老教授，把整件事情告訴他。「要是他認為露露真有什麼毛病的話，他會寫信給爸爸的。」彼得說：「這事不是我們能處理的。」於是，他們去敲了書房的門，老教授說：「請進。」並起身幫他們找椅子坐，又說他十分樂意為他們效勞。然後，老教授坐下來靜靜聽他們講述，雙手指尖互相緊抵著，從頭到尾都沒打斷他們說話，直到他們把整件事情都說完為止。接著他沉默很久，然後清清喉嚨，說了一句他們完全沒有想到的話：

「你們怎麼知道，你們妹妹說的故事不是真的？」

「噢，可是……」蘇珊開口，但接著又閉上嘴。任何人都看得出來，老先生臉上的神情十分嚴肅。蘇珊讓自己鎮定下來，說：「但是愛德蒙說，他們是假裝有那麼一回事，只是在玩而已。」

「問題就在這裡，」老教授說：「哪個說法值得深思？非常謹慎地深思。這樣說吧——恕我冒昧問你們這個問題——根據你們的經驗，誰的話比較可靠？是你們的弟弟，還是你們的妹妹？我是說，誰比較誠實？」

「教授，這件事怪就怪在這裡，」彼得說：「在這之前我一向認為露西比較誠實。」

「親愛的，你的看法呢？」老教授問蘇珊說。

「這個嘛，」蘇珊說：「一般來說，我的看法和彼得一樣，但是衣櫥裡有森林還有人羊——這不可能是真的啊。」

「那我就不敢說了，」老教授說：「不過，指責一個你們向來認為誠實的人說謊，是一件很嚴重的事；確實是一件非常嚴重的事。」

「我們擔心的還不是說謊，」蘇珊說：「我們怕的是露西也許有什麼不對勁。」

「你是說她瘋了？」老教授十分冷靜地說：「噢，這點你們可以很容易就判斷出來。

你們只要觀察她一下，跟她說說話，就知道她沒有瘋。」

「可是……」蘇珊說，接著又閉嘴。她作夢都沒想過，會有大人像老教授這樣說話的，她不知道該如何反應。

「邏輯！」老教授半像自言自語地說：「這些學校為什麼不教學生邏輯呢？這件事只有三種可能：第一，你們妹妹說了謊，第二，她發了瘋，第三，她說了真話。你們知道她向來不說謊，而顯然她沒有發瘋。那麼，按照目前的情況來說，除非有更進一步的證據出現，我們必須假設她說的都是真話。」

蘇珊雙眼緊盯著老教授，從他臉上的表情看起來，她很確定老教授不是在跟他們開玩笑。

「但是，教授，那怎麼可能是真的？」彼得說。

「你為什麼認為不是真的？」老教授問。

「呃，首先，」彼得說：「如果這是真的，為什麼不是每個人進到衣櫥裡的時候，都可以發現那個王國？我是說，上次我們進去的時候，就什麼也沒有；就連露西也沒假裝說有。」

「那跟這件事有什麼關係？」老教授問。

「呃，教授，如果事物是真實的，它們會始終都是真實的。」

「真的嗎？」老教授問；彼得被問得不知道該怎麼答話。

「但是時間也不對啊。」蘇珊說：「就算真的有那麼一個地方吧，露西也沒時間跑到那裡去啊。我們才一出那個房間，她就跟著追上來了。前後相差不到一分鐘，而她卻說自己已經離開好幾個小時了。」

「就是這一點，讓她講的故事更像是真的。」老教授說：「如果這棟老房子裡真的有一扇門可以通往其他世界（我應該警告你們，這是一棟非常奇怪的房子，連我都對它所知甚少）——我說，如果她進到了另一個世界，而那個世界有它自己的時間在運作，我一點都不會感到驚訝；因此，無論你在那邊待多久，都絕不會占用到**我們**任何一點時間。再說，我不認為像她年紀這麼小的孩子，能自己想像出這種時間概念。如果她是假裝有那麼一件事，她就會先躲上一段合理的時間，然後才出來告訴你們她編的故事。」

「教授，你的意思真的是指可能有其他世界存在？」彼得說：「這裡到處都有，轉過拐角就能碰到——是這樣嗎？」

「正是如此。」老教授說，摘下眼鏡開始擦拭，同時喃喃自語說：「我真好奇那些學校都拿什麼來教孩子。」

「那我們該怎麼辦？」蘇珊說。她覺得這場談話已經離題了。

「我親愛的小姐，」老教授突然抬起頭，以非常認真嚴肅的神情看著他們，說：「有個辦法還沒有人提議，我認為很值得一試。」

「什麼辦法？」蘇珊問。

「我們都管好自己的事就行了。」他說。他們的談話到此結束。

在這之後，露西的日子好過多了。彼得會盯住愛德蒙不再嘲笑她，無論她或其他人都不想再提起那個衣櫥的事。它已經變成一個令人憂煩的話題。因此，有一段時間，似乎所有的冒險活動就此結束了；其實不然。

老教授的這棟房子——就連他自己都所知甚少——實在太古老又太有名了，因此英國各地經常有人慕名而來，請求獲准參觀。它是旅遊指南甚至歷史書上都會提到的房子，遠近馳名的程度是連各種類型的故事都會提到它，有些故事甚至比我現在告訴你的更離奇。每當觀光團體來這裡要求參觀，老教授總是欣然同意，管家馬葵蒂太太就會帶他們到屋裡各處轉轉，向他們介紹屋裡的畫、盔甲，以及圖書室裡收藏的珍本。馬葵蒂太太不喜歡小孩，當她為訪客講述她知道的一切事物時，也不喜歡有人打斷或插嘴。差不多就在孩子們來的第一天早上，她就叮嚀蘇珊和彼得：「請記住，無論何時，我帶領觀光團體參觀屋子的時候，你們一定要迴避。」（同時還交代了一大堆其他的規矩。）

「說得好像我們有誰**願意**浪費大半個早上，跟在一群陌生的大人後面到處轉似的！」愛德蒙說，另外三人也是這麼想。不過，這竟成了第二次冒險的開端。

幾天之後，有天早晨彼得和愛德蒙正看著那副盔甲出神，猜想能不能把它一塊一塊拆開來的時候，兩個女孩突然衝進房間裡，說：「不好了！馬葵蒂太太帶著一大群人過來了。」

「快躲起來。」彼得說。四個人立刻衝向房間另一頭的門，從那裡出去。當他們進到那個「綠房間」，穿過它進入圖書室，卻突然聽見前方傳來說話的聲音，這才明白，馬葵蒂太太一定是帶著那群觀光客從後面的樓梯上來，而不是他們原本以為的那樣，會從前側樓梯過來。在這之後，不知道是他們急昏了頭，還是馬葵蒂太太想抓他們，或是這棟房子裡有某種魔法蘇醒過來，不停將他們趕往納尼亞，總之，他們無論走到哪裡，都發現有人在跟著他們，直到最後蘇珊說：「噢，那些觀光客真是煩死了！來吧，我們去『衣櫥室』躲著，等他們走了再說。沒有人會跟著我們去那裡的。」但是他們一進入那個房間，就聽見走廊上傳來說話的聲音——然後聽見有人摸索著想開門——接著就看見門把開始轉動。

「快！」彼得說：「沒其他地方可躲了。」他猛力拉開衣櫥的門。他們四個人全擠進去，坐在黑暗裡喘息。彼得把衣櫥的門拉攏，但沒關緊；當然，因為他像所有明智的人一樣，知道絕對、絕對不可以把自己關在衣櫥裡。

06 進入森林

過了一會兒，蘇珊說：「但願馬葵蒂太太可以盡快把那些人全帶走，我被擠得快不行了。」

「這樟腦味真是臭死了！」愛德蒙說。

「這些大衣的口袋裡應該都塞滿了樟腦丸吧，」蘇珊說：「這樣才能防蟲。」

「有個東西在戳我的背。」彼得說。

「還有，你們覺得冷嗎？」蘇珊說。

「你這麼一說，還真有點冷。」彼得說：「真是見鬼了，這裡還是濕的。這地方到底怎麼回事？我坐在濕濕的東西上，而且愈來愈濕。」他掙扎著站了起來。

「我們出去吧。」愛德蒙說：「他們走了。」

「噢……噢……噢！」蘇珊突然喊道，大家連忙問她怎麼了。

「我竟然靠著一棵樹坐著。」蘇珊說：「看！而且愈來愈亮了——就在那邊。」

「我的天，真的，」彼得說：「看那邊……還有那邊。到處都是樹。還有，這濕濕的東西是雪。啊，我相信，這下我們真的進入露西的森林裡來了。」

一點也沒錯，這時候，四個孩子全站在冬日的天光裡不停眨著眼睛。在他們背後，是成排掛在衣架上的大衣，在他們面前，是一片白雪覆蓋的樹林。

彼得立刻轉身面對露西。

「我向你道歉，因為我不相信你說的。」他說：「對不起。你願意跟我握握手嗎？」

「當然。」露西說，並和他握了手。

「現在，」蘇珊說：「我們接下來該怎麼辦？」

「怎麼辦？」彼得說：「當然是去森林裡探險啊。」

「呃嗬！」蘇珊跺著腳說：「真是冷啊。我們去拿幾件大衣來穿，怎麼樣？」

「那不是我們的衣服。」彼得遲疑地說。

「我相信不會有人介意的，」蘇珊說：「別說得好像我們要把大衣帶出這棟屋子似的；我們甚至不會把大衣帶出衣櫥。」

「我竟沒想到這一點，蘇，」彼得說：「當然，現在你這麼一說我就懂了。只要大衣還在你發現它的衣櫥裡，別人就不能說你偷了大衣。我猜，這整個王國都在衣櫥裡。」

他們立刻執行了蘇珊明智的建議。大衣對他們來說都太大了，穿上後都垂到了腳後跟，看起來更像皇袍而不是大衣。不過這時他們都感覺暖和多了，彼此互相打量時，也覺得對方的新裝扮更好看，而且與周遭的景致也更搭配。

「我們可以假裝我們是北極探險家。」露西說。

「我們不用假裝就已經夠刺激的了。」彼得說，並一馬當先朝森林裡走去。頭頂的天空烏雲密布，看來在天黑之前還會下更多雪。

「喂，」不一會兒愛德蒙開口說：「如果我們的目標是路燈柱的話，那我們是不是該偏左一點走才對？」他早已忘了必須假裝自己從來沒來過這片森林，等話一出口，才意識到自己露出了馬腳。所有人全停下腳步。所有人都瞪著他。彼得吹了一聲口哨。

「所以你真的來過這裡。」他說：「上次露露說她在這裡碰到你，而你卻一口咬定她說謊。」

一片死寂。「嗯哼，在所有惡毒的小畜生當中……」彼得說著，聳了聳肩膀，沒再多言。事實上，似乎也沒什麼好說的了。過了一會兒，四個人又繼續上路，但是愛德蒙暗暗對自己說：「你們這群自大又自鳴得意的假正經，這件事我會全數奉還的。」

「我們**到底**要去哪裡？」蘇珊說，主要是想換個話題。

「我想應該讓露露當嚮導，」彼得說：「老天知道她最有資格啦。露露，你會帶我們去哪裡？」

「去找圖姆納斯先生，怎麼樣？」露西說：「他就是我跟你們說過的，那個友善的人羊。」

所有人都贊成這項提議，於是他們出發，輕快地踏著雪地往前走。露西確實是個好嚮導。起初她還懷疑自己能不能找到路，不過隨後她在一個地方認出一棵形狀古怪的樹，又在另一個地方認出一段樹樁，然後就把大家帶到那片地勢崎嶇之處，進入小山谷，最後來到圖姆納斯先生的山洞門口。可是，等著他們的是一副驚人的可怕景象。

大門被硬生生扯離了固定的鉸鏈，砸在地上變成碎片。洞穴裡黑暗陰冷，感覺很潮濕，還有一股怪味，看起來這裡已經有好些日子沒住人了。雪花從敞開的門洞飄進來，堆積在地上，雪裡還混雜著黑黑的東西，仔細一看，原來是燒得焦黑的木柴和灰燼。顯然有人把壁爐裡的柴拿出來扔得滿屋都是，然後再把火踩熄。地上到處是打碎了的碗盤，人羊父親的畫像已經被刀子割成了碎片。

「這裡破壞得真徹底，」愛德蒙說：「到這裡來沒什麼好玩的啊。」

「這是什麼？」彼得說著彎下身子。他剛注意到地毯上釘著一張紙。

「上面寫了字嗎？」蘇珊問。

「是的，我想上面寫了字，」彼得說：「但是這裡面太暗了，看不清楚。我們到外面去吧。」

他們全出了山洞，在天光下圍擠在彼得身旁，他朗讀出紙上寫的字：

本住宅的原主人，人羊圖姆納斯，因反對納尼亞的女王、凱爾帕拉維爾城堡的女堡主、孤獨群島等地的女皇賈迪絲陛下，又招待女王陛下的敵人、窩藏奸細、與人類為友，因此被控嚴重的叛國罪，現在已經被捕，等候審判。

祕密警察隊長　毛格林姆（簽名）

女王陛下萬歲！

四個孩子面面相覷。

「我覺得我應該不會喜歡這個地方。」蘇珊說。

「露露，這個女王是誰？」彼得說：「你知道她的事嗎？」

「她才不是什麼真正的女王，」露西回答：「她是個可怕的女巫，他們叫她『白女巫』。森林裡所有的居民都恨她。她對整個王國施了魔法，因此這裡永遠是冬天，卻從來不會有耶誕節。」

「我……我懷疑再往前走有什麼意義。」蘇珊說：「我是說，這裡似乎不是那麼安全，看起來也不是那麼好玩。而且愈來愈冷，我們又沒帶吃的東西。我們回家好不好？」

露西突然說：「噢，可是，我們不能這樣，不能回家。你們難道不明白嗎？在這種情況下，我們不能就這樣撒手不管回家去。可憐的人羊會惹上這麼大的麻煩，都是因為我的緣故。他把我藏起來不被女巫發現，又護送我指點我回家的路。什麼招待女王陛下的敵人、窩藏奸細、與人類為友，指的就是這件事。我們應該想辦法救他才行。」

「**我們**該做的事可多了！」愛德蒙說：「尤其我們連吃的東西都沒有的時候！」

「你給我閉嘴！」彼得說，他對愛德蒙還是很生氣；「你有什麼看法，蘇珊？」

「恐怕露露說得對。」蘇珊說：「我連一步都不想再往前走，也希望我們從沒來過這裡。不過，我想，我們必須設法為那位叫什麼名字的先生——就是人羊——做點事。」

「我也這麼覺得。」彼得說：「可是我擔心我們沒有東西吃。我贊成我們先回去，到食品儲藏室拿點吃的東西再過來。只是一旦我們出去，就可能再也回不到這個王國來了。所以，我想，我們還是往前走吧。」

「我也這麼想。」兩個女孩說。

「要是我們知道那個可憐的傢伙被關在哪裡就好了！」彼得說。

就在他們還在思索下一步該怎麼辦時，露西說：「你們看！那裡有一隻知更鳥，胸口羽毛好紅啊。這是我第一次在這裡看見鳥。咦……我好奇納尼亞的鳥會不會說話啊？

牠看起來好像有什麼事要告訴我們。」接著她便轉向知更鳥說：「請問，你能不能告訴我們，人羊圖姆納斯被帶到哪裡去了？」她一邊說，一邊朝那隻鳥走過去。牠立刻振翅飛開，但只飛到下一棵樹就停下來，站在樹上目不轉睛盯著他們，似乎聽得懂他們所說的每一句話。四個孩子不自覺又朝牠往前走了一、兩步。這次，知更鳥又飛到下一棵樹上，再次緊盯著他們。（你絕對沒見過胸前羽毛如此紅豔、眼睛如此明亮的知更鳥。）

「你們看出來了嗎？」露西說：「我真的相信，牠是有意要我們跟著牠走。」

「我也覺得牠是這個意思。」蘇珊說：「彼得，你覺得呢？」

「嗯，我們可以試試看。」彼得回答。

那隻知更鳥顯然明白這一切。牠不停從一棵樹飛到另一棵樹，總是在他們前面幾碼遠，保持讓他們能輕易跟上的距離。就這樣，牠帶著他們往稍微下坡的方向走。每當知更鳥停在樹上，就會有一小堆雪從樹枝上灑落下來。不久，頭頂的烏雲散開，冬陽露出臉來，他們周圍的雪亮得刺眼。他們就這樣走了大約半個小時，愛德蒙趁兩個女孩走在前頭時，對彼得說：「如果你不想再擺臭架子了，不妨跟我說說話，我有話要說，你也最好聽聽。」

「你要說什麼？」彼得問。

「噓！小聲點。」愛德蒙說：「別驚動她們兩個。你明白我們現在在做什麼嗎？」

「什麼意思？」彼得壓低聲音悄悄問。

「我們根本不知道這個嚮導的底細就一直跟著走。我們怎麼知道那隻鳥是站在哪一邊的？牠難道不會把我們引入陷阱？」

「這種想法很下流。你知道，那是一隻知更鳥。在我看過的所有故事裡，知更鳥都是好人。我相信知更鳥不會站在壞人那一邊。」

「既然說到好壞，那麼，哪一邊**是**好人？我們怎麼知道人羊是好人？而女王（對，我知道**有人說**她是女巫）是壞人？我們對兩邊的情況根本一無所知。」

「人羊救了露西。」

「那是**他自己說的**。可是我們怎麼知道是真是假。還有另一件事。有人知道從這裡回家的路嗎？」

「我的天！」彼得說：「我沒想到這一點。」

「而且別指望吃到晚餐了。」愛德蒙說。

07 與海狸夫婦共度的一天

兩個男孩在後面說悄悄話的時候，兩個女孩忽然喊了一聲「啊！」，停了下來。

「知更鳥！」露西喊道：「那隻知更鳥，牠飛走了。」確實，牠已不見蹤影了。

「現在我們該怎麼辦？」愛德蒙說，看了彼得一眼，好像在說：「我剛剛跟你說什麼來著？」

「噓！看！」蘇珊說。

「什麼？」彼得說。

「左邊樹林裡，有什麼東西在動。」他們全都睜大眼睛緊盯著，心裡感到忐忑不安。

「又來了。」過了一會兒，蘇珊又說。

「這次我也看到了。」彼得說：「牠還在那兒。牠剛躲到那棵大樹後面了。」

「牠是什麼呀？」露西說，努力讓自己聽起來不那麼緊張。

「不管牠是什麼，」彼得說：「牠都在躲我們。牠不想被人看見。」

「我們回家吧。」蘇珊說。接著，雖然沒有人說出來，但全都突然領悟了一件事，也就是上一章結尾愛德蒙悄悄對彼得說的。他們迷路了。

「牠長什麼樣子？」露西說。

「牠是……牠是一種動物。」蘇珊說；接著，她又大喊道：「看！看！快看！牠在那兒。」

這次他們都看見了，一張毛茸茸的、長著鬍鬚的臉從一棵樹後頭探出來看著他們。不過這次牠沒有立刻縮回去。相反的，這動物把爪子放在嘴上，就像人類把手指放在唇上示意別人安靜一樣。然後牠又消失了。孩子們都站在原地，屏住了呼吸。

過了一會兒，那隻陌生動物從樹後走出來，往四周環視了一圈，彷彿害怕有人在監視似的，牠接著「噓」了一聲，打手勢要他們過去牠那邊比較密的樹林裡，接著牠又消失了。

「我知道那是什麼了，」彼得說：「牠是一隻海狸。我看見牠的尾巴了。」

「牠要我們過去牠那裡，」蘇珊說：「牠還提醒我們不要出聲。」

「我知道，」彼得說：「問題是，我們要過去牠那裡嗎？你覺得呢，露露？」

「我覺得牠是一隻好海狸。」露西說。

「是啊，但是我們怎麼**知道**？」愛德蒙說。

「我們必須冒這個險吧？」蘇珊說：「我的意思是，光站在這裡也沒用，而且我覺得肚子餓了。」

就在這時，海狸再次從樹的後方冒出頭來，認真又誠懇地招手要他們過去。

「來吧，」彼得說：「我們試試吧。大家靠緊一點。如果牠是敵人的話，我們應該也能打得過一隻海狸。」

於是，孩子們緊貼在一起，走到樹前，又繞到樹的後面，海狸果然在那裡；但他還在往後退，並用沙啞刺耳的聲音小聲對他們說：「再過來一點，再過來一點。到這裡來。我們在空曠的地方不安全！」一直等到牠帶他們來到一個幽暗的地方，牠才開始跟他們說話。那裡有四棵大樹緊靠在一起生長，枝幹交錯相連成蔭，連雪都落不下來，因此可以看到腳下褐色的土壤和松針。

「你們是『亞當之子』和『夏娃之女』嗎？」他說。

「我們只是其中幾個。」彼得說。

「噓……！」海狸說：「拜託不要這麼大聲。即使在這裡，我們也不安全。」

「為什麼，你在怕誰？」彼得說：「這裡除了我們，沒有別人。」

「這裡有樹，」海狸說：「它們總是在聽。它們絕大多數站在我們這邊，但是有些樹會把我們出賣給**她**；你知道我指的是誰。」說著牠點了好幾下頭。

「既然說到站在哪一邊，」愛德蒙說：「我們怎麼知道你屬於朋友這一邊？」

「我們不想無禮，海狸先生，」彼得補充說：「但你知道的，我們是外地來的人。」

「說得對，說得對，」海狸說：「這是我的信物。」說著牠把一小塊白色的東西遞到他們面前。他們吃驚地看著它，然後露西突然說：「噢，沒錯。這是我的手帕——我送給可憐的圖姆納斯先生的那條手帕。」

「沒錯，」海狸說：「可憐的傢伙，他在被捕之前聽到了風聲，就把這個交給了我。他說如果他出了事，我就必須在這裡跟你們碰面，並帶你們去……」說到這裡，海狸的聲音低得聽不見了，他非常神祕地點了一、兩下頭，然後示意孩子們盡量靠過來圍著他，直到距離近到他們的臉都被他的鬍鬚搔得發癢，他才低聲補充說：

「他們說阿斯蘭開始行動了——說不定已經到達了。」

頓時，一件非比尋常的事發生了。四個孩子都和你一樣，不知道阿斯蘭是誰，但是在海狸說出這句話的那一刻，每個人都產生一種十分異樣的感覺。也許，有時你作夢時會有這樣的感覺，有人說了一件你完全不懂的事，但在那個夢裡，你感覺這件事好像有極大的意義——若不是非常可怕，能將整場夢變為噩夢，就是美好得無法言喻，能使夢變得極其美麗，讓你終生難忘，總希望能再回到那個夢裡。這時的感覺就是那樣。聽到阿斯蘭的名字，每個孩子都感覺自己的心猛然一跳。愛德蒙心裡湧起一股詭祕的恐懼感。彼得感覺自己忽然有了勇氣，想去冒險。蘇珊感覺彷彿有一股芳香之氣或愉悅的旋律從身邊飄過。露西感覺像是一早醒來，發現這是假期的開始或夏天的到來。

「那圖姆納斯先生呢？」露西說：「他在哪裡？」

「噓……」海狸說：「他不在這裡。我必須帶你們去一個我們能好好說話和吃飯的地方。」

現在，除了愛德蒙外，所有人都覺得這隻海狸能夠信賴，而且每個人（包括愛德蒙）都很高興聽到「吃飯」這個詞。於是，他們全跟在這位新朋友後面，匆匆往前走。他以驚人的速度帶著他們趕路，始終挑林木最密集的地方走，走了一個多小時。就在所有人覺得非常疲憊又非常飢餓時，他們前方的林木突然變得稀疏，地勢開始變成陡峭的下坡路。一分鐘後，他們出了樹林，來到開闊的天空下（太陽還在天空照耀），發現自己正俯瞰著一幅美景。

他們正站在一處陡峭、狹長的河谷邊緣，谷底有一條大河流淌——若不是受冰雪封凍，河水至少應該是奔騰而流的。他們的正下方有一道跨河而建的水壩，他們看到水壩突然想到，海狸是天生的築壩高手，因而認為這個水壩一定是這位海狸先生的傑作。他們還留意到，這時他臉上有一種謙遜的表情——就是你在參觀某人建造的花園或閱讀某人寫的故事時，對方臉上會有的那種表情。因此，蘇珊基於最基本的禮貌，說：「多漂亮的水壩呀！」這次海狸先生沒有說「噓」，而是說：「只是個小玩意，不值一提！不值一提！其實還沒完工呢！」

水壩上方原本應該是個深水池，這時當然也變成一片墨綠的冰面。水壩下方，在遠一點的地方結了更多的冰，但那邊不是平滑的冰面，而是奔流的河水在嚴寒來臨的那一刻凍結成冰，就此保留了波浪滾滾、水沫飛濺的模樣。另外，從壩上涓涓溢流或從壩縫中激噴而出的水，此時也凝結成一面閃閃發亮的冰柱牆，彷彿水壩的這一側滿滿覆蓋著最純的糖製造的花朵、花環和花飾。在水壩中央接近頂端的位置有一棟有趣的小房子，形狀像個巨大的蜂巢，房頂的一個孔洞正冒出縷縷炊煙，因此你一看到它（尤其肚子餓的時候），馬上會想到有人在做飯，你也會變得比之前更餓。

這就是其中三個孩子注意到的景象，但愛德蒙注意到了其他的事。沿大河往下一點的地方，有另一條小河從另一個小山谷流下來，匯入大河。順著那個小河谷往上望，愛德蒙看見兩座小山丘，他幾乎可以確定，它們就是那天他在路燈柱與白女巫道別時，她指給他看的那兩座山丘。那麼，他想，山丘中間一定就是她的宮殿，距離這裡只有一英里左右。他想到了土耳其軟糖，想到當國王（他心想：「我真想知道彼得會有什麼反應？」），腦海中浮現了一些可怕的念頭。

「我們到了，」海狸先生說：「看來海狸太太正在等我們呢。我來帶路，但小心別滑倒了。」

水壩的頂部夠寬，可以行走，不過（對人類來說）不太好走，因為上面結滿了冰，而且雖然水壩一側凍結的池面與壩頂平齊，但另一側卻是陡降到低處的河流。海狸先生帶著他們成一縱隊，沿這條路朝水壩中央走，在那裡，他們能眺望河流的上下游，遠近風光一覽無遺。他們來到水壩中央，也就來到了那棟小房子門前。

「我們到了，海狸太太，」海狸先生說：「我找到他們了。亞當之子和夏娃之女來了。」接著他們都走了進去。

露西進屋後，首先注意到一種咔嗒咔嗒的聲音，第一眼看見的，則是一位慈祥的海狸老太太坐在角落裡，嘴裡含著一根線，忙著踩踏縫紉機，那個咔嗒聲就是縫紉機發出來的。孩子們一進屋，她就停下手裡的工作，站了起來。

「你們可終於來了！」她伸出兩隻滿是皺紋的老手爪說：「終於來了！真想不到我居然活著見到了這一天！馬鈴薯煮熟了，水壺也在響了，我說，海狸先生，你會幫我們弄點魚來吧。」

「好的。」海狸先生說，接著走出房子（彼得也跟了出去）。他們帶了一個桶子，穿過結冰的深水池，來到海狸先生在冰上鑿出的一個小洞前。他每天都會過來用手斧清理一下，以免洞口封凍起來。他靜靜坐在洞口邊緣（似乎不在意冰面寒冷），目不轉睛盯著洞內看。突然，他的手爪猛然一探，眨眼間撈上一條肥美的鮭魚。接著他又重複撈了幾次，直到他們捕獲滿滿一桶的魚。

與此同時，女孩們幫海狸太太裝滿水壺，擺好桌子，切麵包，將盤子放進烤爐裡加熱，從房子角落的酒桶裡幫海狸先生汲出一大罐啤酒，又架好煎鍋，把油燒熱。露西覺得海狸夫婦有一個十分溫馨的小家，不過它和圖姆納斯先生的山洞一點也不像。這裡沒有書或畫，也沒有床，只有像大船上那種嵌在牆上的鋪位。另外，屋頂垂掛著火腿和串起來的洋蔥，靠牆擺放著橡膠靴、油布、手斧、幾把剪刀、鐵鍬、鏟子、運灰泥的工具、釣竿、漁網和麻袋。桌子上鋪的桌布雖然很乾淨，但質地很粗糙。

就在煎鍋嘶嘶作響的時候，彼得和海狸先生帶著一桶魚進來了，海狸先生已先在戶外用刀把魚開膛清理乾淨了。你可以想像，剛抓到的鮮魚煎起來的味道有多香，飢餓的孩子們有多渴望它們快點煎好，還有，當海狸先生說「我們馬上就好了」前，他們如何變得餓上加餓。蘇珊瀝乾馬鈴薯，把它們放回空鍋裡，擱在爐邊焙乾，露西幫海狸太太將裝盤的鮭魚放到桌上，於是幾分鐘後，每個人都拉開凳子坐下（除了擺在爐火前的海狸太太專用搖椅外，海狸家的凳子全是三條腿的），準備開懷大嚼。桌上有一罐香醇的牛奶，這是給孩子們的（海狸先生堅持喝啤酒），中央還有一塊超大的深黃色奶油，所有人吃馬鈴薯時，想用多少就能用多少，每個孩子都覺得——我也覺得——什麼都比不上半小時前還活蹦亂跳、半分鐘前才離開煎鍋的上好淡水魚。他們吃完魚之後，海狸太太又出人意料地從烤爐裡端出一個超大、熱氣騰騰、香濃黏稠的果醬蛋糕捲，同時將水壺挪到火爐上，這樣他們吃完蛋糕卷的時候，茶也差不多備好，可以倒在杯中飲用了。等到每個人都喝完自己的茶時，他們各自把凳子往後推，靠在牆上，心滿意足地長長舒了一口氣。

「好了，」海狸先生推開空啤酒杯，將他的茶拉到面前，說：「請你們稍等一下，等我把菸斗點上，放鬆一下……嗯，現在咱們可以說正事了。又下雪了，」他瞥了一眼窗外，又說：「這樣更好，因為這表示我們不會有任何訪客上門。如果有人想跟蹤你們，他也找不到任何足跡了。」

08 晚餐後發生的事

「現在，」露西說：「請告訴我們圖姆納斯先生出了什麼事。」

「啊，真不幸。」海狸先生搖搖頭說：「真是非常、非常不幸的事。毫無疑問，他被警察帶走了。我是從一隻鳥兒那裡知道的，牠親眼目睹他被帶走了。」

「但是他被帶到哪裡去了呢？」露西問。

「嗯，最後看見他們的人說，他們是往北邊去了，我們都知道那代表什麼。」

「不，**我們**不知道。」蘇珊說。海狸先生非常沮喪地搖了搖頭。

「恐怕那表示他們把他帶到她家去了。」他說。

「那他們會怎麼對待他，海狸先生？」露西倒吸一口氣問。

「唉，」海狸先生說：「很難說。被抓進那裡去的，沒幾個能出來。都成了石像。他們說——她的庭院裡、樓梯上和大廳裡，全擺滿了石像。她把人都變成……」他停下來打了個寒顫：「……都變成石頭了。」

「但是，海狸先生，」露西說：「我們難道不能……我是說，我們**必須**想辦法救他啊。這太可怕了，而且全是我害的。」

「親愛的，我相信你要是有辦法，一定會去救他的，」海狸太太說：「但是沒有經過她的同意，你不可能有機會進入她家，還活著出來。」

「我們不能想點計策嗎？」彼得說：「我是說，我們不能裝扮一下，假裝是——小販或什麼的——或躲在一旁監視，等到她出門，或者……噢，見鬼了，一定有**什麼辦法**的啊。這個人羊冒著自己生命的危險救了我妹妹啊，海狸先生。我們不能就這樣丟下他，讓他變成……變成……現在的慘況啊。」

「沒有用的，亞當之子。」海狸先生說：「就算**你們**所有的人一起行動也沒有用的。不過，現在阿斯蘭已經開始行動……」

「噢，對！快告訴我們阿斯蘭的事！」他們異口同聲說；再一次，那股猶如春天生機初現，彷彿好消息來臨的感覺，再度籠罩了他們。

「阿斯蘭是誰？」蘇珊問。

「阿斯蘭？」海狸先生說：「你們竟然不知道？他是君王。是整座森林的王，但他不常在這裡，你們明白吧。我這輩子，還有我父親那一輩，都沒見他來過。可是我們聽到傳聞說他已經回來了。他現在就在納尼亞。他會徹底解決白女巫。只有他才能解救圖姆納斯先生，而不是你們。」

「她不會把他也變成石頭嗎？」愛德蒙說。

海狸先生哈哈大笑回答：「我主慈愛啊，亞當之子，這話說得太不用腦子了！把**他**變成石頭？如果她在他面前能正視他的臉，還能雙腳站穩不發抖，她就夠了不起了，而且比我所想的更了不起。不，不。他會使一切歸回正軌，像一首古老的詩歌所說的：

阿斯蘭降臨，是非得以重申，
他的怒吼響起，悲傷不再有，
他亮出利齒，冬日走到盡頭，
他振起長鬃，將有春天復臨。

「你們見到他之後就會明白了。」

「我們會見到他嗎？」蘇珊問。

「唉，夏娃之女，那正是我帶你們來這裡的目的。我打算帶你們去見他。」海狸先生說。

「他是……是人類嗎？」露西問。

「阿斯蘭是人類？」海狸先生嚴肅地說：「當然不是！我告訴你們，他是這座森林的王，是偉大的『海外大君王』的兒子。你們難道不知道誰是百獸之王？阿斯蘭是一頭獅子——**獨一無二**的偉大獅王。」

「噢！」蘇珊說：「我還以為他是個人。那接近他……安全嗎？想到要見一頭獅子，我就忍不住緊張。」

「親愛的，不緊張才怪呢。」海狸太太說：「要是有人能在阿斯蘭面前雙膝不發抖，那他們若不是比大多數人都勇敢，就是笨蛋。」

「所以在他面前不太安全嗎？」露西說。

「安全？」海狸先生說：「你難道沒聽見海狸太太告訴你的嗎？誰提到安全來著？他當然令人膽戰，但他很良善。我告訴過你，他是君王。」

「我很想見他，」彼得說：「就算見到他的當下我會感到害怕，也沒關係。」

「沒錯，亞當之子。」海狸先生說著，把手爪「砰」的一聲重重拍在桌上，震得杯盤碗碟咔嗒作響。「你們會見到他的。我已經收到通知，如果可以，你們明天到『石桌』與他會面。」

「『石桌』在哪裡？」露西問。

「我會告訴你們。」海狸先生說：「它在這條河的下游，離這裡有點遠，我會帶你們去！」

「但是，可憐的圖姆納斯先生怎麼辦？」露西說。

「你們救他最快的方法是去見阿斯蘭。」海狸先生說：「只要阿斯蘭與我們在一起，那麼，我們就可以開始行動了。這並不是說我們不需要你們。因為另一首古老的詩歌是這麼說的：

當亞當的骨肉
坐上凱爾帕拉維爾的王座，
邪惡時代必將終結。

「現在他來了，你們也來了，所以苦日子想必快要結束了。我們聽說阿斯蘭從前來過納尼亞——很久很久以前，沒人說得清楚是什麼時候。不過，你們人類從來沒有在這裡出現過。」

「海狸先生，這就是我不明白的地方。」彼得說：「我的意思是，女巫自己不是人類嗎？」

「她很希望我們相信她是人類，」海狸先生說：「她也因此自封為女王，但她不是夏娃之女。她是你們先祖亞當的——（海狸先生說到這裡，鞠了一個躬）——你們先祖亞當的第一任妻子（據說名叫莉莉絲[1]）的後裔。莉莉絲是個靈魔[2]。那女巫的一半血統來自於她。女巫的另一半血統來自巨人族。不，不，那女巫身上沒有一丁點真正的人類的血統。」

「所以她才會壞到骨子裡去，海狸先生。」海狸太太說。

「一點也沒錯，海狸太太。」他回答說：「關於人類，也許存在正反兩種看法（我無意冒犯在場的人），但是對那些看似人類、實非人類的東西，不會有兩種看法。」

「我認識一些善良的矮人。」海狸太太說。

「既然你說到這點，我也認識幾個啊，」她丈夫說：「但是善良的極少，他們是最不像人類的。聽我的勸告，一般而言，只要遇到快要變成人但還不是人，或曾經是人但現在不是人，或應該變成人但沒變成人的生物，你們都要當心，趕緊把武器備好。那就

1 莉莉絲（Lilith）：猶太民間故事中的惡魔角色，一般認為她的名字和形象來自於美索不達米亞的惡魔莉莉圖，此名的意思通常被譯為「夜之怪」。在十世紀成書的聖經外典《本司拉的知識》中記載，莉莉絲是亞當的第一個妻子，世界上第一個女人。在猶太教文學中，她是上帝用泥土所造的，卻因不願伏在亞當之下而離開伊甸園。亞當向上帝訴苦，於是上帝抽出亞當的肋骨創造了夏娃代替她。莉莉絲也被記載為撒旦的情人、夜之魔女，也是法力高強的女巫。

2 靈魔（Jinn）：阿拉伯神話中一種超自然、可變為人或獸的怪物。《一千零一夜》中有許多與靈魔有關的故事。

是為什麼女巫總是注意有沒有人類來到納尼亞。她已經這樣提防你們很多年了，要是她知道你們是四個人，那就更危險了。」

「這和人數有什麼關係？」彼得問。

「這就要說到另一個預言。」海狸先生說：「在凱爾帕拉維爾——就是位於這條河出海口海岸上的那座城堡，如果按照原本該有的情況，它應該是這個王國的首都——在凱爾帕拉維爾城堡中有四個王座，納尼亞自古以來有個傳說，當兩個亞當之子和兩個夏娃之女坐上這四個王座時，不但白女巫的統治會終結，她也會喪失性命。這就是為什麼我們一路上必須小心，因為如果她知道你們四個人來了，你們的性命將眨眼消失，比我甩一下鬍子還快！」

孩子們一直聚精會神聆聽海狸先生的敘述，有很長一段時間沒注意其他的事。就在他講完最後一段話，所有人全都靜默無語時，露西突然說：

「哎呀……愛德蒙到哪裡去了？」

一陣可怕的沉寂，然後所有人開始互相追問：「最後看到他的是誰？他不見多久了？他在外頭嗎？」接著他們全都衝到門口，向外張望。大雪持續下個不停，水潭已經覆上一層厚厚的白毯，暗綠色的冰面消失了，從小屋所在的水壩中央朝兩邊望去，幾乎看不見任何一邊的河岸。他們走到屋外，踏進高過腳踝的鬆軟新雪裡，繞著屋子朝四面八方找。他們邊找邊喊：「愛德蒙！愛德蒙！」喊到嗓子都啞了，但寂靜落下的大雪似乎掩蓋了他們的聲音，他們連一個回聲也沒聽見。

最後，他們在絕望中回到屋子裡，蘇珊說：「這真是太可怕了！我好希望我們從來沒來過這裡。」

「海狸先生，我們現在該怎麼辦？」彼得說。

「怎麼辦？」海狸先生已經邊說邊穿上雪靴：「怎麼辦？我們片刻都耽擱不得，必須馬上出發。」

「我們最好分成四支搜索小隊，」彼得說：「各自朝不同方向去找。誰找到他就立刻回到這裡來，並且……」

「搜索小隊？」海狸先生說：「亞當之子，要搜索小隊做什麼？」

「當然是去找愛德蒙啊！」

「沒必要去找他。」海狸先生說。

「你這話是什麼意思？」蘇珊說：「他不可能走遠。我們必須找到他。你說不用去找他是什麼意思？」

「不用去找他的原因，」海狸先生說：「是我們已經知道他去哪裡了！」所有人全詫異的瞪著他。「你們還不明白嗎？」海狸先生說：「他去**她**那裡了，去找白女巫了。」

他背叛了我們所有的人。」

「噢，是嗎……噢，我確定他不可能那麼做！」蘇珊說。

「他不會那麼做嗎？」海狸先生緊盯著三個孩子說，所有他們想要辯護的話到嘴邊都停了下來，因為每個人心裡突然都非常確定，這的確是愛德蒙會幹的事。

「但是，他認得路嗎？」彼得說。

「他之前來過這個王國嗎？」海狸先生問：「他曾經單獨來過嗎？」

「對。」露西說，聲音小得幾乎聽不見：「恐怕他來過。」

「他告訴過你們他見了誰或做了什麼嗎？」

「呃，沒有，他沒說。」露西說。

「那麼，記住我的話，」海狸先生說：「他已經見過白女巫，並加入她那一邊，也被告知她住在哪裡。我之前不想提這件事（畢竟他是你們的兄弟），但是我一看到你們這位兄弟時心裡就想，他『不可靠』。他臉上有一種跟女巫相處過、吃過她東西的人才會有的神情。只要你在納尼亞住得夠久，你就能認出來；他們的眼神不一樣。」

「儘管如此，」彼得用近乎哽咽的聲音說：「我們還是得去找他。就算他是個小畜生，畢竟他是我們的兄弟。何況他還只是個孩子。」

「去白女巫的家找嗎？」海狸太太說：「你還不明白嗎？救他也好，救你們自己也好，唯一的可能就是離她遠遠的。」

「這話怎麼說呢？」露西說。

「唉，她就想把你們一網打盡（凱爾帕拉維爾城堡中的那四個王座，讓她寢食難安）。只要你們四個一起走進她家，她就大功告成了——你們還來不及開口說話，她的收藏就會多了四座石像。可是如果她手裡只有他一個人，她就會讓他活著，因為她會想用他當誘餌來抓你們其他幾個。」

「噢，難道**沒有人**能幫助我們嗎？」露西悲痛地說。

「只有阿斯蘭。」海狸先生說：「我們必須出發去見他。如今這是我們唯一的機會了。」

「我親愛的孩子們，在我看來，」海狸太太說：「知道他是**什麼時候**溜走的，十分重要。他能透露多少消息給她，取決於他聽到多少。比如，在我們開始談論阿斯蘭之前，他就走了嗎？如果還沒談，那我們的情況就好得多，因為她不會知道阿斯蘭已經來到納尼亞，也不會知道我們要去跟他會面；在**這種**情況下，她會疏於防範。」

「我們談論阿斯蘭的時候，我不記得他在不在……」彼得開口說，但露西馬上打斷了他。

「噢，他在。」她難過地說：「你忘了嗎？他還問女巫能不能把阿斯蘭變成石頭？」

「天啊，他確實問過。」彼得說：「他確實喜歡問這樣的問題。」

「愈來愈糟了，」海狸先生說：「下一個問題是，當我告訴你們，和阿斯蘭會面的地點是『石桌』時，他還在不在場？」

當然，沒有人能回答這個問題。

「因為，如果他在場，」海狸先生繼續說：「那麼，她只要駕著雪橇朝那個方向前進，在我們和『石桌』之間等待，就能在我們走到半路時攔截我們。這麼一來，我們就聯繫不到阿斯蘭了。」

「不過，我看她不會先這麼做，」海狸太太說：「那不像她做事的方式。她只要一聽愛德蒙說你們都在這裡，就會在今晚趕過來抓我們。如果愛德蒙是在半小時前溜走的，那麼她再二十分鐘左右就會到達這裡了。」

「你說得對，海狸太太。」她丈夫說：「我們必須立刻全部撤離。刻不容緩。」

09 在女巫家

現在，你當然想知道愛德蒙的情況，對吧。他吃完了他那份餐點，但是並沒有真正享用它，因為他一心想著土耳其軟糖——黑魔法食物讓人眷戀，它對正常美食品味所造成的破壞，沒有什麼比得上。他也聽到了所有人的談話，同樣不感興趣，因為他總想著其他人都不在意他，還設法冷落他。其實他們沒有這麼做，這全是他自己想像的。因此他後來就默默聽著，直到海狸先生告訴他們阿斯蘭的事，直到他聽完他們要去「石桌」與阿斯蘭會面的整個計畫。就是那時候，他開始悄悄側過身子，緩緩移動到門簾後面。因為他一聽到阿斯蘭的名字就感到莫名的恐懼，就像這個名字為其他人帶來神祕又美好的感覺。

就在海狸先生複述「亞當的骨肉」古詩時，愛德蒙悄無聲息地轉動門把；就在海狸先生開始告訴他們白女巫不是真正的人類，而是半靈魔半巨人的混血兒時，愛德蒙已走到屋外雪地裡，小心翼翼把身後的門關上。

就算到了這時候，你也千萬別認為愛德蒙很壞，以為他想把自己的兄弟姊妹都變成石頭。他確實很想吃土耳其軟糖，想當王子（日後成為國王），並想報復罵他畜生的彼得。至於女巫會怎麼對待其他人，他確實不希望她對他們太好——當然不能讓他們獲得與他同等的待遇；但他設法相信，或假裝相信，女巫不會真的對他們做出很壞的事。「因為，」他對自己說：「所有這些說她壞話的人都是她的敵人，說不定有一半是假話。無論如何，她真的對我相當好，比他們對我都好。我希望她是真正合法的女王。無論如何，她都比那個可怕的阿斯蘭好多了。」至少這是他心裡為自己正在做的事所找的藉口。不過這不是一個非常好的藉口，因為在他內心深處，他完全知道白女巫又壞又殘酷。

當他走出屋外，發現自己置身紛飛的大雪中時，他首先意識到自己把大衣忘在海狸先生家裡了。當然，這時不可能再回去拿了。其次，他注意到天快黑了。他們坐下吃飯時已差不多三點，冬天的白晝又特別短。他沒估算到這一點；現在他只能盡量利用最後這一點天光了。他豎起衣領，拖著腳步走過壩頂（幸好下雪之後壩頂不那麼滑了），前往河的對岸。

當他抵達河岸時，情況十分糟糕。隨著時間的流逝，天色愈來愈暗，再加上四周飛舞的雪花，他幾乎看不見三英尺外的景物。還有，地上根本沒有路。他前進時不停滑進積雪裡，在一個個冰凍的水坑上打滑，被倒下的樹幹絆倒，滑下陡峭的斜坡，小腿被各種岩石擦破，最後整個人又濕又冷，身上到處瘀青。寂靜和孤單實在可怕。事實上，如果不是他正好對自己說：「等我當上納尼亞的國王，第一件事就是修幾條像樣的路。」我認為他有可能放棄整個計畫，回去向其他人承認錯誤，與他們重修舊好。當然，這個當上國王並且能做所有其他事的念頭鼓舞了他，令他大為振奮。就在他心裡剛想好自己要擁有什麼樣的宮殿、有多少輛汽車，還有私人電影院的種種設備、主要的鐵路該經過那些地方、該制訂什麼法律來對付海狸和水壩，並對約束彼得的計畫進行最後修訂的時候，天氣突然變了。先是雪停了。接著颳起一陣風，天氣變得冰冷刺骨。最後，濃密的雲層滾滾散去，月亮出來了。那是一輪滿月，月光使白雪熠熠生輝，每樣東西都亮得如同白晝——只有那些陰影令人困惑。

如果不是他來到另一條河邊時正好月亮出來，他永遠也找不到路。你還記得（他們剛到海狸家時）他看到一條小河往下流，匯入下方的大河。現在他來到了這條小河邊，轉向沿河往上走，但小河流經的小山谷比他剛離開的山谷更陡峭，也更多岩石，並且長了太多灌木，他在黑暗中根本無法穿越。即使這時有月光，他也很快就弄得一身濕，因為他必須彎身穿過樹枝下方，樹枝上的團團積雪就會滑落到他背上。每次積雪落到他背上，他心裡就益發痛恨彼得——彷彿這一切全是彼得害的。

最後，他總算來到地勢較平坦的地方，山谷也變得開闊。就在那裡，在河對岸離他不遠處，就在兩座山丘之間一小片平原的中央，他看見一棟建築，認為那必定是白女巫的房子。這時月光比先前更明亮。那房子其實是一座小城堡，看起來全是塔樓，小塔樓都有像針一樣長而尖銳、鋒利的塔頂，看起來就像一頂頂巨大的巫師帽，或讓搗蛋學生戴的圓錐高帽子。塔樓在月光下閃閃發亮，長長的陰影落在雪地上，看起來很詭異。愛德蒙開始對那棟房子感到害怕。

可是現在想回頭已經太遲了。他橫過結冰的河面，朝那棟房子走去。萬籟俱寂，四周毫無動靜；就連他的雙腳踏在深深的新雪裡也毫無聲響。他一直往前走，沿著房子轉過一個又一個牆角，經過一座又一座的塔樓，想找到門。直到繞了一大圈之後，他才找到位在背面的門。那是一個巨大的拱門，兩扇鐵門大開。

愛德蒙躡手躡腳走到拱門邊，朝裡面的庭院張望，他看到的景象差點使他心跳停止。就在大門一進去的地方，在明亮的月光照耀下，有一頭巨大的獅子蹲伏著，似乎準備隨時躍起。愛德蒙站在拱門的陰影中，嚇得雙膝打顫，既不敢前進，又害怕退後。他在那裡站了很久，即使沒有嚇得牙關打顫，這時也凍得牙關打顫了。我不知道這情況究竟持續了多久，但愛德蒙感覺像過了好幾小時。

最後，他開始納悶那頭獅子為什麼一直蹲伏著不動——從他第一眼看見牠後，牠連一英寸都沒挪移過。愛德蒙冒險走近了一點，但仍盡可能讓自己藏在拱門的陰影中。這時他從獅子蹲立的方位看出來，牠根本不可能看見他。（「但是萬一牠回頭怎麼辦？」愛德蒙想。）事實上，牠正緊盯著另一個東西——一個站在離牠四英尺遠、背對牠的小矮人。「啊哈！」愛德蒙想：「當牠撲向那個小矮人的時候，我就有機會逃開了。」但是那頭獅子依舊不動，小矮人也是。這時愛德蒙才忽然想起來，其他人說過白女巫會把人變成石頭。說不定這只是一頭石獅子。他一想到這點，就注意到那頭獅子的背上和頭頂都覆滿積雪。那想必就只是一座石像啊！活的動物才不會讓自己身上蓋滿積雪。於是愛德蒙鼓起勇氣，非常緩慢地朝獅子走去，他的心狂跳，就像要爆開似的。即便到了這一刻，他也不敢摸牠；不過，他最後還是伸出手，飛快地摸了一下。那是冰冷的石頭。他竟然被一座石像嚇得半死！

愛德蒙大大鬆了一口氣，儘管天氣還是那麼冷，他卻突然從頭到腳都暖了起來，與此同時，他腦中浮現了一個絕妙的念頭。「也許，」他想：「這就是他們都在說的那隻偉大的獅子阿斯蘭。她已經抓到他，並且把他變成石頭了。所以，他們對他懷抱的一切美好想法就**這麼**完蛋了！呸！誰會怕阿斯蘭啊？」

他站在那裡得意洋洋的打量那頭石獅子，隨後做了一件非常無聊又孩子氣的事。他從口袋裡掏出一截鉛筆頭，在獅子的上唇畫上兩撇鬍子，然後又在它眼睛上畫了一副眼鏡。然後他說：「哈！老笨蛋阿斯蘭！當一座石像的滋味怎麼樣啊？你一直覺得自己很威風，是吧？」但即使這偉大的石獸遭人亂畫一通，那張在月光下朝前凝視的臉，看起來依舊非常可怕、非常哀傷，也非常高貴。愛德蒙並未因為嘲弄它而獲得真正的樂趣。他轉身離開，開始穿過庭院。

當他走到庭院中央時，他看見四周有十幾座石像——東一座西一座散置，就像下棋下到一半時棋盤上散放的棋子。有石頭薩堤爾、石狼、石熊、石狐狸，還有各種貓科動物的石像。有幾座很可愛的石像看起來像女人，但其實是樹精。有一座石像是身形雄偉的人馬，有一座是飛馬，還有一個身軀長而柔軟的生物，愛德蒙認為是龍。它們佇立在庭院裡，看起來十分奇怪，在明亮清冷的月光中栩栩如生，卻又絲毫不動，讓人在走過庭院時有點毛骨悚然的感覺。庭院的正中央聳立著一座巨大的石像，看起來像個男人，但高大如樹木，而且長相凶猛，一臉蓬亂的鬍子，右手握著一根大棒子。雖然愛德蒙知道那只是一個石頭巨人，不是活的，他還是不想從那石像旁邊經過。

這時，他看見一道昏暗的光線從庭院對面的一扇門透出來。他朝光線走去；那裡有一排石階往上通往那扇打開的門。愛德蒙爬上石階，門前橫臥著一匹巨狼。

「沒事，沒事。」他不停自言自語說：「那只是一匹石狼。它沒辦法傷害我的。」

他抬起腳來打算從它身上跨過去。那頭巨獸猛然起身，背上的毛全豎了起來。他張開血盆大口，咆哮著說：

「是誰？是誰在那裡？站住，陌生人，告訴我你是誰。」

「對不起，先生，」愛德蒙嚇得渾身顫抖，幾乎說不出話來：「我名叫愛德蒙，我是亞當之子，前幾天曾在森林裡和女王陛下見過面，我來給她報信，我的兄弟姊妹現在來到納尼亞了——就在離這裡很近的海狸夫婦家裡。她……她想要見見他們。」

「我會去稟報女王陛下。」巨狼說：「我不在的時候，你若想要命，就乖乖站在門口別動。」然後他很快進屋裡去了。

愛德蒙站在那裡等著，手指凍得很痛，心也不住狂跳。過了一會兒，那匹叫做毛格林姆的大灰狼——也就是女巫的祕密警察頭子——跳著跑回來，說：「進來！進來！幸好女王喜歡你——其他人可沒這麼幸運。」

愛德蒙走了進去，經過巨狼時非常小心，以免踩到他的爪子。

他發現自己來到一個狹長昏暗、有許多柱子的大廳，廳裡就像庭院一樣到處都是石像。最靠近門的是一座臉上神情非常悲傷的小人羊石像，愛德蒙不由自主猜想，這可能就是露西的朋友。整個大廳中只有一盞燈，白女巫就坐在燈旁邊。

「女王陛下，我來了。」愛德蒙說著，迫不及待衝上前。

「你竟敢獨自前來？」女巫說話的聲音很可怕：「我不是告訴過你，要把其他人一起帶來？」

「請您原諒，陛下，」愛德蒙說：「我已經盡力了。我已經把他們帶到這附近。他們就在大河水壩頂上的那棟小屋裡，和海狸先生、海狸太太在一起。」

女巫臉上慢慢浮現出一抹殘酷的微笑。

「這就是你要告訴我的所有消息？」她問。

「不，陛下。」愛德蒙說，然後把離開海狸家前聽到的全都告訴她。

「什麼！阿斯蘭？」女王大叫：「阿斯蘭！是真的嗎？如果我發現你對我說謊……」

「請陛下原諒，我只是重複他們所說的話。」愛德蒙結結巴巴地說。

不過女王已經不理會他了，她拍了拍手，上次愛德蒙見過的女王身邊的小矮人立刻出現。

「快把雪橇備好，」女巫下令：「要用沒有鈴鐺的鞍具。」

10 咒語開始破解

現在，我們必須回來看看海狸先生、海狸太太以及三個孩子。海狸先生一說：「刻不容緩。」所有人立刻起身，紛紛裹上大衣，只有海狸太太例外。她拿起一些袋子放在桌上，說：「海狸先生，現在幫我把那塊火腿取下來。這裡有一包茶，還有糖和一些火柴。你們誰幫我到角落那個瓦罐裡拿兩、三條麵包過來。」

「你**在**幹什麼啊，海狸太太？」蘇珊喊道。

「給每個人收拾一包東西，親愛的。」海狸太太非常冷靜地說：「我們要出遠門，你不認為我們該帶些吃的嗎？」

「但是我們沒時間了啊！」蘇珊邊說邊把大衣的領子扣上：「她可能隨時會到。」

「我也是這麼說的。」海狸先生贊同說。

「你們別胡說了，」他妻子說：「海狸先生，用你的腦袋想想，她至少還要一刻鐘才會到這裡。」

「但是，如果我們想比她先趕到『石桌』，」彼得說：「不是愈早出發愈好嗎？」

「你要知道，海狸太太，」蘇珊說：「**重要的是**她到這裡一看，發現我們都走了，一定會用最快的速度來追我們的。」

「她一定會的，」海狸太太說：「但是不管我們怎麼趕，我們都不可能比她先到，因為她乘雪橇，而我們是走路的。」

「那……我們豈不是沒希望了？」蘇珊說。

「好了，別大驚小怪的，乖孩子，」海狸太太說：「去那個抽屜裡拿六條乾淨的手帕過來。當然我們還有希望。我們無法趕在她**之前**到達，但我們可以保持隱蔽，走她意料之外的路，說不定我們就能順利到達。」

「一點也沒錯，海狸太太。」她丈夫說：「現在我們該上路啦。」

「**你**也別開始大驚小怪，海狸先生，」他妻子說：「好了，這樣好多了。這裡有五包東西，最小的一包給我們當中最小的拿：親愛的，這包是你的。」她看著露西補充說。

「噢，求求你快點吧。」露西說。

「嗯，我差不多準備好了。」海狸太太終於說，並讓她丈夫幫她穿上雪靴：「我想，帶著縫紉機走會太重吧？」

「是的，它**是**很重。」海狸先生說：「重得要命。我想，你不會認為我們在趕路的時候能用上它吧？」

「一想到那個女巫會亂動我的縫紉機，砸壞它或偷走它之類的，」海狸太太說：「我就受不了。」

「噢，拜託拜託，求求你，快點吧！」三個孩子說。於是他們終於動身，全部走出屋子，海狸先生鎖上了門（他說：「這會拖延她一點時間。」），然後他們把各自的一包東西揹在肩上出發。

他們啟程時，雪已經停了，月亮也出來了。他們排成一列縱隊前進，最前面是海狸先生，然後是露西、彼得、蘇珊，最後是海狸太太。海狸先生帶他們穿過水壩，走上河的右岸，再沿著岸邊樹林中一條非常崎嶇不平的小路往下走。河谷兩岸高聳的山壁在月光下閃閃發光。「我們盡可能走下面，」海狸先生說：「她只能走上面，因為雪橇沒辦法下來這裡。」

如果是坐在舒服的扶手椅上透過窗子往外看，這確實是一幅很美的景象；即便是在目前的情況下，露西一開始還是很享受這些美景。可是，隨著他們不斷往前走啊走，走啊走，她感覺自己揹的袋子愈來愈重，也開始懷疑自己能不能跟上其他人。她不再看著炫目耀眼的冰凍河流和結冰的瀑布，也不再看樹頂的團團白雪、極其皎潔的月亮和滿天燦爛的繁星，她只盯著海狸先生的那雙小短腿在她前面啪嗒、啪嗒、啪嗒地穿過雪地，彷彿永遠也不會停下來。隨後，月亮不見了，雪又開始下起來。最後，就在露西實在太過疲累，幾乎就要一邊走一邊打瞌睡時，突然發現海狸先生偏離河岸朝右走，帶他們爬上陡峭的斜坡，走進非常茂密的灌木叢裡。接著她徹底清醒過來，發現海狸先生鑽進了山坡上的一個小洞裡，那個洞幾乎完全被灌木叢蓋住，只有來到洞口前才會看見。事實上，當她明白怎麼回事時，海狸先生已經只剩一條又短又扁的尾巴露在外面了。

露西立刻彎下身子跟在他後面爬進去。然後她聽見背後響起一陣爬行和喘氣的聲音，不一會兒，他們五個都進入洞裡了。

「這是什麼地方？」彼得的聲音響起，在黑暗中聽起來又疲憊又黯淡。（我希望你明白我說聲音聽起來很黯淡是什麼意思。）

「這是海狸用來避難的老地方，」海狸先生說：「這是個大祕密。這裡雖然簡陋，但我們總得睡幾個鐘頭休息一下。」

「我們出發時，你要是沒那麼大驚小怪地拚命催，我就會帶幾個枕頭過來了。」海狸太太說。

露西心裡想，這個洞和圖姆納斯先生舒適的石洞比起來差多了，就是一個地面泥土乾燥的地洞而已。洞非常小，所以當他們都躺下來時，全都緊緊靠在一起，再加上長途跋涉走得全身發熱，所以這麼擠著也還挺舒服的。要是這洞的地面能再平一點就好了！接著，海狸太太在黑暗中傳遞一個小瓶子，每個人都喝了一點——它讓人嗆咳出聲，喉嚨感覺火辣辣的，不過一旦吞下後，它也讓你感覺全身暖和無比，所有人都一下子就睡著了。

露西感覺才睡了一分鐘就醒了（事實上已經過了好幾個小時了），她覺得有點冷，渾身僵硬，心裡好想去洗個熱水澡。接著，她感覺一撮長鬍鬚撩得臉頰好癢，然後看見了從洞口透進來的清冷日光。緊接著她就完全清醒過來了，其他人也一樣。事實上，他們全都驚坐起來，目瞪口呆地聽著昨晚埋頭趕路時一直想著（有時還會在想像中聽見）的聲音。那是鈴鐺響動的叮噹聲。

海狸先生一聽見那聲音，立刻像閃電般鑽出地洞。也許你想的跟露西當時想的一樣，覺得這麼做很蠢，但其實他的舉動很明智。他知道外面長滿灌木叢和樹梅，自己可以爬到坡頂卻不被看見；他現在最想知道的是女巫的雪橇往哪個方向走。其他人都坐在地洞裡等著，猜測著。他們等了大約五分鐘，接著聽見了把自己嚇得半死的聲音。他們聽見了說話聲。「完了。」露西想：「他被發現了。她逮到他了！」過了一會兒，他們聽到海狸先生在洞外喊他們的聲音，大吃一驚。

「沒事了。」他喊道：「出來吧，海狸太太。出來吧，亞當的子女。沒事了。不是

她！」這話顛三倒四的，不過海狸一興奮起來，說話就會這樣；我是指在納尼亞——在我們的世界裡，他們根本不說人話。

於是，海狸太太和孩子們匆匆爬出地洞，在明亮的日光下個個拚命眨眼睛。他們身上都是泥土，全都看起來渾身髒兮兮的，不但蓬頭垢面，而且睡眼惺忪。

「快上來！」海狸先生大喊道，他高興得手舞足蹈：「快上來看看！這對女巫真是狠狠一擊！看來她的法力已經開始崩潰了。」

「你**到底**在說什麼啊，海狸先生？」彼得氣喘吁吁地說。他們所有人一起爬上河谷陡峭的斜坡。

「我不是告訴過你嗎？」海狸先生回答：「她把這裡變成永遠都是冬天，卻沒有耶誕節。我確實告訴過你吧？嗯哼，現在過來看看吧！」

於是他們全爬上了坡頂，也都看見了。

那**的確**是一輛雪橇，**的確**是幾隻戴著配有鈴鐺的鞍具的馴鹿，但牠們比女巫的馴鹿高大得多，而且是褐色的，不是白色的。雪橇上坐著一個大家一眼就能認出來的人。他是個很高大的男人，身上穿著鮮紅色的袍子（鮮紅如冬青樹的果子），頭戴內襯毛皮的風帽，一把濃密的長鬍鬚像飽含白沫的瀑布般垂落胸前。大家都認識他，雖然你只能在納尼亞見到這樣的人物，但你在我們的世界——衣櫥這一邊的世界——看過他們的畫像，聽說過他們的事蹟。不過，當你在納尼亞王國真正看見他們時，他們其實很不一樣。在我們的世界裡，有些圖片把耶誕老人畫得只剩滑稽和逗笑。現在，孩子們真正站在那裡看著他時，他們發現他跟圖片很不一樣。他非常高大、非常開心、非常真實，他們全都靜了下來。他們感覺非常開心，不過同時也很莊嚴肅穆。

「我終於來了。」他說：「她把我擋在外面好多年了，但是我終於進來了。阿斯蘭已經開始行動。女巫的魔法正在減弱。」

露西感到一股喜悅的顫慄從頭直竄到腳，這只有你在身心肅穆又沉靜的時候才會感覺到。

「現在，」耶誕老人說：「該給你們禮物了。海狸太太，這裡有一臺全新的、更好的縫紉機要給你。我經過你家時會送進屋裡。」

「很抱歉，先生，」海狸太太行了個屈膝禮說：「門鎖上了。」

「門鎖和門栓對我都不是問題。」耶誕老人說：「至於你，海狸先生，等你回到家，你會發現你的水壩已經完工並改善了，所有漏水的地方都補好了，還裝上了新的閘門。」

海狸先生欣喜萬分，張大了嘴，卻發現自己半天說不出話來。

「亞當之子，彼得。」耶誕老人說。

「是，先生。」彼得說。

「這些是給你的禮物，」耶誕老人說：「它們是工具，不是玩具。恐怕你很快就要用到了。好好帶著它們吧。」說完之後，他交給彼得一面盾牌和一把劍。盾牌是銀色的，上面是一隻像人一樣站立著的紅獅子，顏色鮮紅如剛採下的成熟草莓。那把劍的劍柄由黃金鑄成，配有劍鞘、劍帶及一切所需配件，它的尺寸和重量剛剛好適合彼得使用。彼得沉默又莊重地接下這些禮物，因為他覺得這是一份非常嚴肅的禮物。

「夏娃之女，蘇珊，」耶誕老人說：「這些是給你的禮物。」然後他交給她一張弓、一個裝滿箭的箭袋，以及一個象牙製的小號角。「只有在情況十分危急的時候，你才能使用弓箭。」他說：「因為我無意讓你去打仗。這弓箭能輕易命中目標。還有這只號角，當你放在唇邊吹響時，無論身在何處，我想你都會獲得援助。」

最後，他說：「夏娃之女，露西。」露西走上前去。他給她一個看起來像玻璃製的小瓶子（不過後來有人說那是鑽石做的），還有一把小匕首。「這個瓶子裡裝的甘露，」他說：「是從生長在太陽山脈中的火焰花汁液裡提煉出來的。如果你或你的朋友受了傷，只要幾滴甘露就能讓他們康復。這把匕首是讓你在危急時防身用的，因為你也不該上戰場。」

「為什麼呢，先生？」露西說：「我想……我不知道，不過我想我足夠勇敢。」

「那不是重點，」他說：「當女人也參戰時，那樣的戰爭就太丟臉了。現在，」——

說到這裡，他看起來突然不那麼嚴肅了——「我這裡還有些東西是為你們所有人準備的！」接著他拿出（我猜是從他背上的大口袋裡拿出來的，但沒有人看見他動手）一個上面擺著五套杯碟的大托盤、一碗方糖、一壺奶油，還有一個滾燙得嘶嘶作響的大茶壺。然後，他大喊道：「耶誕快樂！真王萬歲！」接著鞭子一揚，在所有人還沒回過神來之前，他們就出發了，他和馴鹿、雪橇和所有一切轉眼消失無蹤。

彼得剛把劍拔出來展示給海狸先生看，海狸太太就開口說：

「好啦，好啦！別杵在那裡只顧說話，茶都涼了。男人就是這樣。快過來幫忙把托盤端下去，我們好好吃頓早餐。感謝老天，幸好我想到把麵包刀帶來了。」

於是，他們走下陡峭的斜坡，回到地洞裡，海狸先生切了幾片麵包和火腿做成三明治，海狸太太倒好了茶，大家開始津津有味的享用早餐。不過，他們還沒吃完，海狸先生就開口說：「現在該動身上路啦。」

11 阿斯蘭快到了

這段時間，愛德蒙簡直失望透頂。當小矮人離開去準備雪橇時，他以為女巫會像上次他們碰面時那樣，開始親切和藹地對待他。可是她什麼也沒說。當愛德蒙終於鼓起勇氣開口說：「陛下，能不能請你給我一些土耳其軟糖？你……你……說……」她回答：「閉嘴，笨蛋！」接著，她似乎改變了主意，好像在自言自語，說：「要是讓這小鬼昏倒在半路上也不行。」於是她再次拍拍手，招來了另一個矮人。

「給這個人類拿點吃喝的來。」她說。

矮人離開，過了一會兒端著一個裝了清水的鐵碗和一個放著一大塊乾麵包的鐵盤回來。他把東西放在愛德蒙旁邊的地上，咧嘴露出令人厭惡的笑容說：

「給小王子的土耳其軟糖來了。哈！哈！哈！」

「拿開，」愛德蒙生氣地說：「我不吃乾麵包。」未料女巫突然轉向他，臉上的神情非常可怕，他嚇得趕緊道歉，開始一小口一小口啃那塊麵包，雖然麵包都餿了，他根本吞不下去。

「你現在還有得吃就該高興了。」女巫說。

在他很艱難地咀嚼時，第一個矮人向女巫報告雪橇已經準備好了。白女巫起身往外走，命令愛德蒙跟她一起去。他們走到院子時，雪又開始落下，但她不以為意，並叫愛德蒙上雪橇，坐在她旁邊。出發前，她叫來毛格林姆，他像隻巨大的狗蹦蹦跳跳來到雪橇旁。

「帶著你手下速度最快的狼，立刻到海狸家去。」女巫說：「不管你在那裡發現誰，全都給我殺了。如果他們已經走了，就全速趕去『石桌』，但是不要被人看見。在那裡躲好等我。這期間我得向西走好幾英里才能找到雪橇可以過河的地方。你大概能在那些人類抵達『石桌』之前追上他們。你也知道發現他們之後該怎麼做！」

「遵命，女王陛下。」那匹狼咆哮道，立即向大雪紛飛的暗夜疾奔而去，速度如奔馳最快的馬。幾分鐘後，他叫來另一匹狼，跟他一起跑下水壩，在海狸家四處嗅聞。當然，他們發現屋子已經空無一人了。如果那天晚上天氣好，那麼海狸夫婦和孩子們就不堪設想了，因為狼能追蹤他們的痕跡——十之八九能在他們抵達地洞前追上他們。可是因為又開始下雪，他們的氣味變淡，連足跡也都被雪掩蓋了。

與此同時，矮人揮鞭驅趕馴鹿出發，載著女巫和愛德蒙駛出拱門，進入寒冷的茫茫黑夜。這趟旅程對沒有大衣的愛德蒙而言真是太可怕了。他們上路還不到一刻鐘，他身體正面就覆滿了雪——他很快就不再嘗試抖掉身上的積雪，因為他才一揮掉，新的雪又覆上來，而且他已經很累了。沒多久他就全身濕透了。啊，他實在太悲慘了！這時，看起來女巫不像要他當國王了。所有他用來說服自己相信的事，比如她善良又仁慈，她這一邊才是正義又正確的一邊等等，現在聽起來都那麼愚蠢。此時此刻，他願意放棄一切去跟其他人會合——甚至跟彼得會合！現在他唯一用來安慰自己的方法是，盡力相信這整件事只是一場夢，也許他隨時會醒來。隨著他們往前趕，時間一個小時又一個小時過去，它看起來真的就像一場夢了。

這情況持續了很久，就算我一頁頁寫下去也寫不完。不過我會略過這些，直接跳到大雪停止，早晨來臨，他們在晨光中奔馳。他們仍然繼續往前趕啊趕，除了雪地不停發出的嗖嗖聲和馴鹿鞍具的嘎嘎聲，四野一片寂靜。終於，女巫說：「停！我們看看這裡有什麼？」他們停了下來。

愛德蒙多麼希望她會說關於早餐的事！但是她停下來完全是為了其他原因。前方不遠的一棵樹下有個歡樂的餐會，一隻松鼠和他太太及孩子、兩個薩提爾、一個矮人，還有一隻年老的雄狐狸，正圍著一張餐桌吃飯。愛德蒙看不太清楚他們在吃什麼，但是聞起來真香啊，桌上似乎還用冬青枝葉做了裝飾，他好像還看見一個李子布丁。雪橇停下來的那一刻，那隻顯然是其中年紀最長的狐狸正用後腳站起來，右爪握著一個玻璃杯，似乎打算說些什麼。可是當大夥兒看見雪橇停下，又看見上面坐的人，他們臉上所有的快樂神情都消失了。松鼠爸爸的叉子停在半途還沒送到嘴邊，其中一個薩堤爾停下來時叉子還在嘴裡，松鼠寶寶全嚇得吱吱叫。

「這是什麼意思？」女巫問。沒有人回答。

「快說，害蟲！」她再次問：「難道你們要我的矮人用鞭子叫你們開口？你們這樣大吃大喝，這樣奢侈浪費，這樣自我放縱，究竟是什麼意思？所有這些東西，你們是從哪裡弄來的？」

「對不起，陛下，」狐狸說：「這些東西是別人給的。請容我大膽舉杯祝賀陛下身體健康……」

「誰給你們的？」女巫說。

「耶……耶……耶……耶誕老人。」狐狸結結巴巴地說。

「什麼？」女巫大吼一聲，從雪橇上跳下來，幾個大步就走到那些嚇壞了的動物面前。「他沒來這裡！他不可能來這裡！你們好大膽子——這是絕不可能的。快承認你們說謊，我就饒了你們。」

就這時候，一隻松鼠寶寶完全失去了理智。

他用小湯匙敲著桌子吱吱尖叫道：「他來了……他來了……他明明就來了！」愛德蒙看見女巫咬緊了嘴唇，雪白的臉頰因此出現了一點血色。接著，她舉起了魔杖。愛德蒙見狀大喊：「噢，不，不，求求你不要這樣。」但就在他喊出口時，女巫已經揮動魔杖，那裡的那個快樂小團體，剎那間只剩下一個個圍坐在石桌邊的石像（其中一個石像永遠靜止在叉子舉到半途沒送進嘴裡），桌上的東西變成石頭盤子和石頭李子布丁。

「至於你，」女巫走回雪橇後朝愛德蒙的臉狠狠甩了一巴掌，說：「這是你幫奸細和叛徒求情的教訓。上路！」在這個故事裡，這是愛德蒙第一次為別人感到傷心。想到那些小石像將年復一年坐在那裡，度過無數寂靜的白晝與漫常的黑夜，直到全身長滿青苔，最後連他們的臉都崩裂損毀，就令人感到無比難過。

這時，他們再次穩穩向前奔馳。不久，愛德蒙便注意到，他們急馳時，飛濺到他們身上的雪花比昨晚濕得多。同時他還注意到自己感覺沒那麼冷了。還有，四面八方開始起霧。事實上，隨著時間過去，霧愈來愈濃，天氣也愈來愈暖和。現在連雪橇也跑得不如原來的平穩飛快。起先他以為那是因為馴鹿累了，但他很快就看出那不是真正的原因。雪橇顛簸得厲害，不時打滑、震動和搖晃，就像撞上石頭一樣。無論矮人如何鞭打可憐的馴鹿，雪橇的速度就是愈來愈慢。他們周圍也響起了奇怪的聲音，不過，雪橇行駛和顛簸震動的聲響，還有矮人對馴鹿的大聲吆喝混在一起，使愛德蒙聽不清楚那聲音是什麼。直到雪橇突然在一瞬間卡住，再也動彈不得。雪橇乍停，所有嘈雜的聲響驟停，剎時一片寂靜。在這片寂靜中，愛德蒙終於能好好聽聽另一個聲音。一個陌生、悅耳、淙淙、潺潺的聲音——說陌生也沒那麼陌生，因為他以前聽過這樣的聲音——他只是需要想起是在哪裡聽過！接著，他忽然想起來了。那是流水的聲音。雖然看不見，但他們周圍顯然有好些小溪，它們都在潺潺作聲，呢喃低語，滔滔不絕，水花飛濺，甚至（在遠處）咆哮轟鳴。嚴冬酷寒已過，冰雪融化了，當他明白過來時，他的心猛然跳動起來（雖然他不明白為什麼）。他們附近所有樹木的枝幹都開始滴嗒、滴嗒、滴嗒地滴水。接著，就在他看著一棵樹時，他看見一大團積雪從樹上滑落下來，自從他進入納尼亞王國，這是他第一次看見一棵冷杉的墨綠色枝葉。不過，他沒時間再繼續聆聽或觀看，因為女巫開口說：

「別坐在那裡發呆，笨蛋！快下去幫忙。」

當然，愛德蒙必須服從。他下了雪橇，踩進雪中——不過現在只能算是融雪的泥濘了——開始幫矮人把陷進泥坑裡的雪橇拖出來。他們最後終於成功了。矮人靠著狠狠鞭打馴鹿，再次讓雪橇往前行駛，他們又往前奔馳了一小段路。這時積雪真的全融化了，四面八方開始出現一片片的青草地。除非你像愛德蒙一樣長時間看過一個被冰封雪罩的世界，否則很難想像在一片永無止境的雪白之後，看見那些綠茵是多麼令人欣慰。接著，雪橇再次停了下來。

「不行了，陛下。」矮人說：「雪融成這樣，我們沒法行駛了。」

「那麼我們就用走的。」女巫說。

「走路的話，我們永遠趕不上他們啊。」矮人抱怨道：「何況他們先走了那麼久。」

「你是我的議員還是我的奴隸？」女巫說：「快照我的話做。把這個人類的雙手反綁起來，拉住綁他的繩子，同時也帶著你的鞭子。把馴鹿的韁繩割斷，牠們會自己找到路回家。」

矮人遵命照辦，幾分鐘後，愛德蒙就被反綁雙手，被迫以最快的速度往前走。一路上，他不停在融雪、泥漿和濕漉漉的草地上滑倒，每次他一滑倒，矮人就咒罵他，有時甚至抽他一鞭子。女巫走在矮人後面，不停催促說：「快點！快點！」

每個瞬間，青綠的草地都在變大，雪地則不斷縮小。每個瞬間，都有樹木抖落身上的雪袍。不久，無論你往哪個方向望去，眼前已經不是白雪覆蓋的各種形狀的物體，而是墨綠色的冷杉，或光禿禿的橡樹、山毛櫸和榆樹那黑刺般的枝幹了。接著，周遭白濛濛的霧逐漸轉為金色，很快就全都消散無蹤。一束束美妙的陽光穿過樹木灑落在林地上，而在頭頂上方，你可以從樹梢的間隙看見蔚藍的天空。

不久，更多奇妙的事發生了。當他們突然走過一個轉角，進入一片白樺林中的空地時，愛德蒙看見遍地開滿了小黃花——那是白屈菜。流水的聲音更響了。接著他們真的涉過了一條小溪。在溪對岸，他們看見一叢叢長出來的雪花蓮。

矮人看見愛德蒙轉頭去看那些花，惡狠狠地猛拽了一下繩子，說：「別東張西望！」

不過，這當然無法阻止愛德蒙不看。才過了五分鐘，他就注意到有棵老樹周圍長了十幾株番紅花——有金色、紫色和白色的。這時，四周傳來一種比流水更悅耳的聲音。在他們行進的小徑旁，在距離很近的地方，樹枝上有隻鳥兒突然啁啾鳴叫。不遠處另一隻鳥兒立刻吱喳回應。接著，彷彿這是個信號似的，四面八方剎時間響起一片啁啁啾啾、唧唧喳喳的鳥叫聲，不一會兒便交織成一首歌，而且在五分鐘之內，整個樹林就響遍了鳥兒的樂曲。愛德蒙無論把眼睛轉向哪裡，都能看見各種鳥類棲息在樹枝或飛過頭頂，有些互相追逐嬉戲，有些在拌嘴吵鬧，還有的用鳥喙整理自己的羽毛。

「快點！快點！」女巫說。

此時霧氣已經消散無蹤。天空變得益發蔚藍，不時還有朵朵白雲匆匆飄過。在寬闊的林間空地裡長著報春花。一陣微風吹過，帶動樹枝搖曳，灑落點點水珠，又為這些過客帶來清涼撲面的各種芬芳。樹木開始變得生機蓬勃。落葉松和白樺樹已經長出片片新綠，金鏈花也盛放出串串金黃。沒多久，山毛櫸就長出它們精緻透明的葉片。這群過客走過這些樹下時，落在身上的光線也變成綠色的。一隻蜜蜂嗡嗡飛過他們行走的小徑。

矮人突然停下腳步說：「這根本不是融雪。這是**春天**啊。我們該怎麼辦？我敢說，你的冬天已經被擊潰了！這是阿斯蘭幹的。」

「你們誰要是再敢提起那個名字，」女巫說：「我就立刻宰了他。」

12 彼得的第一場戰役

就在矮人與白女巫說這些話的時候，遠在幾英里外的海狸夫婦和孩子們，在連續走了好幾個鐘頭之後，就像是進入一個美妙的夢境。他們早已拋掉了大衣。這時候，他們甚至已經不再對彼此說：「快看！那裡有一隻翠鳥。」或「哎呀，那是風鈴草！」或「這麼香的味道是什麼啊？」或是「你聽那隻畫眉鳥的聲音！」他們安靜地往前走，陶醉其中，穿過片片溫暖的陽光，走進涼爽的綠樹叢裡，出了樹叢又走進一片寬敞且布滿青苔的林間空地，那裡有好些高聳的榆樹在頭頂撐起一片濃蔭。隨後他們走進一大片茂密的盛開紅醋栗花中，接著又置身山楂樹叢間，那香氣如此甜美，幾乎令人難以抗拒。

他們看見冬天突然消逝，整座森林在幾小時內就從一月跨進五月，就像愛德蒙一樣驚訝萬分。他們甚至無法像女巫那樣確定，這是阿斯蘭來到納尼亞就會發生的事。不過他們全都知道，是女巫下的魔咒讓這裡產生了漫長的寒冬，因此，這神奇的春天開始後，他們也全都知道女巫的陰謀出了差錯，而且是嚴重的差錯。雪融一陣子後，他們全都明白，女巫已經無法乘坐雪橇了。在這之後，他們就沒那麼急著趕路，而會讓自己多休息幾次，也休息得久一點。當然，他們這時已經很累了，不過還不到我所謂的精疲力竭的程度——他們只是動作變慢了，感覺很像在夢裡，內心十分平靜，就像一個人即將結束在外奔波一整天時的狀態。蘇珊的一隻後腳跟磨出了一個小水泡。

他們離開大河沿岸的路已經好一陣子了；他們必須稍微往右轉（也就是稍微偏南），才能抵達「石桌」所在地。儘管這不是他們原來打算走的路，但在雪融之後他們也無法繼續在河谷裡行走了，融化的雪使大河水勢迅速漲起——變成一股驚人、轟鳴作響、勢如奔雷的黃色洪流——完全淹沒了他們原來走的路。

此時太陽已經西沉，光線變得更紅，地上的影子拉得更長，花朵也都開始合攏。

「快要到了。」海狸先生說，開始帶著他們爬上山坡，穿過一片厚厚的潮濕青苔地（他們疲憊的雙腳踩上去覺得很舒服），那裡只有稀疏的參天巨樹。跋涉了一天之後，這段向上攀爬的路讓他們個個累得氣喘吁吁。就在露西心裡想，要是再不停下來好好休息一下，自己恐怕爬不上去時，他們突然**就來到了**山頂。接下來是他們看見的景象。

他們站在一片開闊的青翠草地上，往下俯瞰，除了正前方之外，全是一望無際的森林。前方，也就是東邊遠處，有什麼東西正在閃爍晃動。「天啊！」彼得低聲對蘇珊說：

「是大海！」在山頂寬闊的草地正中央，就是「石桌」。那是一塊巨大、堅硬的灰石板，由四根直立的石頭支撐著。「石桌」看起來非常古老，上面刻滿奇怪的線條和圖案，也許是某種未知語言的文字。看著那些線條圖案時，它們給你一種古怪的感覺。接著他們看見空地的一邊安紮了一座大帳棚。那美輪美奐的大帳棚——尤其這時夕陽的光輝正照在它上面——有看似黃綢的棚身、猩紅的繩索和象牙白的棚樁；棚頂高豎的旗桿上有一面旗幟迎風招展，旗上是一頭人立的紅色雄獅。從遠方大海吹來的微風也輕拂在他們臉上。他們看著這情景，突然聽見右邊傳來一陣音樂；他們轉頭望去，看見了自己前來會見的對象。

阿斯蘭站在一群生物中央，他們呈半月形圍著他。其中有拿著樂器的「樹姑娘」和「井姑娘」（在我們的世界裡，通常稱她們「森林精靈」和「水精靈」），音樂就是她們彈奏的。旁邊還有四個高大的人馬，他們的下半身像英國農莊雄偉的馬匹，上半身像嚴肅但英俊的巨人。另外還有一匹獨角獸、一隻人頭牛身獸、一隻鵜鶘、一隻老鷹和一頭巨犬。阿斯蘭左右立著兩隻豹，一隻托著他的王冠，另一隻掌著他的王旗。

至於阿斯蘭，海狸夫婦和孩子們一看見他就呆住了，不知該做什麼，或該說什麼。沒有到過納尼亞王國的人，往往會認為良善之物不可能使人感到懼怕。三個孩子如果從前曾經這樣想，現在也不再有這樣的想法了。他們想看阿斯蘭的臉，卻在瞥見那金色的鬃毛和那雙高貴威嚴、氣勢懾人的大眼睛後，發現自己不敢再正視他，並且忍不住全身顫抖。

「去啊。」海狸先生低聲說。

「不要，」彼得低聲說：「你先。」

「不，亞當之子應該在動物前面。」海狸先生低聲回應。

「蘇珊，」彼得低聲說：「你去怎麼樣？女士優先。」

「不，你是大哥。」蘇珊低聲說。當然，他們愈是拖延推搪，就愈覺得尷尬。最後彼得覺悟就是該由自己帶頭。他拔出寶劍，舉劍行禮致敬後對其他人說：「來吧，打起精神一起過去。」然後他走到獅子面前，說：

「阿斯蘭，我們來了。」

「歡迎，亞當之子彼得。」阿斯蘭說：「歡迎，夏娃之女蘇珊和露西。歡迎，海狸先生和夫人。」

他低沉而渾厚的聲音，不知為何消除了他們的不安。這時他們全都感覺既快樂又平靜，站在那裡什麼都不說也不覺得尷尬。

「第四個孩子在哪裡？」阿斯蘭問。

「噢，阿斯蘭，他想出賣他們，已經投靠白女巫了。」海狸先生說。接著彼得不由自主脫口說：

「阿斯蘭，這件事我也有錯。我對他發脾氣，我想，那使他一氣之下誤入了歧途。」

阿斯蘭一言不發，既沒有為彼得開脫，也沒有責怪他，只是站在那裡用那雙堅定的大眼睛看著他。他們全都覺得再沒有什麼可說的了。

「求求你——阿斯蘭，」露西說：「有什麼辦法可以救愛德蒙嗎？」

「盡一切努力吧。」阿斯蘭說：「但這件事可能會比你們想的更加困難。」接著他又沉默了一陣子。在這之前，露西一直認為他的臉看起來無比高貴、強大又平和；這時她卻突然覺得他看起來也很憂傷。不過，那憂傷的神情轉瞬即逝。獅子甩甩鬃毛，拍拍手掌（露西想：「要是他不懂得收爪子，這爪掌真是太嚇人了！」）說：

「現在讓我們擺桌設宴吧。女士們，請帶兩位夏娃之女到帳棚去，好好照顧她們。」

女孩們離開後，阿斯蘭用前掌——雖然爪子收起來了，但很重——按住彼得的肩頭說：「來吧，亞當之子，我帶你去遠眺一下將來你會在那裡成王的城堡。」

彼得手中仍握著出鞘的劍，跟隨獅子走到山頂的東側邊緣。一幅美景映入他們的眼簾。此時，他們背後正是夕陽西沉。也就是說，在他們下方的整片鄉野都籠罩在黃昏的霞光裡——森林、山丘和河谷，還有那如銀蛇般蜿蜒的大河下游。在這一切的數英里之外便是大海，而在大海之後的，是雲層滿布的天空，那些雲在夕陽的照耀下正轉變成玫瑰色的晚霞。不過，就在納尼亞的陸地與大海相接之處——事實上也就是大河的出海口——在一座小山丘上矗立著一個閃閃發亮的東西。它閃閃發亮是因為它是一座城堡，所有朝向彼得與夕陽的窗戶都反射著落日的光輝。彼得覺得它像一顆停留在海邊的巨大星辰。

「人類啊，」阿斯蘭說：「那就是有四個王座的凱爾帕拉維爾城堡，你將坐在其中一個王座上成為王。我讓你看它，是因為你是長子，你將成為在其他人之上的『最高王』。」

彼得再次沒有說話，因為那一刻，一個奇怪的聲音打破了寂靜。它聽起來像號角聲，但更雄渾。

「那是你妹妹的號角聲。」阿斯蘭低聲對彼得說；如果說獅子打呼嚕不算失禮的話，他的聲音低得就像貓的呼嚕聲。

彼得一時之間沒會意過來。接著，他看到所有的生物都開始朝前奔跑而來，又聽到阿斯蘭揮著手爪說：「退開！讓王子自己建立功業吧。」這下他明白了，立刻拔腿拚命奔向帳棚。到了那裡，他看見了可怕的景象。

森林精靈和水精靈四散飛逃。露西撒開小短腿拚命朝他奔來，臉色白得像紙。接著他看見蘇珊衝向一棵樹，飛身躍上了樹，在她身後追趕的是一隻巨大的灰色野獸。彼得原以為那是一頭熊。接著看牠像德國狼狗，但體型卻遠遠大過於狗。隨後他才明白，那是一匹狼——一匹用後腳站立的狼，牠的前爪撲在樹幹上，背上的毛全豎了起來，齜牙咆哮著。蘇珊停在第二根大樹枝上，沒再往上爬。她的一條腿垂了下來，因此距離那些狂咬的利齒只有一、兩英寸。彼得想不通她為什麼不爬高一點，或至少抓牢一點；接著他明白過來，她快昏過去了，如果昏過去，她就會摔下來。

彼得並不覺得自己很勇敢；事實上，他覺得自己快要吐了，但即使如此，該做的事還是得做。他對著那怪物直衝過去，揮劍砍向牠的腰側。這一劍劈空了。那匹狼如閃電般猛然轉過身來，兩眼冒火，張開血盆大口，發出憤怒的號叫。如果牠不是氣得非要長號一聲來洩恨，早就立刻撲上去咬住彼得的咽喉了。也正因為這樣——儘管一切發生得太快，彼得根本來不及思考——他正好及時俯身，使盡全力，一劍朝那猛獸的兩隻前腿之間刺進去，直入心臟。接下來是一陣可怕混亂的時刻，就像噩夢中的情景。他拚命用力戳刺拉扯，那匹狼不知是死是活，牠裸露的牙齒一直碰撞著他的前額，到處是血、灼熱的氣息和狼毛。片刻之後，他發現那頭怪獸已經死了，於是他拔回寶劍，挺直了背，抹掉臉上和眉眼上的汗，覺得整個人精疲力竭。

過了一會兒，蘇珊從樹上爬下來。她和彼得面對面時，兩個人都已經感覺非常虛弱，但不免又親又哭又抱。不過在納尼亞，不會有人覺得這麼做很丟臉。

「快！快！」阿斯蘭大喊道：「人馬！大鷹！我看見樹叢裡還有另一匹狼。在那裡——就在你們後面。他剛剛飛奔而逃了。快去追他。他會去找他的女主人。現在你們有機會找到女巫，救出第四個亞當之子。」他話才說完，立刻響起如雷似的蹄聲和翅膀鼓動聲，十幾隻速度最快的生物消失在逐漸聚攏的夜幕中。

還沒喘過氣來的彼得轉過頭，看見阿斯蘭已經來到身邊。

「你忘了把劍擦乾淨了。」阿斯蘭說。

沒錯。彼得低頭見那雪亮的劍刃上沾滿狼毛和狼血，不禁漲紅了臉。他彎腰先把劍在草地上盡量抹乾淨，然後再用他的大衣把它擦乾。

「亞當之子，把劍交給我，並且跪下。」阿斯蘭說。彼得照著做了，然後阿斯蘭以劍面拍了他一下，說：「起身吧，『狼之剋星』彼得爵士。記住，無論發生何事，永遠不要忘記把你的劍擦乾淨。」

13 來自創世之初的遠古魔法

現在我們必須回頭來看愛德蒙。他被迫走了很長的路，遠比他所知道的任何人**能**走的都長。終於，女巫在一個覆滿冷杉和紫杉的幽暗山谷裡停了下來。愛德蒙直接倒下，撲在地上什麼都不做，只要他們肯讓他這樣趴著，他甚至不在乎接下來會發生什麼事。他太累了，累到無心去想自己有多餓，有多渴。女巫和矮人在他身旁低聲交談。

「不，」矮人說：「噢，女王，現在沒用了。他們這時候一定已經到了『石桌』了。」

「也許狼會循著氣味找到我們，帶來消息。」女巫說。

「即使他找來了，帶來的也不會是好消息。」矮人說。

「凱爾帕拉維爾城堡有四個王座，」女巫說：「如果只坐了三個人呢？預言就無法實現了。」

「既然**他**都到了，那又有什麼差別？」矮人說。即使到了現在，他也不敢在他的女主人面前提起阿斯蘭的名字。

「他待不了多久的。然後，等他走了——我們就去凱爾帕拉維爾攻擊那三個人。」

「那麼最好留著這一個，」說到這裡，矮人踢了愛德蒙一腳：「用來討價還價。」

「是啊！然後讓他被救走，是吧。」女巫不屑地說。

「那麼，」矮人說：「我們最好立刻動手做該做的事吧。」

「我想在『石桌』上動手，」女巫說：「那才是適當的地方。這種事向來都是在那裡做的。」

「看來要經過很長的時間，『石桌』才能再有適當用途。」矮人說。

「確實如此，」女巫說；然後她說：「好，我要開始了。」

就在這時候，伴隨著一陣奔騰和一聲咆哮，一匹狼衝到他們面前。

「我看到他們了。他們全都在『石桌』那裡，和**他**在一起。他們殺了我的隊長毛格林姆。我躲在灌木叢裡看到所有的經過。一個亞當之子殺了他。快逃！快逃啊！」

「不，」女巫說：「不用逃。快去，召集我們所有的人馬，盡快到這裡來跟我會合。召喚巨人和狼人，還有站在我們這邊的樹精。召喚食屍鬼、骷髏怪、食人魔還有牛頭怪。召喚凶殘怪、老巫婆、亡靈和毒蕈族。我們要迎戰。怎麼了？我手裡不是還緊握著魔杖嗎？即使他們的軍隊敢上來，難道不會變成石頭嗎？快去，你離開的這段時間，我這裡還有一點小事必須完成。」

那隻巨獸鞠了躬，轉身飛奔而去。

「好了！」她說：「我們沒有桌子——讓我想想。我們最好把他綁到樹幹上。」

愛德蒙感到自己被粗暴地拽了起來。接著矮人讓他背靠著一棵樹，將他牢牢綁在樹上。他看見女巫脫掉外面的斗篷，露出底下光裸的兩條手臂，膚色白得嚇人。這個漆黑樹林籠罩的河谷實在太暗了，其他東西他幾乎都看不清楚，但她的手臂實在非常白，他才能看見它們。

「準備好祭品。」女巫說。矮人上前解開愛德蒙的衣領，將襯衫領子往外摺，露出脖子。接著他抓住愛德蒙的頭髮，把他的頭往後拉，使他不得不抬起下巴。之後愛德蒙聽到一種奇怪的聲音——嗖嗖、嗖。他一時之間想不出是什麼聲音，接著他明白了。這是磨刀聲。

就在這千鈞一髮之際，他聽見四面八方傳來嘹亮的吶喊——擂鼓似的蹄聲和翅膀的拍擊聲——女巫發出一聲尖叫——一時之間，他的周圍一片混亂。接著，他感覺自己被鬆綁了，強壯的臂膀抱住了他，幾個洪亮又和善的聲音七嘴八舌地說著：

「讓他躺下……給他一點酒……把這個喝了吧……現在躺著別動……你馬上就會好多了。」

接著他又聽到七嘴八舌的說話聲，不過不是對著他，而是相互交談。他們說了些這類的話：「誰抓到女巫了？」「我以為你抓到她了。」「我打掉她手上的刀以後就沒見到她……我在追矮人……你是說她逃走了？」「……一個人不可能同時操心所有事……那是什麼？哦，對不起，只是個老樹樁！」不過聽到這裡，愛德蒙就昏過去，完全不省人事了。

不一會兒，人馬、獨角獸、鹿和鳥（當然，他們就是上一章裡阿斯蘭派出的救援隊）就帶著愛德蒙一起動身返回「石桌」去了。不過，如果他們能看見他們走了之後山谷裡發生的事，我想他們恐怕會大吃一驚。

一片死寂中，月亮變得更明亮了；如果你在場，你會看到月光照在一截老樹樁和一塊相當大的鵝卵石上。不過如果你繼續看，你會逐漸覺得這樹樁和石頭都很古怪。接著你會覺得樹樁看起來很像一個矮胖的男人蹲在地上。如果看的時間足夠長，你會看見樹樁走到大石頭旁，接著石頭坐起來，開始跟樹樁講話；事實上，樹樁和石頭就是女巫和矮人變的。把事物變成另一種模樣，是她能施展的法術之一，當她的刀被擊落的那一剎那，她鎮定地施展了這種魔法。她一直握著她的魔杖，所以它也得以保全。

第二天早晨，當其他孩子醒過來（他們睡在帳棚裡的一堆墊子上），他們聽見的第一件事就是──海狸太太告訴他們的──他們的兄弟獲救了，在昨天深夜被帶回了營地，這時和阿斯蘭在一起。他們一吃完早餐就出了帳棚，帳棚外，他們看見阿斯蘭和愛德蒙遠離其他的隨從，一起在露水晶瑩的草地上散步。我不必告訴你們（也從來沒有人知道）阿斯蘭說了些什麼，但這是愛德蒙終生不忘的一次對話。當三個孩子走近時，阿斯蘭轉過身，帶著愛德蒙一起迎接他們。

「你們的兄弟回來了，」他說：「還有……沒有必要再對他提起過去的事。」

愛德蒙分別與其他人握手，一一對他們說：「對不起。」每個人都說：「沒關係。」接著，每個人都非常想說點什麼——說點日常的、自然的話——來清楚表達他們與他重新和好，結果當然沒有人能夠想出什麼話來說。不過，就在他們快開始感到尷尬時，一隻豹來到阿斯蘭面前，說：

「陛下，有敵方的使者請求覲見。」

「讓他過來。」阿斯蘭說。

豹子離開，很快領著女巫的矮人回來。

「大地之子，你帶來什麼口信？」阿斯蘭說。

「納尼亞的女王暨孤獨群島的女皇希望獲得安全的保證，前來與你會談，」矮人說：「討論一件對你和她雙方都有利的事。」

「納尼亞的女王，真敢說！」海狸先生說：「簡直太厚顏無恥……」

「安靜，海狸，」阿斯蘭說：「萬物很快就會重新正名，各歸其主。眼前我們不必為此爭論。大地之子，去告訴你的女主人，我會保證她的安全，條件是她將魔杖留在那棵大橡樹那裡。」

矮人同意了，兩頭豹隨著矮人回去，監督事情依照要求執行。「但是萬一她把兩頭豹變成石頭呢？」露西小聲對彼得說。我想豹本身也想到了這一點；總之，他們離開時背上的毛都豎起來，尾巴也都炸毛——就像貓見到陌生狗兒時的樣子。

「沒問題的，」彼得小聲回答：「要不然他不會派牠們去的。」

幾分鐘後，女巫本人走上了山頂，逕直走到阿斯蘭面前站住。三個孩子沒見過她，這時看見她的臉，都感到背脊發寒；在場的所有動物也發出低聲咆哮。雖然陽光明媚，每個人都突然覺得冷了起來。現場只有兩個人看起來很自在，那就是阿斯蘭和女巫自己。看見那兩張臉——金色的臉和慘白色的臉距離如此之近，感覺真的很怪。海狸太太特別注意到，女巫並未直視阿斯蘭的眼睛。

「你這裡有個叛徒，阿斯蘭。」女巫說。當然，在場的每個人都知道她指的是愛德蒙。不過，愛德蒙經歷過這一切，還有早上和阿斯蘭談過話後，已經不再只顧著自己了。他只是繼續注視著阿斯蘭。女巫說什麼似乎都無關緊要。

「嗯，」阿斯蘭說：「但他背叛的並不是你。」

「你忘了『遠古魔法』嗎？」女巫說。

「就當是我忘了，」阿斯蘭嚴肅地回答：「告訴我們這『遠古魔法』是什麼吧。」

「告訴你們？」女巫說，聲音忽然變得更加尖厲：「告訴你們你我身邊立著的這張『石桌』上寫了什麼內容嗎？告訴你們『奧祕山』的燧石上深深鐫刻的文字是什麼意思嗎？告訴你們『海外大君王』的權杖上刻了什麼嗎？你至少知道『大君王』在太初之始為納尼亞立下的『魔法』吧。你知道每個叛徒都歸我，是我的合法獵物，每當背叛發生，我都有權處死背叛者。」

「噢，」海狸先生說：「我明白了。你是『大君王』的劊子手——所以你才自我幻想是個女王。」

「安靜，海狸。」阿斯蘭說著，發出一聲很低的咆哮。

「所以，」女巫繼續說：「那個人類是我的。他的生命是應當由我沒收的東西。他的鮮血是我的財產。」

「那你就來拿啊。」人頭牛身獸大吼著說。

「笨蛋，」女巫露出野蠻凶狠的笑容，幾乎咆哮著說：「你真以為你的主人能夠只憑武力就奪走我的權利？他很清楚『遠古魔法』是什麼。他知道，除非我按照『律法』所規定的取得叛徒的性命，否則整個納尼亞就會在烈火與大水中覆滅。」

「確實如此，」阿斯蘭說：「我不否認。」

「噢，阿斯蘭！」蘇珊在獅子的耳邊低聲說：「我們難道不能——我是說，你不會這麼做的，對吧？我們難道不能破解『遠古魔法』嗎？你有沒有辦法可以對付它？」

「對付『大君王』的魔法？」阿斯蘭說著，轉過頭來看她，神情像是皺著眉頭。於是，再也沒有人敢向他提出那樣的建議了。

愛德蒙站在阿斯蘭的另一側，始終看著阿斯蘭的臉。他感覺有什麼堵在胸口，心想自己是不是該說些什麼；但一會兒之後，他覺得自己沒有插嘴的餘地。他只能等著，並按照吩咐去做就好。

「你們全都退下吧，」阿斯蘭說：「我要單獨和女巫談談。」

他們都遵命退下。接下來這段時間非常難熬——獅子和女巫低聲認真商談，所有人只能等待和胡思亂想。露西說：「噢，愛德蒙！」然後開始哭起來。彼得背對其他人站著，眺望著遠方的大海。海狸夫婦低垂著頭，緊握著彼此的手爪。人馬不安地跺著四蹄。不過，最後所有人都完全靜下來，因此連最小的聲音都能聽得到，例如一隻大黃蜂飛過，或山下樹林裡的鳥鳴，或風吹樹葉的沙沙細響。阿斯蘭和白女巫仍在繼續說話。

終於，他們聽見阿斯蘭說：「你們可以過來了。」他說：「我已經把問題都解決了。她宣布放棄索取你們兄弟的性命。」整個山頭響起一陣騷動聲，彷彿每個人都屏住氣息，這時才又開始呼吸，然後低聲交談。

女巫一臉狂喜轉身要走，突然又停下來說：

「但是我怎麼知道你會履行這項承諾？」

「嗷……啊……吼！」阿斯蘭大吼，從他的王座上半站起身來；他那巨大的嘴愈張愈大，吼聲也愈來愈響。女巫張大嘴呆看了半晌，拉起裙子飛快逃命去了。

14 女巫的勝利

女巫一走，阿斯蘭就說：「我們必須立刻離開這裡，這地方另有其他用途。今晚我們在貝魯納淺灘紮營。」

當然，所有人都非常想知道他是怎麼跟女巫把事情談妥的；但他的神情很嚴肅，他的吼聲還在每個人耳中轟隆作響，因此沒有人敢去問他。

在山頂的開闊處吃過飯後（那時已經豔陽高照，草地都曬乾了），他們忙了一陣子，拆掉帳棚，打包物品。兩點鐘不到，他們便出發朝東北方前進，因為目的地不遠，他們走得從容愉快。

在前半段路程中，阿斯蘭向彼得說明他的作戰計畫。「女巫一完成她在這些地方的事，」他說：「她八成會和手下返回老巢，準備發動圍攻。你也許有機會攔截她，不讓她返回城堡。」接著，他概述了兩種作戰計畫——一個是在森林中和女巫及其黨羽交戰，另一個是攻擊她的城堡。他一直不停指導彼得如何領軍行動，比如說些「你必須把你的人馬部屬在這幾處地方」，或「你必須派一些偵察兵去注意她的動向」等等，最後彼得終於忍不住說：

「但是，阿斯蘭，你也會在場啊。」

「我不能保證我也會在。」獅子回答，然後繼續給彼得更多指點。

在後半段的行程，和他同行的主要是蘇珊和露西。他沒怎麼說話，她們感覺他似乎很憂傷。

不到傍晚，他們就來到一處河谷開展、河面寬闊、河水清淺的地方。這就是貝魯納淺灘，阿斯蘭下令在這河的這一岸紮營，但彼得說：

「到對岸紮營不是更好嗎？以免萬一她想在夜間偷襲之類的。」

阿斯蘭似乎在想其他事，這時抖了抖他華麗的鬃毛，回過神來說：「呃？你說什麼來著？」彼得又重複了一遍。

「不，」阿斯蘭以一種消沉、彷彿無關緊要的聲音說：「不會的。她不會在今晚發動攻擊。」然後他深深歎了口氣，但隨即又說：「能這樣考慮周全是對的。戰士就該這樣多方考慮。不過，真的不要緊的。」於是，他們開始紮營。

那天傍晚，阿斯蘭的情緒影響了所有的人。彼得想到自己將獨自領軍作戰，也感到非常不安；阿斯蘭可能不會親自參戰的消息，對他真是晴天霹靂。所有人在沉默中吃完晚飯。每個人都感覺這晚的氣氛和昨晚甚至今天早上都大不相同。彷彿美好的時光才剛開始，就已經接近尾聲。

這種感覺嚴重影響了蘇珊，她就寢後一直睡不著。她躺在床上翻來覆去，數羊數了半天，然後聽到身邊的露西在黑暗中翻個身，長歎一口氣。

「你也睡不著嗎？」蘇珊問。

「對。我還以為你已經睡著了。」露西說：「我說，蘇珊！」

「什麼事？」

「我有一種不祥的預感……好像我們即將大難臨頭似的。」

「你也這麼覺得？因為，事實上，我也這麼覺得。」

「事情跟阿斯蘭有關。」露西說：「如果不是有很壞的事會發生在他身上，就是他要去做很可怕的事。」

「整個下午他都很不對勁。」蘇珊說：「露西！他說打仗時他不會在，是什麼意思？你想，他會不會在今天晚上拋下我們偷偷溜走？」

「他現在在哪裡？」露西說：「他在這個帳棚裡嗎？」

「我想他不在這裡。」

「蘇珊！我們到外面去看看，說不定能見到他。」

「好吧。我們走，」蘇珊說：「反正這樣躺著也沒什麼用。」

兩個女孩在黑暗中躡手躡腳，摸索著經過其他熟睡的同伴，悄悄出了營帳。此時皓月當空，萬籟俱寂，只聽見河水從石頭上潺潺流過。蘇珊突然抓住露西的手臂說：「你看！」在營地遠處，就在樹林的邊緣，她們看見獅子正緩緩離開眾人，進入樹林裡。她們不發一語，立刻跟了上去。

他領著她們爬上離開河谷的陡峭山坡，然後朝稍微偏右的方向走——這顯然是她們當天下午從「石桌山丘」過來時走的那條路。他領著她們不斷往前走，進入黑暗的陰影裡，走出蒼白的月光下，她們的雙腳都被濃重的露水打濕了。不知為何，他看起來跟她們認識的阿斯蘭不大一樣。他垂著頭，拖著尾巴，步伐緩慢，彷彿非常、非常疲倦。隨後，當他們穿過一片開闊、沒有陰影可以讓她們藏身的空地時，他停下腳步轉過身來。她們知道這時跑也沒有用，於是直接朝他走去。她們來到他跟前時，他說：

「唉，孩子們，孩子們，你們為什麼要跟著我？」

「我們睡不著。」露西說——接著她確信自己什麼都不用再說了，她們所思所想的一切，阿斯蘭都知道。

「求求你，無論你要去哪裡，請讓我們跟你一起去好嗎？」蘇珊問。

「嗯……」阿斯蘭說著，考慮了一會兒，然後說：「我很高興今晚有人陪伴。好，如果你們能夠保證，在我叫你們停下來時你們就停步，讓我獨自離開，那麼你們就可以跟我去。」

「噢，謝謝你，謝謝你。我們保證聽話。」兩個女孩說。

他們又繼續往前走，兩個女孩分別走在獅子兩旁。不過，他走得真是慢！他那巨大高貴的頭低垂著，鼻子都快碰到草地上了。沒多久，他腳下一個踉蹌，忍不住發出低低的呻吟。

「阿斯蘭！親愛的阿斯蘭！」露西說：「你怎麼了？能不能告訴我們？」

「親愛的阿斯蘭，你是不是生病了？」蘇珊問。

「沒事，」阿斯蘭說：「我只是悲傷又孤單。你們把手放在我的鬃毛上吧，這樣我就能感覺到你們的陪伴，然後讓我們就這樣往前走。」

兩個女孩打從看見他的第一眼開始就渴望這麼做，但是沒經過他的允許，她們一直不敢冒犯；現在，她們把自己冰冷的手埋進他美麗又濃密的鬃毛裡，輕輕撫摸他，伴隨他往前走。不久，她們知道自己隨著他爬上了山坡，而「石桌」就在這座山丘上。他們從樹林最茂密也最接近「石桌」的那一側上山，等他們走到最後一棵樹（周圍還長了好些灌木叢）時，阿斯蘭停下腳步，說：

「噢，孩子們，孩子們。你們必須停在這裡。無論發生什麼事，都要躲好，別讓人看見你們。再會了。」

兩個女孩哭得非常傷心（雖然她們不明白原因何在），她們緊緊貼住獅子，親吻他的鬃毛、鼻子、手爪，以及他悲傷的大眼睛。接著，他轉身離開她們，走出樹林，走上山頂。露西和蘇珊蹲伏在灌木叢中目送著他。接下來是她們看見的景象。

「石桌」周圍站著一大群人，雖然月光明亮，仍有許多人拿著火把，燃燒著看起來很邪惡的紅色火焰，傳出一團團黑煙。可是，看看那群人有多怪異！滿口獠牙的食人魔、惡狼、牛頭人身怪、邪惡樹精和毒草精，還有其他一些怪物我就不描述了，因為我要是寫了，說不定大人就不讓你們看這本書了——凶殘怪、老巫婆、夢魔、幽靈、惡醜怪、火魔、惡靈、獸人、石怪和雙頭巨人。事實上，所有這些站在女巫身邊的黨羽，就是惡狼奉她的命令召集來的。女巫本人就站在「石桌」旁，站在這一大群人的正中央。

這一大群妖魔鬼怪看見雄偉的獅子朝自己走過來時，全嚇得語無倫次驚聲號叫，有那麼一刻，連女巫都忍不住感到驚恐。接著她恢復鎮定，發出一陣尖聲狂笑。

「笨蛋！」她大喊道：「笨蛋來了。把他牢牢捆起來。」

露西和蘇珊屏住了呼吸，等候阿斯蘭發出怒吼並朝他的敵人撲過去。可是，阿斯蘭沒這麼做。四個老巫婆咧嘴獰笑，斜眼看著他，雖然一開始有些躊躇，對自己要做的事感到有點害怕，但還是畏畏縮縮地走近他。「快把他捆起來！」白女巫再度下令。四個老巫婆朝他衝過去，發現他毫不反抗後，發出得意的尖叫。接著，其他人——邪惡的矮人和猿猴——都衝上去幫她們。眾人將巨大的獅子推倒在地，令他四腳朝天，然後把他的四足捆在一起。他們歡呼叫囂，彷彿做了什麼英勇的事。事實上，獅子要是願意，只要一掌就能使他們全部斃命。但是他一聲不吭，就連敵人拖他捆他，將繩子勒得死緊，勒進他的皮肉裡，他都沒有出聲。接著，他們開始把他拖向「石桌」。

「慢著！」女巫說：「先把他的鬃毛剪了。」

隨後一個食人魔拿著大剪刀走上前，在阿斯蘭的頭旁蹲下，她的爪牙們又爆出另一陣惡毒的狂笑。大剪刀咔嚓、咔嚓、咔嚓響，大把大把金色的鬈毛開始落在地上。等食人魔起身退開，兩個躲在隱蔽處的孩子看見阿斯蘭的臉因為少了鬃毛而變小了，而且看起來很不一樣。敵人也看出了這個差別。

「哎呀，他就只是一隻大貓咪嘛！」有人喊道。

「我們過去竟然會怕**那個**東西？」另一個說。

他們一擁而上圍住阿斯蘭，譏笑他，說了這類的話：「咪咪，咪咪！可憐的咪咪。」或是「蠢貓，你今天抓了幾隻老鼠啊？」還有「小貓咪，你想要喝一碟牛奶嗎？」

「天啊，他們怎麼**可以**這樣？」露西說著，湧出的眼淚流下了臉頰。「這些壞蛋，大壞蛋！」乍看的震驚過去之後，阿斯蘭那張沒有鬃毛的臉，這時在她看來顯得更勇敢、更美麗，有著前所未有的忍耐與寬容。

「給他戴上嘴套！」女巫說。即使到了這一刻，在他們忙著為他戴嘴套時，他只要張開嘴，就能一口咬下他們兩、三隻手來，但他依然動也不動。這似乎激怒了那群烏合之眾。所有人都撲了上去。那些在他被捆起來之後還是害怕靠近他的生物，也開始鼓起勇氣撲上去，沒一會兒，兩個女孩就看不見他了——他被一眾魔怪團團圍住，他們對他又踢又打，不停吐唾沫，譏笑羞辱他。

最後，這群暴徒肆虐夠了，開始又推又拉，把這隻五花大綁又上牢嘴套的獅子拖向「石桌」。他實在太巨大，當他們把他拉到「石桌」旁後，又費了好一番力氣才把他抬上桌面，接著又捆上一大堆繩子，並打了許多死結。

「這些懦夫！懦夫！」蘇珊啜泣著說：「到了這種時候，他們還那麼怕他嗎？」

等到阿斯蘭被牢牢綁在石板上（已經把他捆得像一大團繩索了）後，在場群眾一下子變得鴉雀無聲。四個老巫婆拿著火把，站到桌子的四角。女巫像昨天晚上對付愛德蒙時一樣，裸露出雙臂，接著開始磨刀，但這次的對象是阿斯蘭。在閃爍的火光照映下，兩個孩子看見那把刀不是鋼鐵打造的，而是石刀，刀的形狀十分怪異和邪氣。

終於，她走上前，站在阿斯蘭的頭旁邊。她激動得臉都抽搐扭曲了，但他只是望著天空，依舊十分平靜，既不生氣也不恐懼，只是有些哀傷。接著，就在她下手之前，她俯下身來用顫抖的聲音說：

「現在，你說誰贏了？笨蛋，你以為你這麼做，就能拯救那個人類叛徒嗎？現在，我會依照我們的協定，讓你代替他死，如此一來，那『遠古魔法』的要求就能獲得滿足。但是等你死了以後，還有什麼能攔住我去殺他？**屆時**還有誰能把他從我手中救出去？你明白了吧，你已經把納尼亞永遠交給我了，你犧牲了自己的生命，卻沒有救他一命。你就帶著這些認知絕望而死吧。」

兩個孩子沒有真正目睹屠殺的那一刻。她們蒙上眼睛，不忍看下去。

15 太初之前更古老的魔法

兩個女孩仍雙手掩面，蹲在灌木叢中，突然聽見女巫大聲喊道：

「好了！大家跟著我去把這場戰爭的後半段打完！現在這個大笨蛋，這隻大貓已經死了，不用多久，我們就可以碾碎那些人類害蟲和叛徒。」

這時，這兩個孩子有幾秒鐘處於極大的危險之中。因為那一大群卑鄙的烏合之眾發出一陣狂野的吶喊、吹響尖銳的風笛和刺耳的號角之後，便從山頂橫衝直闖而下，正好經過她們藏身的山坡。她們感覺幽靈像一陣陰風從身旁颳過，大地在牛頭怪奔跑的雙腳下震動；接著頭頂上方一陣疾風掃過，那是一群黑壓壓的禿鷹和巨型蝙蝠的醜惡翅膀掀起的。若在平日，她們早就嚇得發抖了，但是現在她們滿心都是阿斯蘭的死所帶來的悲傷、羞愧與驚駭，根本忘了害怕。

等樹林裡一靜下來，蘇珊和露西立刻悄悄爬出灌木叢，走上開闊的山頂。月亮已經低垂，幾片薄雲從她面前掠過，但是她們仍能看見獅子全身捆滿繩索，橫死在石板上的身影。她們兩人跪倒在濕漉漉的草地上，親吻他冰冷的臉，撫摸他美麗的鬃毛——還有部分殘留了下來——放聲慟哭，直到再也流不出眼淚。隨後她們望著彼此，僅僅因為孤單而緊握住對方的手，再次哭了起來；然後又是一陣寂靜。最後露西開口說：

「看見那個可怕的嘴套讓我難受。不知道我們能不能把它解下來？」

於是她們開始動手。兩人費了好一番功夫才成功解下嘴套（因為她們的手指都凍僵了，這時又是長夜裡最黑暗的時刻）。當兩人看見他裸露出來的臉，忍不住又放聲慟哭。她們親吻他，撫摸他，同時盡可能擦乾淨他臉上的血跡和白沫。那種更孤單、更絕望且更駭人的情景，我真不知道該如何描述。

過了一會兒，蘇珊說：「不知道我們能不能解開他身上的繩子？」但是，那群敵人純粹出於惡毒之心而把繩索捆得極緊，兩個女孩根本解不開那些死結。

我希望閱讀本書的人，都不曾經歷蘇珊和露西這晚所經歷的痛苦；不過，如果你曾經歷過——如果你曾經徹夜不眠，慟哭到再也流不出一滴淚水——你就會知道，最後你會感覺到一種平靜。你會覺得再也不會有事情發生了。無論如何，這就是她們兩人當時的感覺。在這一片死寂中，時間一小時又一小時地流逝，她們幾乎沒感覺到自己愈來愈冷。不過，最後露西還是注意到兩個不尋常的地方。一個是山丘東邊的天際沒有幾個鐘頭前那麼黑了。一個是她腳邊的草地上有些小東西在動。起初她對這些變化和動靜毫無興趣。那又怎麼樣？現在什麼都無所謂了！不過，不管那是什麼東西，她終於還是注意到它們開始爬上「石桌」的桌腳。接著，那些小東西開始在阿斯蘭身上爬來爬去。她湊近細看，是一些灰色的小生物。

「呃！」蘇珊從「石桌」的另一邊說：「真可惡！有一群討厭的小老鼠爬到他身上了。走開，你們這些小壞蛋。」她舉起手來想把牠們嚇走。

「等一下！」一直仔細盯著牠們的露西說：「你看出來牠們在做什麼了嗎？」

兩個女孩都彎下腰，目不轉睛看著。

「我真不敢相信……」蘇珊說：「但真是太奇怪了！牠們正小口小口地啃繩子！」

「我也這麼認為。」露西說：「我認為牠們是好老鼠。可憐的小東西……牠們不明白他已經死了，牠們以為解開繩子能讓他好受一點。」

這時，天色確實更亮了。兩個女孩第一次注意到彼此的臉色有多麼蒼白。她們能看清楚那些小老鼠繼續在啃咬；有好幾十隻，甚至上百隻的小田鼠在忙著。最後，那些繩索終於一根接著一根全被咬斷了。

東邊天際這時已經泛白，星星開始隱沒——只有接近東方地平線的附近還有一顆碩大的星星閃亮著。她們感覺更寒冷了，比之前整夜更冷。那些小田鼠都悄悄爬走了。

兩個女孩把咬斷的繩索從阿斯蘭身上清理掉。少了繩索，阿斯蘭看起來比較像他原來的模樣了。隨著天色漸亮，她們也看得更清楚，他那張沒有生命的臉愈來愈顯得高貴。

她們背後的樹林裡傳來咯咯一聲鳥啼。經過數小時的寂靜，這聲音把她們倆都嚇了一跳。接著有另一隻鳥啁啾和鳴。不一會兒，整座山頭都是小鳥鳴唱的歌聲。

此時，黑夜已經過去，黎明到來了。

「我好冷啊。」露西說。

「我也是。」蘇珊說：「我們起來走動一下吧。」

她們走到山頂東側的邊緣，往下俯瞰。那顆碩大的星星已經差不多消失了。整個鄉野看起來一片灰暗，再過去，在這鄉野的盡頭，是灰白的大海。天空開始轉紅。她們在死去的阿斯蘭和東邊山脊之間來來回回走了數不清多少趟，只為了讓身體暖和起來；噢，還有，她們走得腿痠死了。終於，她們停下片刻，朝著大海和凱爾帕拉維爾城堡（現在她們可以辨識出它的輪廓了）眺望時，海天交界處的地平線開始由紅轉成金黃，朝陽也慢慢冒出了頭。就在這時候，她們聽見背後傳來一聲巨響——一個震耳欲聾的巨大爆裂聲，就像有個巨人摔破了一個巨大的盤子似的。

「那是什麼聲音？」露西說著，緊緊抓住蘇珊的手臂。

「我……我不敢回頭去看，」蘇珊說：「有可怕的事情發生了。」

「他們在對**他**做更惡劣的事。」露西說：「走！」她轉身，拉得蘇珊也跟著轉身。

太陽的升起使萬物都變了模樣——所有的顏色和陰影都變了，以至於她們一時之間沒看見最重大的變化。接著，她們看到了。那聲巨響是「石桌」從頭到尾裂成了兩半；阿斯蘭不見了。

「噢，噢，噢！」兩個女孩大喊，朝「石桌」衝了過去。

「噢，真是**太**糟糕了。」露西嗚咽著說：「他們連屍體都不放過。」

「是誰幹的？」蘇珊大喊：「這是什麼意思？又是魔法嗎？」

「是的！」她們背後響起一個宏亮的聲音說：「這是更高深的魔法。」她們轉過身去。阿斯蘭站在那裡，昂頭甩動他的鬃毛（已經全都長回來了），在朝陽中全身閃閃發亮，個頭比她們之前所見的更巨大。

「噢，阿斯蘭！」兩個孩子大叫，仰頭瞪大眼睛看著他，心裡又高興又害怕。

「親愛的阿斯蘭，你不是死了嗎？」露西說。

「現在不是了。」阿斯蘭說。

「你該不是……不是個……？」蘇珊以顫抖的聲音問。她鼓不起勇氣說出**鬼**這個字。阿斯蘭低下他滿是金色鬃毛的頭，舔了舔她的前額。他溫暖的氣息和充盈在毛髮中的那股濃郁氣味，立刻籠罩她整個人。

「我看起來像鬼嗎？」他說。
「噢，你是真的，你是真的！噢，阿斯蘭！」露西喊道，兩個女孩一起撲到他身上，拚命親吻他。
「可是，這到底怎麼回事呢？」當她們都平靜下來之後，蘇珊問。
「事情是這樣的，」阿斯蘭說：「雖然女巫知道有『遠古魔法』，但是她不知道還有一個更古老的魔法。她的知識只能回溯到太初，時間之始。可是如果她能知道得更久遠一點，能進入太初之前的那片寂靜與黑暗中，她就會知道，那裡還有一個不同的咒語。她會知道，如果有一個不曾背信忘義的無辜者自願代替叛徒而死，那麼，『石桌』就會斷裂，死亡就會倒轉，死者會重新復活。現在……」
「噢對。現在呢？」露西樂得跳上跳下拍著手說。
「噢，孩子們，」獅子說：「我感覺我的力氣已經恢復了。噢，孩子們，看看你們能不能抓到我！」他在原地站了片刻，抖動四肢，雙眼炯炯發亮，尾巴左右大力甩動，拍打在身上。接著，他縱身一躍，越過她們頭頂，落在「石桌」的另一邊。露西大笑著爬過「石桌」去追他，雖然她不明白自己為什麼笑。阿斯蘭又跳走了。一場瘋狂的追逐嬉戲就此展開。他帶著她們在山頂上跑了一圈又一圈，有時遠得讓她們完全追不上，有時又近得讓她們幾乎可以抓到他的尾巴，有時俯身從她們中間竄過去，有時又用他收起爪子的美麗大掌將她們拋到空中再接住，這時，他出其不意地停下來，使得他們仨全撞成一團，哈哈大笑著一起滾倒在地，只見一堆毛啊胳臂啊腿啊滾成一團。除了在納尼亞，別處不可能見到與獅子這樣嬉鬧；而這到底像是在跟暴風雨玩耍，還是跟小貓咪玩耍，露西也說不清楚。有趣的是，最後他們仨一起躺在陽光下喘息時，兩個女孩絲毫不覺得累，也不覺得餓或渴。

「好了，」過了一會兒阿斯蘭說：「該辦正事了。我要大吼了，你們最好用手指把耳朵塞住。」

她們照做了。阿斯蘭起身，他張開嘴咆哮時，臉變得非常可怕，她們都嚇得不敢看他。她們看見他前方所有的樹，都像草原上遭到風吹的草一樣，在咆哮的氣浪中彎下了腰。然後他說：

「我們有一段很長的路要走。你們得騎在我背上才行。」他趴下身子，兩個孩子爬到他溫暖、金色的背上，蘇珊坐在前面，雙手抓緊鬃毛，露西坐在後面，緊緊抱著蘇珊。她們感覺整個人猛一起伏，他起身了，接著便如疾箭射出，比任何奔馬更快，眨眼衝下山丘，進入濃密的森林中。

這趟騎行，或許是她們在納尼亞經歷過最美妙的事。你曾經策馬飛奔過嗎？不妨在腦海中想像一下，然後試著去掉沉重嘈雜的馬蹄聲和馬口銜的叮噹響，換成巨大腳掌幾乎無聲的輕悄腳步聲。然後再把或黑或灰或栗色的馬背換成柔軟起伏的金毛，以及在風中朝後飛揚的獅鬃。接著，再想像你行進的速度是最快的賽馬的兩倍，但是你的坐騎不需要你引領方向，也永遠不會感到疲憊。他不停向前奔馳，從未失腳，也從未遲疑，一路上以完美無瑕的技巧在樹幹之間穿梭，縱身越過灌木、荊棘和小溪，涉過河流，泅泳過最大的一條河。你不是騎乘在道路上或公園裡，甚至不是在丘陵上，你是在春意盎然的時節裡橫越納尼亞王國，奔過成排山毛櫸的莊嚴大道，橫過陽光普照的橡樹林間空地，穿過枝頭雪白的野生櫻桃樹果園，經過咆哮轟鳴的瀑布、長滿苔蘚的岩石、回聲臭臭的山洞，爬上風很強勁但長滿一簇簇金雀花叢的山坡，越過長滿石南的山巒的山肩，沿著令人頭暈的山脊奔跑，再一路不斷往下衝、衝、衝，再次進入荒莽的河谷，出了河谷後走進遍野盛放的藍色花海。

將近正午時分，他們來到一個陡峭的山坡上，向下俯瞰著一座似乎全是尖塔構成的城堡——從他們所在的地方望去，它看起來就像一個小玩具城堡。可是獅子以驚人的高速往下衝，因此城堡每分每秒都在變大，她們還沒來得及想到這是什麼地方，就已經來到面對它的平地上了。這時，它陰森聳立在他們面前，看起來已經不像玩具城堡了。城垛上不見守衛，城門也緊閉著。然而，阿斯蘭像一顆子彈似的朝它直衝過去，一點也沒放慢腳步。

「這就是女巫的巢穴！」他喊道：「孩子們，注意抓緊了。」

下一刻，整個世界似乎顛倒過來，兩個孩子感覺自己的五臟六腑一下子全被甩到了背後；因為獅子這蓄滿全力的騰空一躍，比他以往任何一次跳躍都更高——說飛還更恰當——直接飛越過城牆。兩個女孩驚詫得幾乎停止了呼吸，但是毫髮無傷。她們從獅子背上滾落在地，發現自己來到一個寬闊的石頭大院裡，院中擺滿了石像。

16 石像復活

「好奇特的地方！」露西喊道：「那麼多石頭動物……還有石頭人！這就像……就像個博物館嘛。」

「噓，」蘇珊說：「阿斯蘭正在忙呢。」

阿斯蘭確實正在忙。他已經躍到那頭石獅子前，朝它吹了一口氣。接著分秒未停一個旋身──簡直就像一隻追逐自己尾巴的貓──朝幾英尺外那背對獅子站立的石頭矮人（你還記得他吧）吹了一口氣。接著他躍向矮人前方一個高䠷的森林精靈石像，隨即轉身處理他右邊的一隻石兔，再衝向兩隻人馬。就在那時，露西說：

「噢，蘇珊！快看！快看那隻獅子。」

我想你應該看過有人擦亮火柴點燃壁爐裡的報紙，報紙由下方尚未燃燒的木柴撐起。剛開始似乎什麼也沒發生，接著你會注意到，有一道細小的火紋沿著報紙邊緣逐漸蔓延開來。這時的情況就像那樣。阿斯蘭朝石獅子吹一口氣後，起初它看起來毫無變化。接著，有一道細小的金色紋路開始沿著它白色大理石的背脊往後跑，接著擴散，然後就像火焰舔噬整張報紙一樣，那金色也舔遍它全身，接下來，雖然那隻獅子的後半身明顯還是石頭，但他已經開始甩動鬃毛，那些沉重的石頭皺摺全都像漣漪一般波動著，變成富生命力的毛髮。接著，他張開溫熱鮮活的血盆大口，打了一個大大的呵欠。這時，他的後腿已經恢復生命。他抬起一條後腿，幫自己搔癢。接著他看到了阿斯蘭，立刻躍過去追隨他，圍著他蹦蹦跳跳，發出喜悅的嗚咽聲，還撲上去舔他的臉。

兩個孩子的目光當然跟著那隻獅子打轉；但是她們所見的景象實在太奇妙了，因此她們很快就把**他**忘了。到處都是活過來的石像。整個庭院已經不再像個博物館，反而像個動物園。動物們跟在阿斯蘭後面跑，圍著他手舞足蹈，最後他幾乎淹沒在群眾之中。這時，繽紛的色彩也取代了庭院的一片死白：人馬光澤閃亮的栗色腰腹，獨角獸的靛青色獸角，鳥兒們色彩斑斕的羽毛，紅棕色的狐狸、狗兒和薩堤爾，穿黃襪、戴猩紅兜帽的矮人，一身銀白的白樺樹姑娘，透明嫩綠的櫸木姑娘，還有全身翠綠、幾近明黃色的落葉松姑娘。原來死寂無聲的庭院，此時迴蕩著快樂的聲音：獅吼、驢叫、犬吠、馬嘶、鳥兒咕咕聲、尖叫聲、跺腳聲、呼喊聲、歡呼聲、歌聲和笑聲。

「噢！」蘇珊以一種不同的語氣說：「快看！我想……我是說，這樣安全嗎？」

露西望過去，看見阿斯蘭正往石頭巨人的腳上吹了一口氣。

「沒事。」阿斯蘭快樂地高喊道：「一旦腳恢復了，他其餘的部分也會恢復的。」

「我不是那個意思，」蘇珊悄悄對露西說，但就算阿斯蘭明白也想聽從她的建議，這時也來不及了。變化已經蔓延到巨人的雙腿了。此時他開始挪動雙腳。一會兒後，他舉起擱在肩膀上的大棒子，揉揉眼睛說：

「我的天啊！我一定是睡著了。咦！那個在地上東奔西竄的可惡小女巫到哪去了？剛才還在我腳邊的嘛。」所有人全仰起頭，拉大嗓門大吼，對他解釋究竟發生了什麼事。巨人把手附在耳邊，要他們全部重說一遍，最後他終於明白了，然後深深鞠了個躬，頭低得都快碰到乾草堆的頂部了，同時用手連連觸碰帽簷，向阿斯蘭致敬，他誠懇的醜臉上滿滿都是笑容。（如今，無論哪一族的巨人在英國都非常罕見了，好脾氣的巨人更罕見，十個巨人裡，你難得見到一個臉上這麼笑咪咪的。這情景真的非常值得一看。）

「現在，該察看這座屋子了！」阿斯蘭說：「大家打起精神來。樓上樓下還有女巫的臥室！每一個角落都不可遺漏。有些可憐的囚犯可能被藏在你想都想不到的地方。」

他們一窩蜂衝進室內，不過幾分鐘時間，整個黑暗、可怖、腐臭的古堡裡，就處處回響著推開窗戶的聲音，還有眾人此起彼落的叫喊：「別忘了察看地牢……這道門幫我們拉一把！這裡還有一道小螺旋梯……噢！我的天啊。這裡有一隻可憐的袋鼠。快叫阿斯蘭來……呸！這裡的味道真臭……注意那些暗門……快上來！樓梯平台上還有好多！」但最棒的一刻是露西衝到樓上後大喊：

「阿斯蘭！阿斯蘭！我找到圖姆納斯先生了。噢，拜託你快來啊。」

片刻之後，露西和小人羊已經互相手拉手跳起舞來，歡喜快樂地轉了一圈又一圈。這小伙子雖然曾被變成石像，性情倒還是一樣，對露西告訴他的所有事都非常感興趣。

最後，搜查女巫老巢的行動結束了。整座城堡變得空蕩蕩的，所有的門窗全都敞開，明亮的光線和春天甜美的氣息，如潮水般湧入每個黑暗與邪惡的地方，那些地方太需要光明與春天了。所有恢復自由的石像全部湧回庭院。這時，有人（我想是圖姆納斯先生）率先開口說：

「可是我們要怎麼出去呢？」之前阿斯蘭是直接跳過城牆進來的，庭院的大門依舊鎖著。

「沒問題，能解決的。」阿斯蘭說。接著他以後腿人立而起，仰頭對巨人喊道：「嗨！上面那位。」他吼道：「你叫什麼名字？」

「啟稟閣下，我是巨人轟隆八方。」巨人說，再次手觸帽簷向阿斯蘭致敬。

「好，巨人轟隆八方，」阿斯蘭說：「你能設法讓我們出去嗎？」

「沒問題，閣下。這是我的榮幸。」巨人轟隆八方說：「你們這群小東西，都離大門遠一點。」然後他大步走到門前，掄起他的大棒子砰、砰、砰地砸。第一棒，大門嘎吱作響；第二棒，大門發出破裂聲；第三棒，大門碎裂垮塌。接著他抱住大門兩旁的塔樓，使勁絞扭撼動，幾分鐘後，兩座塔樓和兩邊大塊的牆體都轟然倒塌，成為一堆無用的石礫；等到瀰漫的煙塵散開，眾人站在那乾枯、冷酷的石頭庭院裡，透過倒塌的開口，看見一片青翠的草地、隨風搖曳的樹木、森林中波光粼粼的溪流，以及遠處的青山和山另一頭的蔚藍天空，眼前所見讓他們感覺奇異。

「要不是會搞得一身汗臭，我就把它全毀了。」巨人像個超大火車頭似的呼呼喘著氣說：「身體狀況變差了啊。我想，兩位年輕小姐身上有沒有帶著手帕呢？」

「有，我有。」露西說著拿出手帕，踮起腳尖盡量伸長手遞給他。

「謝謝你，小姑娘。」巨人轟隆八方彎下腰來說。下一刻，露西簡直嚇壞了，因為巨人用兩根手指把她拎到了半空中。可是，就在她貼近他的臉時，他突然嚇了一跳，接著將她輕輕放回地面，嘴裡一邊咕噥著說：「我的天！我竟然把小姑娘給拎起來了。我真是抱歉啊，小姑娘，我以為你是那塊手帕！」

「沒關係，沒關係，」露西笑著說：「手帕在這裡！」這次他總算小心拿到手帕，但這手帕對他來說，就像你手裡一個小糖片那麼大，因此當露西見他一本正經地用那條小手帕在自己又大又紅的臉上來回擦拭時，她忍不住說：「轟隆八方先生，這塊手帕恐怕對你沒什麼用。」

「別這麼說。別這麼說。」巨人禮貌地說：「我從來沒用過這麼好的手帕。這麼精巧，這麼好用。這麼……我都不知道該怎麼形容它了。」

「這個巨人真是好呀！」露西對圖姆納斯先生說。

「噢，是的。」人羊回答：「八方家族向來如此。他們是納尼亞王國最受尊敬的巨人家族之一。他們或許不是非常聰明（我還沒見過聰明的巨人），不過是個非常古老的家族。他們有傳統，你明白吧。如果他是其他巨人族，她就不會把他變成石頭了。」

這時，阿斯蘭拍拍手爪，要大家安靜。

「我們今天的工作還沒完成，」他說：「如果想在今晚睡前徹底擊敗女巫，我們就必須立刻找出戰場的位置。」

「我希望我們也加入作戰，先生！」最高大的人馬補充說。

「當然。」阿斯蘭說：「現在注意！速度跟不上的——也就是孩子、矮人還有小動物——必須騎在速度快的動物背上——也就是獅子、人馬、獨角獸、馬匹、巨人和老鷹背上。嗅覺靈敏的動物跟我們獅子一起走在前面，嗅出戰場的位置。大家打起精神來，各自找到自己的位置。」

所有人在好大一陣喧鬧和歡呼中各就各位。群眾中最開心的是另一隻獅子，他假裝非常忙碌地前後左右到處跑，其實是為了去對每個動物說：「你聽見他說的話了嗎？**我們獅子**。那是指他和我。**我們獅子**。我就是喜歡阿斯蘭這一點。不偏不倚，不會自認為高人一等。**我們獅子**。那是指他跟我。」他至少說了三遍，直到阿斯蘭要他負責載運三個矮人、一個森林精靈、兩隻兔子，還有一隻刺蝟。

所有人全都準備好之後（事實上，阿斯蘭是靠一隻大牧羊犬幫忙，才讓他們各就各位），他們便穿過城牆上的缺口出發了。一開始，獅子和狗不停四面八方嗅聞。接著，突然有一隻大獵犬嗅到了味道，發出一連串的吠叫。接下來他們分秒必爭。很快的，所有的狗、獅子、狼和其他狩獵動物都鼻子貼近地面全速奔馳，其他動物跟在後面，約有半英里長，全都盡力以最快速度跟上。這支隊伍發出的喧鬧聲比英國的獵狐隊伍更勝一籌，因為不時可以聽見獵狗的吠叫混合了另一隻獅子的吼叫，有時還加上阿斯蘭自己更深沉、更可怕的咆哮。隨著氣味愈來愈容易追蹤，他們也愈跑愈快。接著，就在他們轉過一個狹窄、蜿蜒的河谷的最後一個彎時，露西聽到了一種蓋過所有這些喧鬧的另一種喧鬧聲——一種不一樣的聲音，令她不由得心裡發毛。那是一種混合了吶喊、尖叫和金鐵交擊的殺伐聲。

接著他們衝出狹窄的河谷，她立刻看見了聲音的來源。彼得、愛德蒙和阿斯蘭其他的部隊，正在拚死對抗她昨晚看見的那群恐怖的生物，不過此時在光天化日下，它們看起來更怪異、更邪惡，也更畸形醜陋。它們的數量似乎比昨晚多得多。彼得的軍隊——正好背對著她——看起來少得可憐。戰場上到處都是石像，東一個西一個的，顯然女巫曾經使用過魔杖，但她這時沒用魔杖了，正使用石刀和彼得打得難分難解——雙方打鬥極其激烈，露西簡直看不清楚交戰過程。她只看見石刀和彼得的劍翻飛閃耀，看起來就像有三把刀和三把劍在纏鬥。他們兩人位於戰場中心，雙方的戰線一路拉開，激烈交戰。無論她往哪裡望去，都是一片恐怖的景象。

「孩子們，快下去。」阿斯蘭大喊。她們倆趕緊翻下獅背。接著，這頭巨獸發出一聲怒吼，整個納尼亞從西邊的路燈柱到東邊的海岸都為之震動，接著，他縱身一躍，撲到白女巫身上。露西看見女巫抬起頭來望見阿斯蘭的一剎那，臉上露出又懼怕又驚訝的神情。接著獅子和女巫就在地上滾成一團，女巫被壓在下方。與此同時，阿斯蘭從女巫家帶出來的所有好戰的生物，全都瘋狂衝向敵人陣線，矮人拿著斧頭，獵狗露出利牙，巨人舉起他的大棒子（他的大腳也踩死了十幾個敵人），獨角獸用他們的角，人馬用寶劍和馬蹄。彼得那支疲累的軍隊頓時歡聲連連，士氣大振。新來的援軍吶喊衝殺，敵人尖厲嘶吼，嘰哩咕嚕口齒不清地怪叫著，直到整座森林都回響著攻擊廝殺的喧囂。

17 追獵白雄鹿

他們趕到之後，這場戰役在幾分鐘內就結束了。大部分敵人在阿斯蘭和他同伴的第一波攻擊中喪命；那些還活著的，看見女巫喪命後，不是投降，就是趕緊逃命。露西回過神來，看見彼得和阿斯蘭在握手。彼得這時看上去的模樣讓她覺得有些陌生——他的臉很蒼白，又很嚴肅，看起來成熟了好多。

「阿斯蘭，這全是愛德蒙的功勞。」彼得說：「要不是他，我們早就被打敗了。女巫把我們的戰士東一個西一個都變成石頭，但是誰也擋不住愛德蒙，他一連擊退三隻食人魔，殺出一條血路衝向女巫，那時她剛把你的一隻獵豹變成石像。愛德蒙一衝到她面前，很明智地立刻揮劍砍斷她的魔杖，而不是直接攻擊她而讓自己也變成石像受罪。那就是所有其他人所犯的錯誤。女巫的魔杖斷了以後，我們才開始有一點機會——可惜我們已經失去太多戰友了。愛德蒙傷得很重，我們必須快點去看他。」

愛德蒙正由海狸太太照護著，躺在戰線後方不遠。他渾身是血，張著嘴，臉色慘白得幾乎發青了。

「快，露西。」阿斯蘭說。

這時，露西才第一次想起她獲得的耶誕禮物，那瓶珍貴的甘露。她的雙手抖得太厲害，一直拔不開瓶塞，不過最後還是拔開了，並往她哥哥的口中倒了幾滴。

「還有其他的傷者等待救治。」阿斯蘭說。那時她仍急切地盯著愛德蒙慘白的臉，懷疑甘露是否真的有效。

「好啦，我知道。」露西不高興地說：「再等一下嘛。」

「夏娃之女，」阿斯蘭嚴肅地說：「其他傷者也在垂死邊緣。難道要讓**更多**人因愛德蒙而死嗎？」

「對不起，阿斯蘭。」露西說，連忙起身跟著他走。接下來半小時，他們倆都非常忙碌——她忙著照顧傷員，他忙著讓變成石頭的戰士恢復生命。等到她終於忙完回到愛德蒙身邊，竟看見他已經站起來了，不但身上的傷已經痊癒，而且看起來比之前變好很多——噢，太久沒看到這樣的愛德蒙了；事實上，從他到那間可怕的學校的第一個學期起，他就開始變壞了。這時的他又恢復了真正的自己，能坦然正視你的臉了。阿斯蘭就在戰場上封他為騎士。

「他知道阿斯蘭為他做了什麼嗎？」露西小小聲對蘇珊說：「他知道阿斯蘭跟女巫協議的真正內容嗎？」

「噓！當然不知道。」蘇珊說。

「難道不應該告訴他嗎？」露西說。

「噢，絕對不能。」蘇珊說：「這對他來說太可怕了。想想看，如果你是他，你會有什麼感覺？」

「我還是覺得他應該知道。」露西說，但這時她們的交談被打斷了。

那天晚上他們就在原地過夜。阿斯蘭怎麼幫所有人張羅飯食的，我不知道，無論如何，在晚上八點鐘左右，他們所有人全都坐在草地上享用了豐盛的茶點。第二天，他們開始沿著那條大河向東邁進。第三天，大約下午茶的時間，他們抵達了大河的出海口。坐落在小山丘上的凱爾帕拉維爾城堡高高聳立在他們上方；在他們面前的是沙洲、錯落的岩石、小小的海水坑、海藻、大海的氣息，以及一望無際的藍綠波濤永不停息地拍打著海岸。噢，還有海鷗的鳴叫！你聽過海鷗的叫聲嗎？你還記得嗎？

那天晚上，四個孩子吃過茶點以後，再次設法走下海灘，脫了鞋襪，讓光裸的腳趾感受那柔軟的細沙。不過，第二天就十分嚴肅了。因為那天在凱爾帕拉維爾城堡的大殿裡——這座美輪美奐的大殿有象牙的屋頂，西邊牆上懸掛著孔雀羽毛，東邊的大門朝向大海——在號聲齊鳴以及他們所有朋友的見證下，阿斯蘭莊嚴地為他們加冕，並引領他們登上四個王座，眾人響起震耳欲聾的歡呼：「彼得國王萬歲！蘇珊女王萬歲！愛德蒙國王萬歲！露西女王萬歲！」

阿斯蘭說：「一旦在納尼亞王國登基為國王或女王，就永遠是這王國的國王和女王。好好擔負起責任吧，亞當之子！好好擔負起責任吧，夏娃之女！」

這時，從敞開的東邊大門外傳來了雄人魚和美人魚的歌聲，他們游到海岸附近高歌，向新任國王和女王致敬。

就這樣，孩子們坐在王座上，手裡握著權杖，開始獎賞並表彰他們所有的朋友：人羊圖姆納斯、海狸夫婦、巨人轟隆八方、兩隻獵豹、善良的人馬、善良的矮人，以及另一隻獅子。那天晚上，眾人在凱爾帕拉維爾城堡舉行了一場盛大的宴會，盡情狂歡與跳舞，席上金杯閃耀，美酒不斷，而大海中的子民也以更奇異、更甜美、更動人心弦的歌聲來回應城堡中悠揚的音樂。

然而，在這一片歡樂當中，阿斯蘭悄悄離開了。當兩位國王和兩位女王發現他不見之後，他們也沒聲張。因為海狸先生已經預先告訴過他們，「他總是這樣自由來去。」他說：「前一天還看見他，隔天他就不見了。他不喜歡受束縛，當然，他也有其他王國要照顧。沒事的。他會經常突然來訪。只是你們千萬別強迫他。你們也知道，他是野性的。他不是一隻**溫馴**的獅子。」

現在，如你所見，故事已接近（但還沒完全來到）尾聲了。兩位國王與兩位女王把納尼亞王國治理得很好，國家長治久安，人民生活幸福。統治初期，他們花了許多時間搜尋白女巫的餘黨，將它們一一殲滅。的確，有很長一段時間，他們經常聽到有邪惡生物潛藏在森林深處的消息——它們在這裡出沒，在那裡殺戮，這個月瞥見狼人的身影，下個月謠傳老巫婆出沒。不過，最後這些妖孽全都被肅清了。他們制訂了良好的法律，維護和平，拯救樹林免遭濫砍濫伐，將矮人和薩堤爾的孩童從學校解放出來，溫和制止那些好管閒事和干涉他人的人，鼓勵想安居樂業的普通人能與他人和平共存。他們逐退了那些越過疆界、侵入納尼亞北部的凶猛巨人族（它們和巨人轟隆八方大不相同）。他們與海外一些國家建立邦交，結為同盟，互相進行國事訪問。隨著歲月流逝，他們自己也逐漸長大成人。彼得成為身材高大、胸膛厚實的男人，同時也是偉大的戰士，人們稱他「雄偉的彼得國王」。蘇珊成為高䠷優雅的女子，一頭烏黑的長髮垂落到地，海外各國的國王開始派遣使節前來請求締結婚約，人們稱她「溫柔的蘇珊女王」。愛德蒙成為比彼得更嚴肅與沉默的人，並且擅長主持會議和做決斷，人們稱他「公正的愛德蒙國王」。至於露西，她始終一頭金髮，總是活潑快樂，左右鄰國所有的王子都渴望能娶她為后，而她自己的臣民稱她「英勇的露西女王」。

他們就這樣快樂無比地生活著，即使偶爾記起自己在另一個世界的生活，也只像一個人記起自己的夢一樣。有一年，圖姆納斯（這時他已是中年人羊，身材開始發福了）沿河而下前來拜訪，為他們帶來白雄鹿又在他家附近出現的消息——誰能捉到白雄鹿，牠就能使誰的願望實現。因此，兩位國王和兩位女王率領宮中的重要成員，騎上駿馬，帶著號角與獵犬向「西方野林」出發去追蹤白雄鹿。出獵沒多久，他們就見到牠的蹤影。白雄鹿以驚人的速度引著他們越過山嶺和平地，穿過密林和疏林，直到所有大臣的馬匹都累垮了，只剩下他們四人還緊追不捨。他們看見白雄鹿鑽進了一片灌木叢，他們的馬無法再追進去。於是彼得國王說（他們當國王和女王太久了，這時說話的風格很不一樣了）：「美麗尊貴的夥伴們，現在讓我們下馬，進入灌木叢去追那隻野獸吧；我這一生從來沒有獵捕過如此高貴的獵物。」

「閣下既然這麼說，」其他三人說：「我們就追吧。」

於是他們全都下了馬，將馬拴在樹上，徒步進入密林。他們才一走進去，蘇珊女王就說：

「尊貴的朋友，這裡有件奇怪的事，我似乎看見一棵鐵製的樹。」

「蘇珊女王，」愛德蒙國王說：「如果你好好仔細看，就會看出它是一根鐵柱，頂上還裝了一盞燈。」

「我以獅子的鬃毛起誓，這東西確實奇怪。」彼得國王說：「把一盞燈安置在周圍環繞著那麼濃密的樹林裡，這些樹比它高那麼多，就算燈亮著，也不會有人看見燈光啊。」

「彼得國王，」露西女王說：「很可能當初安裝這根柱子和燈的時候，這裡的樹木都還很小，或者很少，或根本沒有樹。因為這是一片新生的樹林，而這根鐵柱很老舊了。」他們站在那裡仰頭看著它。然後，愛德蒙國王說：

「我不知道怎麼回事，但柱子上的這盞燈給我一種很奇怪的感覺。我心裡覺得自己以前見過類似的東西；就好像是在夢裡見過，或在夢裡的夢裡見過。」

「閣下，」另外三人回答：「我們也有同樣的感覺。」

「還有，」露西女王說：「我心裡有個揮之不去的念頭，如果我們走過這根柱子和燈，我們會有奇異的冒險，或是命運遭遇重大的改變。」

「露西女王，」愛德蒙說：「我心裡也有同樣的預感。」

「我也是，親愛的兄弟。」彼得國王說。

「我也是。」蘇珊女王說：「因此，依我看，我們應當悄悄返回拴馬的地方，別再繼續追捕那隻白雄鹿了。」

「蘇珊女王，」彼得國王說：「請恕我直言。自從我們四人在納尼亞登基為王以後，凡是我們著手進行的任何大事，諸如作戰、探險、比武競技、審定法案等等，從來不曾半途而廢；我們總是一旦著手去做，就一定要達成。」

「姊姊，」露西女王說：「王兄說得很對。在我看來，如果我們因為害怕或預感的緣故，就放棄我們現在所追捕的如此高貴的動物，將來我們會感到羞愧的。」

「我也這麼想。」愛德蒙國王說：「我渴望找出這東西背後的意義，就算拿全納尼亞以及所有島嶼最珍貴的珠寶來換，我也不願空手而返。」

「那麼，以阿斯蘭之名起誓，」蘇珊女王說：「如果你們執意這麼做，我們就繼續前進，接受降臨我們身上的奇遇吧。」

於是，這兩位國王與兩位女王走進灌木林，他們往前走不到二十步就全都想起，剛才看見的那東西叫路燈柱，接著往前再走了二十步左右，他們就留意到自己不是穿行在樹枝之間，而是走在大衣堆裡。下一刻，他們全都從一扇衣櫥門裡跌了出來，置身一個空房間裡。他們不再是身穿獵裝的國王和女王，而是穿著原來那身衣服的彼得、蘇珊、愛德蒙和露西。時間還是他們躲進衣櫥的那一天，而且是同一時刻。馬葵蒂太太和那群觀光客還在走廊上談話；不過幸運的是，他們始終沒有進入這個空房間來，因此孩子們沒被逮個正著。

要不是他們覺得必須去向老教授解釋為什麼衣櫥裡會少了四件大衣，這故事到此就真的結束了。這位老教授真是非凡的人物，他沒叫他們別說傻話，也沒斥責他們說謊，而是相信了整個故事。「不，」他說：「我認為你們沒有必要再穿過衣櫥去拿回那四件大衣。你們不可能再**循原路**返回納尼亞。就算你們找回大衣，這時候也穿不著啊！呃？什麼？沒錯，將來你們當然能夠再回到納尼亞。一旦在納尼亞登基為王，就永遠是納尼亞的君王，但同一條路不能走兩次，別再嘗試。事實上，完全別**試圖**回去。這樣的事可遇不可求。即使你們自己私下相處，也少談這件事。對旁人更不要提起，除非你們知道對方也有過類似的奇遇。什麼？你們怎麼會知道？噢，你們一定會**知道**的。那些不尋常的事，總會從人們的談話——甚至他們的表情——露出馬腳的。睜大你們的眼睛，多留意。天啊，這些學校到底都**拿些**什麼來教孩子啊？」

魔衣櫥的冒險故事到此正式結束。不過，如果老教授說得沒錯，納尼亞王國的冒險故事只能算是剛開始呢。

能言馬與男孩

The Horse and His Boy

獻給大衛·格雷罕
以及
道格拉斯·格雷罕

目次

01 沙斯塔踏上了旅程

這個冒險故事，發生在納尼亞王國和卡羅門王國，以及兩國之間那片廣袤的大地。那時是納尼亞王國的黃金時代，彼得是最高王，他的弟弟和兩位妹妹在他之下做國王和女王。

那時候，在卡羅門王國最南方的小小海灣住著一個窮漁夫，名叫阿西西。有個小男孩和阿西西一起生活，喊他父親。這男孩名叫沙斯塔。大部分日子裡，阿西西會在清晨駕船出海去捕魚，下午便用驢拉車，把魚載到南邊一、兩英里外的村子去賣。如果魚賣得好，他回家時脾氣就還不錯，不會對沙斯塔囉唆；但如果魚賣得不好，他就會挑沙斯塔的毛病，說不定還會揍他。沙斯塔有好多工作要做，他必須修補和清洗漁網、煮晚餐、打掃他們兩人居住的小屋，因此要挑他毛病總是挑得出來的。

沙斯塔對他家以南的任何事都不無興趣，因為他跟阿西西去過那個村子一、兩次，知道那裡什麼好玩的也沒有。在村子裡，他只碰到像他父親一樣的男人——身上穿著骯髒的長袍，腳上穿著腳尖翹起的木鞋，纏著頭巾，留著大鬍子，聊起天來慢吞吞的，談的都是一些聽起來很乏味的事。不過他對北邊的一切都非常感興趣，因為從來沒有人去過那裡，阿西西也從不准他去。每當他獨自坐在門外補漁網時，他經常熱切地眺望著北方，但是除了一片綠油油的草坡一直往上延伸到山脊高處，還有山脊之外那片偶有幾隻鳥兒飛過的天空，他什麼也看不到。

有時候，要是阿西西在，沙斯塔會問：「噢，父親啊，山的那邊有什麼呢？」如果漁夫的心情不好，他會打沙斯塔幾個耳光，叫他好好幹活兒。如果他心情不錯，他會說：「噢，兒子啊，別讓這些無用的問題分了你的心。有位詩人說過：『勤奮為成功之本，那些探究與己無關之事的人，是駕著愚蠢之船奔向窮困的礁石。』」

沙斯塔認為，山的那一邊一定藏著什麼令人快樂的祕密，而父親不想讓他知道。不過事實是漁夫之所以這麼說，是因為他自己也不知道北方那邊有什麼。他毫不關心。他是個非常實際的人。

有一天，從南方來了一個陌生人。沙斯塔從來沒見過這種模樣的人。他騎著一匹健壯的花斑馬，馬鬃和馬尾隨風飄動，馬鐙和轡頭都鑲了銀。他頭上纏著絲質頭巾，頭巾中央冒出頭盔頂端的尖刺；他身上穿著鎖子甲，腰上繫著一把半月形彎刀，背上揹著一面鑲嵌著黃銅釘的圓盾牌，右手握著一根長矛。他有一張黝黑的臉，不過，沙斯塔對此並不驚訝，因為所有卡羅門王國的人都長這樣，令他感到驚訝的是這男人的鬍子染成猩紅色，倒捲起來，還抹了芳香油。不過，阿西西看到這陌生人戴在裸露手臂上的金臂圈，知道這人是個「大公」[1]或高官，連忙跪下來行禮，連鬍子都碰到地上了，而且連連打手勢要沙斯塔也一起跪下。

這個陌生人要求借宿一晚，漁夫當然不敢拒絕。他們把家中所有最好的食物都拿出來招待這位大公（但大公不覺得這頓飯有什麼好吃），而沙斯塔就像每次家裡有客人時一樣，漁夫只給他一大塊麵包，就打發他到屋外去。遇到這種情況，沙斯塔通常就在小茅草棚裡跟驢子睡一晚。不過這時睡覺還太早，於是他在牆邊坐下，把耳朵貼在木牆的縫隙上——從來沒有人教過他在門背後偷聽是不對的——聽屋裡的大人在說什麼。以下是他聽到的內容。

「好吧，招待我的主人，」大公說：「我想買你那個男孩。」

「噢，大人，」漁夫回答（沙斯塔從那甜膩諂媚的聲調知道，漁夫說這話時，臉上大概流露出怎樣貪婪的神情）：「您的僕人雖窮，但不管多高的價錢，都不能引誘他把自己的獨子、自己的親骨肉賣為奴隸啊。有位詩人說：『親情比濃湯厚重，子孫比紅玉珍貴。』」

「就算是這樣，」這位客人冷淡地回答：「還有一位詩人說：『企圖欺騙精明者的，是裸露背脊等候鞭打。』別再把你那張老嘴塞滿謊言。這男孩分明不是你的兒子，因為你的臉跟我一樣黑，那男孩卻是金髮白膚，跟那些住在北邊遠方的野蠻人一樣，該死是該死，但是很漂亮。」

「這話說得好，」漁夫回答：「利劍猶可被盾牌擋下，智慧之眼卻穿透一切辯解！我優秀的客人啊，您要知道，因為我太窮，始終沒有結婚，也沒有孩子。可是，就在大帝[2]（願吾皇萬壽無疆）開始他威嚴又仁慈的統治的那一年，在一個月圓的夜晚，承蒙諸神看顧，讓我難以入眠，因此我起床走出這間簡陋的小屋，到海灘上去看大海和月亮，呼吸清涼的空氣，讓自己提提神。過了一會兒，我聽見海上傳來有人划槳朝我而來的聲音，接著又聽見一聲微弱的呼叫。不久，潮水就將一條小船推上了岸，船上斜躺著一個飢餓乾渴到只剩皮包骨的男人，似乎剛死不久（因為他的身體還是暖的），另外還有一個空空的皮水袋，以及一個孩子，孩子還活著。『毫無疑問，』我說：『這兩個不幸的人是從發生海難的大船上逃出來的，但是由於諸神奇妙的安排，大人讓自己挨餓來保全

1 大公的原文是Tarkaan（音譯：塔卡），卡羅門王國的世襲貴族男子，貴族女子稱為Tarkheena（塔卡娜）。參考目前已發行的繁簡中譯本，此處沿用彭倩文女士的意譯，分別譯為「大公」與「女大公」。

2 大帝（Tisroc）：卡羅門王國統治者的稱謂，相當於埃及的統治者稱為「法老」。

孩子的性命，並在看見陸地時斷了氣。』於是，我想起諸神總是獎賞那些扶弱濟貧的人，並且我也動了惻隱之心（因為您的僕人是個心腸很軟的人）……」

「這些往你自己臉上貼金的無聊話，你就省省吧。」這位大公硬生生打斷漁夫的話，說：「我知道你把這孩子抱回來就夠了——任何人都看得出來，你從這孩子身上榨取的勞力，抵得上你供他吃住十倍的價值。現在，快點告訴我，你要多少錢才肯賣這孩子，我懶得聽你囉唆了。」

「大人您自己也明智地說過，」阿西西回答：「那孩子的勞力，對我而言有不可估量的價值。在談價錢的時候，這點也必須列入考慮。因為我把這孩子賣了，那我無疑必須再買一個或雇一個人來做他的工作。」

「我出十五個月牙幣買他。」那個大公說。

「十五個！」阿西西的叫喊介於哀嚎和尖叫之間：「十五個！他可是我老年的依靠，是我的心肝寶貝啊！雖然您是大公，也不能這樣戲弄我這個老頭。我要價七十個月牙幣。」

聽到這裡，沙斯塔就起身躡手躡腳地走開了。他想聽的已經都聽到了，他在村子裡經常聽人討價還價，知道這事會怎麼解決。他相當確定，阿西西最後會以比十五個月牙幣高得多，但也比七十個月牙幣低得多的價錢賣掉他，不過阿西西和大公會花上好幾個鐘頭才能達成協議。

千萬不要以為，沙斯塔會和你我偷聽到父母要把我們賣為奴隸時的感覺一樣。首先，他現在的生活已經跟奴隸差不多，而且他認為，那個騎著高壯駿馬、威嚴氣派的陌生人也許會比阿西西對他更仁慈一點。其次，聽到自己是在小船上被撿回來這件事，令他滿心激動和興奮，同時感到如釋重負。因為他知道孩子應該愛父親，可是他無論多麼努力就是無法愛漁夫，因此他經常感到不安。現在，顯然他和阿西西沒有半點血緣關係，這讓他內心如釋重負。「哎呀，我可能是別的什麼人呢！」他想：「我可能是某位大公的兒子，或大帝（願吾皇萬壽無疆）的兒子，甚至是某個神明的兒子！」

他站在小屋前的草地上想著這些事。暮色迅速籠罩下來，天上也已經出現一、兩顆星星，不過西方天際仍可看見落日的餘暉。陌生人的駿馬離他不遠，鬆鬆拴在驢棚牆上的一個鐵環上，正在吃草。沙斯塔慢慢踱到牠身邊，拍拍牠的脖子。牠繼續吃牠的草，沒有理他。

這時，沙斯塔心裡閃過另一個念頭。「不知道那位大公是個什麼樣的人，」他心裡想著，自言自語說：「如果他很仁慈，那就太好了。有些大貴族家裡的奴隸，每天差不多無事可做。他們穿漂亮的衣服，每天還有肉吃。也許他會帶我去打仗，而我在戰場上救了他的命，於是他還我自由之身，還收我做養子，給我一座宮殿、一輛戰車和一套盔甲。不過他也可能是個恐怖殘忍的人。他可能會給我戴上手銬腳鐐，打發我去田裡工作。我真希望知道他是個什麼樣的人。可是我怎麼能知道呢？我敢打賭，這匹馬一定知道，要是牠能告訴我就好了。」

那匹馬抬起頭來。沙斯塔摸摸牠平滑得像綢緞一樣的鼻子，說：「老兄弟，我真希望**你**會說話。」

那匹馬說：「我還真會說話。」雖然聲音很低，卻十分清晰。有那麼一瞬間，沙斯塔以為自己在作夢。

他直勾勾盯著那匹馬的一雙大眼睛，因為驚愕，他自己的眼睛幾乎跟馬的一樣大。

「**你**是怎麼學會說話的？」他問。

「噓！小聲一點。」那匹馬回答說：「在我的家鄉，幾乎所有的動物都會說話。」

「那是哪裡？」沙斯塔問。

「納尼亞。」那匹馬回答：「幸福之地納尼亞——納尼亞有滿布石楠叢的山嶺，有長滿百里香的丘陵，有許多河流蜿蜒，峽谷裡水花飛濺，洞窟中長滿青苔，森林深處迴響著矮人鐵錘敲打的聲音。噢，納尼亞的空氣多麼甜美啊！在那裡待一個鐘頭，勝過在卡羅門生活一千年。」最後牠輕嘶一聲，聽起來非常像歎息。

「你是怎麼到這裡來的？」沙斯塔問。

「被誘拐來的，」那匹馬說：「被偷來的，或被抓來的——隨你怎麼說。那時候我還是一匹小馬。我媽媽警告我別跑到南邊的山坡去玩，別踏進阿欽蘭或再過去的地方，但我不聽她的話。我以獅子的鬃毛發誓，我已經為我的愚蠢付出了代價。這些年來，我一直做人類奴隸，隱藏起我真實的天性，假裝像**他們的**馬一樣，又笨又不會說話。」

「你為什麼不告訴他們你真實的身分呢？」

「因為我沒那麼傻。如果他們發現我會說話，他們會把我拉到市集裡去表演，還會更嚴密地看守我。我就會連最後一絲逃跑的機會都沒有了。」

「為什麼……」沙斯塔才開口，那匹馬就打斷了他。

「聽著，」牠說：「我們絕不能在這些無聊的問題浪費時間。你想知道我的主人安拉丁大公是個什麼樣的人對吧。嗯，他是個壞人。他對我不是太壞，我是一匹戰馬，價格非常昂貴，是不能任意虐待的。不過對你來說，今晚死在這裡都比明天去他家當人類奴隸好。」

「那我最好趕緊逃走。」沙斯塔說，臉色一下變得慘白。

「對，你最好逃走。」那匹馬說：「不過，你何不跟我一起逃呢？」

「你也要逃走嗎？」沙斯塔說。

「對，如果你會跟我一起逃的話。」那匹馬回答：「這是我們兩個的機會。你瞧，如果我獨自逃走，沒有人騎在我背上，大家看到我就會說我是『走失的馬』，然後會拚命追我。如果有人騎在我身上，我就能過關。這是你能幫我的地方。另一方面，靠你那兩條小短腿（人類的腿真是可笑啊！），你跑不了多遠就會被追上的。可是騎在我身上的話，你能把這個國家所有的馬都遠遠甩在身後。這是我能幫你的地方。順便問一句，你會騎馬吧？」

「噢，當然會啊。」沙斯塔說：「至少我騎過驢子。」

「騎過**啥**？」那匹馬極其不屑地回嘴。（至少馬是這個意思。事實上牠發出的是一陣馬嘶：「騎過嘶啊……哈……哈……哈。能言馬在生氣的時候，說起話來會更馬腔馬調。」）

「換句話說，」牠繼續講：「你根本**不會**騎馬。那可是件麻煩事。我們上路之後我得教你騎馬。如果你不能騎，那你能摔吧？」

「我想每個人都能摔吧。」沙斯塔說。

「我的意思是，你摔下來以後能爬起來不哭不叫，立刻重新上馬，又摔下來，但還是一點也不怕摔嗎？」

「我……我儘量。」沙斯塔說。

「可憐的小崽子。」那匹馬的語氣溫柔許多：「我忘了你還是個小駒子。假以時日，我們會把你訓練成優秀的騎手的。現在——我們必須等小屋裡那兩個人睡熟以後才能動身。這段時間我們可以先訂好我們的計畫。我的大公主人打算往北走，去那座大城塔什班和大帝的宮廷……」

「我說，」沙斯塔語氣震驚地插嘴說：「你不是該說『願吾皇萬壽無疆』嗎？」

「為啥啊？」那匹馬問：「我是自由的納尼亞馬，幹嘛要像奴隸和笨蛋那樣說話？我才不想要他萬壽無疆呢。還有，我看得出來，你也是從自由的北方來的。你我之間就別再說這些南方的鬼話了！現在回到我們的計畫。正如我說的，我那個主人打算往北去塔什班。」

「那意思是我們最好往南走？」

「我可不這麼想，」那匹馬說：「你瞧，他認為我又啞又笨，跟他其他的馬兒一樣。如果我真是那樣的馬，那麼我韁繩鬆脫以後一定會跑回家，回我的馬廄和圍場。要回到他的宮殿必須往南走兩天的路程，他會往那個方向去找我。他作夢都想不到我會自己往北走。不管怎麼說，他說不定以為前一個村子裡的人看見他騎著我經過，就一路跟著來把我偷走了。」

「噢，萬歲！」沙斯塔說：「那我們就往北走。我盼著去北方已經盼了一輩子了。」

「你當然盼啊。」那匹馬說：「因為你身上流著北方的血啊。我很確定，你是地地道道的北方貨。不過，小聲一點。我想他們就快睡著了。」

「我溜過去看看好了。」沙斯塔提議說。

「好主意。」那匹馬說：「但是要小心，別被逮到。」

這時天已經很黑了，周圍一片寂靜，只有海浪拍打沙灘的聲音。沙斯塔自有記憶以來，就日日夜夜聽著這聲音，以至於幾乎沒注意到它的存在。他走近小屋，燈已經熄了。他在大門外聆聽，沒有一點聲音。他又繞到小屋唯一的窗子前，過了一、兩秒之後，他聽見了熟悉的、老漁夫那刺耳的鼾聲。想到如果一切順利，他將再也不會聽到這個聲音，感覺竟然怪怪的。沙斯塔覺得有些過意不去，但歡喜之情又大過了歉意。他屏住呼吸，輕手輕腳越過草地，回到驢棚，摸索到藏鑰匙的地方，用鑰匙開了門，進去拿晚上鎖在棚裡的馬鞍和轡頭。他彎腰親了親驢子的鼻子，說：「真對不起，我們不能帶**你**走。」

「你總算回來了。」那匹馬一看到他返回就說：「我開始在想你是不是出事了。」

「我去驢棚裡拿你的東西。」沙斯塔回答：「現在，你能告訴我怎麼把這些東西套上去嗎？」

接下來幾分鐘，沙斯塔忙著給馬套上鞍具。他必須非常小心，以免讓鞍具發出叮噹聲；那匹馬不停指示說：「把肚帶勒緊一點。」或「你在底下會找到一個扣環。」或「你必須把馬鐙再多調短一點。」等到一切都弄妥當，牠說：

「好了；我們得把韁繩繫上才像樣，不過你不要用它，把韁繩綁在鞍前就行了：綁鬆一些，這樣我的頭才能自由活動。記住——不要去碰韁繩。」

「韁繩是幹什麼用的？」沙斯塔問。

「通常是用來控制我走的方向，」那匹馬回答：「不過，由於這趟旅程的方向全由我負責，所以請管好你的手，別碰韁繩。還有另外一點，我不准你抓我的鬃毛。」

「可是，我說，」沙斯塔抗議道：「如果我不能碰韁繩，又不能抓你的鬃毛，那我**到底**要抓什麼才能騎得穩啊？」

「你用膝蓋夾穩啊。」那匹馬說：「這就是騎馬的祕訣。用你的兩個膝蓋夾緊我，愈緊愈好；身體坐直，筆直得像一根火鉗一樣；收緊你的手肘。還有，你把馬刺放哪兒去了？」

「當然是放在我的後腳跟上。」沙斯塔說：「我起碼懂這一點。」

「那你現在可以把它們拿下來，放進鞍袋裡。等我們到了塔什班，說不定可以賣掉。準備好了嗎？現在我想你可以上來了。」

「噢！你高得要命。」沙斯塔第一次嘗試上馬沒成功，猛吸一口氣這麼說。

「我是一匹馬，馬本來就高啊。」那匹馬回答：「從你爬上來的樣子，別人會以為我是個乾草堆！嗯，這樣好多了。現在，坐**直**身子，記住我告訴你的，膝蓋要夾緊。想想真是好笑，我這個曾經領導過騎兵隊衝鋒又在比賽中獲勝的馬，竟會像馱一袋馬鈴薯一樣在馬鞍上馱著你！好吧，我們出發。」牠咯咯輕笑，不過沒有惡意。

牠絕對是以最謹慎小心的方式展開這趟夜間旅程的。牠先往漁夫小屋的南方走，來到一條匯入大海的小河之後，刻意在泥地上留下一些往南走的清晰馬蹄印。不過，等到他們一走到淺灘中央，牠便掉頭往上游走，涉水走了距離內陸漁夫小屋大約一百碼之後，才選擇一片布滿碎石、不會留下腳印的河岸從北邊上岸。接著，牠繼續不疾不徐往北走，直到漁夫的小屋、那棵樹、驢棚和小海灣——事實上，就是沙斯塔所知的一切——都沒入灰暗的夏夜裡，消失無蹤。他們剛才一直在爬坡，這時已經來到了山脊——這座山脊一直是沙斯塔所知世界的邊界。他往前看，除了一片開闊的草原，什麼也看不見。草原廣袤無邊：荒涼、孤寂、自由。

「我說！」那匹馬評論道：「這是多麼適合快跑的地方啊！」

「噢，我們可別跑啊。」沙斯塔說：「先別跑。我還不知道該怎麼……拜託，好馬兒。我還不知道你叫什麼名字。」

「我叫布瑞西－西尼－布里尼－胡奇－哈赫。」那匹馬說。

「我一輩子也叫不出這麼長的名字。」沙斯塔說：「我可不可以叫你布瑞？」

「嗯，如果你只能記住這麼一點，我想你也只能這麼叫了。」那匹馬說：「那我該怎麼稱呼你？」

「我叫沙斯塔。」

「哼嗯，」布瑞說：「聽聽，你這名字才**真是**不好發音呢。不過話說回來，我們來趟快跑吧。你要是騎過馬，就知道快跑比這麼小步走容易多了，因為你不會這麼顛上顛下的。把膝蓋夾緊，雙眼朝我兩耳中間直視著前方。別看地上。如果你覺得快要摔下去，就把膝蓋夾得更緊一點，身子再坐直一點。準備好了嗎？好，向納尼亞和北方出發。」

02 途中奇遇

第二天，快到中午時，某種溫暖又柔軟的東西在沙斯塔臉上蹭來蹭去，把他蹭醒了。他睜開眼睛，定睛看見一張長長的馬臉；牠的鼻子和嘴都快湊到他的鼻子和嘴上了。他這才想起昨晚那些興奮刺激的事，於是坐了起來。不過，他一動就不由自主呻吟出聲。

「噢，布瑞，」他猛吸一口氣說：「痛死了。全身都痛。我不能動了。」

「早安，小傢伙。」布瑞說：「我想你大概覺得有點僵硬。不會是摔出來的啦。你才摔了十來次吧，而且都是摔在又軟又有彈性的美麗草地上，摔在上面幾乎就是一種享受。只有一次摔在刺金雀花叢裡，那次比較慘。不，你這不是摔傷，是騎馬的緣故，剛開始騎馬總是有點辛苦。吃點早餐怎麼樣？我已經吃過了。」

「噢，別提早餐。什麼都別提。」沙斯塔說：「我告訴你，我不能動了。」但是那匹馬用鼻子拱他，又伸出馬蹄輕輕碰他，讓他不得不起身。他環顧了一下四周，看清了他們所在的位置。他們背後是一片小灌木林，前方那一片點綴著白花的草地，往下一直綿延到一座懸崖旁。懸崖下方是大海，離他們很遠，只能隱約聽見浪濤拍岸的聲音。沙斯塔從來沒有站在這麼高的地方看過海，沒見過這麼遼闊的海面，他作夢都想不到大海能有這麼豐富的色彩。無論往左右哪邊望去，都是連綿不盡的海岸，一個岬角接著一個岬角，有些地方你能看見海水沖上礁岩，激起無數白色的浪花，但是一點聲音都聽不見，因為太遠了。海鷗在頭頂上飛翔，地面上熱氣蒸騰。這是個大熱天。不過，沙斯塔首先注意到的是空氣。空氣裡好像少了一點什麼，他一時想不起來，過了好一會兒他才領悟到，空氣裡沒有了魚腥味。這是當然的了，他長到這麼大，無論是在小屋裡或在屋外打理漁網，都沒脫離過魚腥味。這種嶄新的空氣太甜美了，他舊日的人生似乎離他好遙遠，那一刻，他忘了自己身上的瘀青和肌肉的痠痛，說：

「我說，布瑞，你剛才是不是提過早餐啊？」

「對，我提過。」布瑞回答：「我想你可以在鞍袋裡找到一些吃的。你昨天晚上——或者該說今天凌晨——把鞍袋掛在那邊那棵樹上了。」

他們察看了鞍袋，結果令人非常滿意——一個稍微有點不新鮮的肉餡餅，一大團無花果乾和另一大團新鮮乳酪，一小瓶酒，還有一些錢，總共大約四十個月牙幣，沙斯塔從來沒見過這麼多錢。

沙斯塔小心翼翼地坐下——因為身上還很痛——背靠著樹，開始吃那塊肉餡餅，布瑞又多吃了幾口青草，算是陪他吃早飯。

「用這些錢算不算偷竊啊？」沙斯塔問。

「噢，」那匹馬抬起頭來，滿嘴都是青草：「我從沒想過這件事。一匹自由又會說話的馬，當然不能偷竊。不過，我想這不要緊吧。我們是被困在敵國的囚犯。那筆錢是戰利品，獎品。再說，要是沒有錢，我們去哪裡給你弄東西吃？我想，你像所有的人類一樣，不吃青草和燕麥這類天然食物吧。」

「我吃不了。」

「試過嗎？」

「對，我試過。我完全嚥不下去。你要是我，你也嚥不下去的。」

「你們人類真是古怪的小動物。」布瑞評論道。

沙斯塔吃完早飯（這是他生平吃過最好的食物）以後，布瑞說：「在套上馬鞍之前，我想我要先好好打個滾。」說完他就滾到草地上去了。「真舒服。真是太舒服了。」他說，同時用背磨蹭草地，揚起四蹄在空中亂蹬。「沙斯塔，你也該來滾兩下。」他噴著響鼻說：「這麼做最提神了。」

可是沙斯塔忍不住大笑說：「你四腳朝天的樣子看起來太好笑了！」

「我看起來才不好笑呢。」布瑞說。不過，他接著就翻身側躺，微微喘著氣，抬起頭來緊盯著沙斯塔。

「我看起來真的很好笑嗎？」他焦慮不安地問。

「對，是很好笑。」沙斯塔回答：「可是，那又有什麼關係？」

「你想過沒有，」布瑞說：「也許**會說話的**馬從來不做這種事——這種我從那些啞巴馬身上學來的愚蠢的小丑把戲？等我回到納尼亞王國，發現自己染上一身低俗的壞習慣，那就太可怕了。沙斯塔，你說呢？跟我說實話，別顧忌我的感受。你認為那些真正自由的馬——那些能言馬——會在地上打滾嗎？」

「我怎麼會知道呢？不過，如果我是你，我才不會為這種事擔心。我們首先得去那裡才行。你認識路嗎？」

「我知道去塔什班的路。過了塔什班就是沙漠。噢，我們會有辦法穿過沙漠的，別怕。因為到時候我們就能看見北方的山脈了。想想吧！到納尼亞和北方去！沒有任何事物能攔阻我們。不過，要是能繞過塔什班就好了。你我遠離城市會比較安全。」

「我們不能避開它嗎？」

「沒辦法，除非沿內陸繞很大一圈，那樣的話，一來我們會進入耕地和主幹道，二來，我不認識路。不，我們還是沿著海岸線悄悄前進吧。待在這些長滿茂盛青草的丘陵，我們除了綿羊、兔子、海鷗和幾個牧羊人，不會遇到其他人。我說，可以出發了吧？」

沙斯塔幫布瑞套上馬鞍，再爬到鞍上，感覺兩腿痛得要死。不過那匹馬很體貼他，整個下午都是慢慢走。到了傍晚暮色降臨時，他們沿著一條坡度很陡的小路往下走進一個山谷，並發現了一個村莊。還沒到村子，沙斯塔就下了馬，獨自走進村裡，買了一條麵包、一些洋蔥和小蘿蔔。那匹馬趁著暮色小跑穿過田野，繞到村莊另一頭跟沙斯塔會合。這成了他們每隔一天的固定做法。

對沙斯塔而言，這些日子太棒了。他的肌肉愈來愈結實，因此愈來愈少跌下馬，每一天都比前一天更棒。即便最後訓練結束了，布瑞仍說他坐在鞍上活像一袋麵粉似的。「小伙子，就算走在大路上安全無虞，我也羞於讓人看見你騎在我背上。」不過，布瑞說話雖然無禮，卻是個有耐心的老師。教人騎馬，沒有人能比馬做得更好。沙斯塔學會了騎馬小跑、慢跑、跳躍，就算布瑞突然停下腳步，或出其不意猛然左轉或右轉，他都能穩坐在鞍上——布瑞告訴他，這是在戰場上隨時會遇到的事。當然，沙斯塔求布瑞告訴他載著那位大公主人上戰場去打仗的事。布瑞說了幾次急行軍的情況，還有涉水渡過湍急的河流，在戰場上衝鋒，騎兵隊與騎兵隊之間的激烈戰鬥。在激戰中，戰馬也像人一樣參戰，牠們身為凶猛的種馬，受過撕咬和踢蹬的訓練，會在適當時刻人立而起，讓握著寶劍或戰斧的戰士能將連馬帶人的所有重量劈下敵人的頭盔。雖然沙斯塔很想聽這些故事，但布瑞不是那麼想講。「小伙子，別談這些事。」他會說：「它們都是大帝的戰爭，我參戰的身分是奴隸，是一匹啞巴馬。讓我為納尼亞人打仗吧，我會在我的同胞當中以一匹自由馬的身分參戰！那才是值得談論的戰爭。向納尼亞和北方前進！布拉－哈－哈！布魯－唬！」

沙斯塔很快就知道了，只要聽見布瑞這麼說話，就是準備要撒開四蹄狂奔了。

他們走了好幾個星期，經過許多海灣、岬角、河流和村莊，多得沙斯塔都記不清楚了。一天晚上，月光明亮，他們白天睡飽了，便在傍晚時分啟程。他們已離開丘陵地，正穿過一片寬闊的原野。在他們左邊半英里外有座森林，在他們右邊大約同樣的距離，隱藏在低矮沙丘後方的，是大海。他們慢跑了大約一小時，有時小跑，有時散步，這時布瑞突然停了下來。

「怎麼了？」沙斯塔問。

「噓……噓……噓……！」布瑞說著伸長脖子張望一圈，不停抽動耳朵：「注意聽。你聽到什麼動靜沒有？」

「聽起來像有另一匹馬——在我們和樹林之間。」沙斯塔聽了大約一分鐘之後說。

「**確實是**另一匹馬。」布瑞說：「我不想碰到的就是這種情況。」

「也許只是一個比較晚回家的農夫？」沙斯塔邊說邊打了個呵欠。

「不懂就別說話！」布瑞說：「**那**騎馬的才不是農夫。那也不是農夫會騎的馬。你從聲音上聽不出來嗎？那是一匹上好的馬。騎馬的人是個真正的騎師。我告訴你是怎麼回事，沙斯塔。有個大公騎馬走在樹林邊緣。他騎的不是戰馬——馬的腳步太輕盈了。我敢說，那是一匹純種牝馬。」

「嗯，不管牠是什麼馬，牠現在停下來了。」沙斯塔說。

「你說得對。」布瑞說：「為什麼我們停下來的時候牠也停下來呢？沙斯塔，我的孩子，我看我們終究是讓人盯上了。」

「我們該怎麼辦？」沙斯塔把聲音壓得比剛才還低，說：「你想，他能看見也能聽見我們嗎？」

「在這種光線下，只要我們不動，他們就看不見我們。」布瑞回答：「你看！那裡有一朵雲飄過來了。我會等雲過來遮住月亮，然後我們儘量放輕腳步往右邊跑，往下走到海邊。如果情況惡劣，我們可以躲在那些沙丘之間。」

他們等到雲把月亮遮住之後才朝海邊走，先是慢慢走，隨後緩緩地小跑。

那片雲比原來所見更大更厚，很快周圍就變得一片漆黑。沙斯塔正自言自語說：「我們應該到沙丘了吧。」前方黑暗中突然響起一個駭人的聲音，嚇得他的心都衝上了喉嚨。那是一聲長長的咆哮，憂鬱且無比凶猛。布瑞立刻調轉方向，往內陸拚命狂奔。

「那是什麼聲音？」沙斯塔喘著氣問。

「獅子！」布瑞說，速度絲毫不減，頭也不回。

之後他們沒再交談，就是拚命狂奔了好一陣子，最後，他們水花四濺地衝過一條寬闊的淺溪，直到抵達對岸，布瑞才停下來。沙斯塔發現牠瑟瑟發抖，渾身是汗。

「水可以隔斷我們的氣味。」布瑞稍微緩過來以後立刻上氣不接下氣地說：「現在我們可以走一會兒了。」

他們往前走後，布瑞說：「沙斯塔，我很慚愧。我像不能說話的卡羅門馬一樣嚇得要死。我真的嚇得要死。我一點也不覺得自己是一匹能言馬。刀劍、長茅和箭矢，我都不在意，但是我受不了——那些野獸。我想我要小跑一會兒。」

不過，大約一分鐘之後，牠又狂奔起來。這也難怪，因為咆哮聲再次響起，這次是從他們左邊的森林裡傳來的。

「有兩隻。」布瑞呻吟著說。

他們狂奔了幾分鐘，沒再聽見獅子的吼叫。沙斯塔說：「哎呀！另外那匹馬現在跑在我們旁邊，只有十幾步遠。」

「那更……更好。」布瑞喘著氣說：「馬背上的大公——會佩戴寶劍——能夠保護我們。」

「可是，布瑞！」沙斯塔說：「被獅子吃掉會沒命，我們被抓也會沒命啊，至少**我**會沒命。他們會認為我是偷馬賊，把我吊死。」他對獅子的恐懼不及布瑞，因為他從來沒遇到過獅子，而布瑞遇過。

布瑞只輕哼了一聲回答，不過牠也往右避開對方。怪的是另一匹馬似乎也往左避了開去，於是幾秒鐘之內他們之間就拉開了很大的距離。然而，距離才一拉開，馬上又接連著傳來兩聲獅子的咆哮，一聲在左一聲在右，逼得兩匹馬又朝彼此靠近。兩隻獅子顯然也從兩邊圍攏過來，凶殘的咆哮聲近得可怕，牠們似乎能毫不費力跟上馬匹狂奔的步伐。接著那片雲飄過去了，月光出奇地明亮，把一切照得清楚無比，宛如白晝。兩匹馬和兩位騎士並駕齊驅地往前疾奔，彷彿是在場上賽馬似的。事實上，布瑞（事後）說，在卡羅門從未見過如此精彩的比賽。

沙斯塔放棄存活的指望，開始胡思亂想：獅子會很快把他咬死，還是像貓戲弄老鼠那樣玩死他？還有，那會有多痛苦？與此同時，他也注意到周遭所有一切（人在極度恐懼時有時會這樣）。他看見另一位騎士個子纖細嬌小，身上穿著盔甲（月光照得盔甲閃閃發亮），騎術非常精湛。他的臉上沒有鬍子。

他們前方出現一大片平坦且閃閃發光的東西，沙斯塔還沒猜出那是什麼，就聽見好大的水花四濺的聲音，還吃了半口鹹海水。原來那片發亮之物是一條狹長的小海灣。兩匹馬都在泅泳，水淹到沙斯塔的膝蓋。他們後方傳來一聲憤怒的咆哮，沙斯塔回頭，看見一隻龐大、毛髮蓬鬆的可怕身影蹲伏在水邊，不過只有一隻。「我們一定已經甩掉另一隻獅子了。」他想。

獅子顯然認為不值得為這些獵物弄得渾身濕；不管怎樣，牠沒打算下水追趕。兩匹馬這時已經肩並肩游到海灣中央，可以清清楚楚看見對岸了。那位大公仍舊一言不發。「他會開口的。」沙斯塔想：「等我們一上岸他就會問的。到時候我該說什麼？我必須開始想個好故事來說。」

這時，他身邊突然響起兩個聲音。

一個聲音說：「噢，我**好**累啊。」另一個聲音說：「閉嘴，荷紋，別犯傻。」

「我在作夢吧。」沙斯塔想：「我敢發誓，另外那匹馬說話了。」

不一會兒，兩匹馬都不必再游泳，四蹄能踏水行走，接著，轟然作響的海水流過他們身側和尾巴，八隻馬蹄下響起一陣碎石聲，他們登上了海灣的對岸。令沙斯塔驚訝的是那位大公毫無發問的意思，甚至沒看沙斯塔一眼，只顧催促著他的馬前進。然而，布瑞立刻上前橫身擋住了另一匹馬的去路。

「布嚕……呼……哈！」他噴著鼻息說：「站住！我**聽見**你說話了，我是聽見了。裝也沒用，小姐。**我**聽見了。你是一匹能言馬，跟我一樣是一匹納尼亞馬。」

「就算她是，又關你什麼事？」那位陌生的騎士凶惡地說，並把手按在劍柄上。不過沙斯塔已經從說話聲裡聽出了另一件事。

「哎呀，竟是個女孩啊！」他驚呼說。

「我**就**是女孩，關你什麼事？」那陌生人怒道：「你也不過是個男孩，一個粗魯的平民男孩——說不定是個奴隸，還偷了主人的馬。」

「**你**只知其一不知其二。」沙斯塔說。

「女大公啊，他不是小偷。」布瑞說：「如果非要說偷，至少該說是我偷了**他**。至於這關我什麼事，你想，我在異鄉遇見一位跟我同族的小姐，我怎麼可能不跟她說幾句話呢？我認為聊幾句是很自然的。」

「我也覺得這是很自然的。」那匹母馬說。

「我希望你閉嘴，荷紋。」那位姑娘說：「看看你給我們惹來的麻煩。」

「哪有什麼麻煩，」沙斯塔說：「你想走就走，我們不會留你的。」

「你也留不住。」那姑娘說。

「這些人類真是愛吵架。」布瑞對那匹母馬說：「他們跟騾子一樣糟糕。我們來聊我們的吧。小姐，我想你的身世跟我一樣吧？年幼的時候就被抓來——在卡羅門人當中做了許多年的奴隸？」

「你說得太對了，先生。」母馬說著，發出一聲憂傷的悲鳴。

「現在呢，也許是……在逃亡？」

「告訴他別管閒事，荷紋。」那姑娘說。

「不，我不會這麼做，阿拉維絲。」母馬的耳朵朝後轉，說：「這是我的逃亡，也是你的逃亡。我相信，像這樣一匹高貴的戰馬是不會出賣我們的。我們確實是在逃亡，要逃去納尼亞。」

「我們也是。」布瑞說：「當然，你一下子就猜到了。一個穿著破爛的男孩，騎著一匹戰馬，在這死寂的夜裡狂奔，除了逃亡不可能是其他的事。可是我說，一個出身高貴的女大公在深夜獨自騎馬疾奔——身穿她兄弟的盔甲——還非常焦急地要人別管閒事，不准問她問題——嗯哼，這裡面要是沒有蹊蹺，你們就叫我矮腳馬吧！」

「好吧，」阿拉維絲說：「你猜對了。荷紋和我是在逃亡。我們要去納尼亞。現在你想怎麼樣？」

「既然這樣，乾脆我們一起走吧？」布瑞說：「荷紋小姐，我相信你會接受這一路上我能提供給你的幫助和保護吧？」

「你為什麼一直跟我的馬說話而不是跟我說話？」那姑娘問。

「對不起，女大公，」布瑞稍微往後側了側耳朵，說：「卡羅門人才會那樣說話。

我和荷紋，我們是自由的納尼亞子民，我想，如果你要逃往納尼亞，你也是想成為納尼亞子民。如果是那樣的話，荷紋就不是**你的**馬了，別人可以說你是**她的**人。」

那姑娘開口想說什麼，隨即又打住了。顯然她從來沒有從這個角度想過問題。

「不過，」她頓了一下還是說：「我看不出結伴一起走有什麼好處。那不是更引人注意嗎？」

「恰好相反。」布瑞說，母馬也說：「噢，讓我們一起走吧，這樣我會安心得多。我們甚至不確定該走哪條路。我相信一匹像這樣的戰馬知道的肯定比我們多。」

「噢，拜託，布瑞，」沙斯塔說：「讓她們走她們的吧。你難道看不出來她們不需要我們嗎？」

「我們需要你們。」荷紋說。

「聽著，」那姑娘說：「戰馬先生，我不介意跟**你**一起走，但是這男孩怎麼辦？我怎麼知道他不是奸細？」

「你乾脆直說我不配跟你們一起走不就行了？」沙斯塔說。

「閉嘴，沙斯塔。」布瑞說：「女大公的問題很有道理。我為這個男孩擔保，女大公。他對我很忠誠，是我的好朋友。他一定是納尼亞人或阿欽蘭人。」

「好吧。那我們結伴一起走吧。」但她一句話也沒對沙斯塔說，顯然她需要的是布瑞而不是他。

「好極了！」布瑞說：「現在水把我們和那些可怕的猛獸隔開了，你們兩個人類把我們的馬鞍卸下來吧，我們全都休息一下，聽聽彼此的故事吧。」

兩個孩子各自為他們的馬卸下馬鞍，兩匹馬吃了一點草，阿拉維絲從她的鞍袋裡拿出一些很好吃的東西，但沙斯塔還生著悶氣，繃著臉說，不要，謝謝，他還不餓。他努力擺出自己認為最高傲冷淡的態度，但是漁夫的小屋哪裡是學貴族派頭的地方，結果自然一場糊塗。他也知道自己裝得不成功，因此更悶悶不樂，也更笨拙尷尬。在這期間，兩匹馬卻處得好極了。他們回憶起納尼亞同樣的地方──「海狸水壩上方的那片草地」，還發現彼此竟是遠房表親。這些事讓兩個人類愈來愈不舒服，直到最後布瑞說：「女大公啊，現在說說你的故事吧。別講太快──我現在覺得很舒服，你慢慢講。」

阿拉維絲立刻坐正不動，用一種和她平時說話不同的風格和語調開始講述。因為在卡羅門，人人都得學習講故事（無論是講真實還是虛構的故事），就像英國的小男孩小女孩必須學習寫論說文一樣。差別在於人人都喜歡聽故事，我卻從沒聽說有誰喜歡讀論說文。

03 在塔什班的城門外

那姑娘立刻開口說：「我名叫阿拉維絲，是個女大公，我是齊德拉斯大公唯一的女兒，我祖父是拉什提大公，曾祖父是齊德拉斯大公，高祖父是伊爾桑布列大帝，高曾祖父是塔什神的嫡系子孫阿絺布大帝。我父親是卡拉瓦省的領主，而且是少數能在面見大帝（願吾皇萬壽無疆）時不需行跪拜之禮的大臣。我母親（願她在諸神懷中安息）已經去世了，我父親娶了另一個妻子。我有一兄一弟，哥哥在遠征西方平定叛賊的戰鬥中戰死了，弟弟還是個孩子。現在該提到我父親的妻子，我那位繼母，她恨我，只要我還住在我父親家中，在她眼裡連太陽都顯得黯淡無光。因此她說服我父親，把我許配給阿赫什塔大公。這個阿赫什塔出身微賤，但近年來靠著阿諛奉承和讒言惡謀，博得了大帝（願吾皇萬壽無疆）的寵愛，現在也受封為大公，並且成為許多城市的領主，可能還會在現任首相去世之後獲選為首相。此外，他少說也有六十歲了，是個後背隆起的駝子，還有一張跟猴子一樣的臉。然而，因為這個阿赫什塔有錢有勢，我父親又受了妻子的慫恿，派人去提親，要把我許配給他。阿赫什塔欣然接受了提親，並派人回覆，他將在今年盛夏時來迎娶我。

「當這消息傳到我耳中，我登時覺得天昏地暗，日月無光，我躺在床上哭了一天。不過，第二天我起身梳洗，然後吩咐人將我的母馬荷紋上鞍備好，我帶著哥哥從前在西方戰場上佩戴的一把鋒利匕首，獨自騎馬出門。我一直騎到再也望不見我父親的房子，進入一座杳無人跡的森林，來到一片開闊的綠地上，下了馬，拔出匕首。接著我敞開衣服，對準自己的心臟，並向諸神祈禱死後能立刻見到哥哥，然後我閉上眼睛，咬緊牙關，準備將匕首刺入自己的心臟。可是我還沒動手，就聽到這匹母馬開口用人類少女的聲音說：『噢，我的女主人，千萬不要尋死，因為如果你活著，你可能還有獲得幸福的機會，但是一死就什麼都完了。』」

那匹母馬喃喃道：「我沒說得那麼好，連一半都不如。」

「噓，小姐，別打岔。」聽故事聽到完全入迷的布瑞說：「她是以宏大的卡羅門敘述風格在講這個故事，就算大帝宮廷中的說書人都不可能說得比她更好。請繼續說吧，女大公。」

「我一聽到自己的母馬竟然口吐人言，」阿拉維絲繼續說：「就對自己說，死亡的恐懼已經使我喪失理智，產生了幻覺。我感到慚愧萬分，因為我們家族向來無人畏懼死亡，認為死亡比被蚊子叮咬更微不足道。因此，我重新調整，準備再次刺死自己，不料荷紋走到我旁邊，伸頭擋在我和匕首之間，苦口婆心勸導我，又像母親斥責女兒那樣斥責我。當時我太驚訝了，驚訝到忘了自殺，也忘了阿赫什塔。我說：『噢，我的母馬啊，你是怎麼學會像人類少女一樣說話的？』荷紋說了我們全都知道的事，那就是在納尼亞王國，動物都會說話，還有，她在還是小馬的時候就被人偷走。她還告訴我，納尼亞的森林和溪流、城堡和大船，直到我說：『我以塔什神、阿薩羅斯神和夜之女神薩迪娜的名號發誓，我極其盼望前往納尼亞王國。』母馬回答說：『噢，我的女主人啊，你要是在納尼亞，將會幸福快樂，因為在那片土地上，沒有任何姑娘會被迫結婚。』

「我們一起談了很久，我內心又燃起了希望，並慶幸自己沒有自殺。此外，我和荷紋約好，我們要一起偷偷逃走，也計畫扮成現在這種模樣。我們返回我父親家，我穿上最華美的衣服，在父親面前唱歌跳舞，假裝非常滿意他為我安排的這樁婚姻。我還對他說：『噢，我的父親，我一見你就歡喜，請你允許我帶一名侍女單獨出去三天，去森林裡祕密獻祭給夜之女神和少女的守護神薩迪娜。按照習俗，每個少女在準備出嫁、向薩迪娜的保護告別之前，都該這麼做。』我父親回答：『噢，我的女兒，我一見你就歡喜，如你所願吧。』

「不過，我一離開父親就立刻去找他最老的奴僕，他的祕書。我還是嬰孩時，他總是抱我坐在他膝蓋上逗我玩，他愛我勝過空氣與陽光。我要他發誓保密，並求他為我寫一封信。他老淚縱橫，哀求我改變心意，不過最後他說：『謹遵您的吩咐。』並按我的意思把信寫好。我把信封好，藏在懷裡。」

「信裡都寫了什麼？」沙斯塔問。

「安靜，小伙子。」布瑞說：「你破壞了故事的講述。她會在適當的時候告訴我們信裡寫了什麼。女大公，請繼續說吧。」

「於是，我召來要陪我去森林中祭祀薩迪娜女神的侍女，告訴她，第二天一大早叫醒我。我佯裝很高興與她相處，又賞她酒喝，但是在她的酒杯裡加了點東西，我知道如此一來她就會昏睡一天一夜。等我父親家裡上下人等都睡著之後，我起身穿上哥哥的盔甲，這是我一直擺在房間裡留作紀念的。我把我所有的錢和一些上等珠寶放進腰帶裡，又幫自己備好食物，親自為我的母馬套上馬鞍，在午夜過後騎馬離開。我不往我父親以為我會去的森林走，而是朝東北方向騎，前往塔什班。

「我知道由於我的謊言，我父親至少有三天的時間不會找我。第四天，我們抵達阿茲姆・巴爾達城。阿茲姆・巴爾達城位於眾多道路的交會點，在城中，大帝（願吾皇萬壽無疆）的驛站裡有快馬前往帝國的每個地方，身分高貴的大公享有透過牠們送信的權利。因此，我到阿茲姆．巴爾達城的皇家驛站去見信差長，說：『噢，信差長啊，這裡有一封我叔叔阿赫什塔大公寫給卡拉瓦省領主齊德拉斯大公的信函。賞你五個月牙幣，派人把信送去。』信差長說：『屬下遵命。』

「這封信是冒用阿赫什塔的名義寫的，內容是這麼寫的：『阿赫什塔大公按威嚴無敵又鐵面無私的塔什神之名，在此問候齊德拉斯大公，祝閣下安康。在此稟告閣下，在我專程前往貴府，履行我與閣下閨女阿拉維絲女大公的婚約途中，由於諸神眷顧，我於森林中巧遇令嬡，她已按照少女婚嫁前的習俗完成了祭拜薩迪娜女神的儀式。當我得知她的身分，且為她的美麗與端莊傾倒，內心燃起愛情的烈火，感覺若不立刻與她成婚，太陽也會昏暗無光。於是我準備好必需的祭品，當場與她完成婚禮，現已帶著她返回我們的家。我們夫妻都盼望您能盡速前來，使我倆能面見慈容並聆聽您的教誨；並且，請您將我妻子的嫁妝一併帶來，蓋因我此行花費甚鉅，尚請閣下切莫耽延。因為你我情如兄弟，我自忖您不會因我倉促成婚而大發雷霆，這一切全是因我對您女兒的熱愛所致。我願諸神眷顧護佑您。』

「我一辦完這件事，立刻騎馬急速離開阿茲姆．巴爾達城，不再擔心有人追趕，我想，我父親接到信後，一定會派人送信或親自去見阿赫什塔，而在整件事敗露之前，我就早已過了塔什班了。以上就是我至今為止的故事梗概，然後就是今晚被獅子追趕，遇見你們一同游過海灣。」

「那個被你下藥的女孩，她後來怎麼樣了？」沙斯塔問。

「不用說，她會因為睡過頭而遭到一頓毒打。」阿拉維絲冷冷地說：「但是，她是我繼母的工具和奸細。他們打她我可高興了。」

「我說，那真是不公平。」沙斯塔說。

「我做這些事可不是為了討**你**喜歡。」阿拉維絲說。

「這故事裡我還有一點不明白。」沙斯塔說：「你還沒成年，我不相信你的年紀能比我大。我看你年紀比我還小。你這年紀怎麼能夠結婚呢？」

阿拉維絲沒說話，但布瑞立刻開口說：「沙斯塔，別暴露你的無知了。在身分高貴的大公家族裡，姑娘們都是在這個年紀結婚的。」

沙斯塔羞得滿臉通紅（不過天色很暗，其他人都沒看見），感覺受到了輕視。阿拉維絲要布瑞講講他的故事。布瑞說了，沙斯塔認為他沒必要花那麼多時間和力氣來描述他多次跌下馬和他的騎術有多差。布瑞顯然覺得這事很好笑，但阿拉維絲都沒笑。等到布瑞說完，他們就都睡了。

第二天，他們兩個人、兩匹馬一同繼續他們的旅程。沙斯塔認為還是布瑞跟他在一起時比較愉快，因為現在幾乎都是布瑞和阿拉維絲在說話。布瑞在卡羅門生活了很久，經常與大公並大公的坐騎為伍，所以他當然知道許多阿拉維絲也知道的人物和地方。她經常會這樣說：「但是你要是參加過祖林德勒戰役，一定見過我表哥阿利馬西。」而布瑞會這樣回答：「噢，對。阿利馬西，你知道吧，他只是戰車隊的隊長。我不太受得了戰車或拉戰車的馬，那不是真正的騎兵，但他是個值得尊敬的貴族。在攻下提備斯之後，他在我的糧秣袋裡裝滿了糖。」或者，布瑞會說：「那個夏天我在梅茲里湖。」而阿拉維絲會說：「噢，梅茲里湖！我有個朋友，女大公拉莎拉琳住在那裡。那地方真是漂亮啊。那些花園，還有千香山谷！」布瑞完全無意將沙斯塔排除在談話之外，不過沙斯塔有時幾乎認為他是故意的。人就是這樣，有共同話題時總忍不住要多談，如果你在場，你也會覺得自己遭到了冷落。

在布瑞這樣雄偉的戰馬面前，母馬荷紋很害羞，很少開口。至於阿拉維絲則是只要能不跟沙斯塔說話，就不說。

不過，他們很快就有更重要的事要考慮了。他們愈來愈接近塔什班，沿途經過的村莊愈來愈多，也愈來愈大，路上的人也更多了。這時他們幾乎都是在夜間趕路，白天盡量藏身。每次一停下來，他們就會一再爭論到了塔什班以後該怎麼辦。他們全都在拖延這個難題，但這時不能再拖下去了。在討論問題的過程中，阿拉維絲對沙斯塔的態度有一點點好轉；人在制定計畫時，通常會比漫無目的閒聊時與他人處得更好。

布瑞說，現在頭一件事是約好一個地點，萬一大家在穿過城市時不幸走散，就可按約定在塔什班的另一頭會合。他說最好的碰面地點是位在沙漠邊緣的「古帝王陵」。「看起來就像巨大的石頭蜂窩，」他說：「你一定會看見它們的。那地方最大的優點是卡羅門人認為那裡有惡靈作祟，因為害怕而不敢靠近。」阿拉維絲問那裡是不是真的鬧鬼，但布瑞說他是一匹自由的納尼亞馬，不相信這些卡羅門的謠傳。接著沙斯塔說自己不是卡羅門人，才不在乎惡靈作祟這類老掉牙的故事。這當然不是實話，卻得到了阿拉維絲的好感（雖然同時也令她有些氣惱），當然，她也說不管那裡有多少惡靈，她都不放在心上。於是，事情就這麼決定了，古帝王陵將是他們在塔什班另一頭的會合地點，他們覺得難題就此順利解決，直到荷紋謙虛地指出，真正的問題不在於他們通過塔什班後該去哪裡碰面，而是他們該如何通過塔什班。

「小姐，我們明天再來解決這個問題。」布瑞說：「現在大家該小睡一會兒了。」

不過這個問題可不容易解決。阿拉維絲首先提議不要進城，而是在夜間游泳渡過城下那條河，但布瑞提出兩個反對的理由。第一是河太寬，對荷紋來說游起來太遠，何況她背上還要載人。（其實那距離對他自己而言都太遠了，但他絕口不提。）其次，河上往來的船隻一定很多，只要甲板上有人看見兩匹馬游泳過河，一定會追根究柢。

沙斯塔認為他們可以沿河而上，走到塔什班上方，找個河面窄的地方渡河。不過布瑞解釋，那裡沿河兩岸連綿數英里都是花園和美麗的別墅，裡面住著各家族的大公和女大公，他們會在沿河大道上騎馬，或在水面上舉行宴會。事實上，那會是阿拉維絲和他自己最容易被人認出來的地方。

「我們必須喬裝打扮一下。」沙斯塔說。

荷紋說，在她看來，最安全的辦法是直接穿過城市，因為擠在人群中比較不會引人注意。不過她也贊成喬裝打扮。她說：「兩個人類都必須穿得破爛一些，看起來像農民或奴隸。阿拉維絲的盔甲、我們的馬鞍和其他東西，都必須打包，讓我們馱著，兩個孩子必須裝成趕馬的，這樣大家就會認為我們是馱東西的普通馬。」

「我親愛的荷紋啊！」阿拉維絲語帶譏諷地說：「不管你怎麼打扮布瑞，任何人都能看出他是一匹戰馬。」

「我認為，確實能看出來。」布瑞說，噴了噴鼻息，耳朵稍微朝後傾了一下。

「我知道這不是一個**非常**好的計畫。」荷紋說：「但我認為這是我們唯一的機會。我們已經好久沒有梳洗了，看起來早就不像我們原本的樣子（至少我確定自己是這樣）。我相信我們再塗些汙泥，耷拉著腦袋走路，好像我們很疲累或懶惰一樣——連蹄子都快抬不起來——我們可能就不會引人注意。還有，我們的尾巴要剪短一點，不能剪得整整齊齊的，你知道，要弄得參差不齊。」

「我親愛的小姐啊，」布瑞說：「你有沒有想到，你要是以**那種**模樣去到納尼亞，那該有多丟人？」

「嗯，」荷紋謙卑地（她是一匹非常明理的母馬）說：「但重點是能到納尼亞。」

雖然沒有人喜歡荷紋的提議，但最後還是採納了她的辦法。這做起來頗費周章，當中涉及沙斯塔所說的偷竊，而布瑞則稱之為「突襲」。那天晚上有個農莊丟了幾個麻袋，隔天有另一個農莊丟了一捆繩索，但是阿拉維絲要穿的破舊男孩衣服，是規規矩矩在一個村子花錢買來的。沙斯塔在天剛黑時抱著衣服凱旋而歸，其他人在山腳下的樹林間等他。這片長滿樹木的丘陵不高，就橫在他們要走的路上。他們全都非常興奮，因為這是最後一座山丘；等他們爬上山脊，就可以俯瞰塔什班了。沙斯塔喃喃地對荷紋說：「我希望我們能平平安安穿過它。」荷紋熱切地說：「噢，我也希望，我也希望。」

那天晚上，他們循著一條樵夫踏出的蜿蜒小徑爬上了山脊。他們走出樹林，站在山頂可以看見下方山谷中的萬家燈火。沙斯塔對大城市的模樣毫無概念，眼前的景象令他嚇了一跳。他們吃了晚飯，兩個孩子睡了一覺。不過兩匹馬很早就叫醒他們了。

天空中的星星還清楚高掛著，草地又濕又冷，但是在他們右邊很遠的地方，在海天交接處，天已經開始濛濛發亮。阿拉維絲進入一旁的樹林裡，出來時已經換上新買的破舊衣服，看起來很怪，原來的衣物已經打包拿在手上。這包衣物，還有她的盔甲、盾牌、彎刀、兩副馬鞍，以及馬匹身上其餘精美的配飾，全都放進了麻袋。布瑞和荷紋已經盡可能把自己弄得又髒又邋遢，只剩下尾巴還沒剪短。他們唯一能用的工具是阿拉維絲的彎刀，於是他們只好又打開一個麻袋，把刀拿出來。這件事做起來很費功夫，並且弄得兩匹馬兒痛得要命。

「聽著，」布瑞說：「如果我不是能言馬，一定會對準你們的臉狠狠踢一腳！我以為你們是要割短尾巴，而不是扯斷尾巴。現在感覺就是在扯尾巴。」

雖然天色還很昏暗，手指凍僵，他們最後還是完成了工作，並把幾個大麻袋都綁在馬背上，用繩索綁成的韁繩（他們的轡頭和韁繩都收了起來）握在兩個孩子手裡，然後他們出發了。

「記住，」布瑞說：「盡可能走在一起別分開。萬一走散了，就到古帝王陵會合，先到的就在那裡等，不見不散。」

「還要記住一點，」沙斯塔說：「無論發生什麼事，你們兩匹馬都別一時大意就開口**說話**。」

04 沙斯塔偶遇納尼亞人

起初，沙斯塔，只看到下方谷地一片茫茫霧海中浮現幾個圓形屋頂和尖塔，其餘什麼都沒看見。不過，隨著天色漸亮，迷霧漸散，他看見的景物也愈來愈多。一座島嶼將一條寬闊的大河一分為二，有世界奇觀之一美譽的塔什班城就聳立在那座島嶼上。城牆沿著島嶼邊緣興建，河水就直接拍打在石牆上。石牆上有許許多多塔樓，沙斯塔很快就放棄數算到底有多少。牆內的島嶼是一座山丘，從山腳往上延伸，一直到山頂大帝的宮殿和最高處的塔什神神廟之間，每一寸土地都蓋滿了房子——梯田般的平臺之上有平臺，街道之上有街道，之字形的道路或巨大的臺階兩旁種滿了橘子樹和檸檬樹，此外還有無數有屋頂的花園、陽臺、深邃的拱道、石柱迴廊、教堂尖塔、城垛、清真寺喚拜樓，以及小尖塔。最後，當太陽衝破霧海升起時，神廟那貼滿銀箔的巨大圓頂反射出萬道光芒，照得沙斯塔目眩神迷。

「走啊，沙斯塔。」布瑞不斷催促道。

河谷兩旁的河岸上有大片的林園，乍看之下以為是森林，走近才會看見叢叢樹下還有數不清的白牆屋宇。不一會兒，沙斯塔就聞到一股芬芳無比的花果香味。大約十五分鐘後，他們一行已經置身那些林園之中，步伐沉重而緩慢地走在一條平坦的大道上，兩旁全是白色圍牆，牆頭上垂懸著許多綠樹的枝椏。

「啊，」沙斯塔語帶敬畏地說：「這地方真是太美妙了！」

「也許是吧，」布瑞說：「不過我只希望我們安全走過這裡，去到另一邊。去到納尼亞和北方！」

就在這時，一陣低沉、顫動的聲音響起，並且愈來愈嘹亮，直到整個河谷似乎都在隨之蕩漾。那是一種樂聲，但十分強勁莊嚴，令人有些害怕。

「那是城門開啟的號角聲。」布瑞說：「我們馬上就要到達城門口了。現在，阿拉維絲，你的肩膀再耷一點，腳步再重一點，儘量別看起來像個公主似的。試著想像你這輩子一直是個被人拳打腳踢、呼來喝去的奴隸。」

「要這麼說的話，」阿拉維絲說：「那你怎麼不把頭再埋低一點，脖子再下垂一些，試著別看起來像匹戰馬？」

「噓，」布瑞說：「我們到了。」

沒錯，他們已經來到河邊，前方就是上橋的路，那是一座有許多拱洞的大橋。河水在清晨的陽光下波光閃耀；在右邊遠處靠近河口的地方，他們瞥見許多船桅。在他們前方已經有好些旅人走上了大橋，大部分是農民，趕著馱了貨物的驢子或騾子，有的頭上頂著籃筐。兩個孩子和兩匹馬加入人群之中。

阿拉維絲的臉色很怪，沙斯塔忍不住低聲問：「有什麼不妥嗎？」

「噢，對**你**而言當然沒有不妥，」阿拉維絲惡聲惡氣地低聲說：「**你**和塔什班能有什麼淵源？但是我本來應該坐著擔轎，前有士兵開道，後有奴隸簇擁，說不定是去大帝（願吾皇萬壽無疆）的宮殿赴宴，而不是這樣偷偷摸摸的溜進城。你當然是另一回事。」

沙斯塔覺得她說的這一切非常愚蠢無聊。

大橋的盡頭是高聳在他們面前的城牆，黃銅的城門大開著，入口真的很寬闊，但因為城門太高，因此看起來感覺很窄。城門兩旁各站著六名士兵，個個斜倚著自己的長矛。阿拉維絲忍不住想：「如果他們知道我是誰的女兒，全都會跳起來立正站好，向我致敬。」可是其他同伴只想著如何安全通過，並希望那些士兵不要盤問他們任何問題。幸運的是，士兵沒盤查他們。不過，有個士兵從農夫的籃子裡拿了一根胡蘿蔔，粗魯地笑著扔向沙斯塔，說：

「嘿！小馬童！如果你的主子知道你竟然用他的坐騎來馱貨物，你肯定會吃不了兜著走。」

這話把沙斯塔嚇得半死，顯然，這表示任何稍微懂馬的人都能一眼就看出布瑞是匹戰馬。

「這是我主人的吩咐，明白吧！」沙斯塔說。不過，如果他管住自己的舌頭不說話會好一點，因為那士兵一聽，立刻朝他臉上狠狠揮了一拳，幾乎把他打倒在地，並且說：「給你一點教訓，臭小子，讓你知道該怎麼對自由人說話。」不過他們還是全都順利混進了城，沒被攔下。沙斯塔只掉了幾滴眼淚。他早已習慣挨打了。

進了城門以後，第一眼看上去，塔什班城似乎不如從遠處眺望時那般華美壯觀。城內這第一條街很窄，兩邊牆上幾乎看不到任何窗戶。街上比沙斯塔預期的擁擠得多，人群裡有一部分是和他們一同進城（來市場趕集）的農夫，另外還有賣水的小販、賣糖果蜜餞的小販、腳夫、士兵、乞丐、衣衫襤褸的孩童、母雞、流浪狗，以及赤腳的奴隸。如果你也在那裡的話，你首先會注意到的是那股氣味，不洗澡的人、沒洗澡的狗、香水、大蒜、洋蔥，以及到處一堆堆垃圾的臭味，全混合瀰漫在空氣中。

沙斯塔假裝走在前面帶頭，其實真正領路的是布瑞。布瑞知道路，並不停用鼻子輕推沙斯塔來引導他。不一會兒他們便向左轉，開始爬上一個陡坡。這裡給人的感覺清新宜人多了，因為路兩旁都種了樹，而且只有右邊有房子，另一邊他們可以往下俯瞰城市低處的屋宇，還可看見遠處的河流。接著，他們順著馬蹄型彎道往右轉，繼續向上爬，沿著之字形的路迂迴走上塔什班城的中心。他們很快就來到比較優雅的街區。巨大的神像和卡羅門英雄的雕像聳立在光潔閃亮的基座上；這些石像令人敬畏，不過一點也不悅目可親。成排的棕櫚樹和石柱拱廊在灼熱的人行道投下蔭涼之地。沙斯塔從經過的許多宮殿般的豪宅拱門望進去，看見許多濃蔭綠樹、清涼噴泉和平滑草坪。他想，裡面一定很漂亮舒服。

每次轉彎，沙斯塔都希望能脫離擁擠的人群，但每次都失望。人群讓他們前進得很慢，而且不時得完全停下來。通常這是因為有人大聲高喊：「迴避！迴避！迴避！大公駕到！」，或「女大公駕到！」，或「第十五代首相駕到！」，或「大使駕到！」，於是群眾立刻往兩旁退開，擠靠在牆邊；有時候，沙斯塔可以越過群眾頭頂看見那些引起騷動的達官或貴婦，他們慵懶地靠臥在擔轎裡，由四個或六個高壯的奴隸裸著肩臂抬轎經過。塔什班城裡只有一條交通規則，每個身分低的人都要讓路給比自己身分高的人；除非你想吃鞭子，或讓長矛柄捅上一記。

走到非常靠近城市最高處（那上面只有大帝的王宮）的一條華麗街道上時，最糟糕的一次壅塞發生了。

「迴避！迴避！迴避！」有個高喊的聲音傳來：「大帝（願吾皇萬壽無疆）的貴賓，

白蠻國王駕到！讓路給納尼亞的王公貴族。」

沙斯塔努力想讓開路，並且拉著布瑞往後退，但是馬本來就不容易倒退，就算是納尼亞的能言馬也一樣。就在沙斯塔背後，有個女人手裡拿著一個非常扎人的籃子，使勁頂著沙斯塔的肩膀說：「喂！你擠什麼擠啊！」接著一旁有人猛撞上他硬擠過去，這麼一衝一撞，他本來握著的布瑞的韁繩脫手了。眨眼之間，他背後的人群已經擁擠緊密得令他動彈不得。這時他才發現，自己在無意中已被人群擠到了最前面一排，能清清楚楚看見朝街道走下來的那一行人。

這群貴族和他們今天所見的其他貴族都不一樣。只有走在他們前面高喊「迴避，迴避」的開路人是卡羅門人。此外，這些貴族沒有人乘坐擔轎，全都自己走路。一行人中有五、六個男人，沙斯塔從沒見過這種模樣的人。首先，他們全都跟他一樣是白皮膚，而且大部分是金髮。他們的穿著打扮也不像卡羅門人，大部分穿著及膝短褲，身上外套的顏色都是高雅、鮮明、耐看——森綠、燦黃或鮮藍。他們不纏頭巾，而是戴著鋼制或銀制的小帽，有些帽子上鑲了珠寶，其中一人的帽子兩側還各有一個小翅膀，還有幾個人頭上什麼也沒戴。他們身側的佩劍長而直，不像卡羅門人的半月形彎刀。他們也不像大部分卡羅門人那樣嚴肅又神祕，他們走起路來自由自在，會讓肩膀手臂自由擺動，而且一路有說有笑。還有一個人邊走邊吹口哨。看得出來，他們隨時願意和友善的人交朋友，而那些不友善的人，他們也不會在意。沙斯塔想，自己這輩子從來沒見過這麼可愛的人。

不過，他還沒來得及好好欣賞，立刻就發生了一件非常可怕的事。那群金髮男人的首領突然指著沙斯塔叫起來：「他在那裡！我們的小逃犯在那裡！」並且伸手抓住了沙斯塔的肩膀。接著，他打了沙斯塔一巴掌──不是那種會讓你哭出來的狠抽，但足夠讓你知道受罰丟臉──並顫抖著說：

「你真丟臉，小閣下！呸，丟死人了！因為你，蘇珊女王的眼睛都哭紅了。可惡！竟然在外遊蕩了一夜！你都到什麼地方去了？」

這時哪怕只有一點點機會，沙斯塔都會趕緊縮到布瑞身子下，再混進人群中消失；但是那些金髮男人這時已全部過來圍住了他，而且他還被牢牢抓著。

當然，他的第一個衝動是說出自己只不過是窮漁夫阿西西的兒子，這些外國貴族肯定是認錯人了。可是在如此大庭廣眾當中，他最不想做的就是解釋自己是誰，正在做什麼。如果他開始解釋，人家很快就會追問他的馬是哪裡來的，還有阿拉維絲是誰──如此一來，穿過塔什班城的機會就完了。他的第二個衝動是尋求布瑞的幫助，但布瑞一點也不想讓在場群眾知道他會說話，就像一匹普通的馬那樣呆笨地站著。至於阿拉維絲，沙斯塔甚至不敢看她，就怕引起別人的注意。況且這時也沒有時間讓他多想，納尼亞人的首領立刻開口說：

「佩瑞丹，牽好小閣下的那隻手，我牽這隻手。好，走吧。我們皇姊看見這個小麻煩安全無虞回到我們落腳的地方，應該就能大大放心了。」

就這樣，他們穿過塔什班城的路還沒走上一半，整個計畫就都毀了。沙斯塔連對同伴說聲再見的機會都沒有，就被這群陌生人拉著往前走了，而且猜不到接下來會發生什麼事。那個納尼亞國王——沙斯塔從別人對他說話的態度看出他一定是國王——不停問他問題：問他去了哪裡，他是怎麼溜出去的，他這一身衣服是怎麼回事，他知不知道自己這樣很皮。只有國王說「皮」而不是頑皮。

沙斯塔一句也沒回答，因為他想不出該說些什麼才不危險。

「喂！裝啞巴嗎？」國王問：「我坦白告訴你，王子，按照你的身分，這種垂頭喪氣的沉默比逃跑本身更要不得。逃跑至少還可勉強說是帶點男孩特質的嬉戲胡鬧。阿欽蘭國王的兒子應該敢作敢當，不該像卡羅門的奴隸一樣畏畏縮縮垂著頭。」

這真是令人難受，因為沙斯塔始終覺得這位年輕的國王是個最好最好的大人，他想要讓國王留個好印象。

這些陌生人緊牽著他的兩隻手，帶他穿過一條狹窄的街道，走下一段短短的階梯，再爬上另一段階梯，來到一扇寬闊的大門前，門兩旁是白牆，左右各有一棵高大濃綠的柏樹。一穿過拱門，沙斯塔發現自己置身一個花園式的庭院。庭院中央有一個大理石噴水池，清澈的池水在噴湧落下的水花中泛出一圈又一圈的漣漪。水池周圍平滑的草坪上種了一圈橘子樹，圍繞著草坪的四面白牆上爬滿了薔薇。街道上的喧鬧、灰塵和擁擠，似乎在瞬間全部消失遠去。他們領著沙斯塔迅速穿過花園，進入一個幽暗的出入口。那個開路的卡羅門人被留在外面。進門之後他們帶他沿著迴廊走，冰涼的石板地面讓他發燙的赤腳感覺非常舒服。接著上了一段樓梯，沒多久，他就來到一個大房間，明亮的光線讓他直眨眼睛。房間裡通風良好，大開的窗戶全部朝北，因此太陽不會直接曬進來。房間地上鋪著一張地毯，沙斯塔有生以來不曾見過如此美好的顏色，他的雙腳陷在地毯裡非常舒服，宛如踩在厚厚的苔蘚上。房間四周沿牆擺了一圈矮沙發，上面放著許多靠墊。房間裡幾乎擠滿了人。有些人長得真是怪啊，沙斯塔想，但是在他能夠花時間細想之前，有個他生平見過最美麗的女士已經從座位上站起來，張開雙臂上前一把抱住他，親吻他，說：

「噢柯林，柯林，你怎麼能這樣呢？自從你母親過世後，你我成為這麼親密的朋友，如果我沒有帶你一起回家，我要如何向你父王交代？阿欽蘭和納尼亞雖然自古以來就是友邦，卻可能因此而開戰。你真皮啊，我的玩伴，你如此對待我們，真是皮過頭了。」

沙斯塔心想：「他們顯然把我誤認成阿欽蘭的王子了，天知道阿欽蘭在哪裡。這些肯定就是納尼亞人了。奇怪，真正的柯林跑哪去了呢？」但這些想法也沒能幫他說出任何話來。

「柯林，你跑哪兒去了？」那位女士問，手仍按著沙斯塔的肩膀。

「我……我不知道。」沙斯塔結結巴巴地說。

「就是這樣，蘇珊。」那位國王說：「我從他嘴裡套不出半句話來，不管是真話還是假話。」

這時，一個聲音說：「兩位陛下！蘇珊女王！愛德蒙國王！」沙斯塔轉頭看說話的是誰，一看之下，吃驚得差點跳起來。這是他初進房間時，眼角瞄到的怪人之一。他和沙斯塔差不多一般高，腰部以上的上半身和人類一樣，但是他的兩條腿卻像毛茸茸的山羊腿，形狀也像山羊腿，他還長著山羊蹄和山羊尾巴。他的皮膚很紅，長了一頭鬈髮，有短短的山羊鬍子，頭上還長了兩隻角。事實上，他是個人羊，是一種沙斯塔連畫像都不曾見過也從沒聽說過的生物。如果你讀過《獅子、女巫和魔衣櫥》這本書，或許知道這就是那位名叫圖姆納斯的人羊，蘇珊女王的妹妹露西進入納尼亞的第一天時，就遇到了他。不過他現在比那時候老多了，因為彼得、蘇珊、愛德蒙和露西已經在納尼亞當國王和女王好幾年了。

「兩位陛下，」他說：「小殿下已經中暑了。看看他！整個人昏昏沉沉的，根本不知道自己現在在哪裡啊。」

所有人一聽，當然不再對沙斯塔斥責和盤問，而是對他呵護備至，讓他到沙發上躺下，頭枕著靠墊，又用金杯端來冰凍的果子露讓他喝，還告訴他不要講話。

沙斯塔這輩子從來沒碰過這樣的事。他作夢都沒想過會躺在這麼舒服的沙發上，喝到這麼美味的果子露。他心裡還惦記著其他夥伴怎麼樣了？自己到底要怎樣才能逃離此地，到古帝王陵與他們會合？還有，真正的柯林出現時會發生什麼情況？不過，這時他這麼舒服，這些擔憂似乎變得沒有那麼迫切。也許，待會兒還會有好東西吃呢！

眼前這個涼爽又通風的房間裡，有些非常有趣的人。除了那個人羊，還有兩個矮人（這也是他從沒見過的生物），以及一隻非常大的烏鴉。其他都是人類，他們都是成年人，但很年輕，而且無論男女都比卡羅門人美貌，說話聲音也比卡羅門人好聽。沙斯塔很快就發現自己對他們的談話很感興趣。「好啦，女士，」國王對蘇珊女王（那位親吻了沙斯塔的女士）說：「你是什麼想法？我們已經在這個城市待了整整三個星期了，你決定了沒有？你到底要不要嫁給那個黑臉的追求者，那個拉巴達許王子？」

那位女士搖了搖頭，說：「不，弟弟，就算把整個塔什班城的珠寶都送給我，我也不願意。」（「哇噢！」沙斯塔想：「他們是國王和女王，不過是姊弟而不是夫妻。」）

「很對，姊姊。」國王說：「如果你嫁給他，我對你的敬愛也會減少。請聽我說，從大帝的大使第一次到納尼亞來商談這樁婚事，到後來王子親自到凱爾帕拉維爾作客，我一直不明白，你心裡竟能對他有那麼大的好感。」

「愛德蒙，那是我一時愚蠢，」蘇珊女王說：「我請求你原諒我。不過，他在納尼亞和我們在一起的時候，這位王子的言行舉止，與他現在在塔什班所表現出來的，真的完全不同。在我們大哥、最高王彼得為他舉辦的比武大賽和搏擊競技中，你們全都親眼目睹了他的武藝有多麼精湛，在和我們相處同遊的七天當中，他是多麼溫文有禮。但是在這裡，在他自己的城邦裡，他卻表現出完全不同的面孔。」

「啊！」大烏鴉說：「這應了一句老話：『想判斷熊的狀況，得先到熊窩逛逛。』」

「這話說得很對，蠟黃腳。」一個矮人說：「另一句老話是：『來吧，跟我住一個窩，就能認識我。』」

「對，」國王說：「現在我們已經看見他是什麼樣的人了：他是最傲慢、嗜血、奢侈、殘暴又自戀的暴君。」

「那麼，以阿斯蘭的名字起誓，」蘇珊說：「讓我們今天就離開塔什班吧。」

「姊姊，這有困難。」愛德蒙說：「現在，我必須把這兩天以來在我內心滋長的想法告訴大家了。佩瑞丹，麻煩你到門口去看看，確定沒有奸細在偷聽我們談話。都沒問題嗎？好。因為從現在開始，我們必須保密。」

所有人的神情都嚴肅了起來。蘇珊女王跳起來，跑到弟弟身邊，叫道：「噢，愛德蒙，怎麼回事？你臉上有一種好可怕的神情。」

05 柯林王子

「我親愛的姊姊，最善良的女士啊，」愛德蒙國王說：「現在你必須拿出勇氣來。讓我坦白告訴你，我們現在的處境十分危險。」

「怎麼回事，愛德蒙？」女王問。

「是這樣的，」愛德蒙說：「我想，我們想離開塔什班，不會是容易的事。當王子還懷抱著你會嫁給他的希望時，我們是貴客，但我以獅子的鬃毛發誓，一旦你明明白白地拒絕他，我想我們就和囚犯沒兩樣了。」

有個矮人低聲吹了聲口哨。

「我警告過兩位陛下的，我警告過你們的。」大烏鴉蠟黃腳說：「就如鍋裡的龍蝦感歎的，進來容易出去難！」

「我今天早上和王子見過面，」愛德蒙說：「他很不習慣別人違抗他的意願（很令人遺憾）。你的含糊其詞和拖延他的求婚已經令他非常氣惱。今天早上他很堅決，窮追猛打，想知道你的心意。我隨口開玩笑說些女人心思難以捉摸的笑話來岔開話題，同時也有意要他別抱太大希望，並暗示他的求婚可能無果。他愈聽愈生氣，敵意也變得愈重。雖然他外表還維持著禮貌，但說出的每一句話都帶著威脅。」

「是啊，」圖姆納斯說：「昨晚我和首相一起吃晚飯，情況也一樣。他問我喜不喜歡塔什班，我（既不願說謊，又不能告訴他這裡的每一塊石頭都令我厭惡）就對他說，現在盛夏即將到來，我的心嚮往納尼亞清涼的森林和沾滿露珠的山坡。他不懷好意地笑了笑說：『小羊蹄，沒人會攔著你回到那裡去跳舞；**只要給我們的王子留下一個新娘，你們隨時都可以離開。**』」

蘇珊驚叫道：「你是說，他會用武力逼迫我當他的妻子？」

「我怕的就是這個，蘇珊。」愛德蒙說：「妻子，或更糟糕的是成為奴隸。」

「但是，他怎麼能這樣？難道大帝以為我們的哥哥最高王會忍受這種蠻橫嗎？」

「陛下，」佩瑞丹對國王說：「他們不會如此瘋狂的。難道他們以為納尼亞沒有軍兵嗎？」

「唉，」愛德蒙說：「我猜，大帝根本就不把納尼亞放在眼裡。我們是個小國，和大帝國接壤的小國總是招大帝國君王的厭恨。他早就想把這些小國除掉，將它們併吞。

姊姊，他當初忍受王子到凱爾帕拉維爾來向你求愛，很可能就是想找機會來攻擊我們。很可能，他希望藉此一口吞掉納尼亞和阿欽蘭。」

「讓他放馬過來。」第二個矮人說：「打海戰，我們跟他是勢均力敵。如果他要從陸地進攻，他得先穿過沙漠。」

「沒錯，朋友。」愛德蒙說：「不過，沙漠是可靠的屏障嗎？蠟黃腳你怎麼看？」

「我很熟悉那片沙漠。」蠟黃腳說：「我年輕的時候，飛遍了那個地方。」（你肯定知道，沙斯塔這時立刻豎起耳朵聆聽。）「可以確定的是，如果大帝要率領大軍經由大綠洲前往阿欽蘭，他永遠到不了。雖然他們行軍一天就能抵達那個綠洲，但是那裡的泉水太少，根本不足以供應他所有的兵馬解渴。不過，還有另外一條路。」

沙斯塔更注意聽了。

「他若要找這條路，」蠟黃腳說：「就必須從古帝王陵出發，向西北方前進，讓派爾山的雙峰一直保持在他的正前方。這樣騎一天或一天多一點的時間，他就會到達一個石谷的入口。這入口很窄，有人就算從它附近經過一千次，也未必知道它的存在。若從谷口往裡看，既沒有草，也沒有水，什麼好東西也沒有。可是如果他順著山谷往裡騎，就會來到一條河，再沿著河往前騎，就能到達阿欽蘭。」

「卡羅門人知道這條西邊的路嗎？」女王問。

「朋友，朋友，」愛德蒙說：「談論這些有什麼用呢？我們不是在討論如果納尼亞和卡羅門之間爆發戰爭，誰會打贏。我們討論的是，如何在確保女王的榮譽和我們的性命的情況下，離開這座窮凶極惡的城市。因為就算我們的哥哥最高王彼得能擊敗大帝十幾次，但我們可能在那之前就身首異處了，女王也早就成了王子的妻子，或更可能成了他的奴隸了。」

「我們也有武器，陛下，」第一個矮人說：「而且這棟房子也十分適於防守。」

「說到這一點，」國王說：「我毫不懷疑我們每一個人都會誓死守住大門，除非踏過我們的屍體，他們接近不了女王。即便如此，我們也僅僅是在做困獸之鬥而已。」

「一點也沒錯。」大烏鴉呱呱說道：「負隅頑抗會產生一些動人的故事，但不會有好結果。敵人在被擊退幾次之後，會放一把火燒了這棟房子的。」

「所有這一切都是因我而起的，」蘇珊忍不住哭了出來，說：「噢，真希望我沒有離開凱爾帕拉維爾。卡羅門的使臣到達的那一天，我們快樂的日子就結束了。鼴鼠們還在為我們開闢一個果園呢……噢……噢。」她雙手掩面哭起來。

「勇敢些，蘇珊，勇敢些。」愛德蒙說：「別忘了……圖姆納斯先生，**你**怎麼啦？」因為人羊這時握住自己的羊角，彷彿這樣才能保持頭腦清醒，同時一邊身體來回扭動，好像肚子痛。

「別跟我說話，別跟我說話。」圖姆納斯說：「我正在想辦法。我正在想辦法，我想得快要不能呼吸了。等等，等等，請你們等一等。」

眾人困惑地沉默了片刻，然後，人羊抬起頭來，抹了一把額頭，深吸了一口氣說：「唯一的困難是怎麼樣才能在人不知鬼不覺的情況下，帶著補給登上我們的船。」

「是啊，」一個矮人冷冷地說道：「就像乞丐要騎馬的唯一困難是他沒有馬。」

「等等，等等，」圖姆納斯焦急地說：「我們只需要找個藉口，讓我們今天可以登船，又可以運些貨物上去。」

「嗯。」愛德蒙國王遲疑地說。

「好，那麼，」人羊說：「看這樣行不行，兩位陛下聯名邀請王子，請他明天晚上到我們的大帆船『璀璨琉璃號』上來參加一場盛大的宴會，如何？請帖上的言詞，當在不損及女王的榮譽下，力求親切熱絡，像給王子一個希望一樣，讓他以為女王的態度已經軟化了。」

「陛下，這個建議很好。」大烏鴉嘎嘎地說。

「這樣一來，」圖姆納斯興奮地繼續說：「大家都會認為我們整天往船上跑，是為了給賓客準備飲食。另外，我們要派些人到市場去，儘量花錢採買水果、蜜餞、葡萄酒，就好像我們真的要舉辦宴會一樣。我們還要預約幾個魔術師、玩雜耍的、跳舞女郎和吹笛樂手等等，讓他們明天晚上到船上來表演。」
「我明白了，我明白了。」愛德蒙國王搓著手說。
「然後，」圖姆納斯說：「我們所有的人今天晚上都要上船。等天一黑……」
「就揚帆啟航！」國王說。
「直奔大海。」圖姆納斯一邊叫著，一邊一躍而起，跳起舞來。
「一路航向北方。」第一個矮人說。
「一路奔向家鄉！納尼亞萬歲！北方萬歲！」另一個矮人說。
「等王子第二天醒來，發現他的小鳥兒已經飛了。」佩瑞丹拍著手說。
「噢，圖姆納斯大人，親愛的圖姆納斯大人，你救了我們所有人。」女王說著，抓住他的手隨他一起跳起舞來。
「王子會來追我們的。」另外一位大人說，沙斯塔不知道他叫什麼名字。
「那我倒不怕。」愛德蒙說：「他們停在河上的船我都看過了，既沒有高大的戰船，也沒有輕快的槳帆船[3]。我倒是希望他來追我們！『璀璨琉璃號』能擊沉任何他派來追趕的船——如果能追得上我們的話。」

---

3 槳帆船（Galley），雙排槳、大三角帆的帆船，主要動力是人力划船，通常也以桅杆和帆當作次要動力。槳帆船的用途主要是戰爭或貿易，在早期的地中海海戰中具重要地位，古代的腓尼基、希臘、迦太基、羅馬的戰爭中均有使用這種船。

「陛下，」大烏鴉說：「就算我們再開七天的會來商議，也不會有比人羊所提更好的計畫了。現在，就如我們鳥類所說的：『要下蛋得先築巢。』也就是說，我們大家先吃飯，然後立刻去辦正事。」

聽見這話，所有人全都起身，打開房門，在場貴族和其他生物全都退到兩旁，讓國王和女王先走出去。沙斯塔正在想自己該怎麼做時，圖姆納斯就開口說：「小殿下，你躺著吧，我馬上就把你的膳食端過來。在我們備好東西登船之前，你都不必起來走動。」沙斯塔重新躺回枕頭上，不一會兒，房間裡就只剩下他一個人了。

「這真是太可怕了。」沙斯塔想。在他腦子裡，連一絲把自己的真實情況告訴這些納尼亞人，以尋求他們幫助的念頭都沒有。從小在阿西西那樣凶狠吝嗇的人身邊長大，他已經養成一個根深柢固的習慣——非到萬不得已，不要告訴大人任何事。他認為，無論你想做什麼，大人知道後都只會破壞和阻止。他也認為，就算納尼亞國王會善待那兩匹馬——因為他們是納尼亞的能言馬——他也會討厭阿拉維絲，因為她是卡羅門人，若不是把她賣為奴隸，就是把她送回她父親那裡。至於他自己，「**現在**我無論如何都不能告訴他們我不是柯林王子。」沙斯塔想：「我已經聽見他們全部的計畫。如果他們知道我不是跟他們一夥的，絕不會讓我活著走出這棟房子。他們會怕我去大帝那裡告密。他們會殺了我。如果真的柯林出現了，一切都穿幫了，他們一**定會**殺了我！」你瞧，他完全不瞭解高尚的自由人是如何行事為人的。

「我該怎麼辦？我該怎麼辦？」他不停自言自語道：「我……哎呀，那個像山羊的小傢伙又來了。」

人羊半跳著舞快步而入，手裡端著一個差不多和他自己一樣大的托盤。他將托盤放在沙斯塔沙發旁的一張嵌花桌子上，然後坐在地毯上，盤起他的山羊腿。

「好啦，小王子，」他說：「好好吃頓午飯吧。這會是你在塔什班城的最後一餐。」

這是一份卡羅門風味的豐富餐點。我不知道你會不會喜歡，但沙斯塔挺喜歡的。有龍蝦、沙拉、塞了杏仁和松露的鷸，一道由雞肝、大米、葡萄乾和堅果混合的複雜的菜，另外還有冰涼的甜瓜、奶油拌醋栗、奶油拌桑椹，以及各種能用冰搭配的美食。托盤裡還有一小壺葡萄酒，雖然名稱是「白酒」，但其實是黃色的。

沙斯塔吃飯時，這位好心的、一直以為他中暑頭暈的小人羊一直跟他說話，說他們全都回到家之後，他會過多麼好的日子；又說到他那位仁慈的老父親——也就是阿欽蘭的魯恩國王——以及國王居住的、位在隘口南邊山坡上的小城堡。「別忘了，」圖姆納斯先生說：「下次你生日時，你會得到一套盔甲和一匹戰馬。到那時候，殿下你就要開始學習在馬上持矛衝刺和比武了。再過幾年，要是一切順利的話，彼得國王答應過你父王，他會在凱爾帕拉維爾親自冊封你為騎士。在這期間，納尼亞和阿欽蘭兩國之間越過山脈隘口的往來會更頻繁。當然，你記得吧，你答應過我，在夏日慶典的時候到我那裡住上整整一個星期。我們會在森林深處點燃篝火，人羊和樹精靈會徹夜跳舞，還有，誰知道呢？說不定我們還會見到阿斯蘭！」

吃完飯後，人羊要沙斯塔繼續靜靜躺著休息。「小睡一會兒對你沒壞處的。」他補充說：「我會來叫醒你，讓你有充足的時間可以登船，然後回家。回納尼亞和北方！」

沙斯塔非常享受這頓飯，而所有圖姆納斯告訴他的事，讓他在再次獨處時有了完全不同的念頭。現在，他只希望真正的柯林王子不要在大家上船之前出現，這樣他們就會帶著他搭船前往納尼亞了。恐怕他完全沒想到，真正的柯林如果流落在塔什班會有什麼遭遇。他有點擔心在古帝王陵等他的阿拉維絲和布瑞，不過他又對自己說：「可是我有什麼辦法？」還有：「反正阿拉維絲也認為我不配和她一起走，所以現在她可以獨自上路了。」同時他也想到，搭船前往納尼亞，比費力跋涉過沙漠要好太多了。

他想著想著，不知不覺就睡著了。一大清早起來，走了那麼久的路，又經歷了那麼多刺激和驚嚇，然後吃了一頓非常美味的大餐，躺在這麼舒服的沙發上，房間這麼涼快，除了偶爾有一隻蜜蜂從大開的窗戶嗡嗡飛進來外，四周非常寧靜，如果換了你，你也會睡著的。

讓他驚醒的，是東西砸在地上的碎裂巨響聲。他從沙發上跳起來，兩眼瞪得大大的。

他只看了房間一眼——屋裡的光影全變了——就知道自己一定睡了好幾個鐘頭了。他也看見是什麼東西砸壞了——一個放在窗臺上的昂貴瓷瓶掉在地上，摔成了大概三十幾片。不過這些都沒引起他注意。他注意到的是兩隻從外面伸進來牢牢攀著窗臺的手。那雙手愈抓愈緊（指關節都變白了），接著冒出一個腦袋，然後是雙肩。不一會兒，一個和沙斯塔同樣年齡的男孩把一條腿攀進屋裡，跨坐在窗臺上。

沙斯塔從來沒照過鏡子，不知道自己的長相。即使他知道，也可能認不出這個男孩（若在平時）長得幾乎跟自己一模一樣。這個男孩這時的模樣是誰也不像了，因為他一隻眼睛的瘀青程度是你所見過最嚴重的，他還掉了一顆牙，而且衣服（剛穿上時一定非常華麗好看）又破又髒，臉上都是汙泥和血跡。

「你是誰？」那男孩低聲說。

「你是柯林王子嗎？」沙斯塔說。

「當然是啊。」那男孩說：「可是你是誰啊？」

「我誰也不是，我的意思是，我是個無名小卒。」沙斯塔說：「愛德蒙國王在街上看到我，把我誤認成你了。我猜我們一定長得很像。我能從你進來的路出去嗎？」

「行，如果你會爬牆的話。」柯林說：「但你幹嘛急著走？我說，別人把我們搞混了，我們應該可以拿這件事來開開他們玩笑。」

「不行，不行。」沙斯塔說：「我們一定要馬上換過來。如果圖姆納斯先生回來，發現我們兩個都在這裡，那就糟了。我不得不冒充是你。你們今晚就會祕密出發。你這段時間到底跑到哪裡去了？」

「街上有個男孩拿蘇珊女王開下流的玩笑，」柯林王子說：「所以我揍了他一頓。他哭喊著跑進一戶人家，把他大哥喊了出來。於是我把他大哥也揍倒在地。然後他們一夥人都來追我，追著追著，撞上了三個手拿長矛、自稱守衛的老傢伙。我跟守衛打起來，我被打倒在地。那時天已經快黑了。那些守衛押著我，要把我關到某個地方。因此我問他們喜不喜歡喝兩杯，他們說有酒喝當然好。於是我把他們帶到一家酒館，給他們買了酒，他們坐下來喝酒，一直喝到不省人事。我想這時不走更待何時，悄悄溜出酒館，接著又碰到第一個男孩——就是那個惹起這一切麻煩的傢伙——還在街上蹓躂，於是我又揍了他一頓。之後，我順著一根水管爬到一棟房子的屋頂，躺下來安安靜靜待到今天早晨。從早晨開始我就一直在找回來的路。哎呀，有什麼喝的沒有？」

「沒有，我喝光了。」沙斯塔說：「現在快告訴我你是怎麼進來的。沒時間耽擱了。你最好快來沙發上躺著，假裝……哎呀我忘了，你這一身的瘀青和一隻發黑的眼睛沒法裝了。看來，等我安全離開以後，你就實話實說吧。」

「當然說實話，要不然你以為我會對他們說什麼？」王子一臉生氣地問：「**你**究竟是誰？」

「沒時間了。」沙斯塔氣急敗壞地小聲說：「我相信我是納尼亞人，反正是北方某個地方的人，但我是在卡羅門長大的。現在我在逃亡，要和一隻名叫布瑞的能言馬一起越過沙漠。現在，快點！告訴我怎麼離開？」

「你看，」柯林說：「從這個窗戶往下跳到那個迴廊屋頂上，但是一定要踮起腳尖，把腳步放輕，不然會被人聽見。然後沿著左邊走，如果你會爬牆的話，就爬到那道牆上。接著沿著牆走到那個角落，就會看到牆外有個垃圾堆，跳到垃圾堆上，就可以出去了。」

「謝謝。」沙斯塔說，他已經跨坐在窗臺上了。兩個男孩看著對方的臉，突然發現，他們已經是朋友了。

「再見。」柯林說：「祝你**好運**。我真心希望你能安全離開。」

「再見。」沙斯塔說：「我說，你昨天的冒險相當精彩。」

「比不上你的刺激，」王子說：「現在快跳吧；喂，輕點。」沙斯塔跳下去時他補充說：「我希望我們能在阿欽蘭碰面。你去見我父親魯恩國王，告訴他你是我的朋友。小心！我聽見有人來了。」

06 沙斯塔來到古帝王陵區

沙斯塔踮起腳尖，輕巧地沿著屋頂跑，赤裸的腳覺得很燙。他只用了幾秒鐘就爬上盡頭處的高牆，等他走到牆角，往下一看，只見是一條又窄又臭的小巷子，而且正如柯林告訴他的，有個垃圾堆緊靠著外牆。他跳下去之前，迅速向四周掃視一圈，確認自己的位置。這時，他顯然在塔什班城所在的島嶼山山頂。放眼望去，整座城市盡在眼底，一片片平坦的屋頂順著山坡層疊而下，下方最低處是北側城牆的塔樓和城垛。城外是河，河對岸是園林滿布的矮坡。再往前望去，是他從未見過的景象——極大一片灰黃色的東西如平靜的海洋那般平坦，連綿數十英里。在遠方這片東西的盡頭，有一些龐大的藍色物體如波浪起伏，但是邊緣如鋸齒，其中一些頂端是白的。沙斯塔心裡想：「沙漠！高山！」

他跳落在垃圾堆上，開始以最快速度沿著小巷往坡下直奔，不一會兒就來到一條比較寬闊的街道，人也更多。對一個衣衫襤褸赤腳在街上奔跑的男孩，誰都懶得正眼看一下。不過他還是很焦慮不安，直到轉過一個拐角，看見城門就在前方，他才鬆了一口氣。出城的人很多，他擠在人群中推推搡搡地出了城門，到了城外橋上，人群前進的速度慢了下來，變得像一條長龍而不是一團擁擠的群眾。在經歷了塔什班的惡臭、悶熱和喧囂之後，置身在兩旁流水清澈的橋樑上，感覺空氣真是甜美，令人神清氣爽。

沙斯塔過橋到了對岸後，發現人群立即四散開來；所有人不是往左就是往右，全都沿河岸走了。他徑直往前，走上園林之間一條看起來沒什麼人走過的路。走了幾步之後，路上就剩他自己一個人了，再走幾步之後，他就走上了坡頂。他停下來，瞪著眼前的景象。他就像來到了世界的盡頭，在他前面幾英尺的地方，青綠的草地戛然而止，取而代之的是沙漠：一望無際的平坦沙地，看起來像海灘，但沙粒比較粗，因為從來沒有被水沖刷過。遠方的山脈聳立在前，若隱若現，這時看起來比先前更遠了。不過，他看見左側不遠處應該就是古帝王陵了，大約走路五分鐘就能到達，鬆了一口氣。它們就像布瑞所描述的，一大群聚集的風化剝落的石堆，形狀像巨大的蜂巢，但是稍微狹長一些。這時太陽已落在這些荒墳背後了，因此那些古墳看起來非常漆黑，而且陰森。

他轉身面對西方，朝著古墳一路小跑而去。雖然落日照在他臉上，使他幾乎看不見任何東西，但他還是不由自主地拚命張望，想看看有沒有他朋友的蹤跡。「不管怎樣，」

他想：「他們應該會在最遠的那座古墳那頭，不會在這一邊，否則城裡任何人都會看見他們。」

那裡大約有十二座古墳，每一座都有一個低矮的拱門洞口，洞內漆黑一片。古墳的排列毫無章法，東一座西一座的，因此你得花很多時間，把這裡那裡每座墳墓都繞上一圈，才能確定你都找過了。這就是沙斯塔必須做的事。可是那裡一個人都沒有。

沙漠的邊緣無比寂靜，這時太陽已經完全西沉了。

突然，他背後某處傳來一個可怕的聲音。沙斯塔嚇了好大一跳，緊緊咬住牙關才沒尖叫出聲。下一刻他才明白過來，那是塔什班城關閉城門的號角聲。「別笨了，你這個膽小鬼，」沙斯塔自言自語說：「這和你今天早上聽到的聲音一樣嘛。」話雖如此，但早晨和朋友一起進城時聽見，和夜幕低垂獨自一人被關在城外時聽見，感覺大不相同。現在城門關了，他知道今天晚上不會有人來跟他會合了。「他們若不是被關在塔什班城裡過夜，」沙斯塔想：「就是已經拋下我走了。阿拉維絲會幹這種事，但布瑞不會。噢，他絕不會拋下我的……現在他真的不會嗎？」

沙斯塔再次看錯了阿拉維絲。她很驕傲，也夠強硬難纏，但是她如鋼鐵般忠實可靠，而且不管她喜不喜歡她的同伴，她都永遠不會拋棄他。

這時沙斯塔知道自己只能獨自過夜（天色愈來愈暗）了，開始愈來愈不喜歡這個地方。那些巨大、寂靜無聲的石堆，給人一種非常不舒服的感覺。他花了好長時間竭力克制自己不要去想惡靈作祟什麼的，但這時再也克制不住了。

「哇！哇！救命啊！」他突然大喊，因為在那一剎那，他感覺有個東西碰了他的腿。在這種時候，身在這種地方，又剛剛受過驚嚇，突然有某種東西從後面過來碰他，我想不管是誰都會嚇得大叫的。沙斯塔嚇得連跑都沒辦法跑。在這古帝王的墳堆裡，沒有什麼會比被一個他不敢回頭看的東西追得團團轉更糟了。他沒跑，相反的，他做了在這情況下能做到的最明智的舉動。他回頭看了，接著，他胸口幾乎像快爆炸似的鬆了一口氣。碰他的只是一隻貓。

這時的光線已經很暗，沙斯塔看不清那是一隻什麼樣的貓，只能看出牠體型很大，非常莊嚴。牠看起來就像已經獨自在這古帝王陵中生活了很多、很多年了。牠的眼睛讓你覺得牠知道許多祕密，但牠不會告訴你。

「咪咪，咪咪，」沙斯塔說：「我猜你不會是一隻**能言**貓吧。」

貓比之前更專注地盯著他看。然後，牠就走開了，沙斯塔當然跟著牠走。牠帶著他直接穿過那些古墳，走出墳地，來到旁邊的沙漠。牠端坐下來，尾巴繞到前面捲住前腳，面向沙漠，朝著納尼亞和北方一動也不動，彷彿在等待或提防敵人出現。沙斯塔躺下來，背靠著貓，面對著古墳堆，因為人在神經緊張的時候，沒有什麼能比面朝危險而背靠著某種溫暖結實的東西更好了。躺在沙地上大概不太舒服，但沙斯塔已經席地而眠了好幾個星期，所以他根本沒留意到這個。他很快就睡著了，不過即使在睡夢裡，他都惦記著布瑞、阿拉維絲和荷紋出了什麼事。

他突然被一種自己從未聽過的聲音驚醒。沙斯塔自言自語說：「也許只是個噩夢。」同時發現背後的貓不在了。他真希望貓還在。他一動也不動地躺著，連眼睛都沒睜開，就像你我用衣服蒙著頭躺著不動一樣。因為他知道自己如果坐起來，環顧那些古墓和杳無人跡的沙漠，一定會更害怕。可是，那聲音又出現了——從他背後的沙漠傳來一聲尖厲刺耳的嚎叫。當然，這下他不得不睜開眼睛坐起來了。

一輪明月皎潔清亮。月光下，那些古墓看起來灰濛濛的，比他所想的大得多，也近得多。事實上，它們看起來像極了一個個的巨人，身上罩著足以蓋住頭臉的連帽灰長袍，十分嚇人。獨自一人在這麼奇怪的地方過夜，有這些東西這麼靠近你，真叫人發毛。不過，嚎叫聲是從背後的沙漠裡傳來的。沙斯塔必須轉身背對古墳（他很不願意這麼做），雙眼掃視著前方平坦的沙漠。那野性的嚎叫再次響起。

「希望別又是獅子啊。」沙斯塔想。事實上，那聲音不像他們遇見荷紋和阿拉維絲那天晚上他聽見的獅吼，而是豺狼的嚎叫，但是沙斯塔當然不知道那是豺狼。如果他知道，他絕不會願意碰上豺狼的。

嚎叫聲接二連三響起。「不管牠們是什麼，都不只一隻啊，」沙斯塔想：「而且愈來愈近了。」

我猜想，如果他是個明智的孩子，他會穿過那些古墓去靠近河岸的地方，那邊有不少人家，野獸比較不會去那裡。可是，古墳堆有（或他認為有）惡靈。要穿過墓地，表示要經過一個個漆黑的古墳洞口，天知道那裡面會有什麼東西出現？沙斯塔這麼想或許很蠢，但他寧願冒著野獸來襲的危險也不願意回頭。接著，隨著嚎叫愈來愈近，他開始動搖了。

就在他準備轉身逃跑時，突然有一頭巨獸竄出來擋在他和沙漠之間。由於牠擋住了月亮，所以牠看起來就是黑黑一團，沙斯塔不知道那是什麼動物，只看得出牠身形龐大，有毛茸茸的頭，而且用四條腿走路。牠似乎沒注意到沙斯塔，因為牠突然停下腳步，扭過頭，朝著沙漠發出一聲驚天動地的怒吼，吼叫聲穿過古墓堆轟隆迴盪，似乎連沙斯塔腳下的沙地都在震動。其他野獸的嚎叫聲突然全停了，他感覺自己聽到了驚惶逃跑的腳步聲。接著，那頭巨獸轉過頭來打量沙斯塔。

「是一隻獅子，我就知道，是一隻獅子。」沙斯塔想：「我完蛋了。不知道被咬死會不會很痛。我希望死得快一點。不知道人死了以後會是什麼樣子。噢－噢－噢！牠過來了！」他閉上眼睛，咬緊了牙關。

不過沒有尖牙利爪攻擊他，他只感覺到有個溫暖的東西在他腳邊躺了下來。他睜開眼睛一看，忍不住說：「哎呀，根本沒有我想的那麼大！只有我想的一半。不對，連四分之一都不到。我敢說這就是那隻貓啊！我剛才一定是在作夢，還以為牠和馬一樣大。」

無論他剛才是不是真的在作夢，這時躺在他腳邊仰著臉盯著他的是一隻貓，那一雙綠瑩瑩的大眼睛眨也不眨。這一定是他見過的最大的貓。

「噢，小貓，」沙斯塔喘口氣說：「我**真**高興能再次見到你。我剛才作了一個好可怕的夢。」說完他立刻又躺下，像天剛黑時那樣和貓背靠著背。貓身上的溫暖讓他全身又暖了起來。

「我這輩子絕不會再做欺負貓的事了。」沙斯塔半是對貓咪半是對自己說：「你知道，我曾經做過一次，拿石頭丟一隻餓得半死、滿身疥癬的老流浪貓。嘿！住手！」因為貓這時轉過身來抓了他一下。沙斯塔說：「別這樣，別像你聽不懂我說的話似的。」接著他就睡著了。

第二天早晨他醒來時，貓已經走了，太陽已經高掛在天空中，曬得沙地發燙。沙斯塔坐起來，揉揉眼睛，覺得渴得要命。沙漠白亮得刺眼，雖然他背後隱約傳來城市的嘈雜聲，但他周圍一片死寂。他稍微向左側過臉，也就是朝著西邊，以免太陽照著他的眼睛。沙漠遠處的山脈映入眼簾，十分清楚分明，彷彿只有一箭之遙。他特別留意到一座藍色高山頂上的山峰一分為二，那肯定就是派爾山了。「按照渡鴉的說法，那就是我們的方向。」他想：「我得先確認它的位置，等他們一到就出發，不用浪費時間。」於是他用腳在沙地上犁出一條對準派爾山、直直的深溝。

接下來他要做的顯然就是去弄點吃喝的了。沙斯塔小跑穿過墓地——那些古墳現在看起來都很平常，他不懂昨天晚上自己怎麼會那麼害怕——去河邊有人跡栽植耕種的地方。那地區有些人，但不多，因為城門已經打開好幾個鐘頭了，一早的人潮都已進城去了。因此他輕易地做了一點（布瑞所說的）「突擊」，包括翻牆進入一個園子，弄到三個橘子、一個甜瓜、兩粒無花果和一顆石榴。然後他來到離橋比較遠一點的河邊，喝了一些水。河水非常清涼，於是他脫掉又熱又髒的衣服，跳進了河裡。從小就生活在海邊的沙斯塔，當然是在會走路時就學會游泳了。洗完從水裡出來，他躺在草地上隔著河看著塔什班——它是那麼的華麗輝煌，氣勢恢弘，但那也讓他想起城中重重的危險。他突然意識到，就在他洗澡時，其他人可能已經來到古帝王陵了（「而且很可能沒等我就走了」），於是驚慌地穿上衣服，並用最快的速度狂奔回去。等他到達古帝王陵時，又熱又渴一身臭汗，剛才的澡等於白洗了。

就像大多數日子，當你獨自等待某件事時，這天就像有一百個鐘頭那麼長。當然，他有很多事情可以想，但獨自一人坐在那裡乾想，就覺得時間過得很慢。關於那些納尼亞人，尤其是柯林，他想了很多。他好奇地想，當他們發現那個躺在沙發上聽了他們所有祕密計畫的男孩不是真正的柯林王子時，他們會有什麼反應。想到那些好人會把他想成叛徒，他就覺得非常不愉快。

太陽慢慢、慢慢爬上中天，又慢慢、慢慢西下，然而沒有人來，也沒有任何事情發生，他開始愈來愈焦慮。當然，他這時才意識到，當他們約好大家在古帝王陵碰頭時，沒有人提出要「等多久」。他不可能在這裡等一輩子啊！天很快又要黑了，而他又得像昨晚一樣再熬一夜。他腦海中閃過十來個不同的計畫，全都是餿主意，最後他決定採用其中最糟的那個。他決定等天黑之後回到河邊去偷甜瓜，能帶多少就偷多少，然後按照他早上在沙地上畫出那條溝的方向獨自朝派爾山出發。這個主意很瘋狂，如果他像你一樣讀過很多關於在沙漠中旅行的書，那麼他作夢也不會這麼打算，但是沙斯塔一本書都沒讀過。

就在太陽西沉之前，有事情發生了。沙斯塔坐在一座古墓的陰影底下，一抬頭，看見有兩匹馬正朝他走來。他的心猛地一跳，因為他認出那兩匹馬是布瑞和荷紋，但接著他的心又一下子沉到了腳尖。沒有阿拉維絲的人影。那兩匹馬被一個陌生男人牽著，那人身上佩戴武器、穿著非常體面，看起來像是貴族家庭裡的上等奴隸。布瑞和荷紋也不是馱東西的馬了，而是上了馬鞍並繫了轡頭。這究竟是什麼意思？「這是個陷阱。」沙斯塔想：「有人抓住了阿拉維絲，說不定還用酷刑拷問她，然後她把整件事都招出來了。他們要我跳起來跑過去跟布瑞說話，然後我也會被逮住！但是如果我不過去，我可能會失去和他們碰面的唯一機會。噢，我真想知道到底發生了什麼事。」他偷偷躲到那座古墓後面，每一兩分鐘就探頭看一下，心裡盤算著怎麼做才最不危險。

07在塔什班城裡的阿拉維絲

原來事情是這樣的。阿拉維絲見沙斯塔被納尼亞人匆匆帶走，發現只剩自己和兩匹（非常明智地）不說半句話的馬相伴時，連片刻的慌亂都沒有。她抓過布瑞的韁繩，牽著兩匹馬動也不動地站著；雖然她的心像打鼓一樣狂跳，臉上卻沒顯露出分毫。等那些納尼亞王公貴族一走遠，她就試著再往前走。然而，還沒等她邁出腳步，又聽見另一個呼喝開道的人大聲吼著：「讓路，讓路，讓路！給女大公拉莎拉琳讓路！」（「這些人真討厭死了。」阿拉維絲心裡想。）接著就見開道人身後來了四個配刀的奴隸，然後是四個轎夫抬著一乘綢幔飄飄的擔轎，擔轎散發的香水味和花香味瀰漫了整條街，轎上綴著的鈴鐺叮噹作響。擔轎後面跟著幾名衣著美麗的女奴，然後是馬夫、聽差、童僕等類雜役。這時，阿拉維絲犯下了她第一個錯誤。

她和拉莎拉琳很熟——簡直就像同班同學一樣——因為她們常到相同的人家作客，

又經常參加相同的宴會。阿拉維絲忍不住想抬頭看一下拉莎拉琳現在是什麼樣子，因為拉莎拉琳嫁了權貴，也是個大人物了。

這真是命中注定。兩個女孩的目光對上了。拉莎拉琳立刻在擔轎上坐了起來，尖著嗓門大喊：

「阿拉維絲！你怎麼會在這裡？你父親……」

片刻都耽延不得。阿拉維絲毫不猶豫立刻放開兩匹馬，上前一把抓住擔轎邊緣，一個翻身坐到拉莎拉琳身邊，氣急敗壞附在她耳邊低聲說：

「閉嘴！聽到沒有！閉嘴！你必須把我藏起來。吩咐你的下人……」

「可是親愛的……」拉莎拉琳仍然大著嗓門說話。（她毫不在意別人對她瞪眼；事實上，她喜歡受人矚目。）

「快照我的話做，要不然我就再也不跟你說話了。」阿拉維絲低斥道：「拜託，拉莎，拜託快一點。這件事非常重要。叫你的下人牽著那兩匹馬。把綢幔全放下來，快帶我去不會被人發現的地方。**快一點！**」

「好啦，親愛的，」拉莎拉琳用她那懶洋洋的聲音說：「聽著，你們兩個去把女大公的兩匹馬牽上。」（這話是對奴隸說的。）「現在回家去。我說，親愛的，今天這樣的天氣，你真的要把帷幔放下來嗎？我是說……」

不過阿拉維絲已經拉上了帷幔，把自己和拉莎拉琳關在一個像帳篷一樣的空間裡，濃郁的香味令人有些窒息。

「不能讓人看見我。」阿拉維絲說：「我父親不知道我在這裡。我逃家了。」

「我的好姑娘啊，這真是太刺激了。」拉莎拉琳說：「我等不及要聽你說這件事了。親愛的，你坐到我的衣服了。你能挪一下嗎？這樣好多了。這衣服可是新的呀。你喜歡嗎？我是在……」

「噢，拉莎，正經一點，」阿拉維絲說：「我父親在哪裡？」

「你不知道嗎？」拉莎拉琳說：「他當然在這裡啊。他昨天進城了，正到處打聽你呢。想到你現在跟我在一起，他卻什麼也不知道，這可是我碰過最好玩的事了。」她開始咯咯笑個不停。阿拉維絲這時才想起來，拉莎拉琳向來喜歡咯咯傻笑個不停。

「這一點也不好玩。」阿拉維絲說：「這是非常非常嚴肅的事。你能把我藏在什麼地方？」

「我親愛的姑娘，這一點也不難。」拉莎拉琳說：「我帶你回家。我丈夫出門去了，沒有人會看見你。哎呀，好討厭！拉上帷幔一點也不好玩。我要看人啊。穿了新衣服卻這樣關在帷幔裡，那不是白穿了嘛。」

「你剛才對我大喊大叫的時候，我希望沒有人聽見。」阿拉維絲說。

「不會，不會，當然不會啊，親愛的。」拉莎拉琳心不在焉地說：「你還沒告訴我，你覺得我這件新衣裳怎麼樣啊。」

「還有一件事，」阿拉維絲說：「你必須吩咐你那些手下對那兩匹馬尊敬一點。這也是祕密，他們是納尼亞王國的能言馬。」

「太神奇了！」拉莎拉琳說：「好刺激啊！噢，親愛的，你見過納尼亞來的那個蠻族女王嗎？她現在就在塔什班城裡。大家都說，拉巴達許王子愛她愛得發狂。過去兩個星期已經舉辦了幾場最盛大的宴會和狩獵活動。我就看不出她有多漂亮。不過，有幾個納尼亞**男人**倒是挺迷人的。前天我被邀請去參加一個河濱宴會，我穿了我……」

「我們要怎麼樣才能讓你的僕人不到處說你家來了一個穿得像乞丐的客人？話一傳出去，可能很容易就傳到我父親耳裡。」

「拜託你別再大驚小怪了，這樣才是我的好小姐。」拉莎拉琳說：「待會兒我會給你找幾件好衣服穿上。啊，我們到了！」

這時轎夫已經停下來，把擔轎放低了。等到帷幔拉開，阿拉維絲見自己已經來到一個花園庭院，這裡和幾分鐘前沙斯塔在城市另一邊踏進的那個十分相似。拉莎拉琳本來準備直接進屋了，但阿拉維絲連忙低聲提醒她，讓她囑咐奴隸不許將女主人帶了陌生訪客回來的事告訴任何人。

「抱歉，親愛的，我都忘了這件事了。」拉莎拉琳說：「你們所有的人，還有你，看門的，全都給我聽著。今天任何人都不准踏出大門。要是讓我逮到有人膽敢議論這位小姐，那就先毒打一頓，再用火燒，然後六個星期只准吃麵包喝水。聽明白了吧。」

雖然拉莎拉琳嘴上說自己急著想聽阿拉維絲的故事，但她這時一點也沒表示出想聽的意思。事實上，拉莎拉琳是個喜歡說不喜歡聽的人。在她堅持之下，阿拉維絲花了好長時間洗了豪華的卡羅門浴（卡羅門浴十分有名），然後拉莎拉琳讓她穿上最精美漂亮的衣服，這才讓她講她的事。拉莎拉琳大費周章挑選衣服的過程，差點把阿拉維絲逼瘋。這時她才想起來，拉莎拉琳向來如此，對衣服、宴會和八卦閒聊感興趣，但阿拉維絲卻一直對彎弓射箭、騎馬、和狗玩、游泳更感興趣。你可以猜得到，她們互相認為對方很傻。不過，等到兩人用過餐（餐點主要是鮮奶油、果凍、水果和冰品等），在一個有美麗樑柱的房間裡坐定以後（要不是拉莎拉琳那隻嬌縱的寵物猴不停在屋裡攀上爬下，阿拉維絲會更喜歡這個房間），拉莎拉琳終於問她為什麼要離家出走。

她說完詳情之後，拉莎拉琳說：「可是，親愛的，你為什麼不嫁給阿赫什塔大公呢？大家都非常喜歡他啊。我丈夫說，他已經開始成為卡羅門王國的重要權貴了。在老阿薩爾塔去世以後，他已受封為首相了。你不知道嗎？」

「我不在乎。他的樣子令我作嘔。」阿拉維絲說。

「可是，親愛的，你想想！他有三座宮殿一般的豪宅啊，其中一座位在伊爾金湖畔，漂亮得不得了。我聽說他家有成串成串的珍珠，沐浴都是用驢奶，而且你還可以常常見到我呀。」

「他的珍珠和豪宅可以自己留著，跟我沒關係。」阿拉維絲說。

「阿拉維絲，你向來**就是**個怪女孩。」拉莎拉琳說：「你**到底**還要什麼呢？」

無論如何，阿拉維絲最後還是設法讓她朋友相信自己是認真的，並且開始商量對策。這時，想讓兩匹馬通過北城門再去古帝王陵，可說毫無困難了。一個衣著體面、牽著一匹戰馬和一匹貴婦坐騎走下河邊的馬夫，是不會有人攔下或盤查他的，而拉莎拉琳家裡就有許多馬夫可供使喚。倒是阿拉維絲自己要怎麼出城，就不容易決定了。阿拉維絲提出自己可以乘坐擔轎出城，只要把帷幔拉下來就行，但拉莎拉琳告訴她，擔轎只能在城裡使用，要是見到有人乘擔轎出城，一定會被攔下來盤問。

她們討論了很長的時間——討論之所以冗長，是因為阿拉維絲發現實在很難讓她的朋友不離題——最後，拉莎拉琳拍手說：「噢，我想到一個辦法了。有一**條**路不用經過城門就能出城。大帝（願吾皇萬壽無疆）的花園可以直接走下河岸，那裡有個小水門。當然，那道門只給宮裡的人用——但是啊，你知道的，親愛的（她吃吃笑了一下）我們也差不多**算是**宮裡的人啦。我說，你遇到**我**真是運氣好啊。親愛的大帝（願吾皇萬壽無疆）真是**太**仁慈了，我們幾乎天天受邀進宮作客，那裡就像第二個家。所有親愛的王子和公主我都喜歡，我尤其**崇拜**拉巴達許王子。無論白天還是晚上，我隨時都可以進宮去探望任何一位貴妃。何不等天黑之後，我帶你一起混進去，再帶你到水門，讓你從那裡出去，怎麼樣？水門外總是繫著幾條平底船那些的。就算我們萬一被抓到……」

「那就一切都完了。」阿拉維絲說。

「噢，親愛的，別激動嘛，」拉莎拉琳說：「我正要說，就算我們被抓到了，大家也會認為是我又在開瘋狂的玩笑。我跟他們混得愈來愈熟了。就在前幾天——拜託你聽我說嘛，親愛的，那真是好玩得要命……」

「我是說，**我**就一切都完了。」阿拉維絲的語氣有點尖刻。

「噢……啊……對……我**明白**你的意思，親愛的。好吧，那你能想出比這更好的計畫嗎？」

阿拉維絲想不出來，於是回答：「沒辦法。我們只好冒險試一試了。我們什麼時候出發？」

「噢，今晚不行。」拉莎拉琳說：「當然不能今天晚上。今晚有個盛大的宴會（我得馬上叫人來幫我做頭髮），皇宮裡會燈火通明，而且到處擠滿了人！我們必須等明天晚上了。」

這對阿拉維絲是個壞消息，但她只能隨遇而安了。整個下午過得非常緩慢，在拉莎拉琳出門赴宴時，阿拉維絲才鬆了一口氣，因為她對拉莎拉琳的咯咯傻笑和不停地談論衣服、宴會、婚禮、訂婚和各種豔史醜聞等已經厭煩透了。她早早上床睡覺，這部分她倒是很享受：能重新睡在枕頭和床單上，感覺太好了。

不過第二天還是過得很慢。拉莎拉琳想改變計畫，重新安排一切。她不停告訴阿拉維絲，納尼亞是個終年冰雪覆蓋的國家，住著許多惡魔和魔法師，阿拉維絲想去那種地方真是瘋了。「而且是跟一個鄉下男孩一起去！」拉莎拉琳說：「親愛的，你再想想吧！那一點都不好。」阿拉維絲對這件事已前前後後想過許多次，但她這時已經受夠了拉莎拉琳的無知，她第一次開始想，和沙斯塔一起旅行，比在塔什班城裡過時髦的生活要好玩多了。因此，她只回答：「你忘了，等我們到了納尼亞，我也就跟他一樣是個普通人。總之，我已經答應過他了。」

「你再想想吧，」拉莎拉琳說，幾乎要叫喊起來：「你要是還有一點理智，你就會去當首相夫人了！」阿拉維絲轉身離開，去和那兩匹馬私下說話去了。

「太陽下山之前，你們必須跟著馬夫出城到古帝王陵去。」她說：「不用馱這些袋子了。馬夫會重新給你們上好鞍具和轡頭。荷紋的鞍袋裡會裝滿食物，布瑞會有一個裝滿水的水袋。馬夫會按照吩咐，等過橋之後會讓你們在河邊把水喝足再走。」

「然後我們就會前往納尼亞和北方！」布瑞低聲說：「但是萬一沙斯塔不在古帝王陵那裡怎麼辦？」

「當然是等他啊。」阿拉維絲說：「我希望你們在這裡過得夠舒服。」

「這是我這輩子待過最好的馬廄。」布瑞說：「不過，如果你那位吃吃笑的女大公朋友的丈夫付錢給馬夫頭子去買最好的燕麥，那麼，我想那個馬夫頭子騙了他。」

阿拉維絲和拉莎拉琳在那個有樑柱的房間吃了晚飯。

大約兩個小時後，她們準備出發了。阿拉維絲打扮成豪門大宅中上等貴族家裡的女奴，並蒙上了面紗。她們還事先說好，如果遭到盤問，拉莎拉琳會假裝阿拉維絲是她要帶去送給某個公主的奴隸。

兩個女孩徒步出門。幾分鐘之後就來到了皇宮大門前。門前當然有軍人把守，但那位軍官認識拉莎拉琳，立刻下令衛兵立正敬禮。她們很快走過大門，進入「黑大理石廳」。廳裡有一些朝臣、奴隸和其他人等來來往往，這反而讓這兩個女孩較不受人矚目。她們繼續往前，走進「廊柱大廳」，接著進入「雕像大廳」，然後經過柱廊，穿過巨大的銅門，來到王座所在的大殿。在微弱油燈的照明下，她們所見的華麗堂皇的景象，連筆墨都無法形容。

不久，她們就走到了外面的御花園，這花園順著山坡呈梯形一路向下。到了花園盡頭，她們就抵達了舊宮殿。這時天色已經很暗，她們走在迷宮似的迴廊裡，只靠稀稀落落幾根固定在廊壁上的火把照明。拉莎拉琳在一處岔口停下來，她必須決定往左走還是往右走。

「走啊，繼續走啊。」阿拉維絲低聲說，她的心狂跳不已，總感覺自己會在隨便哪個轉角就遇到她父親。

「我是在想……」拉莎拉琳說：「從這裡我不確定我們該走哪一邊。我**想**應該是左邊。對，我幾乎能確定是左邊。這真是太有趣了！」

她們走左邊那條路，隨即發現這是一條幾乎沒有照明的通道，並且很快就踏上往下走的臺階。

「沒事的。」拉莎拉琳說：「現在我確定我們走對了。我記得這些臺階。」但就在這時候，前方出現了一團移動的亮光。緊接著，前面轉彎的地方出現了兩個男人黑暗的身影，他們拿著高高的蠟燭，正倒退著走路。當然，只有在皇室成員面前，人們才會這樣倒退著走路。阿拉維絲感覺拉莎拉琳一把抓住了她的手臂——像這樣簡直掐人似的突然緊緊攫住別人，表示這個人是真的嚇壞了。阿拉維絲覺得很奇怪，如果大帝真如拉莎拉琳所言是她的朋友，她為什麼要這麼害怕，但這時沒時間去想那些了。拉莎拉琳急忙拉著她躡手躡腳回到臺階最上面一階，慌亂地沿牆摸索著前進。

「這裡有個門。」她低聲說：「快點。」

她們進了房間，輕輕把房門關上，屋裡立刻變得一團漆黑。阿拉維絲可以從拉莎拉琳的呼吸聲聽出她真是嚇壞了。

「塔什神保佑我們！」拉莎拉琳說：「要是他進來這裡，我們該怎麼辦？我們有地方躲嗎？」

她們腳下是柔軟的地毯。兩人摸索著朝屋內走，一下子絆倒在一張沙發上。

「我們躺到沙發後面。」拉莎拉琳嗚咽著說：「噢，我真希望我們沒來。」

在沙發和後方的帷幔牆之間正好有點空間，兩個女孩躺了下來。拉莎拉琳搶到比較好的位置，整個人完全躲藏起來了，但阿拉維絲的上半臉露在沙發外，因此，如果有人拿著燈走進房間，又恰好往這裡看，一定會看到她。不過，當然，因為她戴著面紗，其他人猛一看也不會馬上看出那是人的前額和一雙眼睛。阿拉維絲拚命推擠，想讓拉莎拉琳再讓出一點地方給她，但拉莎拉琳因為驚恐而變得相當自私，不但奮力抗拒，還掐她的腳。一番推擠之後兩人放棄了，都靜靜躺著，微微喘著氣。她們自己的呼吸聲似乎大得嚇人，但除此之外沒有其他聲音了。

「這樣安全嗎？」阿拉維絲終於用最細微的聲音問。

「我……我……想是吧。」拉莎拉琳才開口說：「但是嚇死我了啊……」接著就響起她們此時能聽到的最可怕的聲音——開門聲。然後，燈光照了進來。因為阿拉維絲無法把頭藏到沙發後面，所以她什麼都看見了。

首先進來的是兩個奴隸（正如阿拉維絲所猜測的，這兩人又聾又啞，因此可在皇室最機密的會議中使喚），他們拿著蠟燭倒退著走進屋裡，各自在沙發的兩頭站定。這對阿拉維絲而言真是太好了，現在有個奴隸站在她前面，任何人都很難看見她了，而她可以從奴隸的腳後跟之間朝外窺視。接著進來一個非常胖的老男人，頭上戴著一頂古怪的尖帽子，這頂帽子讓她當下就知道，這人是大帝。他全身上下戴滿珠寶，就算其中最小的一顆，都比納尼亞的貴族們所有衣服和武器加起來更值錢。可是他實在太胖了，加上那身繁複的華服滿是皺褶花邊、打摺、絨球、鈕扣、流蘇和護身避邪物等，阿拉維絲忍不住想，納尼亞人服飾（對男人而言）好看多了。在大帝身後進來的是個高大的年輕人，頭上纏著有羽毛和寶石的頭巾，腰間繫著一柄有象牙刀鞘的彎刀。他似乎非常激動，雙眼和牙齒在燭光中閃閃發亮。最後進來的是一個駝背又乾癟的小老頭，阿拉維絲一見就忍不住打了個寒顫，這就是新任首相、她的未婚夫——阿赫什塔大公本人。

他們三個人一進來，門立刻就關上了，大帝坐在沙發臥榻上，滿足地歎了口氣，那個年輕人走到他面前站定，首相則雙膝跪下匍匐在地，把臉貼到了地毯上。

08 在大帝的宮殿中

「噢，我的父王，噢，我一見您就歡喜。」那年輕人開口說，吐字又快又含糊，一臉慍怒，一點都不像看見大帝**就**歡喜。「願您萬壽無疆，但您已經把我毀了。在今天日出時分，我看見那些該死的蠻子駕船離港時，您要是把最快的槳帆船派給我，我說不定已經追上他們了。可是您勸我先派人去察看一下，看他們是不是把船轉過岬角去找更好的停泊地點。現在，一整天就這麼白白浪費掉了。他們已經跑了……跑了……我再也追不上了！那個虛情假意的女人，那個……」接著他用許多難聽的話來罵蘇珊女王，若寫出來也不雅觀。當然，這個年輕人就是拉巴達許王子，而那個虛情假意的女人當然就是納尼亞的蘇珊。

「鎮定一點，兒子。」大帝說：「嘉賓離去，賢主的傷心總能迅速痊癒。」

「但是，我**要**她啊。」王子喊道：「我一定要得到她。如果得不到她，我會死……

那個虛假、傲慢、黑心的賤女人！她的美貌使我夜不能寐，食不知味。我一定要得到那個蠻族女王。」

「有位天才詩人說得好，」首相從地毯上抬起臉來（看起來沾了不少灰塵）說：「為要熄滅青春愛火，需得深飲理智之泉。」

這話似乎激怒了王子。「狗奴才！」他吼了一聲，對準首相的屁股狠狠踢了幾腳：「竟敢在我面前引述那些詩人的破詩。我已經被各種格言和詩句轟擊了一整天，我已經受夠了。」我想，阿拉維絲一點也不會為首相感到難過的。

大帝顯然陷入沉思，好半天沒開口，不過，當他察覺發生了什麼事，便平靜地說：「兒子，別再踢年高德劭、開明又有見識的首相了。一塊價值連城的美玉，就算藏在糞堆裡，也不會失去它的價值，因此，即便我們是在討論那些惡人，也當敬重長者的審慎考慮。所以別踢了，告訴我們你的要求和打算。」

「父王啊，我的要求和打算是，」拉巴達許說：「請您立刻派出您的無敵大軍，攻打那最可惡最該死的納尼亞王國，用烈火和刀劍將它夷為平地，然後併入你無邊無界的帝國，殺了他們的最高王及他所有的親族，只留下蘇珊女王。因為我一定要娶她為妻，不過她會先嘗到嚴厲的教訓。」

「我明白了，兒子。」大帝說：「無論你說什麼，我都不會向納尼亞公開宣戰的。」

「噢，萬壽無疆的大帝啊，如果您不是我父親，」王子咬牙切齒地說：「我就會說這是懦夫之言。」

「噢，脾氣火爆的拉巴達許啊，如果你不是我兒子，」他父親回答：「單憑你這句話，你就該被凌遲至死。」（他說這話時那冷酷、平靜的聲音，令阿拉維絲全身發寒。）

「但是，父王啊，這是為什麼呢？」王子說（這次的口氣尊敬得多了）：「為什麼我們對懲罰納尼亞要如此考慮再三呢？那就和吊死一個懶惰的奴隸，或把一匹勞瘁的馬宰了餵狗差不多啊。納尼亞還不及您最小的省分的四分之一。只要一千兵馬，用五星期就能征服它。它不過是您帝國邊緣一個礙眼的汙點罷了。」

「的確是的。」大帝說：「這些宣稱自己是**自由的**（還不如說是懶惰、混亂無序和不事生產的）蠻族小國，其實令諸神並所有有識之士厭恨。」

「那麼，為什麼我們要忍受納尼亞這樣的王國存在這麼久而不去征服它呢？」

「噢，有見識的王子啊，須知，」首相說：「在您英明偉大的父王登基為王並開始他永恆的統治之前，納尼亞那塊地方終年都在冰雪覆蓋之下，並且是由一個法力高強的女巫所統治。」

「多嘴的首相啊，這些我很清楚。」王子回答：「而且我還知道那位女巫已經死了，冰雪已經消融了。因此，如今的納尼亞是一塊有益健康、豐饒肥沃又十分美味的樂土。」

「學識最淵博的王子啊，這種改變，無疑是由那幾個現在自稱為納尼亞的國王和女王的惡人靠著強大的魔咒所帶來的。」

「我倒是有不同的看法。」拉巴達許說：「我認為那是靠著星象變化和大自然的運行所造成的。」

「所有這一切，」大帝說：「正是那些博學之士一直爭執不下的問題。我相信，如此巨變，及那個老女巫被殺，必然有強大的魔法助以一臂之力。這樣的事在那塊地方是可以預期的，那地主要居住著一群外型如野獸卻能口吐人言的惡魔，以及半人半獸的怪物。常有人說，納尼亞的最高王（願諸神唾棄他）的背後，有一個外貌醜陋可憎、邪術高強難以抵擋、形體像隻獅子的惡魔在支持著他。因此，攻打納尼亞是一件危險又勝算很小的事，而我決定不把手伸到收不回來的地方，也就是不做沒把握的事。」

「卡羅門王國真是得天護佑，」首相突然仰起臉來說：「能得諸神慷慨嘉惠我們的國君，既謹慎又深謀遠慮！但是，辯才無礙和英明睿智的大帝曾經說過，像納尼亞這麼一塊美味珍饈，我們要忍住不出手實在非常痛苦。有位天才詩人曾經說……」說到這裡，阿赫什塔注意到王子的腳尖又不耐煩地動了動，於是他突然閉嘴不說了。

「確實非常痛苦。」大帝用深沉、平靜的語氣說：「每天早晨，太陽在我眼中都黯淡無光，每天夜晚，我也睡得不香，因為我總記得納尼亞還是一個自由之邦。」

「父王啊，」拉巴達許說：「如果我有辦法讓您伸手去取得納尼亞，並且在嘗試不成時能毫髮無傷地收回，您覺得如何？」

「噢，拉巴達許，如果你有這樣的辦法，」大帝說：「你就是我最好的兒子。」

「那就請聽我說吧，父王。就是今晚，這個時辰，我會帶上兩百兵馬穿過沙漠。要讓所有的人都認為您對這事一無所知。到了明天早晨，我就能抵達阿欽蘭王國魯恩國王的安瓦德城堡大門前。他們與我們邦交良好，不會有防備，我必能在他們奮起抵抗之前就拿下安瓦德。然後，我會穿過位在安瓦德上方的隘口下到納尼亞，前往凱爾帕拉維爾城堡。他們的最高王不會在城堡中；我上次離開他們時，他正準備去突襲侵入他們北邊疆界的巨人族。我到達凱爾帕拉維爾時，城門很可能正大開著，我只需長驅直入。我會謹慎行事，表現得有禮得體，對納尼亞的居民我會儘量能少殺一個就少殺一個。接下來，我就只要坐在那裡等載著蘇珊女王的『璀璨琉璃號』進港，等她一上岸，我就捉住這隻迷途的鳥兒，將她甩上馬鞍，然後一路策馬狂奔回安瓦德。您覺得這計畫怎麼樣？」

「但是，兒子啊，」大帝說：「要搶走這女人會有個問題，你和愛德蒙國王之間必然要拚得你死我活吧？」

「他們只有一小群人，」拉巴達許說：「我只要命令十個士兵圍攻，就能解除他的武裝，將他捆綁起來，我也會克制住自己想要取他性命的強烈欲望。如此一來，就不會使您和他們的最高王結下引發兩國戰爭的深仇大恨。」

「如果『璀璨琉璃號』比你早一步抵達凱爾帕拉維爾呢？」

「父王啊，按照目前的風向，我不認為他們能提早到達。」

「最後一個問題，我足智多謀的兒子啊，」大帝說：「你已經清楚說明你要怎麼得到那個蠻子女王，但是你沒提到這會如何幫助我攻下納尼亞。」

「父王啊，您沒注意嗎？雖然我和我的人馬在納尼亞境內如離弦之箭急速來去，但我們已經永遠占領了安瓦德了啊。您控制了安瓦德，就穩坐在納尼亞大門口了，您在安瓦德的駐軍可以一步步擴充，直到它成為一支龐大的軍隊。」

「這話說得很有道理，也很有遠見。可是，如果這一切都失敗了，我要如何把手收回來呢？」

「您就說，我是因為強烈的愛情和年輕人的衝動，才會在您完全不知情、完全違反您的意願也沒獲得您的祝福的情況下擅自行動。」

「如果最高王要求我們把他妹妹——那個蠻族女人——送回去，怎麼辦？」

「父王啊，他一定不會這麼做的。雖然女人會見異思遷拒絕這樁婚事，最高王彼得卻是個審慎又明智的人，他絕不會放棄和我們皇室聯姻的榮譽和好處，也不會放棄看見自己的外甥和甥孫登上卡羅門的王座。」

「如果我如你所願萬壽無疆的話，他當然看不到那一天。」大帝說，語氣比先前都更乾澀冰冷。

在一段尷尬的沉默之後，王子說：「父王啊，我一見您就歡喜，我們還可借用女王的名義寫幾封信，說她非常愛我，完全不想返回納尼亞。因為眾人都知道，女人就像風信標一樣變換不定。即使他們對信中所言有所懷疑，也不敢率軍來塔什班將她接回去。」

「見多識廣的首相啊，」大帝說：「對這不可思議的方案，請提出你的高見吧。」

「噢，大帝萬歲。」阿赫什塔說：「我明白父愛的力量，我常聽人說，在父親眼中，兒子比紅玉更珍貴。因此，對這可能危害這位尊貴王子性命的事，我豈敢放膽妄言呢？」

「你儘管放膽直言，」大帝答道：「因為你會發現，如果你不說，你的風險至少也會一樣大。」

「屬下遵命。」那不幸的人呻吟道：「最通情達理的大帝啊，請聽我說，首先，王子的危險並不像表面所見那麼大。因為諸神並未賜給那些蠻族慎思明辨的智慧，因此他們的詩歌都是談論愛情與戰爭，不像我們的充滿了精選的格言和有用的警句。因此，在他們看來，最高貴可佩的事，沒有哪種比得上這樣瘋狂的進取心，哎唷！」王子一聽到「瘋狂」二字，又開始踢他。

「別踢了，兒子。」大帝說：「而你，令人尊敬的首相，無論他踢不踢你，都不要中斷你滔滔不絕的高論。沒有什麼比堅忍不拔地持續容忍一點點不便，更適合一個穩重又端莊的人物了。」

「屬下遵命。」首相說著，一邊挪了挪位置，好讓自己的屁股遠離拉巴達許的腳尖：「我認為，在他們看來，這種……呃……這種冒險的行動，即使不值得尊重，也值得原諒，尤其它是出自於對一個女人的愛情。因此，如果萬一王子不幸落入他們的手裡，他們也不會要他的命。不，事情說不定會是，雖然王子要劫走女王的行動失敗了，但女王一見王子如此英勇，對她如此一往情深，反而對他芳心暗許了。」

「嘮叨的老傢伙，這看法不錯。」拉巴達許說：「很不錯，你那醜陋的腦袋竟能想出這樣的看法來。」

「主子的稱讚，真令我一見就歡喜。」阿赫什塔說：「其次，大帝啊，您的統治必然千秋萬代，我想，在諸神的幫助下，安瓦德很可能會落入王子的手中。果真如此，我們就扼住了納尼亞的咽喉了。」

接下來是一段冗長的停頓，房間裡變得十分安靜，這使得兩個女孩幾乎不敢呼吸。最後，大帝開口了。

「去吧，兒子。」他說：「就按照你說的去做吧。但別指望我會支持你。如果你遭到殺害，我不會為你報仇，如果那些蠻族把你丟進牢裡，我也不會去救你。無論你成功還是失敗，只要你妄殺納尼亞的貴族，挑起戰爭，那麼你將永遠失去我的寵愛，你的大弟弟將取代你成為卡羅門的儲君。現在去吧。要迅速、機密，也要運氣。願鐵面無私、銳不可當的塔什神賜你力量，使你的寶劍和槍矛無堅不摧，戰無不勝。」

「遵命。」拉巴達許喊道，並跪下來親吻父親的手，然後衝出房門。大帝和首相仍留在房中，這讓阿拉維絲非常失望，她這時已經被擠得難受死了。

「首相啊，」大帝說：「今晚我們三人在這裡的商議，你確定沒有別的人知道？」

「噢，主上，」阿赫什塔說：「不可能有任何人知道。正是因此之故，我提議在舊宮殿會面，也蒙您英明採納了。因為從來沒有人在這裡舉行過會議，王室的人也不會無故到這裡來。」

「很好。」大帝說：「如果有任何人知道，我會立刻將他處死。謹言慎行的首相啊，你也一樣要把這事忘記。你我都對王子計畫的一切事情一無所知。我不知道他的行動，更沒有同意。他年輕暴躁、行事魯莽、不服管教，我對他的去向一無所知。聽見安瓦德被他攻下時，你我要比任何人都更震驚。」

「遵命。」阿赫什塔說。

「你就算在內心深處，也不會認為我是最狠心的父親，把自己的長子派去進行一項可能會使他喪命的任務，因為你根本不愛這位王子；我看穿了你的心思，這時候你內心可高興著呢。」

「無懈可擊的大帝啊，」首相說：「與您相比，我非但不愛王子，不愛自己的性命，我甚至不愛麵包、清水，也不愛陽光。」

「你這樣的情操，才是高貴又正確。」大帝說：「與我王位的尊榮和權力相比，我也不愛這些東西。如果王子成功了，我們就得到了阿欽蘭，說不定接著占領納尼亞。如果他失敗了，我還有十八個兒子。按照國王長子過去的所作所為來看，拉巴達許已經開始顯露出威脅。在塔什班的歷史上，曾經有五位大帝未盡天年，死於非命，都是因為他們見多識廣的長子厭倦了等待，想提早登上王位。他最好到國外去揮灑他的一腔熱血，好過他在這裡無所事事，惹出禍亂。現在，傑出的首相啊，父親的操心焦慮使我疲倦困乏了。去下令叫樂師到我的寢宮來。不過，在你睡下之前，召回我們寫給第三位御廚的赦免狀。我感覺肚子不舒服，顯然是消化不良的徵兆。」

「遵命。」首相說。然後他手腳並用倒退著爬到門口，起身鞠躬，這才走了出去。大帝還是靜默地坐在沙發臥榻上，以至於阿拉維絲開始擔心他是不是睡著了。不過，最後在一陣嘰嘎作響與一聲長歎之後，他終於從臥榻上撐起那龐大的身軀，示意奴隸往前帶路照明，然後走了出去。門關上了，屋裡再次變成一片漆黑，兩個女孩這才放心地大口呼吸。

09 橫越沙漠

「太可怕了！真是太可怕了！」拉莎拉琳嗚咽著說：「噢親愛的，**真是**嚇死我了。我全身都在發抖。你摸摸看。」

「好了啦，」阿拉維絲說，她自己其實也在發抖：「他們已經回新王宮去了。我們只要離開這個房間就安全了。不過這已經浪費了我們好多時間。你趕快帶我下到水門那裡去吧。」

「親愛的，你**怎麼能**這樣呢？」拉莎拉琳尖叫道：「我什麼也做不了——現在什麼也做不了。我可憐的神經都快崩斷了！不，我們就這樣再靜靜躺一下，然後再回去。」

「為什麼要回去？」阿拉維絲問。

「噢，你不懂，你這人真是沒有同情心。」拉莎拉琳說著，抽抽咽咽開始哭起來。阿拉維絲定下心，知道這不是講仁慈的時候。

「聽著！」她一把抓住拉莎拉琳，狠狠搖了搖她，說：「你要是再說一句回去的話，你要是不馬上帶我去水門那邊……你知道我會怎麼辦嗎？我就衝到外面的通道，放聲尖叫，然後我們兩個都會被抓起來。」

「但是那樣我們倆就會沒……沒……沒命的！」拉莎拉琳說：「你難道沒聽見大帝（願吾皇萬壽無疆）說的話嗎？」

「我聽見了，我寧願沒命也不願嫁給阿赫什塔。所以，**快點**。」

「噢，你**真**殘忍。」拉莎拉琳說：「我都嚇成這樣了，還要我快點！」

不過，最後她還是順從了阿拉維絲。她領著阿拉維絲走下她們剛才走了一半的階梯，再沿著另一條通道往前走，最後走到了戶外。這時她們置身王宮的花園，花園呈階梯形，層層而下，一直通往城牆邊。月光十分明亮。關於冒險，缺點之一是就算來到最美麗的地方，你也往往會因為焦慮和匆忙而無法欣賞那些美景。因此，阿拉維絲（雖然多年後仍記得）對灰濛濛的草坪、靜靜湧流的噴泉和柏樹投下的長長黑影，都只有模糊的印象。

她們走到最下方，只見城牆高聳面前，拉莎拉琳顫抖得太厲害，老半天都拉不開門栓，還是阿拉維絲把門打開的。終於，河流就在眼前，倒映著滿滿的月光，河邊有個小小的浮臺碼頭，以及幾艘遊船。

「再見，」阿拉維絲說：「謝謝你。如果我像豬一樣對你態度不好，我很抱歉，但請想想我要逃離的是什麼樣的景況！」

「噢，親愛的阿拉維絲，」拉莎拉琳說：「如今你已看到阿赫什塔是個多麼偉大的人物，你真的不改變心意嗎？」

「偉大的人物！」阿拉維絲說：「他就是個面目可憎、卑躬屈膝的奴才，被人用腳踢的時候只敢諂媚奉承，卻心裡暗暗懷恨，然後慫恿那個可怕的大帝謀害自己的親生兒子，以報私仇。呸！我寧可嫁給我父親的洗碗僕人，也比嫁給這種禽獸強。」

「噢，阿拉維絲，阿拉維絲！你怎麼能說出這麼可怕的話；甚至還罵了大帝（願吾皇萬壽無疆）。如果**他**決定這麼做，那件事一定是正確的！」

「再見，」阿拉維絲說：「我覺得你的衣裳都很漂亮。我覺得你的家也很漂亮。我相信你會有個幸福的生活——但是那不適合我。等我走了以後，把門輕輕關上。」

她掙脫朋友的熱情擁抱，踏上一條平底船，解開纜繩，不一會兒就來到了河流中央。一輪巨大的明月懸在空中，河心深處也倒映著同一輪巨大的月影。空氣十分清新涼爽，隨著逐漸接近對岸，她還聽到了貓頭鷹的咕咕叫聲。「啊！這真是舒服多了！」阿拉維絲心想。她過去一直都生活在鄉間，待在塔什班城裡的每一分鐘都令她厭惡。

突起的地勢和濃密的樹林擋住了月光，她一上岸就發現自己置身黑暗之中。不過她設法找到了沙斯塔走過的那條路，也跟他一樣來到了草地和沙漠的交界處。她（像他一樣）往左邊望去，看見了那群大而黑暗的古帝王陵。這時，儘管她是個勇敢的姑娘，內心也不禁畏縮起來。說不定其他同伴不在那裡！說不定真有惡靈在那裡！可是她還是抬起下巴（還微微伸出了舌頭），直接朝那些古墓走去。

不過，她還沒走到墓地，就看見了布瑞、荷紋和馬夫。

「現在你可以回你的女主人那裡去了。」阿拉維絲說：「這是給你的賞錢。」（她完全忘記他這時已經無法進城了，要等到明天早上城門打開後才能回去。）

「遵命。」馬夫說完，立刻以驚人的速度朝城市的方向飛奔。你不需要告訴他快點走，因為他也一直在想這是個鬧鬼的地方。

接下來幾秒鐘，阿拉維絲忙著親吻荷紋和布瑞的鼻子，拍撫他們的脖頸，就好像他們是普通馬兒一樣。

「沙斯塔來了！感謝獅子！」布瑞說。

阿拉維絲轉頭一看，沒錯，那是沙斯塔，他一看見馬夫離開，就從藏身的地方走出來了。

「現在，」阿拉維絲說：「片刻也耽擱不得。」她匆忙把拉巴達許的遠征陰謀告訴了他們。

「不講信用的狗東西！」布瑞甩了甩鬃毛，跺了跺馬蹄說：「在和平時期發動攻擊，還不宣而戰！不過我們會讓他的奸計不能得逞。我們會比他先到達。」

「我們可以嗎？」阿拉維絲說，輕巧翻身上了荷紋的馬鞍。沙斯塔希望自己也能那樣上馬。

「布嚕……唬！」布瑞從鼻子裡哼著說：「沙斯塔，上來！我們可以的！而且還遙遙領先呢！」

「他說他會立刻出發。」阿拉維絲說。

「人類講話就是這樣子，」布瑞說：「但是要調齊兩百號人馬，備好飲水和糧食，再披甲武裝、給馬上鞍，這哪裡是一、兩分鐘能辦到的。現在，我們往哪個方向？往正北方嗎？」

「不，」沙斯塔說：「我知道方向。我畫了一道溝。我待會兒再解釋。你們兩匹馬都稍微往左邊偏一點。啊，就是這個方向！」

「現在聽我說。」布瑞說：「那些故事裡提到的什麼騎馬飛奔一天一夜，實際上是做不到的。一定是走一陣子跑一陣子，是輕快地小跑，加上短時間的行走。每次我們改成行走的時候，你們兩個人類也下馬走一走。好，荷紋，你準備好了嗎？我們出發。直奔納尼亞和北方！」

旅途一開始的時候很愉快。這時已經入夜好幾個鐘頭了，沙漠幾乎已經散去了白天日曬時所吸收的熱，空氣也很涼爽、清新、純淨。無論從哪個方向放眼望去，月光下無邊無際的沙反射出點點微光，就像一片平靜的水面，或是一個巨大的銀盤。除了布瑞和荷紋的馬蹄聲，周遭一片寂靜。沙斯塔若不是偶爾下馬走一走，很可能早就睡著了。

這情況似乎持續了好幾個鐘頭。隨後，連月亮也不見了。他們在漆黑中騎了一個鐘頭又一個鐘頭。又過了一陣子，沙斯塔突然注意到，自己比剛才更能稍微清楚地看見前方的布瑞的脖子和頭部了。漸漸的，非常緩慢的，他開始能看見周圍那片廣大、平坦的灰色大地。它看起來就是個死地，在一個荒涼死寂世界中的死地。沙斯塔感覺累到了極點，感覺自己愈來愈冷，嘴唇好乾。他耳中聽見的淨是皮革摩擦的嘰嘎響，馬銜的叮噹聲，還有馬蹄聲——不是踏在堅硬路面的啪噠噠－啪噠噠，而是踏在乾燥沙地的埸啪噠－埸啪噠。

經過了幾個鐘頭的騎行之後，沙斯塔終於看見，在他的右手邊，一道長長的灰白出現在遠方的地平線上。隨後出現的是一道紅色。總算到了早晨了，但是連一隻為早晨的到來而歌唱的鳥兒也沒有。這時他倒是樂意下馬走走，因為冷得要命。

接著，太陽突然升起，一切在片刻之間改變了。灰色的沙粒轉黃，閃閃發光，彷彿地面灑滿了鑽石。在他們左邊，沙斯塔和布瑞、阿拉維絲、荷紋長長的身影，和他們一起競逐。前方遠處派爾山的雙峰在朝陽中閃耀，沙斯塔察覺他們有點走偏了。「偏左一點，偏左一點。」他像唱歌似地吆喝。最棒的是，當你回頭眺望，塔什班城已經變得既渺小又遙遠，古帝王陵幾乎看不見了——大帝之城的鋸齒狀的身影已經將它吞沒了。他們個個都鬆了一口氣，感覺好多了。

不過這情況沒維持多久。雖然第一次回頭張望時，塔什班看起來很遙遠，但當他們繼續前進並且再回頭看時，那城並沒有變得更遠。沙斯塔不想再回頭張望，因為那只會讓他覺得自己完全不動。接著，光線愈來愈刺眼。熾亮的沙漠刺得他眼睛好痛，但是他知道自己不能閉上眼睛。他必須忍痛瞇著眼，盯住前方的派爾山，大聲為馬指示方向。然後是蒸騰的熱氣。他下馬行走時才第一次注意到——他滑下馬背踩到沙上，一股熱氣直衝到他臉上，感覺就像打開火爐時的高熱。第二次下馬時更糟。到了第三次，他的光腳丫一碰到沙地就燙得他大叫，他飛速縮回一隻腳，踏在馬鐙上，另一隻腳已經一半飛跨在布瑞的背上了。

「對不起，布瑞，」他喘了一聲說：「我沒辦法走，它會把我的腳燙壞的。」

「當然啊！」布瑞喘著粗氣說：「我自己該想到的。待在我背上吧。這也是沒辦法的事。」

「**你**當然沒問題啊。」沙斯塔對走在荷紋旁邊的阿拉維絲說：「你穿了鞋子。」

阿拉維絲顯得一本正經，什麼也沒說。我們希望她不是故意這個樣子，但她就是故意這個樣子。

再次繼續前進，跑跑走走，走走跑跑，馬銜叮叮噹噹，皮革嘰嘰嘎嘎，馬兒一身汗臭，自己一身汗臭，刺得人什麼都看不見的強光，頭痛。走了一英里又一英里，完全沒有變化。塔什班沒有看起來更遠，遠處的山脈沒有看起來更近。你覺得這一切會一直持續下去——馬銜叮叮噹噹，皮革嘰嘰嘎嘎，馬兒一身汗臭，自己一身汗臭。

當然，你會想盡方法用各種遊戲來打發時間，但是全都沒用。你會盡力不去想任何飲料——塔什班宮殿裡冰涼的果子露，淙淙清泉落在黑土地上的聲音，冰涼滑順、濃稠合度的牛奶——總之，你愈努力不要去想，就愈是去想。

終於，景物有點不同了——前方的沙地上出現一塊巨大的岩石，大約五十碼寬，三十英尺高。此刻太陽高掛天空，岩石投下的陰影不大，不過還是多少有一點。他們全都擠在那塊陰影裡，吃了些東西，也喝了點水。用皮革水袋餵馬喝水不容易，不過布瑞和荷紋很靈活地使用嘴唇，也喝了些。他們全都沒有吃飽喝足，也沒有人說話。兩匹馬嘴邊全是唾沫，呼吸很大聲。兩個孩子都一臉蒼白。

經過短暫休息之後，他們繼續上路。同樣的聲響，同樣的氣味，同樣的強光，直到他們的影子終於開始移到了右邊，然後愈變愈長，最後似乎要延伸到東邊天際的盡頭。

太陽以非常緩慢的速度移向了西方的地平線。這時，它終於落下了，感謝老天爺，雖然從沙地散發的熱氣還是和之前一樣燙，但那無情的強光消退了。四雙眼睛都巴巴地向前眺望，找尋渡鴉蠟黃腳說過的那個山谷。可是他們走了一英里又一英里，除了平坦的沙地，什麼也沒看到。白晝這時已經真正結束了，大部分的星星都出來了，馬兒們依舊向前趕路，兩個孩子在馬背上起伏顛簸，又渴又累，苦不堪言。就在月亮升上來的時候，沙斯塔突然以一種乾澀得像狗叫的奇怪聲音喊道：

「在那邊！」

這下不會有錯了。就在前方，在稍微偏右的地方，終於出現一個向下的斜坡，那是個兩旁都是亂石山崗的斜坡。兩匹馬都累得說不出話來，但都轉向朝斜坡跑去，一、兩分鐘後，他們便進入了峽谷。起初，在峽谷裡行走比在空曠的沙漠裡還難受，因為夾在岩石山壁之間，悶得令人透不過氣來，而且灑進峽谷裡的月光也少。斜坡繼續陡峭下行，兩旁的石壁也逐步高聳，成了懸崖。接著，他們開始看見植物——像仙人掌般多刺的植物，還有那種會扎手的粗草。不久，馬蹄踏的不再是沙地，而是小鵝卵石和碎石。峽谷彎彎曲曲，每轉一個彎，他們都急切地找水。兩匹馬這時幾乎已經精疲力竭了，荷紋喘著粗氣，蹣跚地落在布瑞後面。就在他們幾乎要絕望時，終於遇到了一塊小小的泥濘地，有一股涓涓細流穿過了長得較好也較柔軟的草地。接著，細流變成了小溪，小溪變成了兩岸有灌木叢的小河，小河又變成一條真正的河流。沙斯塔（在經過難以計數的無數次失望之後）正迷迷糊糊打著瞌睡，這時突然意識到布瑞已經停下腳步，自己正從馬背上滑落。他們眼前是一道小瀑布，瀑布的水流入一個寬闊的水潭。兩匹馬已踏入潭中，低頭不停痛飲著。「噢……噢！」沙斯塔叫了一聲，立刻跳進水裡——水深及膝——並把頭伸進瀑布中。這大概是他一生中最美妙的一刻。

大約十分鐘之後，他們四個（兩個孩子幾乎全身濕透了）才走上岸，開始注意周圍的環境。月亮這時已經升上高天，足以照進山谷。河岸兩邊都是柔軟的草地，草地再過去是樹木和灌木，一路沿著斜坡往上生長到懸崖底部。在那些陰暗的矮樹叢中一定藏有開著美麗花朵的灌木，因為這片林間空地瀰漫著一股清涼又甜美的香氣。從最黑暗的樹叢深處傳來一種沙斯塔從來沒聽過的聲音，那是一隻夜鶯在歌唱。

他們全都累得不想說話也不想吃東西。兩匹馬還沒等人為他們卸下馬鞍就立刻躺下了。阿拉維絲和沙斯塔也一樣。

大約十分鐘後，細心的荷紋說：「我們不能睡著。我們必須趕在拉巴達許前面。」

「是啊，」布瑞慢吞吞地說：「一定不能睡著。就稍微休息一下。」

沙斯塔（有那麼片刻）知道，如果他不起來做點什麼的話，他們全都會睡著。他覺得自己該起來。事實上，他決定起來勸大家繼續上路。不過，再等一會兒吧；不急，再等一會兒……

很快的，在月光照耀下，在夜鶯歌唱中，兩匹馬和兩個孩子都進入了沉沉熟睡。

最先醒來的是阿拉維絲。太陽已經高掛在天上，早晨清涼的幾個小時已經白白浪費掉了。「都是我的錯。」她生氣地數落自己，跳起來叫醒其他同伴：「沒有人會期待馬兒在那樣辛苦了一天之後還保持清醒，就算他們是**會說話的**馬兒也不例外。那個男孩當然不能指望，他根本沒受過正規的訓練。但是**我**應該知道的。」

其他三個在沉睡中被喚醒，還一臉恍惚和呆滯。

「嘿——呴——布嚕——唬，」布瑞說：「竟然戴著馬鞍睡著了，呃？我再也不會這麼做。太不舒服了……」

「噢快點，快點，」阿拉維絲說：「我們已經耽誤半個早上了。沒有時間拖延了。」

「總得讓我吃上幾口草吧。」布瑞說。

「我擔心我們等不及了。」阿拉維絲說。

「幹嘛那麼急啊？」布瑞說：「我們不是已經穿過沙漠了嗎？」

「可是我們還沒抵達阿欽蘭。」阿拉維絲說：「我們必須趕在拉巴達許之前到達那裡。」

「噢，我們肯定領先他好幾英里啊，」布瑞說：「我們不是走了捷徑嗎？沙斯塔，你那位烏鴉朋友不是說這是一條捷徑嗎？」

「他可沒說這條路**比較短**，」沙斯塔回答：「他只說這條路**更好**，因為這條路可以到達河流。如果綠洲是在塔什班的正北方，那麼，我想這條路恐怕更遠一點。」

「哦，我不吃點東西沒辦法走。」布瑞說：「沙斯塔，把我的轡頭拿下來。」

「對……對不起，」荷紋非常害羞地說：「我跟布瑞一樣，不吃一點**實在沒法**走。不過，當馬兒在背上載了人類（有馬刺和鞭子），即使再疲倦，也常被逼著繼續往前走，並且發覺自己能繼續走。我……我的意思是……現在我們已經自由了，難道我們不該更堅忍賣力一點？一切都是為了納尼亞。」

「我想，小姐，」布瑞很強硬地說：「關於戰役、急行軍，以及一匹馬能承受多少，我知道的**比**你多。」

荷紋沒有答辯，就像大部分血統高貴的母馬，身為生性膽小又溫和的她，很容易就因別人的話而啞口無言。不過，她其實說得很對，如果布瑞現在身上載著一位大公，大公這時逼迫他前進的話，他會發現自己還能拚命跑上幾個小時。成為奴隸並習慣被迫做事的其中一個糟糕的結果就是一旦沒有人再強迫你，你會發現自己幾乎失去了驅動自己的力量。

因此，他們只好等布瑞吃點東西，喝點清水，當然，荷紋和兩個孩子也都吃喝了一點。等到最後他們真正出發時已經接近上午十一點了。即便如此，布瑞的態勢還是比昨天懶散得多。雖然荷紋比布瑞更虛弱也更疲憊，掌控前進速度的卻是她。

至於山谷，以及它那棕色清涼的河水、青綠的草地和苔蘚，以及整片的野花和杜鵑，也會讓人在賞心悅目之餘只想緩轡而行。

10 南方邊境的隱士

他們從山谷往下走了幾個鐘頭之後，谷地開闊起來，前方景物一覽無遺。他們沿行的那條河流，在此匯入一條更寬闊的大河，水面寬闊，水勢洶湧，自他們左邊向右——也就是朝東——奔騰而去。在這條新河流對面是一片美麗的鄉野，有緩緩起伏的低矮山丘，連綿的山脊一層接一層，一直通往北方的山脈。在他們右邊有好幾座岩峰，其中一兩座的岩架上還覆蓋著密密實實的白雪。左邊是松林密布的斜坡、參差的懸崖絕壁、狹窄的峽谷，以及高聳入雲的藍色山峰。沙斯塔已經辨認不出哪座是派爾山。正前方的山脊往下陷落，形成一個馬鞍的形狀，那一定就是從阿欽蘭進納尼亞的隘口了。

「布嚕——唬——唬，北方，青翠的北方！」布瑞嘶鳴道。阿拉維絲和沙斯塔從小在南方長大，在他們眼中看來，那片低矮的丘陵地自然會比他們所能想像的更青翠也更鮮嫩。當他們喀啦喀啦向下走到兩河交會處，全都精神抖擻起來。

這條東流的大河是從山脈西側盡頭更高的高山上奔流下來的，水勢十分湍急洶湧，他們若想游過去是不可能的。他們沿著河岸上下找了一陣子，總算找到一處可以涉水而過的淺灘。河水奔流的吼聲、在馬蹄關節處形成的巨大漩渦、清涼又令人振奮的空氣，還有四處飛竄的蜻蜓，都讓沙斯塔感到莫名的興奮。

「朋友們，我們來到阿欽蘭了！」布瑞驕傲地說，一邊踏得水花四濺，登上北邊河岸：「我想，我們剛才涉過的那條河，叫做『彎箭河』。」

「我希望我們還來得及。」荷紋喃喃說道。

他們開始爬坡，山丘很陡，他們以之字形緩慢前進了好一陣子。這是一片空曠如公園的鄉野，一望無際，既沒有路，也沒有住家。到處是稀稀落落生長的樹木，因為不夠濃密，無法形成樹林。沙斯塔從小長在一個幾乎沒有樹的草原，從未見過這麼多樹，也從未見過這麼多品種的樹。如果你在場，你大概會認出他眼前所見（但他不認識）的橡樹、山毛櫸、白樺樹、花楸樹和甜栗樹。他們所經之處，野兔朝四面八方逃竄，不久，他們又看見一群淡棕色的鹿避入樹叢中。

「這裡真是太棒了！」阿拉維絲說。

到了第一座山脊上，沙斯塔在馬背上回頭眺望，塔什班已經完全不見蹤影；放眼望去，除了他們剛才走過來的那條狹窄的綠色裂罅，只見一片延伸到地平線的沙漠。

「嘿！」他突然說：「那是什麼東西！」

「什麼是什麼東西？」布瑞說，轉過身來。荷紋和阿拉維絲也都轉過身子。

「那裡。」沙斯塔指著遠處說：「那看起來像煙。是火嗎？」

「我看是沙暴吧。」布瑞說。

「風不大，吹不起沙來。」阿拉維絲說。

「噢！」荷紋驚呼說：「快看！煙裡面有東西在反光發亮。你們看！那是頭盔……還有盔甲。它在移動，正朝這邊過來。」

「塔什神啊！」阿拉維絲說：「那是軍隊。是拉巴達許的軍隊。」

「就是他們。」荷紋說：「這正是我擔心的。快！我們必須趕在他們之前到達安瓦德。」她沒再多發一言，立刻掉頭開始向北直奔。布瑞也揚起頭來跟著跑。

「**快啊**，布瑞，快點。」阿拉維絲轉頭喊道。

對兩匹馬而言，這場競賽非常艱苦。他們每奔上一座山脊，就發現眼前是另一個山谷，山谷過去又是另一座山脊；雖然他們知道自己走的方向大致正確，卻沒有人知道安瓦德到底有多遠。在第二座山脊頂端，沙斯塔再次回頭眺望。此時他看到的已經不是沙漠中的滾滾煙塵，而是一大群如螞蟻般的黑點在彎箭河對岸移動。毫無疑問，他們正在尋找可以過河的淺灘。

「他們到河邊了！」他驚慌地大叫。
「快！快！」阿拉維絲喊道：「如果我們不能及時趕到安瓦德，我們這趟路就等於白跑了。快跑，布瑞，快跑。記住，你是一匹戰馬。」
沙斯塔要拚命忍耐，才能不喊出同樣的指示；不過他想：「這可憐的傢伙已經盡了全力了。」因此他閉嘴不言。兩匹馬確實都在拚命跑，即使他們沒有拚盡全力，也認為自己已經拚盡全力了；這其實不是一回事。布瑞這時已經追上了荷紋，兩匹馬在草地上並肩急馳。荷紋看起來撐不了多久了。
就在這時，他們背後傳來一個聲音，徹底改變了所有人的感覺。那不是他們預期聽見的聲音——不是馬蹄聲，不是盔甲叮噹聲，也不是卡羅門人的戰鬥吶喊聲，但是沙斯塔一聽立刻認得。他們第一次遇到阿拉維絲和荷紋的那個明亮月夜，聽到的就是同樣的咆哮聲。布瑞也聽出來了，他的雙眼發出紅光，雙耳往後倒，貼平在腦袋上。布瑞這時才發現自己剛才並未拚盡全力奔跑。沙斯塔立刻感覺到這種改變。此時他們才是真正使出全力。不過幾秒鐘，他們已經把荷紋遠遠甩在背後。
「這不公平，」沙斯塔想：「我**原本**以為我們在這裡很安全，不會碰到獅子！」
他扭頭往後看，把一切看得清清楚楚的。一頭巨大的黃褐色野獸，幾乎身體貼地飛奔，就像一隻看見野狗闖進花園來的貓，飛竄過草地奔向一棵樹似的，緊追在他們後面，而且每秒都在逼近。

沙斯塔再度往前看，他看見了某樣東西。那是他一時之間看不清楚也沒想到會看到的東西：一堵大約十尺高的平滑綠牆擋住了他們的去路，牆的正中央有一扇門敞開著。門道中間站著一個很高的男人，身上穿著一件垂到他赤腳上的長袍，袍子的顏色如同秋天的落葉。他拄著一根筆直的拐杖，一把長鬍鬚幾乎垂到了膝蓋。

沙斯塔一眼掃過這一切，再次回頭張望。獅子這時幾乎追上荷紋了，正一下又一下咬向她後腿，荷紋那張雙眼圓睜、白沫四濺的臉，已經滿是絕望。

「停，」沙斯塔對著布瑞的耳朵大吼：「我們必須回去！必須去救她們！」

後來，布瑞總是說，他完全沒聽見或根本沒聽懂沙斯塔的話。大體來說，布瑞是一匹相當誠實的馬，我們必須相信他的話。

沙斯塔把雙腳抽出馬蹬，一旋身，兩腿來到馬的左側，猶豫了百分之一秒，便縱身一跳。他痛得差點無法呼吸，但他還沒想到自己摔得多痛，就已蹣跚著回頭去救阿拉維絲。他這輩子從來沒做過這樣的事，他也不知道自己為什麼要這麼做。

一匹馬發出的尖聲慘叫，是這世界上最可怕的聲音之一，荷紋這時就發出了這樣的慘叫。阿拉維絲俯身趴在荷紋的頸項上，似乎準備要拔出刀來。說時遲那時快——阿拉維絲、荷紋和獅子，幾乎迎面撞上沙斯塔。就在他們仨撞上他之前，那隻獅子突然用後腿人立起來——你絕對不會相信，一頭獅子竟能如此高大——用右前爪抓了阿拉維絲一把。沙斯塔清清楚楚看見那怒張的一根根利爪。阿拉維絲慘叫一聲，伏倒在馬鞍上。獅子抓傷了她的肩膀。沙斯塔幾乎嚇瘋了，卻仍蹣跚著朝那野獸衝過去。他沒有武器，連一根樹枝或一塊石頭都沒有。他就像人會對著狗做的那樣，愚蠢地對著那頭獅子大吼：「滾回去！回去！」有那麼一剎那，那怒張的血盆大口已經來到他面前，接著令他徹底震驚的，是那頭仍用後腿站立的獅子突然停止攻擊，前腳落地打了個滾，起身掉頭，飛奔離去。

沙斯塔一點也不認為獅子會就此一去不返。他這時才想起自己看見的那堵綠牆上有個門，轉身朝那扇門直奔而去，這時步履踉蹌、幾乎快暈倒的荷紋正好踏進了那扇門，阿拉維絲仍坐在馬鞍上，但整個背上都是血。

「進來吧，我的女兒，快進來。」那穿長袍的長鬍子老人說，接著氣喘吁吁的沙斯塔跑到他面前，老人又開口：「進來吧，我的兒子。」沙斯塔聽見背後的大門關上了，長鬍子老人已經過去扶阿拉維絲下馬。

他們此時置身一個寬闊、有圍牆的正圓形土地，周圍環繞著一圈長滿青草的高牆。在他面前有個平靜無波的水塘，塘水幾乎快滿溢出地面。水塘的一頭長了一棵沙斯塔生平見過最高大、最美麗的樹，它的枝葉覆蓋了整個水塘。水塘的另一邊有一棟低矮的石屋，屋頂覆蓋著很厚、很老舊的茅草。圍牆裡的遠處有幾隻山羊，傳來羊叫的咩咩聲，平坦的地面長滿了最細嫩的青草。

「你……你……你是……」沙斯塔喘著氣問：「你是阿欽蘭的魯恩國王嗎？」

老人搖搖頭，平靜地回答說：「不是。我是南方邊界的隱士。好了，孩子，現在不要浪費時間問問題了，聽從我的吩咐。這位小姑娘已經受傷，你們的馬也精疲力盡了。拉巴達許這時正在尋找淺灘準備渡過彎箭河。如果你現在片刻不歇就往前跑，那麼你還趕得及去向魯恩國王發出警告。」

聽見這話，沙斯塔的心都涼了，他覺得自己已經一點力氣都沒有了。他內心很掙扎，這個要求似乎太殘忍也太不公平。他還沒學到，如果你做了一件好事，得到的獎賞通常是讓你去做一件更好也更難的事。不過他開口大聲說出來的卻是：

「國王在哪裡？」

隱士轉身舉起手杖指著說：「看，那邊有另一扇門，正對著你剛才進來的門。打開那扇門，往前直走，無論你的路是平是陡，好走或不好走，乾燥或泥濘，你都要一直向前直走。根據我的本事，我知道只要你保持直線前進，就能找到魯恩國王。可是你必須奔跑，奔跑，一刻不停地奔跑。」

沙斯塔點點頭，拔腳奔向北邊那扇門，一眨眼就消失在北門外了。接著，一直用左臂支撐著阿拉維絲的隱士，這時趕緊將她半扶半抱地帶進屋裡。過了好長一段時間，他才走出來。

「好了，兩位同胞，」他對兩匹馬說：「現在輪到你們了。」

沒等回答——事實上，他們也累得說不出話來——他便幫他們卸下了馬鞍和轡頭，接著熟練地為他們擦身、揉抹和刷毛，就算國王御廄裡的馬夫也不會做得比他更好。

「好了，兩位同胞，」他說：「什麼都別想了，舒舒服服地待著吧。這裡有水，那邊是草。等我為其他那些山羊同胞擠了奶，就給你們弄點熱麥糊。」

「先生，」荷紋終於有點力氣說話了：「女大公不會死吧？獅子咬死她了嗎？」

「我憑我的本事知道許多現在發生的事，」隱士微笑著說：「但對將來的事，我所知甚少，因此，我不知道到今天傍晚太陽下山時，這世上的男人、女人和動物有誰生有誰死。不過，懷抱豐富的希望吧，這位小姑娘應該會與她的同齡人一樣長壽。」

阿拉維絲醒來時，發現自己俯臥在一張床上，床很矮，而且極其柔軟。她所在的房間很涼爽，幾乎空無一物，四壁是光禿禿的石頭。她不明白自己為什麼趴著睡，不過，當她想翻身時，背上立刻傳來一陣熱辣辣、如同火灼的劇痛，於是她想起來了，也明白了自己俯臥的原因。她不曉得墊在床上這柔軟又富彈性的東西是什麼，因為她從來沒見過也沒聽過石楠花，而這床墊就是石楠花做的（石楠花是最好的床墊材料）。

屋門打開，隱士走了進來，手裡端了一個大木碗。他小心翼翼放下木碗，走到床邊來，問：

「孩子，你覺得怎樣了？」

「老爺爺，我的背很痛。」阿拉維絲說：「不過其他地方都很好。」

他跪在床邊，伸手摸了摸她的額頭，又探了探她的脈搏。

「沒發燒，」他說：「你很快就會好的。看來明天你就能下床了。不過，現在先把這個喝了吧。」

他端過木碗，送到她嘴邊。阿拉維絲一嚐，忍不住做了個鬼臉。對不習慣喝羊奶的人來說，那股臊味確實很衝。可是她很渴，所以還是忍著把它全喝了，喝完也感覺自己好多了。

「好了，孩子，你想睡就睡吧，」隱士說：「你的傷口已經清洗過也包紮好了，那些傷口雖然痛，卻不會比鞭子抽打的傷口更嚴重。那真是一隻非常奇怪的獅子，他只用爪子掃過你的背，而不是把你拖下馬，用利齒咬你。十道爪痕，很痛，但不深，也不會危及性命。」

「我的天！」阿拉維絲說：「我**真是**幸運。」

「孩子，」隱士說：「到現在為止，我已經在這世上度過了一百零九個寒冬，卻從來沒遇到『幸運』這種東西。這其中必定另有緣由，只是我不知道罷了。不過，如果我們有必要知道，你可以確信，將來我們一定會知道的。」

「對了，拉巴達許和他那兩百兵馬怎麼樣了？」阿拉維絲問。

「我想，他們不會從這條路經過。」隱士說：「他們一定是在我們東邊找到了渡河的淺灘。他們會直接從那裡奔向安瓦德。」

「可憐的沙斯塔！」阿拉維絲說：「他要跑很遠的路？他會比他們先到嗎？」

「希望很大。」老人說。

阿拉維絲再次躺下（這次是側躺），說：「我是不是睡了很久？天好像快要黑了。」

屋中唯一的一扇窗子朝北，隱士朝窗外望了望，然後說：「這不是天黑。烏雲正從『風暴峰頂』滾滾而下。我們這裡的壞天氣都是從那裡過來的。今晚會有濃霧。」

第二天，除了背還是痛，阿拉維絲感覺整個人好多了。吃過早餐（麥片粥和奶油）後，隱士說她可以下床了，她當然立刻就去找那兩匹馬說話。天氣已經變好，圍牆裡整片青綠的土地就像一個巨大的綠杯子，盛滿了陽光。這是一個非常非常寧靜的地方，遺世獨立，平靜無擾。

荷紋一見阿拉維絲，立刻小跑到她面前，給她一個馬吻。

她們互相問候了彼此的健康與睡眠狀況後，阿拉維絲說：「布瑞在哪裡？」

「在那邊。」荷紋說，用鼻子指了指圓形土地的另一頭：「我就期盼著你來跟他談一談。他很不對勁，我從他嘴裡問不出一句話來。」

她們慢慢走了過去，看見布瑞臉朝著牆躺在地上。他肯定聽見她們朝他走來，但既不回頭，也不出聲。

「早安，布瑞，」阿拉維絲說：「你今天早上感覺怎麼樣？」

布瑞咕噥了一句什麼，誰也沒聽清楚。

「隱士說，沙斯塔大概可以及時趕到魯恩國王那裡，」阿拉維絲繼續說：「這樣一來，我們所有的麻煩看來都結束了。我們終於可以去納尼亞了，布瑞。」

「我恐怕永遠也看不到納尼亞了。」布瑞很小聲地說。

「親愛的布瑞，你不舒服嗎？」阿拉維絲問。

布瑞終於轉過頭來，一臉悲傷。那是馬兒最悲傷的樣子了。

「我該回卡羅門去。」他說。

「為什麼？」阿拉維絲說：「回去當奴隸嗎？」

「對。」布瑞說：「我只配當奴隸。我哪裡還有臉去見納尼亞的自由馬？我拚了命的跑，只為了救自己這身臭皮囊，卻丟下一匹母馬、一個女孩和一個男孩去餵獅子！」

「我們全都在拚命跑啊。」荷紋說。

「沙斯塔沒跑！」布瑞噴了噴鼻子說：「至少他跑對了方向——**往回**跑。這就是我最丟臉的地方。我自稱是一匹戰馬，吹噓自己身經百戰，卻被一個人類男孩打敗——他只是一個小孩，一匹小馬駒，長這麼大還沒握過一把劍，沒受過任何良好教養，甚至沒見過好榜樣！」

「我知道。」阿拉維絲說：「我有同樣的感覺。沙斯塔真是太不可思議了。我跟你一樣糟糕，布瑞。自從我們相遇以來，我一直對他冷淡，看不起他，而我現在才知道他是我們四個當中最了不起的。不過，我想我們留下來向他說對不起，會比返回卡羅門要好得多。」

「對你來說，這麼做當然很好。」布瑞說：「你沒有做出讓自己丟臉的事，但是我已經什麼都完了。」

「我的好馬兒啊，」隱士說，他們都沒留意到他什麼時候過來的，因為他赤腳走在滿是露水的柔軟草地上，幾乎沒有發出聲音：「我的好馬兒啊，除了你的驕傲自大，你什麼也沒失去。這位同胞，不要這樣，不要這樣。不要對我甩動鬃毛，耳朵往後倒。如果你真像剛才自己說的那樣謙卑，你就要聽聽有道理的話。你一直生活在那些可憐的啞巴馬當中，自然就以為自己很了不起，其實不然。跟**他們**比起來，你當然更勇敢也更聰明，你天生就比他們強啊，但這不表示你到了納尼亞也會是特別人物。不過，只要你了解自己不過是一匹平凡的馬，那麼，無論從整體還是從個別的角度來說，你仍是一匹非常大方得體的馬。好了，現在如果你和我另一位四條腿的同胞願意到廚房門口去，我們就可以把剩下的那一半麥糊解決了。」

11 意想不到的旅伴

沙斯塔衝出那扇門後，看見前方是個草坡，坡上有些石楠花，一路長到更前方的一些樹下。這時他什麼也不必想，也不用做計畫，只要拔腳飛奔就行，而這也就夠了。他的四肢都在顫抖，肋骨旁邊也開始像針刺一樣疼痛，滿頭汗水不停流進眼睛裡，使他視線模糊，雙眼刺痛。他的腳步也很不穩，好幾次踏在鬆動的石頭上時差點扭傷腳踝。

這裡的樹木比之前更密了，在比較空曠的地方則長著蕨類。太陽已經被雲遮住，但這天氣不但沒有變得比較涼爽，反而變成悶熱的陰天。蒼蠅似乎比平常多出了一倍，沙斯塔的臉上停滿了蒼蠅，他甚至懶得把牠們揮開——他有更要緊的事要做。

他突然聽見一聲號角，不是在塔什班城外聽見的那種令人心臟悸動的號角聲，而是十分悅耳的滴－囉－嘟－嘟－嘍！接著，他跑進了一片寬闊的林間空地，發現那裡有一大群人。

至少在他看來是一大群人。實際上大概是十五到二十人，都是帶著駿馬、身穿綠色獵裝的紳士，有的騎在馬上，有的站在馬首旁。在空地中央，有個人抓著馬鐙讓另一個人上馬，那個正要上馬的人有胖胖的身材、圓圓的蘋果臉、閃閃發亮的眼睛，簡直就是你能想到的模樣最快樂的國王。

沙斯塔一出現，這位國王就忘了要上馬。他對沙斯塔張開雙臂，一臉欣喜，以一種發自丹田深處、渾厚宏亮的聲音喊道：

「柯林！我的孩子！赤著腳，一身破爛衣服！怎麼……」

「不，」沙斯塔搖搖頭，喘著氣說：「我不是柯林王子。我……我……知道我長得像他……我在塔什班城見過王子殿下……他向你問安。」

國王盯著沙斯塔，臉上神情非常奇怪。

「你是魯……魯恩國王嗎？」沙斯塔喘著問，然後沒等對方回答，接著又說：「國王陛下……快跑……回安瓦德，關上城門……敵人來了……拉巴達許和兩百騎兵。」

「你確定嗎？孩子。」有位紳士問。

「我親眼看見的，」沙斯塔說：「我看見他們了。從塔什班開始，我一路和他們賽跑。」

「用兩條腿跑？」那位紳士微微抬起眉毛問。

「騎馬……馬在隱士家裡。」沙斯塔說。

「達林，別再盤問他了。」魯恩國王說：「我從他臉上看得出他說的是實話。各位，我們必須馬上回去。那裡有一匹備用的馬，牽過來給這孩子。朋友，你能騎馬快跑嗎？」

沙斯塔的回答是一腳踏上牽過來給他的那匹馬的馬蹬，翻身坐上馬鞍。過去幾個星期，他已經在布瑞身上練過上百次上馬。出逃頭一夜，布瑞說他上馬像爬乾草堆似的，這次上馬已經大不相同了。

他很高興聽見達林爵士對國王說：「陛下，這孩子是個真正的騎士。我敢保證，他一定有高貴的血統。」

「他的血統，嗯，那是個關鍵。」國王說。然後他又目不轉睛地看著沙斯塔，他那雙鎮定的灰色眼睛裡，再度流露出那種好奇的眼神——幾乎可說是充滿渴望的眼神。

這時，這個團隊全都開始以輕快的小跑出發了。沙斯塔的坐姿雖然絕佳，但卻不知該如何掌控韁繩，因為他在布瑞背上時從來不需要使用韁繩。他非常小心謹慎地用眼角察看別人怎麼做（就像我們參加宴會搞不清楚怎麼使用刀叉時，有些人也會這樣偷瞄旁人），然後努力讓自己的手指照著做。儘管如此，他仍不敢真的指揮那匹馬；他相信這匹馬會跟著其他的馬跑。這匹馬當然是一匹普通馬，不是能言馬，但是牠夠聰明，知道騎在自己背上的這個陌生男孩沒有馬鞭也沒有馬刺，不能真的掌握牠前進的狀況，因此沒過多久，沙斯塔就發現自己已經落在隊伍最後面了。

即便如此，他前進的速度還是很快。這時已經沒有蒼蠅了，風吹在他臉上非常舒服。他的呼吸也恢復了正常，而且他的任務達成了。這是自從他到塔什班之後（那似乎是好久以前的事了），第一次開始覺得輕鬆愉快，能夠享受眼前的情景。

他抬頭張望，想看看距離山頂還有多遠。讓他失望的是他完全看不到山頂，只看見一團團灰霧從上方朝他們滾滾而來。他從來沒到過山區，因此非常驚奇。「這是一團雲吧，」他自言自語說：「一團雲滾下來了。我明白了。到了山的這個高度，人就等於是在天上了。我要來看看雲裡面像什麼樣子！太好玩了！我一直都很想知道的。」在他左後方很遠的地方，太陽已即將下山了。

這時他們來到一條崎嶇不平的路，而且前進的速度非常快，但沙斯塔的馬依舊落在隊伍最後面。有一、兩次，當路轉彎時（兩邊都是連綿不斷的森林），他會有一、兩秒鐘的時間看不見前面的一行人。

接著，他們衝進了霧裡，或者該說是滾滾的濃霧包圍了他們。世界變得一片灰濛。沙斯塔從來不知道雲裡有多濕多冷，還有多黑。灰濛的霧正以驚人的速度轉為黑暗。

隊伍前方有人不時吹響號角，每次聲音聽起來都比前一次稍微更遠一點。這時他已經看不見其他人了，當然，之前他只要轉過一個彎就能看見他們，但此時當他轉了彎，仍然看不見他們。事實上，他什麼也看不見。他的馬現在只走不跑了。「快點，馬兒，快點。」沙斯塔說。接著，號角聲傳來，但非常微弱。布瑞總是告訴他，他必須把後腳跟保持向外，沙斯塔因此一直以為，如果他的後腳跟戳到馬腹，一定會發生很可怕的事。他認為，現在似乎是個嘗試的好時機。「聽著，馬兒，」他說：「你要是再不加把勁振作起來，你知道我會怎麼做嗎？我要用後腳跟戳你。我真的會。」不過，那匹馬毫不理會這項威脅。於是，沙斯塔牢牢坐在馬鞍上，雙膝夾緊，咬緊牙關，然後抬起後腳跟，狠狠朝馬腹戳下去。

結果只是讓那匹馬敷衍地往前小跑了五、六步，然後就又恢復原來慢慢走的狀態。這時天色已經相當暗了，他們那一行人似乎已經放棄吹號角了。唯一的聲音，只剩水滴從樹枝上滴滴答答穩定掉落的聲音。

「好吧，就算走路，我想我們也能走到某個地方。」沙斯塔自言自語說：「我只希望我們不要碰到拉巴達許和他的人馬就好。」

他繼續往前走了似乎很長的時間，始終都是散步的速度。他開始恨起這匹馬，同時開始覺得肚子餓了。

這時他來到了一個岔路口。他正在想到底哪一條路才通向安瓦德，背後突然傳來一個把他嚇一大跳的聲音。那是眾多馬匹奔跑的聲音。「拉巴達許！」沙斯塔想。他完全猜不出拉巴達許會走哪條路。「要是我走這條路，」沙斯塔自言自語說：「他**有可能**走那條路；但要是我待在這個岔路口不動，**肯定**會被逮個正著。」他下了馬，拉著馬以最快的速度走上右邊那條路。

騎兵隊的聲音愈來愈近，一、兩分鐘之後，沙斯塔察覺他們已經來到了岔路口。他屏住呼吸，等待他們會選擇走哪一條路。

只聽一聲低沉的命令傳來：「停！」接著是一陣馬匹嘈雜的聲響——噴響鼻聲、馬蹄刨踏聲、嚼咬馬銜聲、拍撫馬脖子聲。然後一個聲音發話了。

「全體人員注意，」那聲音說：「現在我們離城堡還有不到一弗隆[4]的距離。記住我給你們的命令。我們明天日出時應該能到達納尼亞，到時你們要儘量不開殺戒。這趟冒險，你們要把納尼亞人的一滴鮮血看得比你們自己的一桶鮮血更珍貴。注意，我是指**這趟**冒險。諸神會賞賜我們一個更快樂的、大開殺戒的時刻，到時從凱爾帕拉維爾到西部荒野，你們必須全部給我趕盡殺絕。不過我們還沒到達納尼亞。這裡是阿欽蘭，情況不一樣。突襲魯恩國王的城堡，最重要的就是速度。拿出你們的勇氣來。我要在一個小時之內拿下那座城堡。如果一切順利，我會將整座城堡都交給你們。我自己不拿任何戰利品。把城裡所有蠻族的男人都殺掉，就連昨天出生的嬰兒都別放過，其餘所有一切全

4 弗隆(furlong)，英國的長度單位，大約二〇一公尺。

是你們的——女人、黃金、珠寶、武器、美酒——隨你們高興怎麼瓜分就怎麼瓜分。你們當中誰到了城門口不敢往前衝的，我會活活燒死他。奉我無敵不克、冷酷無情的塔什神之名，前進！」

接著是一陣很大的嘈雜聲，隊伍開始出發，沙斯塔這才吐出一口氣。他們選擇了另一條路。

沙斯塔覺得他們花了很長的時間才通過路口，雖然他成天把「兩百兵馬」掛在嘴上，也不時會想到，但他實際上並不瞭解那究竟有多少。最後，所有的聲音又歸於寂靜，只剩下他和水滴從樹枝上滴滴答答落下的聲音。

現在他知道哪條路通往安瓦德了，不過他當然不會這時候前往，這樣只是朝拉巴達許的軍隊自投羅網。沙斯塔自言自語說：「我該怎麼辦才好？」他重新爬上馬背，繼續沿著他選擇的路往前走，懷抱著能找到一間小屋、向人借宿並討點飲食的渺茫希望。當然，他也想過返回隱士那裡去找阿拉維絲、布瑞和荷紋，但是他現在根本回不去了，因為他完全找不到方向。

「無論如何，」沙斯塔說：「這條路總會通到某個地方的。」

不過，這完全要看你說的某個地方是指什麼。這條按理會前往某個地方的路，兩旁的樹變得愈來愈濃密，四下一片黑暗，水珠不停往下滴，並且愈來愈冷。奇怪的是，冰冷的寒風不斷把迷霧吹過他身旁，卻始終不把霧吹散。如果他曾在山區待過，他就會明白這表示他現在是在很高的地方了——說不定就正在隘口上方。可是沙斯塔對山嶺一無所知。

「我**確實**認為，」沙斯塔說：「我一定是全世界有史以來最倒楣的男孩了。別人都是事事如意，只有我不是。那些納尼亞的貴族和女士們都安全離開了塔什班，我被留下了。阿拉維絲、布瑞和荷紋都舒舒服服地和老隱士在一起，只有我被派來幹這差事。魯恩國王和他的手下肯定都安全回到城堡裡，早在拉巴達許抵達之前就把城門關上了，但是我被拋在外面。」

由於太累又太餓，肚子裡什麼食物也沒有，沙斯塔忍不住悲從中來，兩行眼淚順著臉頰滾落下來。

讓他的悲傷驟然止住的，是一陣突如其來的恐懼。沙斯塔發現，有某個人或某種東西正走在他旁邊。周遭一片漆黑，他什麼也看不見。那東西（或人）的腳步極輕，他幾乎聽不到任何腳步聲。他聽見的是呼吸聲。這位看不見的同伴，呼吸量似乎很大，沙斯塔感覺那是一種非常龐大的生物。他這時才注意到，這個呼吸聲非常平順，他真的不知道它走在自己旁邊多久了。這真是太嚇人了。

他突然想到，很久以前曾經聽人說過，這些北方國家有大巨人。他嚇得咬住嘴唇。

這下他真的有大哭的理由了，但他反倒不哭了。

那東西（除非那是個人）在他身邊走得如此悄無聲息，以至於沙斯塔開始希望那只是自己的幻覺。不過，就在他正想確定它是幻覺時，他身旁的黑暗中突然傳來一聲低沉、渾厚的歎息。那絕對不是幻覺。總之，他感覺到那聲歎息所呼出的熱氣吹到了自己冰冷的左手上。

如果他騎的馬還有點本事——或者如果他知道怎麼讓這匹馬展現一點本事——他會不顧一切策馬狂奔而逃，但他知道自己無法讓這匹馬快跑。因此，他繼續慢慢走著，而那個看不見的同伴也在他旁邊繼續往前走，繼續平緩地呼吸。最後，他再也忍不住了。

「你是誰？」他的聲音低得像耳語。

「我是一直等你開口說話的那位。」那東西說。它的聲音不大，但是非常渾厚宏亮。

「你是……你是巨人嗎？」沙斯塔問。

「你可以這麼稱呼我，」那個宏亮的聲音說：「但我不是你稱為巨人的那種生物。」

沙斯塔瞪大眼睛，非常費力地看了片刻後說：「我完全看不見你。」接著（因為腦子裡冒出一個更可怕的想法），他用近乎尖叫的聲音說：「你該不是……不是某種**死掉的**東西吧？噢，求求你……求求你走開。我從來沒有害過你吧？噢，我真是全世界最倒楣的人了！」

他再次感覺到那東西呼出的熱氣吹在他的手上和臉上。「熱的吧？」它說：「這可不是鬼呼出的氣息。告訴我，你為什麼事而傷心。」

這溫熱的氣息讓沙斯塔稍微消除了疑慮，於是他說他不知道自己的親生父母是誰，他是被嚴厲的漁夫撫養長大的。接著他說了自己逃跑的故事，他們怎麼遭到獅子追趕，被迫游泳逃命；還有他們在塔什班遇到的一切危險，他在古帝王陵度過的那一夜，那些沙漠中的野獸如何對著他號叫。然後他又說他們穿過沙漠時的炎熱和乾渴，以及他們快到達目的地時，如何遭到另一隻獅子追趕，阿拉維絲還被抓傷。另外，他還說了自己已經有多久沒吃東西了。

「我不認為你倒楣。」那宏亮的聲音說。

「遇到那麼多獅子，你不認為我運氣很壞嗎？」沙斯塔說。

「只有一隻獅子。」那聲音說。

「你這話是什麼意思？我剛才已經告訴你了，第一天晚上至少有兩隻，而……」

「只有一隻，但他腳程很快。」

「你怎麼知道？」

「我就是那隻獅子。」沙斯塔張嘴倒抽一口氣，一句話也說不出來。那聲音繼續說：

「我就是那隻逼你和阿拉維絲會合的獅子。我就是那隻在墳堆裡帶給你安慰的貓咪。我就是那隻在你睡覺時把豺狼從你身邊趕走的獅子。我就是那隻讓馬兒嚇得在最後一英里路拚命飛奔的獅子，讓你能及時趕到魯恩國王那裡示警。我還是那隻把船推到岸邊的獅子，你不記得這件事，那時你還是個嬰兒，躺在船裡奄奄一息。船來到岸邊，有個半夜睡不著的男人坐在那裡，收養了你。」

「那麼，抓傷阿拉維絲的是你？」

「是我。」

「那是為什麼？」

「孩子，」那聲音說：「我告訴你的是你的故事，不是她的故事。我只對人說他自己的故事。」

「你**是**誰？」沙斯塔問。

「我自己。」那聲音說。那聲音如此低沉渾厚，大地都為之震動。接著又重複一次：「我自己。」這次嘹亮、清晰又歡樂；然後是第三次：「我自己。」聲音輕柔到你幾乎聽不見，卻像是從四面八方傳來，連樹葉都隨著它沙沙作響。

沙斯塔已經不再害怕那聲音是某種會把他吃掉的怪物或鬼魂了。相反的，有一股嶄新又全然不同的顫慄竄過他整個人，而且他感到喜悅。

迷霧從黑轉灰，又從灰轉白。這轉變肯定有好一陣子了，但是他剛才只顧著和那東西說話，沒注意到周遭的變化。此刻，周遭的白霧變成一片明亮閃爍的白。他開始不停眨眼睛。他聽見前方某處傳來鳥叫聲。他知道黑夜終於過去了，現在他很容易就能看清他這匹馬的腦袋、耳朵和鬃毛。一股金色的光芒從他們左邊照下來。他想那是陽光。

他轉過頭來，看見走在他旁邊的，是一隻比他胯下的馬還高大的獅子。他的馬似乎不怕這獅子，或者根本沒看見牠。那金色的光芒是從獅子身上發出來的。從來沒有人見過如此嚇人又如此美麗的東西。

幸好沙斯塔一直生活在卡羅門偏遠的南方，沒有聽過塔什班人交頭接耳談論的納尼亞惡魔，那惡魔總是以獅子的形貌現身，十分可怕。當然，他也不知道任何有關偉大的獅子阿斯蘭的真實來歷，不知道他乃是海外大君王之子，是納尼亞的萬王之王。然而，在他瞥了一眼獅子的臉以後，他便滑下馬鞍，跪在獅子腳前。他什麼話都說不出來，但接著什麼也不想說，並知道自己什麼也不必說。

萬王之王朝他俯下身來，他的鬃毛及鬃毛所飽含的一股莊嚴的異香包圍了他。他以舌頭輕觸沙斯塔的額頭。沙斯塔仰起臉，彼此四目相對。剎那間，白霧淡淡的光芒和獅子那耀眼的金光融匯成一股燦爛的光輝，旋轉著向上升騰，然後消失無蹤。只有他獨自和馬兒站在綠草如茵的山坡上，頭頂是一片蔚藍的天空。遠處有鳥兒在歌唱。

12 沙斯塔來到納尼亞

「這全都是夢嗎？」沙斯塔很疑惑。不過這不可能是夢，因為他看見在他面前的草地上有一個又大又深的獅子右前爪印子。一想到要有多麼龐大的重量才能留下這樣的爪印，就讓人無法呼吸。不過，還有另一件事比這大爪印更不尋常。就在他盯著那個爪印看時，爪印底部已經充滿了水。不一會兒，水就滿到了邊緣，接著溢了出來，形成一條涓涓細流，從他身邊流過，越過草地朝山下流去。

沙斯塔俯下身子去喝水，大大暢飲了一番，然後把臉埋到水中，並往頭上澆水。這水極其清涼，又清澈如鏡，令他感覺煥然一新。然後他起身，甩甩頭，把耳朵裡的水甩掉，把前額的濕頭髮甩到後面，這才開始打量周圍的情景。

這時顯然還是清晨。太陽才剛從他右邊很遠很低的森林那頭冒出來，逐漸升起。他眼前的這片鄉野是他從未見過的。這是個處處點綴著樹木的青翠山谷，他從林木間瞥見一條波光閃爍的河流，大致朝西北蜿蜒流去。在山谷的那一邊是一片高而平整的岩石山丘，不過這片山丘比他昨天所見的山巒矮。他開始猜測自己是在哪裡。他轉身向後望，看見自己所站的山坡屬於一排非常高聳的山脈。

「我明白了。」沙斯塔自言自語說：「這就是位於阿欽蘭和納尼亞之間的那些大山。昨天我是在山的那一邊。我一定是在夜裡通過了隘口。我真是運氣好，誤打誤撞穿過了它！其實也不是運氣好，是**他**的緣故。現在我已經在納尼亞了。」

他轉身過去把那匹馬的馬鞍和轡頭都卸下來：「雖然**你是**一匹糟透了的馬，還是去吧。」他說。那匹馬對這評論毫不理會，立刻開始吃起青草。牠非常瞧不起沙斯塔。

「真希望我也能吃草！」沙斯塔想：「現在返回安瓦德可不妙，它已經被包圍了。我最好還是往下走到山谷裡，看看能不能找到什麼東西來吃。」

於是，他往山下走去（濃重的露水使他的赤腳凍得要命），直到走進一座樹林。林中有一條隱約可見的小徑穿過，他順著小徑走了幾分鐘，就聽見一個濃重的、呼哧呼哧的聲音對他說：

「鄰居，早安。」

沙斯塔急急轉頭，想看說話的是誰，不一會兒看見一個渾身是刺、面孔黝黑的小人從樹林裡走出來。若說它是人，它的個子實在太小，說它是刺蝟，它的個子卻很大，然而它確實是一隻刺蝟。
「早安，」沙斯塔說：「但我不是你的鄰居。事實上，我第一次到這地方來。」
「啊？」刺蝟帶著詢問的口吻說。
「我是翻山過來的……你知道，從阿欽蘭來的。」
「啊，阿欽蘭，」刺蝟說：「那是好遠的地方啊。我自己從來沒去過。」
「我想，也許……」沙斯塔說：「該把現在有一支兇狠的卡羅門軍隊正在攻擊安瓦德的消息通知某個人。」
「你不是當真吧！」刺蝟回答道：「嗯，想想看。他們說卡羅門離這裡有幾千里遠，是在世界的另一頭，中間還隔著一片大沙漠呢。」
「沒有你想的那麼遠。」沙斯塔說：「對於安瓦德遭遇到的這場攻擊，我們是不是該做點什麼？是不是該去告訴你們的最高王？」
「當然，當然該做點什麼，」刺蝟說：「但是，你瞧，我現在正要回家去好好睡上一覺呢。哈囉，鄰居！」
最後這句話是對一隻剛從小徑旁蹦出來的巨大淺棕色兔子說的。刺蝟立刻把剛從沙斯塔那裡得知的消息告訴了兔子。那隻兔子也認為這是個令人非常震驚的消息，應該有人去通知重要人士，然後做點什麼事情才好。

消息就這樣傳開了。每隔幾分鐘，就有其他動物加入他們的行列，有些從他們頭頂的樹枝上下來，有些從他們腳下的地底小屋鑽出來，最後整個隊伍聚集了五隻兔子、一隻松鼠、兩隻喜鵲、一個人羊和一隻老鼠，大家七嘴八舌的討論，並一致同意刺蝟的看法。事實上，在白女巫及永遠的寒冬消失之後，最高王彼得在凱爾帕拉維爾施行統治的年代是納尼亞的黃金年代，那些在納尼亞的小森林中生活的居民日子過得太平安幸福，都變得有點粗心大意了。

不過，沒多久小樹林裡來了兩個比較實際的人。一個是名叫道夫爾[5]的紅矮人，另一個是一頭美麗又高貴的雄鹿，他有一雙水汪汪的大眼睛，腹側布滿圓形斑點，四條纖細優雅的腿看起來好像用兩根指頭就能捏斷似的。

那個矮人一聽到這消息，立刻大吼一聲：「獅大王啊！」然後說：「果真如此，我們還站在這裡七嘴八舌幹什麼？敵人已經打到安瓦德了！這消息必須立刻送到卡爾帕拉維爾。必須召集軍隊。納尼亞必須去援助魯恩國王。」

「啊！」刺蝟說：「但是最高王不在凱爾堡啊。他到北方去嚴懲那些巨人去了。說到巨人，各位鄰居，我倒是想起了……」

「誰能為我們傳遞消息？」矮人打斷刺蝟說：「在場誰的速度比我快？」

5 道夫爾（Duffle），這字的其中一個意思是粗厚起絨的呢料。

「我的速度快。」雄鹿說：「我該怎麼通報？有多少卡羅門人？」

「有兩百人，由拉巴達許王子率領。還有……」但雄鹿不等說完已經撒開腿——四條腿騰空飛奔而去，眨眼之間，他白色的尾部已經消失在遠處的樹叢中。

「不知道他會去哪裡。」一隻兔子說：「你知道的，他在凱爾帕拉維爾找不到最高王的。」

「他會找到露西女王的。」道夫爾說：「然後……哎呀！這個人類怎麼了？他看起來臉色發青。哎呀，我相信他快要昏倒了。大概是餓壞了。小伙子，你上頓飯是什麼時候吃的？」

「昨天早上。」沙斯塔虛弱地說。

「那麼，來吧，來吧。」矮人說，並立刻伸出粗壯的小胳膊抱住沙斯塔的腰支撐他：「哎呀，各位鄰居，我們真是丟人丟到家了！孩子，你跟我來。吃早飯！填飽肚子比說話重要。」

隨著一陣鬧哄哄的忙亂，矮人一邊低聲模糊地數落自己，一邊半扶半拉著沙斯塔，以最快速度往下坡的森林深處走去。這趟路比沙斯塔想的要遠得多，就在他開始感覺雙腿發軟打顫時，他們走出了樹林，來到一片光禿禿的山坡上。那裡有一棟小屋，大門敞開著，煙囪正冒著煙。他們走到門口時，矮人揚聲喊道：

「嗨，兄弟們！有客人來吃早飯囉。」

隨即一股令人愉快的香味混合著煎食物的嗞嗞聲朝沙斯塔撲面而來。他這輩子從來沒聞過這種味道，不過我希望你聞過。事實上，這是培根、雞蛋和蘑菇全放在鍋子裡煎的味道。

「孩子，小心撞到頭。」道夫爾說，不過已經太遲了，沙斯塔的前額已經撞到了低矮的門楣上。「好了，」矮人繼續說：「坐下吧，這張桌子對你來說矮了點，不過反正凳子也矮。這就對了。來，這是麥片粥……這裡還有一罐奶油……湯匙在這兒。」

沙斯塔把麥片粥吃完時，矮人的兩個兄弟（一個叫羅金，一個叫脆拇指）正把一盤培根、雞蛋和蘑菇放上桌，另外一起擺上來的還有一壺咖啡、熱牛奶，以及烤好的土司。

這一切和卡羅門的食物完全不同，對沙斯塔來說既新穎又美味。他甚至不知道那一片片烤成金褐色的是什麼東西，因為他從沒見過土司。他也不知道他們用來抹在土司上的那金黃柔軟的東西是什麼，因為在卡羅門是用油而不是奶油抹麵包吃。還有，這棟房子本身和阿西西那又暗、又悶、又髒、滿是魚腥味的小屋不同，也和塔什班的宮殿中那些樑柱林立、鋪著地毯的廳堂不一樣。這房子的屋頂很低，所有的東西都是木頭做的，有一座布穀鳥的鐘、一張紅白相間的方格紋桌布、一缽野花，鑲嵌著厚玻璃的窗戶上掛著小窗簾。矮人的杯盤和刀叉也讓沙斯塔用得很不順手。這表示他每次只能取很少量的東西，不過反正他要拿多少次都行，因此他的杯盤總是裝得滿滿的，而矮人們自己也不停地說：「請把奶油遞過來。」或「再來一杯咖啡。」或「我想再要一點蘑菇。」或「再煎個雞蛋好嗎？」最後，等到所有人都撐得再也吃不下了，三個矮人就抽籤看誰洗盤子。羅金運氣不好抽中了，於是道夫爾和脆拇指帶沙斯塔走到屋外，在靠著小屋外牆的長凳子坐下。他們全都伸長了腿，滿足地大大歎一口氣，兩個矮人點燃了菸斗。草地上的露珠已經消失，太陽光很暖和；事實上，要不是有微風吹拂，天氣就太熱了。

「好了，陌生人，」道夫爾說：「我來為你介紹一下這裡的地理形勢。你從這裡幾乎可以看見整個納尼亞的南部地區，我們對這裡的視野可是很自豪的。從你的左前方望過去，越過那些鄰近的山丘，你看見的就是西方山脈。在你右邊的那座圓丘叫做石桌山，就越過……」

這時，沙斯塔的鼾聲打斷了他。經過一夜奔波，又吃了一頓豐盛美味的早餐，他睡著了。兩位好心的矮人一見他睡著了，立刻互相打了手勢，意思是別吵醒他。事實上，他倆的嘰哩咕嚕低語、點頭、起身和躡手躡腳走開，動靜都不小，沙斯塔若不是那麼累，肯定就被吵醒了。

他睡得很香——幾乎睡了一整天，醒來時已經是吃晚飯的時候了。這屋子裡的床對他都太小了，不過他們用石楠在地上為他打了地鋪，他安穩沉睡了一夜，連夢也沒作。

第二天早晨，他們剛吃完早飯，就聽見屋外傳來一聲尖銳又令人興奮的聲音。

「小號聲！」三個矮人異口同聲說，接著連同沙斯塔一起都跑了出去。

小號聲再次響起。沙斯塔以前沒聽過這種聲音，它不像塔什班的號角聲那麼洪亮嚴肅，也不像魯恩國王的狩獵號角那般歡樂輕快，而是一種清晰、銳利又英勇的聲音。聲音從東邊的森林中傳來，不一會兒，這聲音中又夾雜馬蹄聲。片刻之後，一隊人馬從森林中走了出來。

走在最前面的是佩瑞丹大人，他騎著一匹棗紅色大馬，手執納尼亞王國的大旗——綠色的旗幟上有一隻紅獅子。沙斯塔一眼就認出他來。隨後是三個並轡而行的人，其中兩人騎著高大的戰馬，一人騎著小馬。騎著戰馬的是愛德蒙國王和一位笑容可掬的金髮女士，她戴著頭盔，穿著鎧甲，肩上挎著一張弓，腰間掛著一個裝滿箭的箭囊。（「露西女王。」道夫爾低聲說。）騎在小馬上的是柯林。隨後出現的是這支軍隊的主力：騎著普通馬的人、騎著能言馬的人（在納尼亞要打仗之類的特殊情況下，能言馬也不介意當坐騎）、人馬、嚴肅頑強的熊、高大的能言狗，最後是六名巨人。在納尼亞境內有善良的巨人。沙斯塔雖然知道這些巨人是站在好人這邊，但第一次見到，他還是不敢看他們。這世上有些事物是你需要很長時間才能習慣的。

國王和女王走到小屋前，三個矮人朝他們深深鞠躬致敬時，愛德蒙國王大聲說：

「現在，朋友們！停下來休息和吃點東西吧！」接著便是好一陣忙亂，眾人紛紛下馬，打開乾糧袋，一邊吃，一邊七嘴八舌地交談。這時柯林跑到沙斯塔面前，抓住他雙手喊道：

「哎呀！**你**竟然在這兒！你也平安逃出來了？我**真是**高興。現在我們可以好好耍耍了。真是幸運啊！我們昨天早上才在凱爾帕拉維爾的港口靠岸，下船後碰到的第一個人就是雄鹿奇威，他告訴我們安瓦德受到攻擊的消息。你想會不會……」

「殿下這位朋友是誰？」剛下馬的愛德蒙國王問道。

「陛下，你不認得了嗎？」柯林說：「就是我的替身啊，那個你在塔什班誤認成我的男孩。」

「哎呀，他就是你的替身啊，」露西女王驚呼說：「就像一對雙胞胎兄弟。這真是太神奇了。」

「陛下，請您理解，」沙斯塔對愛德蒙國王說：「我不是奸細，真的不是。我不是故意聽到你們的計畫的，但是我作夢都不會想到要把聽見的事告訴你的敵人。」

「我現在知道你不是奸細了，孩子。」愛德蒙國王說著，伸手摸了摸他的頭：「但是如果你不想被當作奸細的話，下次不該聽的你就別去聽。不過，現在一切順利。」

接下來又是各種忙亂，眾人說著話，到處走來走去，有好幾分鐘時間，沙斯塔沒看見柯林、愛德蒙和露西。不過，柯林是那種你很快就會聽見他在哪裡的男孩，所以沒多久沙斯塔就聽見愛德蒙國王大聲說：

「我以獅子的鬃毛發誓，王子，你真是太過分了！殿下，你就不能聽話一點嗎？我們整支軍隊加起來都比你一個人省心！我寧可指揮一窩黃蜂，也比指揮你輕鬆。」

沙斯塔慢慢擠過人群，看到了滿臉怒容的愛德蒙和面帶羞愧的柯林，一旁有個他不認識的矮人坐在地上，疼得齜牙咧嘴，有兩個人羊在幫他把鎧甲脫下來。

「我要是帶著甘露就好了。」露西女王說：「我能夠馬上治好他，但是最高王嚴令我不得隨意帶它上戰場，而且只有在最危急的情況下才能使用！」

原來是這樣的：柯林才和沙斯塔說完話，軍隊裡一個名叫刺霸的矮人便過來拉住他的手肘。

「什麼事，刺霸？」柯林問道。

「殿下，」刺霸把他拉到一旁，說：「我們今天的行軍會一路穿過隘口，直到你父王的城堡前。我們也許在入夜之前就開戰了。」

「我知道，」柯林說：「那真是太好了！」

「不管好不好，」刺霸說：「愛德蒙國王嚴令我看管好殿下，絕不許參戰。你可以在一旁觀戰，這對小小年紀的殿下來說，已經算得上是厚愛你了。」

「噢，這是什麼鬼話！」柯林氣得大吼：「我當然要打仗。你看，連露西女王都加入弓箭手的行列，一起作戰。」

「女王陛下當然可以愛做什麼就做什麼，」刺霸說：「但是我負責看管你。請以王子身分慎重答應我，你會騎著小馬待在我旁邊——連半步都不許超前——直到我許可殿下離開，不然，就如陛下親口說的，我們得像囚犯一樣，把手腕綁在一起。」

「你要是敢綁我，我就揍你。」柯林說。

「我倒要看看殿下你辦不辦得到。」矮人說。

像柯林這樣的男孩，哪裡受得了這種話，眨眼之間，他和矮人已經激烈地扭打成一團。他們兩人說來應該勢均力敵，雖然柯林的手臂比較長，個子比較高，但是矮人年紀大，有經驗，也比較難纏。不過這場架卻未分出勝負（在凹凸不平的山坡上打架是最糟糕的事），因為刺霸非常倒楣，踩到一塊鬆動的石頭，面朝下撲倒在地，等他掙扎著想站起來，才發覺扭傷了腳踝，而且是嚴重扭傷，至少兩個星期不能走路或騎馬了。

「殿下，看看你幹的好事。」愛德蒙國王說：「馬上就要開戰了，你竟讓我們憑空失去一名得力戰將。」

「陛下，我會代他上陣的。」柯林說。

「呿，」愛德蒙說：「沒有人會懷疑你的勇氣，但是讓一個小男孩上戰場，只會造成我方的危險。」

這時有人請國王去處理其他事，於是柯林大方漂亮地向矮人道了歉，接著急匆匆跑到沙斯塔身邊，低聲說：

「快！現在空出一匹小馬來了，還有矮人的盔甲也沒人用，趁著沒人注意，趕緊把它穿上。」

「幹什麼呀？」沙斯塔說。

「哎呀，當然是讓你跟我可以上戰場打仗啊！你難道不想去嗎？」

「噢……啊，對，當然想去。」沙斯塔說，但其實他根本沒想過要這麼做，而且有一股最不舒服的複雜感覺開始竄過他的背脊。

「這就對了。」柯林說：「從頭上套下去。現在綁上佩劍的腰帶。我們要騎在隊伍的最後面，而且要安靜得像老鼠一樣。一旦開戰，大家就會忙得沒有時間注意我們了。」

13 安瓦德之戰

大約十一點鐘，整支隊伍又繼續行軍，沿著左手邊的山脈向西前進。柯林和沙斯塔騎馬走在隊伍的最後面，緊跟著那幾個巨人。露西、愛德蒙和佩瑞丹忙著討論作戰計畫，雖然露西問過一次：「那個淘氣的小殿下哪去了？」愛德蒙只回答：「不在隊伍的前鋒當中，這已經夠好了。隨他去吧。」

一路上，沙斯塔把自己的冒險經歷幾乎都告訴了柯林，並解釋自己的騎術全是跟一匹馬學的，所以不大知道該怎麼使用韁繩。柯林教他，還把他們從塔什班祕密返航的經過全部告訴了他。

「那蘇珊女王在哪裡？」

「在凱爾帕拉維爾城堡。」柯林說：「你知道，她不像露西，露西像男人，或至少像男孩一樣棒。蘇珊女王比較像一般的貴族女士。她是個傑出的弓箭手，但是她不會上戰場。」

他們走的那條山坡路變得愈來愈窄，右手邊的坡度也愈來愈陡峭。最後，路實在太窄，他們必須排成一列縱隊，一個個沿著懸崖邊緣往前走。沙斯塔想到昨晚自己在不知情的情況下走過這裡，不禁一陣哆嗦。「不過，」他想：「我當然很安全。這就是為什麼那隻獅子一直走在我左邊。他一直擋在我和懸崖之間。」

接著，山徑向左轉，離開了懸崖通往南方，兩旁是茂密的樹林。他們循著陡峭的山路不斷向上走進隘口。如果山頂空曠無樹，那麼眼前風景將會非常壯觀，可惜在這些樹木的包圍下，什麼也看不見——只有偶爾會看見一些巨石的尖峰從樹梢頂冒出來，還有一、兩隻老鷹在蔚藍的天空中盤旋。

「牠們嗅到了戰爭的味道。」柯林指著那些鷹說：「知道我們正在為牠們準備一頓豐盛的大餐。」

沙斯塔一點也不喜歡這種話。

他們穿過隘口，一路往下走，來到低處一片開闊的空地，從這裡，沙斯塔可以看見籠罩在藍色霧靄中的阿欽蘭全地在他下方延展開來，甚至（他認為）隱約可以瞥見更遠方的那片沙漠。不過，大概還要兩小時太陽才會下山，這時陽光正好照著他的眼睛，讓他很難把景物看清楚。

軍隊在這裡停下來排成一列，並且大幅重新調整陣容。一整支沙斯塔之前沒有注意到的、相貌凶猛的能言獸小分隊（大部分是貓科的花豹、黑豹之類），踏著緩慢無聲的步伐，咆哮著來到左翼的位置。巨人奉命擔任右翼，但在前往右翼之前，他們全把一直揹在背上的東西放下，並且坐了下來。這時沙斯塔才看見，原來他們揹的是靴子：模樣嚇人、笨重、嵌滿尖刺、長及膝蓋的靴子。他們穿上靴子，然後把自己的大木棍斜扛在肩上，邁步走到自己戰鬥的位置。弓箭手和露西女王挪到了隊伍的後方，他們先彎弓，接著便聽見一片試弦的「喘－端－端」聲響。無論往哪裡看，都會看見所有人在束緊腰帶、戴上頭盔、拔出長劍，並將斗篷扔到地上。場上幾乎沒有說話的聲音，氣氛極為莊嚴肅穆，十分嚇人。沙斯塔想：「現在我也參戰了……現在我真的參戰了。」接著，遠遠的前方傳來一陣喧鬧聲：那是許多人在高聲吶喊，以及穩定持續的「砰－砰－砰」撞擊聲。

「攻城槌。」柯林低聲說：「他們在撞擊城門。」

就連柯林，這時也是一臉嚴肅的神情。

「愛德蒙國王為什麼還不率隊**前進**？」他說：「我受不了在這裡乾等。而且好冷。」

沙斯塔點點頭，暗暗希望自己別把恐懼顯露出來。

小號終於吹響！大隊出擊了——所有人小跑前進，旌旗在風中招展。他們衝上一座低矮的山脊，下方的景物頓時在眼前一覽無遺。一座小城堡有許多塔樓，它的大門正對著他們。當然，這時大門緊閉著，鐵閘門也降下來了，但很不幸的，它沒有護城的壕溝。他們可以看見城牆上一個個像小白點似的守軍的臉。城堡下方大約有五十個卡羅門騎兵已經下了馬，正穩穩地搖動一根粗壯的樹幹在撞擊城門。拉巴達許的主力軍原本都已下馬準備攻擊城門，但這時看見了從山脊上席捲而下的納尼亞人。整個情況在瞬間改變。卡羅門人的這支隊伍果然訓練有素。在沙斯塔看來，只一眨眼，敵人的整支隊伍就都回到了馬上，掉轉馬頭面對他們，朝他們直衝過來。

雙方都全力奔馳，兩軍之間的距離愈來愈近，速度愈來愈快，愈來愈快。所有的寶劍都已出鞘，所有的盾牌都已舉起，所有的祈禱都已說畢，所有的牙關都已咬緊。沙斯塔嚇得半死，不過他腦海中突然閃過一個念頭：「如果這次你退縮了，那麼你這輩子在所有戰場上都會退縮。現在上前，或者永遠錯過。」

然而，最後雙方短兵相接時，沙斯塔根本搞不清楚發生了什麼事。戰場上一片混亂，喧囂駭人。他手裡的劍很快就被打掉了，韁繩也不知怎麼搞的纏成了一團。他發現自己快滑下馬背了，這時，一支長矛朝他直刺而來，他俯身躲避時直接滾下了馬，他左手的指關節狠狠地撞在某個人的盔甲上，接著……

算了，從沙斯塔的視角根本無法描述這整場戰鬥。他對戰爭根本就是門外漢，他連自己在戰場上的角色都搞不清楚。讓你知道真實情況的最好辦法，是帶你到幾英里外的南方邊境的隱士那裡，隱士正坐在那棵大樹下的水塘邊，凝視著平靜的水面，布瑞、荷紋和阿拉維絲都在他身邊。

每當隱士想知道在他隱居小屋的這道綠牆外的世界究竟發生什麼事時，他就會來看看這個水塘。水塘就像一面鏡子，在特定的時刻，他可以看見許多比塔什班更遠的南方城市街道上發生的事，或有什麼船隻停靠在遙遠的「七島」的「紅港」，或是「燈野」和「泰爾瑪」之間那片廣袤的西方森林中有什麼盜匪和野獸橫行。這一天，因為知道阿欽蘭有大事要發生，他幾乎寸步不離那個水塘，甚至不吃不喝地守在那裡。阿拉維絲和兩匹馬也盯著水塘看。他們看出來這是個魔法水塘，塘水映出來的不是上方的大樹和天空，但水塘深處有一團團的色彩或陰影在移動，不停地移動。不過他們看不清楚那些移動的東西是什麼，只有隱士才看得出來，而且他不時把他看見的告訴他們三個。剛才，就在沙斯塔騎馬奔向他的第一場戰鬥前，隱士就開始這樣說：

「我看見一隻……兩隻……三隻老鷹在風暴峰頂的峽谷中盤旋。其中有一隻是所有老鷹中年紀最長的，牠只有在戰爭即將發生時才會出巢。我看見牠來回盤旋，有時俯瞰安瓦德，有時俯瞰風暴峰頂後方的東邊。啊……現在我知道拉巴達許和他的手下一整天都在忙什麼了。他們砍倒了一棵大樹，砍去樹枝，把它做成一根攻城槌。現在他們把它從樹林裡抬出來了。他們從昨晚失敗的突襲中學到了教訓。如果他更聰明一點，他該讓手下造梯子。不過梯子更費時，他沒有那個耐心。他是個笨蛋！他在第一次突襲失敗後就該立刻返回塔什班，因為他這整個計畫仰賴的是速度和出其不意。現在，他們已經抬著攻城槌就定位了。魯恩國王的士兵從城牆上射了許多箭下來。有五個卡羅門人倒下了，但不會有更多人倒下。他們已經把盾牌舉起來擋在頭上。拉巴達許正在下令。跟在他身邊的是他最親信的幾個貴族，都是從東部幾個省分來的凶猛好戰的大公。我能看見他們的臉。有托姆特城堡的卡拉丁大公，阿茲魯大公、克拉馬許大公，和歪嘴的伊爾嘎木斯大公，還有一個很高大、留著一把紅鬍子的大公……」

「以獅子的鬃毛起誓，那是我原來的主人安拉丁！」布瑞說。

「噓……噓……噓……」阿拉維絲說。

「現在開始用攻城槌撞門了。如果那聲音能像我看見的影像這麼清楚，那一定震耳欲聾！他們一次又一次撞門，沒有任何城門能永遠頂住不倒。可是，等等！風暴峰頂那裡有什麼驚動了那些鳥。牠們成群飛出來了。再等一下……我還看不到……啊！現在我看到了。整個東邊山脊上全是黑壓壓的騎兵。如果風能把那面旗幟吹展開來就好了。不管他們是誰，現在他們越過山脊了。啊哈！現在我看到那面旌旗了。納尼亞，是納尼亞！旌旗上是一隻紅獅子。現在他們正在全速衝下山坡。我看見了愛德蒙國王。後方的弓箭手中有個女人。噢！……」

「怎麼啦？」荷紋屏息問道。

「他麾下所有的貓從左翼往前衝鋒了。」

「貓？」阿拉維絲說。

「大貓，花豹之類的。」隱士焦躁地說：「我明白了，我明白了。那些大貓正在形成合圍之勢，準備包圍攻擊那些沒有騎兵的戰馬。這一擊攻得漂亮！那些卡羅門人的馬都已經嚇得發狂了。現在大貓已經衝進馬群當中了，但拉巴達許重整了軍隊，有一百名士兵上了馬。他們向納尼亞人衝過去了。現在雙方距離只有一百碼。只有五十碼。我看見了愛德蒙國王。我看見佩瑞丹大人。納尼亞軍的隊伍裡有兩個孩子。愛德蒙國王讓兩個孩子上戰場做什麼？只剩十碼……兩軍交鋒。納尼亞軍右翼的巨人表現太神奇了……不過有一個倒下了……我猜是被射中了眼睛。中心區正在混戰。左翼那邊我看得比較清楚。又是那兩個小孩。獅子萬歲！有一個是柯林王子。另一個跟他長得一模一樣，那是你們的小沙斯塔啊。柯林打起仗來就像個男子漢。他殺了一個卡羅門人。現在我稍微能看清戰場中心的情況了。拉巴達許和愛德蒙幾乎交鋒，但是湧過來的人群又把他們隔開了……」

「沙斯塔怎麼樣了？」阿拉維絲問。

「噢這個笨蛋！」隱士呻吟道：「可憐又勇敢的小笨蛋。他對打仗一無所知，手裡的盾牌也不會用，整個側邊都暴露出來了。他也不知道怎麼用劍。噢，他現在想起來了。他拿著劍胡亂劈砍……差點砍掉自己那匹小馬的腦袋。他要是再不小心點，那匹馬真的會性命不保。現在他的劍被打掉了。把一個小孩送上戰場，簡直就是謀殺；他活不過五分鐘的。低頭躲啊你這個笨蛋……噢，他落馬了。」

「死了？」三個聲音屏住氣問。

「我怎麼知道？」隱士說：「大貓已經完成了自己的任務。所有沒人騎的馬都死的死逃的逃了，卡羅門的士兵別想靠**牠們**撤退了。大貓現在轉進主力戰場，牠們撲向那些撞擊城門的士兵。攻城槌掉落在地。噢，太好了！太好了！城門從裡面打開了，馬上會有出擊戰。有三個人率先出來了。中間是魯恩國王，在他左右的是達爾和達林兩兄弟。在他們後面的是傳恩和沙爾，克爾和他兄弟克林。現在有十個……二十個……差不多三十個人出來了。卡羅門人的陣線被他們逼得後退。愛德蒙國王打得太好了，簡直所向披靡。他剛剛砍下了卡拉丁的頭。許多卡羅門人都扔下武器，逃進森林裡了。剩下來的人都被逼得喘不過氣。巨人從右側逼近……大貓從左側包圍……魯恩國王從他們後方殺上來。卡羅門人現在只剩一小撮，背靠著背抵禦。布瑞，你的大公倒下了。魯恩和阿茲魯正在肉搏；看來國王占了優勢——國王一直占上風——國王贏了。阿茲魯倒下了。愛德蒙國王倒下了……不，他又爬起來了，他正在跟拉巴達許對打，就在城堡大門前。好些卡羅門人投降了。達林殺了伊爾嘎木斯。我看不清楚拉巴達許怎麼回事。他緊靠著城牆，我想他死了，不過我不確定。克拉馬許和愛德蒙還在打，但其他地方的戰鬥都已經結束了。克拉馬許投降了。這場戰役**現在**結束。卡羅門人慘敗。」

沙斯塔從馬上摔下來時，他認為自己肯定完蛋了，但即使是在戰場上，馬踩死人的事還是比你猜想的要少很多。沙斯塔驚恐萬分地過了十分鐘左右才突然意識到，自己周圍已經沒有了踩踏的馬蹄，他聽見的喧鬧聲（四周還是有許多嘈雜的聲音）也不再是戰場上的殺伐聲。他坐起來，瞪大眼睛朝四周張望。即使是他這樣一個對打仗幾乎一無所知的人，也很快就看出是阿欽蘭人和納尼亞人贏了。他看見還活著的卡羅門人都成了俘虜。城門大開，魯恩國王和愛德蒙國王正隔著攻城槌握手。從圍著他們的那群王公和勇士中響起一種喘氣和興奮的交談聲，顯然都是歡欣鼓舞的對話。接著，突然間，所有的聲音全爆發成一股哄堂大笑。

沙斯塔奮力站起來，顧不得渾身僵硬不舒服，拔腳朝哄笑聲跑去，想看看所有人在笑什麼。他看見了一個非常古怪的畫面。倒楣的拉巴達許看起來像是被掛在城牆上。他的雙腳離地約兩英尺高，正瘋狂亂踢著。他的鎖子甲不知為何拉了起來，在腋下附近勒得死緊，褪出的一半把臉都罩住了。事實上，他看起來就像一個人要套上一件太小的緊身襯衫，不料套到一半卻上不去也下不來。按照事後推斷（你可以確定，這故事能讓人津津樂道好長一段日子），當時發生的事大概是這樣的。戰爭開始不久，有個巨人曾用釘靴去踩拉巴達許，不過沒成功——意思是，巨人本想一腳踩死他但沒踩中，不過這一腳也不是完全沒作用，因為有一根釘刺扯破了拉巴達許的鎖子甲，就像你我扯破一件普通襯衫一樣。因此，等到拉巴達許在城門口和愛德華交戰時，他的鎖子甲背後已經破了個大洞。愛德蒙將他一步步逼近城牆邊，他一下躍上一個上馬臺，站在那裡想居高臨下襲擊愛德蒙，但是他緊接著就發現，這個位置雖然使他取得高於眾人頭頂的優勢，卻也讓他成為納尼亞弓箭手的箭靶，於是又決定跳下來。當他一邊大喊：「塔什神的閃電霹靂從天而降！」一邊往下跳時，原以為自己看起來、聽起來都會非常威武雄壯、恐怖駭人——顯然在那一瞬間他**確實**達到了目的。然而，由於前方人群擁擠，他無處落腳，所以只能往旁邊跳。結果，他鎖子甲背後的那個洞不偏不倚勾住了牆上的一個鉤子。（從前這個鉤子上有個環，是用來拴馬的。）就這樣，他發現自己像一件洗好了的衣物掛在那裡晾乾，惹來所有人對他哈哈大笑。

「放我下來，愛德蒙，」拉巴達許號叫道：「放我下來，像個國王也像個男子漢一樣跟我對決；如果你是個懦夫不敢跟我打的話，就一劍殺了我吧。」

「沒問題。」愛德蒙國王開口說，但是魯恩國王打斷了他的話。

「請陛下容我說幾句話。」魯恩國王對愛德蒙說：「絕對不要這麼做。」然後他轉向拉巴達許說：「王子殿下，如果你是在一個星期前發出這項挑戰，我會接受，在愛德蒙國王的國境內，上至最高王，下至最小的能言鼠，都不會有人拒絕你這項挑戰。不過，在和平時期，連戰書都沒下就率軍前來攻打我們的安瓦德城堡，你已經證明你不是騎士，而是個奸賊，你只配受到劊子手的鞭笞，不配與任何榮譽之士比武較量。來人，把他放下，綁起來，押進去，等我們盡興之後再來處置他。」

幾隻強壯的手奪了拉巴達許的劍，將他押進城堡裡去了；他一路大叫大嚷，咒罵威脅，甚至哭喊起來。他雖然承受得住酷刑折磨，卻受不了別人嘲笑。在塔什班，人人都很尊敬他。

就在這時，柯林跑到沙斯塔面前，抓住他的手，開始拉他朝魯恩國王走過去。「他在這裡，父親，他在這裡。」柯林喊道。

「啊，總算看到**你**了，」國王粗聲粗氣地說：「還上場作戰了，完全不服從命令。你這個讓父親傷心的孩子！你這個年紀，屁股上挨板子比手裡拿劍更合適，哈！」不過，包括柯林在內，大家都看得出來，國王十分以他為榮。

「陛下，請您別再責罵他了。」達林大人說：「王子殿下真不愧是您的兒子，他承襲了您的特質啊。他若因為相反的原因遭到斥責，陛下您會更難過的。」

「好了，好了，」國王抱怨道：「這次我們就算了吧。現在……」

接下來發生的，是沙斯塔有生以來最吃驚的一件事。突然間，魯恩國王將他抱了起來，緊緊摟在懷裡，還親吻他的雙頰。然後，國王才將他放下來，說：「孩子們，過來站在一起，讓宮廷裡所有大臣看看你們。把你們的頭抬起來。現在，各位大人，好好看看他們倆，還有任何人有疑問嗎？」

沙斯塔還是不明白為什麼每個人都盯著他和柯林，也不明白大家為什麼要歡呼。

14 布瑞如何變成更有智慧的馬

現在，我們得回過頭來講阿拉維絲和兩匹馬。隱士看著那個水塘，告訴他們沙斯塔沒有死，甚至沒有太嚴重的傷，因為他看見沙斯塔爬起來，又看見沙斯塔如何受到魯恩國王的熱情歡迎。不過因為他只看得見，聽不到聲音，不知道他們在說什麼，所以一旦戰鬥結束，眾人開始談話，就沒必要再盯著水塘看了。

第二天早晨，趁著隱士在屋子裡，他們三個討論了下一步該怎麼做。

「我受不了再這樣下去了。」荷紋說：「隱士對我們非常好，我也非常感激他，但這樣整天吃又不運動，我已經胖得快像一匹寵物馬了。讓我們出發去納尼亞吧。」

「噢，今天不行啊，小姐。」布瑞說：「我不喜歡倉促行事。等過兩天再說，你覺得怎麼樣？」

「我們必須先去看看沙斯塔，跟他說再見……還有……道歉。」阿拉維絲說。

「對！」布瑞極其熱切地說：「我正想這麼說呢。」

「噢，當然啊。」荷紋說：「我想他在安瓦德吧。我們當然會去探望他並說再見。這樣順路啊。我們何不立刻動身呢？再說，我們之前不是都想去納尼亞嗎？」

「我想是。」阿拉維絲說。她開始有點茫然自己到了納尼亞之後要幹什麼，並且感覺有點孤單。

「當然，當然，」布瑞急忙說：「但是也不用這麼急嘛，你懂我的意思吧。」

「不，我不懂你的意思。」荷紋說：「你為什麼不想走？」

「嗯……嗯……嗯，布嚕－呼。」布瑞支支吾吾地說：「哎，你看不出來嗎？小姐……這是個重要的時機……返回自己的家鄉……加入社會……最好的社會……給人家一個好印象太重要了……我們現在看起來還都不大像樣，是吧？」

荷紋爆出了馬的笑聲：「原來是因為你的尾巴呀，布瑞！現在我懂了。你想等到你的尾巴長齊了以後才走是吧！我們甚至不知道納尼亞流不流行長尾巴。布瑞，你真是和塔什班的那些女大公一樣虛榮！」

「你**真**傻，布瑞。」阿拉維絲說。

「我以獅子的鬃毛起誓，女大公，我絕不傻。」布瑞憤怒地說：「我只是對自己、對我同類的馬兒保有適當的尊重。」

「布瑞，」阿拉維絲對布瑞尾巴的長短真不感興趣，她說：「有件事我一直想問你。你發誓的時候為什麼老是說**以獅子發誓**或**以獅子的鬃毛起誓**？我以為你討厭獅子。」

「我是討厭獅子。」布瑞回答說：「但是我拿來發誓的那隻獅子，指的當然是阿斯蘭，納尼亞的偉大拯救者，他趕走了女巫和寒冬。所有的納尼亞居民都以**他**來發誓。」

「但是，他是一隻獅子嗎？」

「不，不，當然不是。」布瑞以一種可以說是震驚的語氣說。

「在塔什班，所有說到他的故事，都說他是一隻獅子。」阿拉維絲說：「如果他不是獅子，你們為什麼老叫他獅子呢？」

「嗯哼，你年紀太小，不會懂的。」布瑞說：「我離開納尼亞的時候還只是一匹小馬駒，所以我自己也不太懂。」

（布瑞說這話的時候，背對著那道綠牆站著，荷紋和阿拉維絲面對著他。他半閉著眼睛，以一種高高在上的語氣說話；這是為什麼他沒看見荷紋和阿拉維絲臉上的神情突然變了。她們倆張大嘴巴、瞪大眼睛，是有充分理由的。因為就在布瑞說話時，她們看見一頭龐大的獅子從外面躍上了綠牆，平平穩穩地站在牆頭上。他一身燦爛金黃，比她們見過的獅子都更巨大、更美麗也更威嚇人。他隨即從牆頭上一躍而下，進入牆內，開始從布瑞後方走上前來，沒發出一點聲音。荷紋和阿拉維絲也發不出半點聲音，她們就像被凍結了一樣。）

「毫無疑問，」布瑞繼續說：「當他們談論到他是獅子的時候，意思只是他強壯如獅子，或者凶狠如獅子（當然是對我們的敵人而言）。諸如此類的。阿拉維絲，即使是像你這樣的小女孩，也該明白，他可能是一隻真正的獅子的想法，實在太荒唐了。事實上，這樣想是很不敬的。如果他是獅子，他就必須歸入『獸類』，像我們其餘這些夥伴一樣。哎呀！」（說到這裡，布瑞大笑起來）「如果他是獅子，他就有四隻爪子，還有一條尾巴，還有**鬍鬚**！……哎，噢，呼……呼！救命！」

就在他說到鬍鬚時，阿斯蘭的一根鬍鬚正好搔到他的耳朵。布瑞像箭一樣飛竄出去，直奔到另一頭的圍牆邊，然後轉過身來。圍牆太高，他跳不出去，也無法跑得更遠。阿拉維絲和荷紋也嚇得直往後退。有那麼一秒，周遭一片死寂。

接著，荷紋發出一聲奇怪的低低嘶鳴，全身顫抖著朝那隻獅子小跑過去。

「請聽我說，」她說：「你真是太美麗了。你要是高興，可以吃掉我。我寧可讓你吃掉，也比被別人餵養來得好。」

阿斯蘭在她那抽搐的、天鵝絨一般的鼻子印上一個獅吻，然後說：「最親愛的女兒啊，我就知道你會很快來到我面前。喜樂將與你同在。」

接著，他抬起頭來，用大一點的聲音說話。

「好了，布瑞，」他說：「你這可憐、驕傲又受盡驚嚇的馬兒，過來一點。再過來一點，孩子。沒什麼可害怕的。摸摸我。聞聞我。這是我的爪子，這是我的尾巴，這些是我的鬍鬚。我是一隻真正的野獸。」

「阿斯蘭，」布瑞用顫抖的聲音說：「我恐怕真的是個大傻瓜。」

「年輕的時候就能認識這一點，那就是一匹幸福的馬兒。人類也一樣。過來一點，阿拉維絲，我的孩子。瞧！我的爪子已經收起來了。這次你不會被抓傷的。」

「先生，這次？」阿拉維絲說。

「是我抓傷了你。」阿斯蘭說：「在你這一整趟旅程中，我是你唯一遇到的獅子。你知道我為什麼抓傷你嗎？」

「不知道，先生。」

「這是以淚還淚，以痛還痛，以血還血；你背上的傷和你繼母的女奴背上所受的鞭傷是一樣的，你下藥讓她昏睡，導致她被鞭打。你需要知道那是什麼感覺。」

「是的，先生。請問……」

「親愛的孩子，你問吧。」阿斯蘭說。

「我做的事有沒有讓她遭受更多傷害？」

「孩子，」獅子說：「我在告訴你你的故事，不是她的故事。我只對人說他們自己的故事。」然後他搖搖頭，用更輕快的聲調說話。

「快樂一點，小朋友。」他說：「我們很快就會再見面的。在此之前，你們還有另一個訪客。」接著，他縱身一躍，跳上牆頭，然後從他們的視線消失。

說來奇怪，獅子走了以後，他們都無意跟彼此談論他。他們各自慢慢走到草地上不同的地方，獨自來回踱步，默想。

大約半個小時後，兩匹馬被叫到屋子後頭去吃隱士為他們準備的好料，仍在踱步和思考的阿拉維絲，因為大門外突然響起的小號聲嚇了一跳。

「是誰在外面？」阿拉維絲問。

「是阿欽蘭的柯爾王子殿下。」外面有個聲音回答。

阿拉維絲拉開門栓，打開門，稍微退後一步，讓外面的陌生人進來。

兩個手持長戟的士兵率先走進門，並分別在大門兩旁站定。接著進來的是傳令官和號手。

「阿欽蘭柯爾王子殿下想和阿拉維絲小姐說話。」傳令官說。然後他和號手退到一旁，彎腰鞠躬，兩個士兵也同樣行禮致敬。接著，王子本人走了進來。他所有的隨從立刻退出去並關上了大門。

王子對阿拉維絲鞠了個躬，對一個王子來說，這鞠躬的姿勢實在笨拙。阿拉維絲以卡羅門的禮儀（跟我們的方式完全不同）答禮，動作十分漂亮，這當然是因為她的出身及從小所受的教導。然後她抬起頭來，想看看這位王子是個什麼樣的人。

她看見這王子不過是個孩子。他的金髮上只戴著一圈細細的、和金屬絲一樣的金箍。他的束腰外衣是細薄的白麻紗製成的，質料細緻如手帕，透出了裡面鮮紅上衣的顏色。他的左手纏著繃帶，按在琺瑯劍柄上。

阿拉維絲再三打量他的臉孔，然後倒抽了一口氣，說：「天啊！是沙斯塔嘛！」

沙斯塔的臉登時漲得通紅，並且急急忙忙開口說：「你聽我說，阿拉維絲，我希望你不要誤以為我打扮成這樣（還帶了號手士兵這些）是故意來向你炫耀，或讓你以為我跟以前不一樣了。我寧願穿著舊衣服來，但舊衣服已經被燒掉了，而且我父親說……」

「你父親？」阿拉維絲說。

「事情很清楚，魯恩國王就是我父親。」沙斯塔說：「我早該猜到的。柯林長得和我那麼像。你看，我們是雙胞胎。噢，我的名字叫柯爾，不叫沙斯塔。」

「柯爾這名字比沙斯塔好多了。」阿拉維絲說。

「在阿欽蘭，兄弟都會取很相近的名字。」沙斯塔（或者我們現在必須稱他柯爾王子）說：「就像達爾和達林，克爾和克林，諸如此類的。」

「沙斯塔……我是說，柯爾，」阿拉維絲說：「不，你別說話。有些話我必須馬上說。我很抱歉我過去的態度一直很糟糕。不過在知道你是王子之前，我的態度就改變了，這是實話，在你回頭奔來面對那隻獅子的時候，我就改變態度了。」

「那隻獅子並不是真的要咬死你。」柯爾說。

「我知道。」阿拉維絲點點頭說。他們互相看出對方已經知道阿斯蘭的事了，兩人都默不作聲，肅穆地站了好一會兒。

阿拉維絲突然想起了柯爾手上纏著繃帶，不禁喊道：「哎呀！我忘了！你上戰場參加了戰鬥。那是你受的傷嗎？」

「只是擦破了一點皮而已。」柯爾說，第一次用了貴族說話的語氣。不過，他接著就忍不住大笑，說：「如果你想知道實情，這根本就算不上什麼傷。我只是指關節擦破了皮，任何笨手笨腳的人不上戰場也會受這樣的傷。」

「但你還是上了戰場了啊，」阿拉維絲說：「那感覺一定很棒吧。」

「它跟我想的完全不一樣。」柯爾說。

「但是，沙……柯爾，我的意思是……你還沒告訴我有關魯恩國王的事，還有他是怎麼發現你是他兒子的。」

「嗯，說來話長，我們坐下來說吧。」柯爾說：「先說一句，我父親是個貨真價實的好漢。我非常高興他是我父親，即使他不是國王，我也一樣開心。不過，因為他是國王，接下來接受教育和各種恐怖的事就要落到我頭上了。可是你要聽我的身世的故事對吧。嗯，柯林和我是雙胞胎。在我們出生一個星期後，他們就帶我們去納尼亞見一個年老睿智的人馬，接受祝福什麼的。這位人馬像許多善良的人馬一樣，是個預言家。你大概還沒見過人馬吧？昨天的戰場上就有幾位人馬。他們真是了不起的種族，不過，我跟他們還不太熟，感覺不那麼自在。我說，阿拉維絲，在這些北方國家裡，我們還有好多東西得去適應呢。」

「是有不少，」阿拉維絲說：「但還是快說你的故事吧。」

「嗯，那個人馬一見到柯林和我，似乎就對著我說，將來有一天，這個孩子要將阿欽蘭從有史以來最大的危險中拯救出來。當然，我父母聽了之後非常高興，但是在場有一個人不高興。一個叫做巴爾大人的傢伙，曾經擔任過父親的總理大臣。他顯然做錯了事……貪汙受賄之類的——這部分我不大清楚——父親只好將他革職，但除此之外並未懲罰他，仍然允許他在阿欽蘭生活。不過，他真是能有多壞就有多壞，因為後來事實證明他早就被大帝買通，暗中提供了許多祕密情報給塔什班人。因此，他一聽到我將來會拯救阿欽蘭脫離巨大的危險，就決定必須將我除掉。嗯，他順利綁架了我（我不太清楚他是怎麼辦到的），騎馬沿彎箭河一路往下來到海邊。他已經把所有的事都安排妥當，海邊有一艘他的親信駕駛的船在等他，他帶我上船之後就揚帆啟航。可是父親得到了風聲，雖然晚了點，還是迅速全力追趕。我父親趕到海邊時，巴爾大人早已出航了，但還看得見。父親在二十分鐘內調來一艘戰船，登船追擊。

「那場追擊一定十分精彩。他們緊追著巴爾的大帆船，追了六天，終於在第七天追上。那場海戰十分激烈（昨天晚上我聽了一大堆關於這場海戰的事），從上午十點一直打到太陽下山。最後我們的人攻占了那條船，可是我不在船上。巴爾大人在戰鬥中被殺。不過，他的一個手下說，那天早上，巴爾眼見自己即將被追上，並且會被徹底搜船，立刻將我交給他的一名騎士，然後把我們送上小船離開。再也沒有人見到那艘小船。當然，那就是阿斯蘭（好像每個故事背後都有他）推到岸邊正確的地點，讓阿西西撿到我的那艘小船。我真希望我能知道那個騎士的名字，因為他一定是為了保全我的性命，才讓自己餓死的。」

「我想阿斯蘭會說，這是另一個人的故事了。」阿拉維絲說。

「我竟忘了這一點。」柯爾說。

「我很好奇那個預言會怎麼應驗。」阿拉維絲說：「你會將阿欽蘭從什麼樣巨大危險中救出來。」

「嗯哼，」柯爾有些尷尬地說：「他們似乎認為我已經做到了。」

阿拉維絲一拍手說：「天啊，一點也沒錯！我真是笨啊。這真是太奇妙了！拉巴達許率領兩百兵馬渡過彎箭河來襲，如果你沒有來得及把消息送到，阿欽蘭就會面臨有史以來最大的危機了。你會不會感到很驕傲？」

「我覺得有點害怕。」柯爾說。

「現在，你會住在安瓦德了。」阿拉維絲有點惆悵地說。

「噢！」柯爾說：「我差點忘了自己是來幹嘛的。父親要你來跟我們一起住。他說，自從我母親去世之後，宮廷（他們稱它為宮廷，我也不知道為什麼）裡就沒有女士了。答應吧，阿拉維絲。你會喜歡我父親……還有柯林的。他們不像我；他們都受過良好的教養，你不用擔心……」

「噢，閉嘴，」阿拉維絲說：「要不然我們會真的大吵一架。我當然願意去啊。」

「那好，我們去看那兩匹馬吧。」柯爾說。

布瑞和柯爾的會面，自是欣喜萬分。布瑞雖然心裡仍有點不情願，還是立刻同意前往安瓦德：他和荷紋會在第二天繼續前往納尼亞。他們四個依依不捨地告別了隱士，並保證很快就會再來拜訪他。在上午十點左右，他們上路了。兩匹馬原本以為阿拉維絲和柯爾會騎他們，但柯爾解釋說，除非打仗，大家必須盡其所能，否則在納尼亞和阿欽蘭的人民，作夢都不會想要騎上能言馬。

可憐的布瑞，這話又提醒他對納尼亞的習俗知道得多麼少，而他可能因此犯下多可怕的錯誤。因此，當荷紋懷著快樂的夢想漫步前進時，布瑞卻每走一步就愈緊張和愈難為情。

「振作一點，布瑞。」柯爾說：「我的情況要比你糟糕多了。你又不需要**受教育**。我得開始學習閱讀、寫字、紋章學[6]、跳舞、歷史、音樂等等一大堆，而你可以在納尼亞的山坡上隨心所欲地奔跑和打滾。」

「但問題就在這裡，」布瑞呻吟道：「能言馬**會去**打滾嗎？要是他們不打滾呢？我受不了放棄打滾啊。荷紋，你說呢？」

「不管怎樣，我還是要打滾。」荷紋說：「我想無論你打不打滾，都不會有人在乎或多賞你兩塊糖的。」

「我們快到城堡了嗎？」布瑞問柯爾。

「再轉個彎就到了。」王子說。

「好吧，」布瑞說：「現在，我要好好打個滾，說不定這是最後一次了。請等我一分鐘。」

---

6 紋章學（heraldry）是與西方紋章符號的使用、設計與應用相關的學問與藝術。這些符號用來區隔個人、團體或敵軍，原本通常出現在旗幟或盾牌上，紋章的構圖、用色也都有嚴格的規定。有關紋章學的研究除了是文化史的一部分，也有助於歷史考證，例如用來斷定宗譜，以及鑑定藝術品與文物的年分。

五分鐘之後，他才站起來，鼻子直噴氣，身上也沾滿了碎蕨葉。

「現在我準備好了。」他的聲音裡充滿深深的憂鬱：「帶路吧，柯爾王子，納尼亞和北方。」

他看起來不像一匹被擄很久、如今重獲自由準備回歸故里的馬，反而像要去參加喪禮似的。

15 可笑的拉巴達許

他們轉過這條路的下一個彎就出了樹林，安瓦德城堡就聳立在眼前。城堡前方是一大片青翠的草坪，後方是一座林木密布的高山屏障，擋住了襲來的北風。城堡非常古老，是以一種暖色調的紅棕色岩石建成的。

他們還沒走到城堡門口，魯恩國王就出來迎接他們，他的樣子和阿拉維絲所想的國王完全不同。他穿著最舊的衣服，因為他和獵犬管理人去巡視了一圈狗場，才剛回來不到幾分鐘，只來得及匆匆洗去手上的狗味。不過，他握住阿拉維絲的手向她鞠躬致意時，那高貴莊重的儀態絕對是不折不扣的王者之風。

「小姐，」他說：「我們竭誠歡迎你。如果我親愛的妻子還在世，我們一定能讓你更開心一些，不過我們歡迎的誠意是一樣的。我對你所遭遇的不幸、被迫逃離你父親家的經歷，感到非常難過，這對你必然也是一件悲痛的事。小兒柯爾已經把你們一起冒險以及你的英勇事蹟都告訴我了。」

「陛下，他才是立下英勇事蹟的人。」阿拉維絲說：「你瞧，他為了救我，曾奮不顧身衝向一頭獅子。」

於是阿拉維絲把事情的經過告訴了他。

「呃，那是怎麼回事？」魯恩國王臉色一亮，說：「我沒聽到故事的這個部分呢。」

於是阿拉維絲把事情的經過告訴了他。柯爾本來就很想讓大家知道這件事，卻又不好意思自己說，但這時聽了又覺得事情沒他想像的那麼光榮，反而有點愚蠢。不過他父親卻非常喜歡這個故事，並在接下來的幾個星期裡把這件事告訴了許多人，讓柯爾恨不得這件事從來沒發生過。

接著國王轉向荷紋和布瑞，對待他們就像對待阿拉維絲一樣有禮，並問了他們許多問題：他們的家世、他們在被擄走之前住在納尼亞什麼地方。兩匹馬都結結巴巴說不出話來，因為他們還不習慣成年人以平等的態度與他們交談。對阿拉維絲和柯爾這樣的孩子，他們就不在意。

這時，露西女王從城堡裡走了出來，加入他們。魯恩國王對阿拉維絲說：「親愛的孩子，這是我們家族最可愛的朋友，她一直在監督人把你的住處收拾妥當，這比我來做更加妥貼。」

「你要不要來看看？」露西說，並親吻阿拉維絲。她們兩人一見如故，很快就一起離開去討論阿拉維絲的臥室和梳妝室，還有怎麼為她做衣服。總之，都是女孩在這種場合裡會聊的事。

他們在露臺上用了午餐（冷雞肉、冷野味餡餅、葡萄酒、麵包和乳酪），餐後，魯恩國王皺起眉頭歎了口氣，說：「嘿—啊！朋友們，那個麻煩的拉巴達許還在我們手上，我們得想個辦法處置他才行。」

露西坐在國王的右邊，阿拉維絲坐在他左邊。愛德蒙坐在桌子的一端，另一端是達林大人。達爾、佩瑞丹、柯爾和柯林都坐在國王的同一側。

「陛下完全有權斬了他的首級。」佩瑞丹說：「他進行這樣的偷襲，已經可以用刺客的罪名問斬。」

「沒錯。」愛德蒙說：「不過，即使是叛徒，也可能改過向善。我就認識這麼一個人。」他一臉深思的神情。

「殺了拉巴達許，很可能會挑起和大帝之間的戰爭。」達林說。

「大帝不足為懼。」魯恩國王說：「他的力量在於兵多將廣，而人多是無法越過沙漠的。可是我對冷血殺人（就算是叛徒）沒有興趣。要是在戰場上殺了他，我絕對良心平安，但是現在的情況又另當別論。」

「我的建議是，」露西說：「陛下可以讓他再受一次考驗。如果他發誓將來行事光明磊落，就放他自由。也許他會遵守自己的承諾。」

「妹妹，也許猩猩會變得誠實。」愛德蒙說：「不過，憑著獅子的名起誓，如果他不守諾言，那麼有朝一日，我們當中必有人在光明正大的戰場上砍下他的腦袋。」

「我們試試看吧。」國王說，然後召來一位侍從說：「朋友，派人去把犯人帶來。」

銬著鐵鍊的拉巴達許被帶到他們面前。任誰一看，都會以為他在惡臭的地牢裡沒吃沒喝的過了一夜。事實上，他被關在一個相當舒適的房間裡，並且還提供了他一頓非常美味的晚餐。可是他因為太生氣而一口晚飯都沒吃，並且踢打、吼叫、咒罵了一整夜，所以現在看起來自然不像個樣了。

「殿下，你想必知道，」魯恩國王說：「根據國與國之間的法律，或所有審慎政策的考慮，我們都絕對有權砍了你的頭。不過，我們姑念你年紀尚輕，教養不善，又在暴君和奴隸組成的國家中長大，缺乏風度和禮貌，我們願意放你自由，讓你毫髮無傷地離開，但是有幾個條件：第一……」

「你這該死的蠻狗！」拉巴達許氣急敗壞地說：「你以為我會聽你的條件？呸！你在那裡大放厥詞，說什麼教養，說什麼我不懂。對一個捆著鎖鏈的人說教，當然容易，哈！有種就把我鬆綁，給我一把劍，你們誰有膽就過來跟我決一死戰。」

幾乎所有的王公都跳了起來，柯林喊道：

「父親！**讓我揍他一頓**好嗎？拜託。」

「安靜！兩位殿下！各位大人！」魯恩國王說：「難道這畜生說幾句奚落的話，我們就被激得沉不住氣了嗎？坐下，柯林，要不你就離開。我要再次請王子殿下聽聽我們的條件。」

「我不聽野蠻人和巫師開的條件。」拉巴達許說：「你們誰也不敢動我一根頭髮。你們加在我身上的一切侮辱，我會讓納尼亞和阿欽蘭以血流漂杵的代價來償還。即使是現在，大帝的復仇也是令人恐懼的。要是殺了我，在這些北方大地上的燒殺擄掠與蹂躪，將成為一個令世界恐懼的故事，從此流傳千古。當心！當心！當心！塔什神的雷霆霹靂從天而降！」

「噢，它曾經在半路上被鉤子勾住嗎？」柯林問。

「可恥，柯林。」國王說：「永遠不要嘲弄比你弱的人。如果對方比你強，那就隨你的意。」

「唉，拉巴達許，你真愚蠢。」露西歎口氣說。

下一刻，柯爾奇怪為什麼桌前的每一個人都起身肅立，動也不動。當然他也起身站好。接著，他看見了所有人起身的原因。阿斯蘭出現在他們當中，但是沒有人看見他是如何來到的。拉巴達許發現獅子龐大的身軀在他和指控他的人之間緩緩踱著步子時，嚇得驚跳起來。

「拉巴達許，注意聽著！」阿斯蘭說：「你的厄運即將來臨，但你還來得及避開。忘掉你的驕傲（你有什麼值得誇耀的？），還有你的憤怒（誰虧欠了你呢？），接受這些仁慈的國王的寬恕吧。」

接著，拉巴達許翻了翻眼睛，大大咧開嘴露出像鯊魚一樣的獰笑，耳朵還上下不停擺動（只要不怕麻煩，大家都能學會這個動作）。他在卡羅門擺出這種神情時，十分見效。只要他做出這種鬼臉，最勇敢的人都會發抖，普通人會嚇趴在地上，膽小的人通常會昏死過去。可是拉巴達許不明白，在卡羅門，他下個令就能把人活活煮死，因此他要嚇唬人非常容易，但在阿欽蘭，他的鬼臉看起來一點也不可怕；事實上，露西還以為拉巴達許是不是生病了想吐。

「魔鬼！魔鬼！魔鬼！」卡羅門王子尖叫道：「我認識你。你是納尼亞的邪神惡魔。你是眾神的敵人。你這恐怖的幽靈，你知道**我**是誰嗎？我乃冷酷無情、所向無敵的塔什神的子孫。塔什神的詛咒臨到你了。蠍形的閃電將如暴雨打在你身上。納尼亞的山嶺將被夷為平地。那……」

「當心，拉巴達許，」阿斯蘭平靜地說：「厄運愈來愈近了，現在就在門外，已經拉開門栓了。」

「讓天塌！讓地陷！讓鮮血與烈火消滅這個世界！」拉巴達許尖叫道：「你們聽著，我絕不罷手，除非我拽著那個蠻族女王的頭髮，把她拖回我的宮殿，那個賤女人，那個……」

「時間到。」阿斯蘭說。拉巴達許驚恐萬分，因為他看見每個人都開始放聲大笑。

他們無法不笑。拉巴達許剛才一直在上下擺動他的耳朵，阿斯蘭一說：「時間到！」他的耳朵就開始發生變化。它們變得又長又尖，很快長滿了灰毛。就在大家心裡納悶，想著自己在哪裡見過這種耳朵時，拉巴達許的臉也開始變了。那張臉愈拉愈長，額頭變得厚實突出，眼睛變大，鼻子卻陷進臉裡（或者說臉腫了起來，整張臉都變成了鼻子），臉上也長滿了毛。他的手臂也愈變愈長，一路往下伸，直到雙手碰到了地面，只不過現在已經不是手，而是兩隻蹄子了。他變成四肢著地站著，身上的衣服也消失了。所有人笑得愈來愈大聲（實在是控制不住自己），因為拉巴達許這時變成了不折不扣的驢子。另一件可怕的事情是他的說話能力比他的人形變得慢，因此，當他意識到自己整個人發生變化時，他大叫道：

「噢，不要變成驢子！求求你！就算變馬也……嗯……變馬……咿……哦……咿……哦。」就這樣，說話聲變成了驢叫。

「現在，拉巴達許，聽我說。」阿斯蘭說：「公義裡必有慈愛。你不會永遠都是一匹驢子。」

聽見這話，驢子兩隻耳朵朝前一扭，這滑稽的動作又讓大家哄堂大笑不止。他們很想克制不笑，無奈控制不住。

「你剛才求過塔什神了。」阿斯蘭說：「你會在塔什神的神廟裡恢復原形。在今年盛大的秋季慶典那天，你必須當著所有塔什班人的面，站在塔什神的祭壇前，屆時你將擺脫驢子的外貌，恢復成人形，所有的人都會認得你是拉巴達許王子。可是，終此一生，你只要踏出塔什班大廟方圓十里之外，你會馬上又變成驢子，就像你現在這樣。第二次變驢之後，就再也不會恢復人形了。」

一陣短暫的沉寂後，大家微微一震，接著你看我我看你，彷彿剛從夢中醒來一樣。阿斯蘭已經走了，但是空氣中和草地上有一種明亮的光輝，他們心中也充滿了喜樂。這讓他們確信剛才不是在作夢，況且，還有一匹驢子站在他們面前呢。

魯恩國王真是一個擁有最仁慈心腸的人，看見自己的敵人處於這般可悲的景況，心裡的氣一下子全消了。

「王子殿下，」他說：「事情落到這種地步，我真是萬分遺憾。殿下自己可以作證，這不是我們當中任何人做的。當然，我們很樂意為殿下準備船隻，送你返回塔什班，去……呃……接受阿斯蘭所囑咐的治療。我們會按殿下目前的狀況，提供你最好的牲口船，讓你擁有最妥善的照顧……有最新鮮的胡蘿蔔和薊草……」

不過驢子發出一聲震耳欲聾的嘶鳴，對準旁邊一名侍衛狠踢一腳，清楚表明他對這些好意完全不領情。

現在，我最好先用幾句話說完拉巴達許的故事，省得他再來礙事。他（或牠）被及時以船送回塔什班，在盛大的秋季慶典那天被帶到塔什神的廟裡，再次變回了人形。由於在場親眼目睹這場變形的有四、五千人之多，當然就沒有辦法堵住所有人的嘴。等到老大帝去世，拉巴達許登基為大帝後，他成為卡羅門王國有史以來最愛好和平的帝王。這是因為他不敢踏出塔什班方圓十里之外，永遠無法親自上戰場，他也不願意手下那些王公貴族花國庫的錢打仗贏得盛名，然後推翻他的王位。雖然他不打仗的原因很自私，卻使卡羅門周圍小國的日子過得舒服多了。他自己的百姓始終記得他曾經是一匹驢子。在他統治期間，當著他的面時，大家稱呼他「和平之王拉巴達許」，但是在背地裡，還有在他死後，他被稱為「可笑的拉巴達許」。如果從一本寫得夠好的卡羅門王國史（可以到本地的圖書館裡找找）當中去查找他的資料，你會看到史書上也是這麼稱呼他的。直到今天，在卡羅門的學校裡，如果你做了特別蠢的事，很可能就會被稱為「拉巴達許第二」。

送走拉巴達許之後，安瓦德城堡裡人人歡天喜地，開始了真正的歡樂。當天晚上，他們在城堡前的草地上舉行了一場盛大的宴會，除了月光，還點了數十盞燈籠，到處燈火通明。宴席上美酒不斷，有講不完的故事和開不盡的玩笑。然後，所有人安靜下來，國王的詩人帶著兩名提琴手走到會場中央。阿拉維絲和柯爾只聽過卡羅門人的那種詩歌——現在你應該已經知道那會是什麼模樣——因此他們都以為接下來會很無聊。沒想到，兩把提琴才拉出第一個音，他們腦中就像發射了一支火箭，接著詩人開始吟唱那首偉大古老的故事詩《金髮歐文》，敘述他如何大戰巨人派爾，將巨人變成石頭（這就是派爾山的由來——那是一個雙頭巨人），並贏得麗恩小姐的芳心，得以娶她為妻。故事唱完，他們都恨不得能趕快再聽一遍。雖然布瑞不會唱歌，但他說了扎林德戰役的故事。露西又再說了一次魔衣櫥和她自己、愛德蒙國王、蘇珊女王與最高王彼得最初怎麼來到納尼亞的故事（除了阿拉維絲和柯爾，其他人都聽過許多次了，但是他們全都想要再聽一遍）。

這時，遲早該來的事還是來了，魯恩國王說，小孩子睡覺的時間到啦。「還有，柯爾，」他補充說：「明天你要跟我一起巡視整座城堡，看看此地形勢，將它所有的長處和弱點都記下來，因為等我去世之後，就要由你來守護它了。」

「但是，父親，到時該由柯林繼承王位啊。」柯爾說。

「不，孩子，」魯恩國王說：「你是我的繼承人。王位會傳給你。」

「但是我不想要。」柯爾說：「我寧可……」

「這不是你要不要的問題，柯爾，也不是我要不要的問題。這是法律規定的。」

「但是我們是雙胞胎啊，我們肯定年紀一樣大。」

「不，」國王大笑著說：「肯定有一個人先出生啊。你比柯林先出生整整二十分鐘。我們希望你也是更聰明的那一個，不過，目前這一點還難說。」他看著柯林，眼中閃過一道光芒。

「但是，父親，你難道不能選一個你喜歡的來當下一任國王嗎？」

「不行。國王也要遵守法律，因為王位也是由法律賦予的。就像哨兵不能擅離職守，國王也不能濫用權力。」

「噢，真糟糕。」柯爾說：「我一點也不想當國王。還有柯林……我真是萬分抱歉。我作夢都沒想到自己的出現會搶走你的王位。」

「萬歲！萬歲！」柯林說：「我不用當國王了。我不用當國王了。我可以永遠當王子。當王子才是最好玩的。」

「柯爾，你弟弟說的不錯，但還有更重要的。」魯恩國王說：「因為，當國王意味著：在發動最危險的攻擊時，你要一馬當先；在最危急的撤退裡，你要殿後；當國內發生饑荒時（荒年裡必然不時發生饑荒），面對吃不飽的餐點，你要比任何人都穿得更體面，笑得更大聲。」

兩個孩子上樓去睡覺時，柯爾又問柯林，這件事還有沒有改變的辦法。柯林說：

「關於這件事，你要是再多說一句，我就……我就痛揍你一頓。」

這故事如果結束在兩兄弟從此和睦相處，再也沒有任何爭執，那該多好啊，但事實並非如此。他們也像其他人家的兄弟一樣，經常吵架，甚至打架，而且每次打到最後（如果真打起來的話）都是柯爾被打倒在地。儘管如此，他們長大後都成了武士，在戰場上，柯爾更具殺傷力，但是在拳擊方面，無論是他還是北方國度的任何人，都不是柯林的對手。柯林也因此獲得「雷霆拳」的稱號，有一次還大展身手擊敗了「風暴峰的墮落熊」。那頭熊本來是一隻能言熊，卻墮回了野熊習性。在一個白雪覆蓋山丘的冬日，柯林爬上靠納尼亞這一側的風暴峰，闖進那頭熊的巢穴，在沒有記時員的情況下，和墮落熊連打了三十三回合。最後那頭熊被打得鼻青眼腫，什麼都看不見，只好從此改邪歸正。

阿拉維絲也經常和柯爾吵架（我恐怕他們也打過架），不過他們總是會言歸於好。因此，過了幾年他們長大成人之後，由於彼此都已經非常習慣這種吵了又和，和了又吵的日子，於是他們結了婚，讓吵架與和好都更方便一些。魯恩國王去世後，他們登基成為阿欽蘭的好國王與好王后，而他們的兒子——「偉大的羅姆」——是阿欽蘭有史以來最著名的國王。布瑞和荷紋在納尼亞過著幸福快樂的日子，他們各自結了婚而不是成為一對，但都非常長壽。每隔幾個月，兩匹馬會單獨或結伴一起翻越山隘，到安瓦德來探望他們的朋友。

納尼亞傳奇・出版 75 周年經典全譯版
【合輯一】《魔法師的外甥》、《獅子・女巫・魔衣櫥》、《能言馬與男孩》

作　　者　C. S. 路易斯 (Clive Staples Lewis)
譯　　者　鄧嘉宛
封面設計　倪旻鋒
封面插畫　Agathe Xu
內頁排版　高巧怡
行銷企劃　蕭仰浩、江紫涓
行銷統籌　駱漢琦
業務發行　邱紹溢
責任編輯　溫芳蘭、周宜靜
總 編 輯　李亞南
出　　版　漫遊者文化事業股份有限公司
地　　址　台北市103大同區重慶北路二段88號2樓之6
電　　話　(02) 2715-2022
傳　　真　(02) 2715-2021
服務信箱　service@azothbooks.com
網路書店　www.azothbooks.com
臉　　書　www.facebook.com/azothbooks.read
發　　行　大雁出版基地
地　　址　新北市231新店區北新路三段207-3號5樓
電　　話　(02) 8913-1005
傳　　真　(02) 8913-1056
二版二刷(1)　2024年8月
定　　價　台幣1500元　套書不分售

國家圖書館出版品預行編目 (CIP) 資料

納尼亞傳奇 / C.S. 路易斯(Clive Staples Lewis) 著 ; 鄧嘉宛譯. -- 二版. -- 臺北市 : 漫遊者文化出版 : 大雁文化發行, 2023.09
冊 ;　公分
出版75周年經典全譯版
ISBN 978-986-489-850-3(全套 : 平裝)
873.57　　112013581

ISBN　978-986-489-850-3